FISCHER

AF850764

KATE PENROSE

Tödlich rauscht die Brandung

Ein Krimi auf den Scilly-Inseln

Aus dem Englischen
von Birgit Schmitz

FISCHER

Deutsche Erstausgabe
Erschienen bei FISCHER Taschenbuch
Frankfurt am Main, Juni 2024

Die Originalausgabe erschien 2023 unter dem Titel »Hangman Island«
bei Simon & Schuster UK Ltd, London

Die Zitate aus William Shakespeare, Der Sturm sind der Übersetzung
von August Wilhelm Schlegel entnommen.
Das Zitat auf S. 193 stammt aus Ovid,
Briefe vom Schwarzen Meer / Epistulae ex Ponto,
Liber II 7,8. Textstelle für diese Ausgabe übersetzt
von Cornelius Hartz, Hamburg.
Redaktion: Ilse Wagner
Satz: Dörlemann Satz, Lemförde
Druck und Bindung: GGP Media GmbH, Pößneck
ISBN 978-3-596-70999-1

Für meine brillanten Schwiegertöchter
Jess Fulcher und Harriet Churchward.

Teil 1

»Die Höll ist ledig, und alle Teufel hier!«

William Shakespeare, *Der Sturm*

1

Freitag, 25. August

Jez Cardew weiß gleich, als er die Augen aufschlägt, dass er in Gefahr ist. Er liegt auf dem Rücken und ist nass bis auf die Haut, in seinem Kopf pulsiert der Schmerz. Über ihm spannt sich ein mitternachtsblaues Himmelszelt, das funkelt wie eine Kinderzeichnung mit zu viel Glitter. Die Sterne sehen verschwommen und durcheinander aus. Beim Luftholen spürt er den Geschmack von Meerwasser im Rachen. Er weiß nur noch, dass er von St. Agnes losgefahren ist, allein, mit dem Boot seines Vaters, danach setzt seine Erinnerung aus. Doch anstelle des verkratzten Lacks des alten Kajütboots spürt er glatte Glasfaser unter seinen Fingern.

Er sinkt zurück in die Dunkelheit, und als er die Augen wieder öffnet, steht eine Gestalt oben im Steuerhaus. Jez ist erleichtert; das wird ein Fischer von den Inseln sein, der ihn nach Hause bringt. Aber er versteht noch immer nicht, wie er auf das fremde Boot gekommen ist. Er verspürt einen brennenden Schmerz am Hinterkopf, und beim Versuch sich aufzusetzen wird ihm schwindlig. Als er die Wunde berührt, läuft ihm Blut über den Hals.

»Wo bin ich? Wer sind Sie?«, ruft er.

Stille hängt in der Sommerluft, der Wind hält den Atem an. Der Schattenmann antwortet nicht. Jez schaut über das Dollbord, doch unerklärlicherweise ist nirgends Land in Sicht. Die Scillys liegen so dicht beieinander, dass stets Lichter benachbarter Inseln zu sehen sind, aber jetzt ist da nur die dunkle Weite des Atlantiks.

»Bitte antworten Sie mir!«, ruft er, plötzlich verängstigt. »Wohin fahren wir?«

»Raus aufs Meer«, murmelt der Mann leise.

»Ich brauche einen Arzt.«

Lautes Gelächter erklingt. »Auf dem Atlantik wirst du keinen finden.«

Jez will aufstehen, fällt aber zurück aufs Deck. Immer wieder verliert er das Bewusstsein. Als er die Augen das nächste Mal aufschlägt, fühlt er sich endlich wieder etwas kräftiger. Das Boot liegt vor Anker. In seinem linken Handgelenk meldet sich ein starker Schmerz. Er hatte es vorher gar nicht bemerkt, aber jemand hat ein Seil darum gebunden, das ihm in die Haut schneidet und sich nicht lockern lässt. In Jez' Verwirrung mischt sich wilde Panik. Das Boot schaukelt im Seegang von Steuerbord nach Backbord. Mit der einen Woge geht's nach oben, mit der nächsten nach unten. In Jez' Ohren klingt das Rauschen der Wellen wie eine leise Drohung.

»Was soll das, zum Teufel?«

Er kann den Pager erreichen, den er für den Fall, dass die Seenotrettung zu einem Einsatz ruft, immer bei sich trägt, nur nützt er ihm jetzt nichts. Der Pager dient einzig und allein dem Zweck, zu melden, dass ein Boot in Schwierigkeiten steckt, aber im Moment ist er ja derjenige, der in Not ist. Als sich die Gestalt im Steuerhaus umdreht, bekommt

Jez erneut Angst. Um Einzelheiten erkennen zu können, reicht das Licht nicht aus; er kann nur lauschen, während der Mann den Anker lichtet und das Boot auf den Wellen dahintreibt. Plötzlich wird Jez an seinem freien Handgelenk hochgezogen, und als er gegen das Dollbord stößt, hört er erneut Gelächter.

»Los, du Held! Jetzt zeig mal, wie tapfer du bist!«

Jez kämpft sich mühsam in eine aufrechte Position, wird jedoch nach hinten gestoßen und fällt ins Meer. Die brutale Kälte löscht seinen Schmerz aus, und das tosende Wasser dröhnt ihm so hässlich in den Ohren wie höhnende Fußballfans im Stadion. Jez spuckt Wasser und strampelt, um nicht unterzugehen. Er ist mit dem linken Arm am Dollbord festgebunden, und plötzlich fährt der Fremde den Motor hoch. Jez kämpft darum, den Kopf über Wasser zu halten, während er hinter dem Boot hergezogen wird. Er darf nicht sterben, nicht so; noch bevor er dreißig Jahre alt ist, in einer ruhigen Augustnacht. Er hat doch gerade erst seinen Weg gefunden.

Zehn Meter weiter kommt das Boot wieder zum Stehen; seine Lichter strahlen wie ein Leuchtfeuer, das Sicherheit verheißt, doch der Mann an Bord scheint entschlossen zu sein, ihm beim Ertrinken zuzusehen.

Jez zerrt an dem Seil an seinem Handgelenk, aber der Knoten löst sich nicht. Bei der Ausbildung zum Seenotretter wurde ihm beigebracht, in einer Krise mit seinen Kräften zu haushalten. »Legt euch auf den Rücken und lasst euch treiben wie ein Seestern«, hatte der Ausbilder gesagt, doch sein Instinkt befiehlt ihm, in Bewegung zu bleiben, um die Kälte abzuwehren. Vielleicht steckt ein Kumpel mit einem kranken Sinn für Humor hinter all dem. Jez schafft es, sich an dem Seil zurück zum Boot zu ziehen, aber als er an Bord klettern will, tritt der Mann ihn weg. Die Panik schwächt ihn. Es ist weiterhin kein Land in Sicht; er hofft die ganze Zeit, wenigstens den Zipfel einer Insel zu erblicken, aber da ist meilenweit nichts als Wasser.

Als das Boot nach vorn schießt, schreit er um Hilfe, doch seine einzigen Zeugen sind die Wellen und der Himmel. Die Strömung zieht ihn unter Wasser. Durch seinen Kopf hallt der Choral, der bei der Beerdigung seiner Großmutter gesungen wurde. O ewig Gott, mit starker Hand hältst Du die See in Rand und Band … *Die Melodie geht weiter, der Text wird jedoch vom Lärm des auf Hochtouren laufenden Motors übertönt. Über seinem Kopf türmen sich schwarze Wellen auf; er ringt nach Luft, aber der mächtigen Umarmung des Meeres kann niemand widerstehen.*

2

Samstag, 26. August

Ich kann mir an einem dienstfreien Spätsommermorgen schönere Beschäftigungen vorstellen, aber ich stehe wie eine Vogelscheuche mit ausgestreckten Armen in Janet Fearnleys Wohnzimmer in Hugh Town und lasse mich von ihr mit Stecknadeln pieksen. Ich sollte dankbar sein, dass die beste Schneiderin der Scilly-Inseln nur eine Woche vor dem großen Tag meinen Hochzeitsanzug zu ändern bereit ist, doch ich wäre lieber am Strand. Eddie Nickell, mein jüngerer Kollege bei der Inselpolizei, grinst mich von seinem Platz in der Ecke aus an. Auch wenn er mir mit seinem sonnigen Gemüt manchmal auf die Nerven geht, haben wir uns angefreundet, seit er zu unserem Team hier vor Ort gestoßen ist. Wir schwimmen beide leidenschaftlich gern im Meer und sehen uns noch häufiger, seit wir beide Mitglieder der Seenotrettung geworden sind. Eddie hat eingewilligt, mein Trauzeuge zu werden, da mein Bruder Ian seine Anreise etwas knapp kalkuliert hat und erst wenige Stunden vor der Hochzeit aus Amerika einfliegen wird. Eddie ist schlank, und sein Anzug passt noch wie angegossen, während ich armes Schwein diese Prozedur mit den Nadeln über mich ergehen lassen muss. Das ist das erste Mal, dass er mitbekommt, wie ich mich um ein gepflegtes Äußeres bemühe, und es scheint ihn ohne Ende zu amüsieren. Die Hitze steigert mein Unwohlsein noch. Es ist erst zehn Uhr, aber mir wird minütlich heißer, obwohl das Fenster weit offen steht.

»Mein Mann war genauso wie Sie. Den zog es auch ständig raus«, sagt Janet. »Für Trevor war nichts schlimmer, als drinnen eingesperrt zu sein. Machen Sie dieses Jahr wieder beim Insel-Schwimmwettbewerb mit?«

»Angemeldet bin ich, aber seit Noah da ist, komme ich nicht mehr zum Trainieren.«

»Wie alt ist er jetzt?«

»Drei Monate und putzmunter.«

»Dann müssen Sie ihm das Schwimmen beibringen.«

»Ja, er liebt das Wasser schon jetzt.« Ich beobachte, wie Janets Hände über den Stoff fliegen. »War es sehr viel Arbeit, das Festival der Seenotrettung zu organisieren, Janet?«

»Ja, das hat schon einige Zeit in Anspruch genommen, zumal es ja auf allen Inseln Events geben soll, aber wir haben einen guten Start hingelegt.«

Ich sehe eine Kiste mit Ansteckern der Royal National Lifeboat Institution auf ihrem Tisch. »Haben Sie mir davon neulich ein paar geschickt?«

»Ich hab auch welche bekommen«, wirft Eddie ein. »Und es lag ein Zettel dabei mit einem Strichmännchen, das an einem Mast baumelte, so als hätte ein Kind Galgenmännchen gespielt. Sollte wohl eine Art Scherz sein.«

Janet schaut ihn überrascht an. »Das ist ja komisch. Ich hab tausend Stück von den Ansteckern machen lassen. Als Give-away für Spendenaktionen. Aber im Planungsausschuss war keine Rede davon, dass sie auch verschickt werden sollen.«

»Bei mir lag kein Zettel dabei«, sage ich. »Vielleicht sind die Anstecker für die Kinder auf unseren Inseln gedacht. Offenbar tragen die meisten Familien ja irgendwas zu dem Festival bei.«

»Wir sind wild entschlossen, die Spendensumme, die beim letzten Mal zusammenkam, dieses Jahr noch zu toppen.«

»Das tun Sie doch jedes Mal.«

»Seit ich Trevor verloren habe, ist mir das wichtiger denn je.«

»Alle wissen die Arbeit sehr zu schätzen, die Sie leisten, Janet.«

Ihr Mann ist erst letztes Jahr gestorben. Er kam ums Leben, als er allein zum Angeln aufs Meer rausgefahren war. Aber ihre Trauerzeit ist inzwischen vorbei, zumindest in der Öffentlichkeit. Obwohl sie bereits über siebzig ist, schneidert sie immer noch makellose Hochzeitskleider und Anzüge. Während der halben Stunde, die es jetzt schon dauert, meine Anzugjacke anzupassen, hat sie unentwegt gelächelt. Janet ist eine typische Scillonierin; sie hat ihr ganzes Leben hier verbracht und legt in guten wie in schlechten Zeiten einen unerschütterlichen Optimismus an den Tag. Vielleicht helfen ihr die Klassiker in ihrem Bücherregal dabei, diese entspannte Haltung aufrechtzuerhalten. Dort sehe ich *Das verlorene Paradies*, *Romeo und Julia* und mehrere Gedichtsammlungen.

Als ich aus dem Fenster blicke, verkaufen drei Insulaner Kuchen und hausgemachte Limonade am Straßenrand. Ihr Verkaufsstand ist Bestandteil des einwöchigen Festivals der Seenotrettung. Außerdem gibt es im Gemeindehaus Stand-up-Comedy und eine Theateraufführung von und mit Kindern von hier, einige Gigs in den örtlichen Pubs sowie mehrere Basare. In Janets Wohnzimmer sind überall Zeugnisse ihres großen Engagements verstreut: aufgerollte Poster, Verlosungspreise und stapelweise Flyer.

»Freuen Sie sich denn auf die Hochzeit, Ben?«

»Dieses ganze Rausputzen ist ja nicht so meins. Das Picknick am Strand ist eher mein Stil. Ich hoffe, Sie kommen auch?«

»Das lasse ich mir um nichts auf der Welt entgehen. Ninas Kleid ist ein Traum, wenn ich das mal so sagen darf. Sie wird eine perfekte Braut abgeben.« Janet zeigt auf den Spiegel. »Schauen Sie jetzt mal, Ben.«

Ich verbringe nicht viel Zeit vor dem Spiegel, und das aus gutem Grund. Da mein Sohn ein Frühaufsteher ist, ist mir deutlich anzusehen, dass Schlafmangel für mich die neue Normalität ist. Aus Janets Ganzkörperspiegel blickt mir ein Hüne mit einer wilden schwarzen Mähne und dunklen Schatten unter den Augen entgegen; er geht auf die Vierzig zu und hat einen hässlichen Bartschatten. Eddie scheint einer höherentwickelten Spezies anzugehören. Er sieht sonnengebräunt und entspannt aus, während ich finster dreinblicke.

»Die Anzugjacke ist super«, sage ich. »Über den Rest schweigen wir lieber.«

Janet verdreht die Augen. »Keine falsche Bescheidenheit, bitte. Sie und Nina sollten für *Bride and Groom* modeln.«

»Im Augenblick könnte ich als Höhlenmensch durchgehen.«

»Eher als Poldark, würde ich sagen. Noch zwei Minuten, dann sind Sie entlassen.«

Ihre Finger bewegen sich mit Lichtgeschwindigkeit und

zupfen hier und stecken da fest, während ich die Arme weiter nach oben recke.

Draußen kann ich meine Zukünftige sehen. Nina steht mit unserem Sohn, der im Buggy sitzt, ein Stück weiter den Strand von Hugh Town hinunter, ihre schokobraunen Haare glänzen in der Morgensonne. Ich beobachte, wie sie sich bückt und Noah einen Stein oder eine Muschel zeigt, die sie aus dem Sand gezogen hat. Es ist eine Erleichterung, sie gesund und munter vor mir zu sehen. Bei Noahs Geburt vor drei Monaten wäre sie fast gestorben, aber darauf würde heute niemand mehr kommen. Das Muttersein steht ihr, und Noah ist ein zufriedenes Kind. Jeden Morgen wacht er um vier Uhr auf und ist bereit für die Abenteuer, die das Leben zu bieten hat. Ich kann nicht erklären, warum sich unsere Familie für mich immer noch wie ein Kartenhaus anfühlt. Vielleicht liegt es daran, dass die Kardiologin in Penzance darauf besteht, Nina, auch wenn sie fit und gesund wirkt, alle drei Monate zu untersuchen, um ihre Herzfunktion zu überprüfen. Auch mein Wolfshund Shadow ist beunruhigt; obwohl er sonst am liebsten über die Insel streunt, weicht er Nina nicht von der Seite, sein helles Fell ist mit Salzwasser vollgesogen.

»Es ist zu ruhig da draußen«, murmele ich leise.

»Wie meinen Sie das?« Janet schaut zu mir hoch.

»Es weht nicht mal ein Lüftchen, alles steht still.«

»Es ist ein schöner Sommertag. Genießen Sie ihn, solange er dauert.«

Während sie an dem mittelblauen Stoff, den ich für mich und meinen Onkel Ray ausgesucht habe, ihre Wunder vollbringt, lasse ich die Aussicht auf mich wirken. In der Ferne schimmern die anderen Inseln unter einem Dunstschleier.

Der Atlantik liegt vollkommen ruhig da wie ein mit flüssigem Silber gefülltes Becken. Einige Inselkinder bauen Sandburgen am Strand, offensichtlich glücklich darüber, dass die Schule erst in zwei Wochen wieder anfängt.

»Dauert nicht mehr lange, wir sind so gut wie fertig«, sagt Janet.

Plötzlich ertönt ein Piepton, der meinen Adrenalinpegel hochschnellen lässt. Mein Instinkt befiehlt mir, die Jacke sofort auszuziehen, wodurch ein Teil der Nadeln zu Boden fällt. Eddies Pager von der Seenotrettung bildet ein Echo zu meinem, mein Kollege ist bereits aufgesprungen. Wenn wir auf den anderen Inseln unterwegs sind, verpassen wir die Einsätze meistens, aber heute werden wir es schaffen, rechtzeitig dort zu sein. Janet bleibt ruhig, als ich mich für unseren überstürzten Aufbruch entschuldige. Jeder Insulaner kennt den Alarmton der Seenotrettung, und Janet leitet schon seit Jahren das Unterstützerteam. Sie wünscht uns Glück, als wir ihre Wohnung an der Fore Street im Laufschritt verlassen, und ich rufe ihr noch zu, dass sie bitte Nina darüber informieren soll, wo ich abgeblieben bin.

Wir sind nur wenige Minuten von dem zweihundert Jahre alten Rettungsbootschuppen entfernt, der auf einem Felsen über dem Hafen von Hugh Town liegt. Nina wird nicht begeistert sein, dass ich erst spät nach Hause komme. Ich habe die ganze Woche Urlaub und hatte ihr versprochen, alles Mögliche für die Hochzeit mit unserem Boot nach Bryher zu bringen. Doch es lässt sich nicht ändern. Ich bin der Crew im vergangenen Jahr beigetreten. Seit Noahs Geburt hat sich meine Bereitschaft, Risiken einzugehen, jedoch verändert. Ich schiebe meine Zweifel beiseite, als wir in den Schuppen stürmen. Wir gehören zu den Ersten, die eintreffen, also werden wir auch ganz bestimmt an der Mission teilnehmen, egal, ob die Sache ernst ist oder nicht.

Der Bootsführer, Liam Quick, ist zu sehr damit beschäftigt, sein Ölzeug anzuziehen, um uns zu begrüßen. Liam ist um die fünfzig, hat eine athletische Figur, das wettergegerbte Gesicht eines Seemanns und ein flüchtiges Lächeln. Er ist der einzige Vollprofi der Inselmannschaft. Wir wissen alle, mit wie viel Herzblut er seinen Beruf ausübt; er nimmt jeden Einsatz ernst, auch wenn nur geringe Lebensgefahr besteht. Der Lautsprecher der Küstenwache gibt in voller Lautstärke die nautischen Koordinaten eines vermissten Bootes durch. Beim Anziehen der Ausrüstung komme ich noch mehr ins Schwitzen. An einem heißen Tag wie diesem ist das wirklich eine Strafe. Das gelb-schwarze Ölzeug ist am Hals und an den Handgelenken extra abgedichtet, damit kein Wasser eindringen kann, und die Stiefel haben Stahlkappen. Eine Spezial-Rettungsweste für Seenotretter und ein Gecko genannter Schutzhelm vervollständigen die Ausrüstung.

Ich bin bereits nass geschwitzt, als das nächste Crewmitglied eintrifft. Constable Isla Tremayne ist außer Atem, weil sie hierher gesprintet ist. Unser Boss wird außer sich sein, dass der Großteil seines fünfköpfigen Polizeiteams an einer Rettungsmission teilnimmt, aber worüber regt Madron sich nicht auf. Als Nächster kommt mein Schulfreund Paul Keast an. Ich bin erleichtert, ihn zu sehen. Er ist seit zwanzig Jahren bei der Seenotrettung und in jeder Krisensituation ein Fels in der Brandung. Beim Eintreffen der nächsten beiden Teammitglieder lausche ich gerade dem Briefing des Bootsführers, so dass ich nicht mitbekomme, wer es ist, aber der Einsatz ist bereits angelaufen. Vor der Küste von St. Agnes wird ein Boot vermisst, und es wird vermutet, dass sich zwei Männer von den Inseln an Bord befinden.

Da das Haupt-Rettungsboot in der Bucht vor Anker liegt, müssen wir uns in unser Spezial-Schnellboot quetschen, um dort hinzugelangen. Die Organisatoren des Festivals werden sich freuen, dass die Passanten uns in Aktion sehen, weil das zu großzügigeren Spenden führt. Ich spüre, dass ich aufgeregt bin, als das Boot über die Slipanlage ins Hafenbecken gleitet. Mein ganzer Körper vibriert, während wir in vollem Tempo übers Wasser schießen, und kurz darauf erreichen wir das Rettungsboot der Inseln. Sein siebzehn Meter langer Rumpf ist dunkelblau, aber das Vorderdeck und das Steuerhaus sind in dem für die RNLI charakteristischen leuchtenden Orange gehalten, das das Boot über Meilen hinweg sichtbar macht. Alle Seeleute verbinden mit dieser leuchtkräftigen Farbe das Gefühl von Sicherheit, selbst wenn das Rettungsboot in einem Sturm der Windstärke neun nur stecknadelgroß am Horizont zu sehen ist.

Nachdem wir an Bord gegangen sind, hält sich jedes Crewmitglied genauestens an seine eingeübte Rolle. Liam ist Skipper und Stuart Cardew für die Navigation zuständig; als der Motor startet, ist sein Blick bereits auf das GPS-System gerichtet. Ich verbleibe in meiner Funktion als Springer im Steuerhaus, um Mitteilungen an den Rest der Crew weiterzugeben. Als der Zweizylindermotor hochfährt, halte ich mich am Handlauf fest. Der Motor ist so stark, dass der Boden bebt. Das Bugstrahlruder springt ebenfalls an und verleiht uns zusätzlichen Schub, während wir auslaufen, um das havarierte Gefährt ausfindig zu machen. Unsere Höchstgeschwindigkeit von fünfundzwanzig Knoten in der Stunde ist innerhalb kurzer Zeit erreicht, und außer dem Dröhnen des Motors kann ich durch meinen Gecko nicht viel hören. Wir haben den St.-Mary's-Sund blitzschnell durchquert, und nun ragen bereits die Spitzen der Bartholomew Ledges wie schwarze Zähne aus dem Meer. Sie erinnern uns daran, welche Gefahren im Meer rund um die Scilly-Inseln lauern. Da die Inseln selbst die Gipfel einer untergegangenen Bergkette darstellen, befinden sich knapp unterhalb der Wasseroberfläche Hunderte Felsspitzen. Kein Seemann kann sich hier nur auf sein GPS-System verlassen, wenn er dem Untergang entgehen will, sondern er muss auch etwas von den Gezeiten verstehen.

Über Funk dringt eine blecherne Stimme an mein Ohr, die meldet, dass der Rettungshubschrauber gestartet sei. Für den Flug vom Festland hierher wird er eine Viertelstunde brauchen. Jetzt kommen auch gleich weitere Infos über Funk. Zwei Männer haben St. Agnes gestern am späteren Abend mit einem Kabinenkreuzer verlassen, der bislang nirgendwo mehr aufgetaucht ist. Mir erscheint das seltsam. Warum sollte ein Boot bei ruhiger See Probleme bekommen? Wenn der Motor versagt hat, hatten die Männer doch sicher ein Handy dabei oder konnten über Funk Hilfe holen.

Als ich wieder aus dem Fenster schaue, sind die Inseln verschwunden. Wir fahren in westlicher Richtung aufs offene Meer hinaus. Die See tut ganz unschuldig; sie erinnert eher ans Mittelmeer als an den kalten Atlantik. Ihre blaue, sonnenbeschienene Oberfläche ist spiegelglatt, und es sind keine anderen Boote in Sicht.

3

Sam Austell kommt zu spät für den Einsatz. Das Rettungsboot ist bei seinem Eintreffen nur noch ein orangefarbener Fleck am Horizont. Er wäre zu gern mit an Bord. Es halten sich noch zwei andere Männer im Bootsschuppen auf, um sich über die Mission auf dem Laufenden zu halten, und ihre Körpersprache macht deutlich, dass Sam nicht willkommen ist, obwohl er seit einem halben Jahr zur Crew gehört. Als er sich die Koordinaten anschaut, die die Küstenwache durchgegeben hat, fällt sein Blick auf die Reflexion seines Gesichts auf Computerbildschirm. Er ist blass und mager, wenngleich er Mitte zwanzig ist und gut auf sich achtgibt. So ähnelt er noch immer den Drogendealern, mit denen er in Penzance herumgehangen hat, bevor er eine Zeitlang im Gefängnis saß. Und es ist wenig erstaunlich, dass einige aus der Seenotrettungs-Crew nicht wollten, dass er zu ihnen stößt.

Als er sich umschaut, erinnert so manches in dem Raum daran, dass Ortsansässige hier seit hundertfünfzig Jahren ihr Leben als freiwillige Seenotretter riskieren. Die Gewässer rund um die Inseln gehören zu den gefährlichsten des Vereinigten Königreichs, vor allem im Winter, wenn vom Atlantik her scharfer Wind landeinwärts bläst. Ein Foto an der Wand zeigt den Leuchtturm auf dem Bishop Rock drei

Meilen westlich von den Scilly-Inseln; obwohl er fünfzig Meter hoch ist, sieht man auf dem Bild, wie eine Riesenwelle über ihn hinwegfegt. Auf der Tafel daneben ist jede einzelne Rettungsmission des letzten Jahrhunderts verzeichnet, die Leben gekostet oder gerettet hat. Auch die Namen der Freiwilligen, die Tapferkeitsmedaillen bekommen haben, sind dort zu lesen. Es ist eine Auflistung derer, die Großes auf den Inseln und für die Inseln geleistet haben. Sam möchte eines Tages auch zu diesen Helden gehören – wenn er die Crew erst einmal dazu bringen kann, ihn anzuerkennen. Als er nach Einzelheiten des aktuellen Einsatzes fragt, antwortet ihm nur ein einziger Mann. Die anderen schauen ihn verdrießlich an, als würde Scheiße an seinen Schuhen kleben.

»Dein Freund Jez Cardew wird vermisst, mit dem Boot seines Vaters.«

Sam ist zu geschockt, um etwas zu erwidern. Er war gestern Abend bis ungefähr neun Uhr mit Jez zusammen, aber er hat nicht gehört, wie er nach Hause gekommen ist. Sie teilen sich ein Haus mit ihrem Vermieter. Nachdenklich geht er nun dorthin zurück.

Am Hugh Town Beach sind zahlreiche Fischerboote verstreut. Sie sind gestrandet, seit die Flut zurückgewichen ist, und ihre Verankerungsleinen liegen schlaff auf dem Sand. Familien spazieren Eis essend durch den Sonnenschein, so als wäre die Welt vollkommen in Ordnung. Sam starrt auf die flachen Wellen und hofft, dass sein Freund in Sicherheit ist. Dann nimmt er die friedliche Stimmung noch einmal in sich auf und macht sich auf den Heimweg. Eine Frau kommt auf ihn zu. Als sie mit einer Spendendose rasselt, auf der das Logo des RNLI steht, steckt er instinktiv ein bisschen Kleingeld in den Schlitz. Schließlich könnte auch er die Hilfe der Seenotrettung eines Tages brauchen.

Seine Bleibe sieht von außen noch am besten aus. Es ist ein zweigeschossiges, aus dem grauen Gestein der Insel erbautes Haus auf der Quay Street, das früher wahrscheinlich mal ein Fischerhäuschen war. Heute gehört es Callum Moyle, und Sam ist dankbar dafür, dass Moyle ihm und Jez nicht nur Jobs auf dem Bau, sondern auch eine Unterkunft bietet. Nicht viele Leute von der Insel würden einen ehemaligen Häftling bei sich aufnehmen. Das Haus ist kein Palast, aber momentan seine einzige Option. Die Blumentapete im Wohnzimmer hätte eigentlich schon vor Jahrzehnten ersetzt werden können; es riecht nach Tabak und abgestandenem Bier, und der Couchtisch verschwindet förmlich unter alten Pizzakartons. Der Teppich ist fleckig und voller Sand, der vom Strand hereingetragen wurde.

Er späht oben in Jez' Zimmer. Dort herrscht wie immer Chaos. Die Tür ist weit geöffnet, und Jez' komplettes Leben liegt offen zutage. Neben den Stiefeln mit den Stahlkappen, die er auf dem Bau trägt, stapelt sich Kleidung auf dem Boden. Sam zieht es vor, Ordnung zu halten. Das hat er im Gefängnis gelernt.

Als er sein Zimmer betritt, bemerkt er sofort, dass etwas fehlt. Eigentlich müsste sein Handy auf dem Nachttisch liegen. Noch während er danach sucht, klopft es laut an der Tür. Und bevor er reagieren kann, steht Callum Moyle schon im Zimmer, was Sam gar nicht gefällt. Sein Vermieter legt selten Wert auf Förmlichkeiten, und Sam weiß, dass es schon seit Monaten Spannungen zwischen ihm und Jez gibt. Moyle ist Ende dreißig, also gut zehn Jahre älter als seine beiden Untermieter, und von kräftiger Statur. Viele Jahre körperlicher Arbeit haben ihm einen Stiernacken und ausgeprägte Muskeln beschert, sein braunes Haar trägt er raspelkurz. Wegen seiner schroffen, aggressiven Art hat er nur wenig Freunde. Sam kann nicht verstehen, warum ein Mann, der ein Haus und eine zwar kleine, aber erfolgreiche Baufirma besitzt, ständig unzufrieden zu sein scheint. Moyles Augen sind blutunterlaufen, was beweist, dass er gestern Abend zu lange im Pub war, sein Lächeln ist eher ein höhnisches Grinsen.

»Wo steckt Loverboy denn?«, fragt er.

»Irgendwo auf dem Boot seines Vaters. Die Seenotrettung sucht gerade nach ihm.«

»Beschissenes Timing«, sagt Moyle, und sein Grinsen verschwindet. »Das macht mir einen fetten Strich durch die Planung für heute. Ich will, dass diese Küche fertig wird, und zwar pronto.«

»Er wird schon die ganze Nacht vermisst, Callum. Er könnte in Schwierigkeiten sein.«

»Na und? Ich hab trotzdem einen Vertrag zu erfüllen.«

»Du hast uns das Wochenende freigegeben.«

»Planänderung, wir müssen weitermachen. Den Morgen kannst du haben, aber um zwei bist du da, alles klar? Und bring seine Lordschaft mit, wenn er von seinem Abenteuer zurück ist.« Moyle nimmt einen wattierten Umschlag vom Tisch und drückt ihn Sam in die Hand. »Das ist übrigens gestern für dich gekommen.«

Moyle stolziert davon, und Sam fühlt sich hilfloser denn je. Er braucht die Arbeit, selbst wenn das bedeutet, dass er nie Freizeit hat. Er kann immer noch nicht glauben, dass Jez verschwunden ist, und jetzt ist auch noch sein Handy weg, in dem sein ganzes Leben steckt. Er muss es gestern Abend irgendwo verloren haben.

Sam öffnet den Umschlag. Der Inhalt ergibt keinen Sinn: Eine Handvoll RNLI-Anstecker und ein handbeschriebener Zettel mit einer Galgenmännchen-Zeichnung oben in der Ecke. Ein Strichmännchen baumelt an einem Strick, sein Kopf hängt leblos herab. Darunter steht in ungleichmäßigen Großbuchstaben:

»AM UFER HALB, HALB SCHON ZUR SEE
REIZT, LOCKT SIE NUR DAS NEUE.«

Warum schickt ihm jemand eine anonyme Nachricht, die keinen Sinn ergibt?

Er schaut aus dem Fenster. Der Hafen von Hugh Town liegt ruhig da. Die malerischen Fischerhäuschen sind durch den langen Kai vor der Flut geschützt, trotzdem hat Sam sich noch nie so verwundbar gefühlt.

4

Der Himmel ist noch immer wolkenlos. Wir fahren über flache Wellen. Isla und Paul sind an Deck gekommen, um besser Ausschau halten zu können, da die Bullaugen unten aus sicherheitstechnischen Gründen nur eine eingeschränkte Sicht bieten. Jedes Detail dieses Bootes wurde bis zur Belastungsgrenze getestet, und ich weiß, dass es so gut wie unsinkbar ist; es richtet sich von selbst wieder auf, sogar unter den schlimmstmöglichen Seeverhältnissen und auch, wenn es teilweise überflutet ist. Es hat eine 360-Grad-Rolle hingelegt, ohne dass an Crew oder Ausrüstung größerer Schaden entstanden ist. Obwohl es sich anfühlte, als wären wir in einer riesigen Waschmaschine eingeschlossen, sind wir mit ein paar Schrammen davongekommen.

Als ich mich an Deck umschaue, ist alles in Ordnung. Das Boot ist mit einem Hydraulikkran ausgestattet, mit dem das kleine Schlauchboot zu Wasser gelassen werden kann, das für Höhlenrettungen gebraucht wird oder um an Land zu gehen. Außerdem gibt es Dutzende Rettungswesten und Bojen an Bord, aber eigentlich ist es nicht das Boot, das mir Sorgen bereitet. Die Küstenwache hat uns mitgeteilt, dass zwei junge Männer auf einem Boot vermisst werden, das letzte Nacht in St. Mary's zurückerwartet wurde, und bereits zu Schaden gekommen sein könnten. Wir sind nicht weit von der Schifffahrtsroute über den Atlantik entfernt, auf der jedes führerlos dahintreibende Boot in Gefahr ist. In den letzten zehn Jahren sind mehrere kleinere Gefährte von Frachtern zerteilt worden. Frachtschiffe sind so schwer und so schnell unterwegs, dass sie eine Meile brauchen, um ihr Tempo zu verlangsamen, und bei schlechter Witterung werden Fischerboote manchmal zu spät oder gar nicht gesichtet. Mein Blick klebt an der Wasseroberfläche. Jedes vorbeitreibende Holzstück wäre ein schlechtes Zeichen, aber bislang ist nichts zu sehen.

Der Rettungshubschrauber fliegt bereits dröhnend über uns, der Wind der Rotoren bläst mir heiße Luft ins Gesicht und kräuselt die Wasseroberfläche. Der Heli kann bis zu drei Stunden und über eine Reichweite von zweihundert Meilen bei der Suche helfen, dann muss er wieder aufgetankt werden. Die Crew in der Luft hat bessere Chancen, das Boot oder einen Verunglückten zu entdecken als wir, denn sie verfügt über eine Wärmebildkamera, die Schwimmer als rote Punkte auf dem kalten Wasser anzeigt. Mein Blick gleitet über den Horizont, aber es dauert nicht lange, bis meine Augen mir Streiche spielen. Das blendende Sonnenlicht macht das Abschätzen von Entfernungen zu einer Herausforderung. Bei der kleinsten Welle glaubt man einen Körper zu sehen, der auf dem Wasser treibt.

Sobald wir langsamer werden, gehe ich zurück ins Steuerhaus; wir folgen dem Kurs, den ein manövrierunfähiges, der Strömung ausgeliefertes Boot letzte Nacht genommen hätte. Der Skipper hält beide Hände am Steuerrad und schaut starr geradeaus. Liam Quicks hervorragendes Sehvermögen hat ihm den Spitznamen Adlerauge eingebracht, da er schon viele Opfer im Wasser entdeckt hat. Ich sehe, wie ruhig er nach Hunderten solcher Missionen bleibt. Stuart Cardew wirkt sehr viel weniger entspannt. Der grundsympathische Mittfünfziger ist auf den Inseln allgemein bekannt. Er unterrichtet Musik an der Five Islands School und spielt einmal im Monat Volkslieder in einem örtlichen Pub. Ich hab ihn schon als Teenie auf seiner Gitarre schrammeln hören. Er trägt sein graues Haar stets zum Pferdeschwanz gebunden, und sein Vollbart lässt ihn aussehen wie Käpt'n Iglo. Doch heute ist nichts von seiner üblichen Lässigkeit zu spüren. Er ist grau im Gesicht und behält auf der Suche nach Echozeichen auf dem Radar den GPS-Tracker im Blick. Als ich ihn an der Schulter berühre, zuckt er zusammen.

»Alles in Ordnung, Stuart?«

»Ich hatte schon bessere Tage. Meine Frau weiß nicht, dass ich hier bin.«

»Möchtest du, dass ich das Navigieren übernehme, damit du sie anrufen kannst?«

»Ich möchte mich lieber beschäftigen.«

Bei mir fällt erst der Groschen, als ich erneut seine verkniffene Miene betrachte. »Ist das vermisste Boot etwa deines?«

»Mein Sohn hat es sich für einen Ausflug nach St. Agnes mit Sam Austell ausgeliehen.« Die Falten auf seiner Stirn werden noch tiefer. »Er hatte versprochen, dass es heute Morgen wieder im Hafen von Hugh Town ist, aber da ist es nicht. Und die beiden gehen auch nicht an ihre Handys.«

»Bist du sicher, dass sie nicht über Nacht auf St. Agnes geblieben sind?

»Ich hab schon überall angerufen. Niemand hat das Boot gesehen.«

»Weißt du noch, der Notruf im letzten Jahr, als eine Jacht von ihrem Liegeplatz abgetrieben ist? Wir haben stundenlang nach ihr gesucht, dabei saß der Skipper bei bester Gesundheit mit seinen Freunden beim Mittagessen an Land.«

»Hoffen wir mal, dass du recht hast.«

»Jez kennt sich aus, er weiß sich zu helfen, Stuart. Er hat eine Medaille bekommen, schon vergessen?«

Seine Stirn glättet sich nicht. »Das Problem ist, dass ich Sam in einer Krisensituation nicht traue.«

»Mach dir keine Sorgen. Er hat die RNLI-Prüfung mit Bravour bestanden.«

Aber Cardew scheint gegen Tröstungen immun zu sein, und bevor sein Boot nicht wieder aufgetaucht ist, helfen alle Beschwichtigungen nichts. Er bleibt hundertprozentig auf die pulsierenden grünen Punkte auf dem Bildschirm konzentriert, als hätte er vergessen, wie man blinzelt.

Wenn wir zwei unserer jüngsten Freiwilligen verlieren würden, hätte das eine verheerende Wirkung auf die Crew. Einige aus der Mannschaft waren nicht sonderlich angetan, als Sam Austell zur Seenotrettung stieß, aber Jez hat die höchste Tapferkeitsmedaille der RNLI verliehen bekommen, weil er unter schwierigsten Bedingungen auf einen sinkenden Trawler aufgesprungen ist. Doch Heldentum spielt heute keine Rolle. Wir verstehen uns ohne Worte; das regelmäßige Training, gemeinsame Ziele und unzählige gemeinsam absolvierte, gefährliche Rettungsmissionen haben uns zusammengeschweißt. Ich betrachte das Team als eine erweiterte Familie.

Jez Cardew ist Eddies Cousin und hat denselben Blondschopf und dasselbe gute Aussehen. Er ist Ende zwanzig, Bauarbeiter von Beruf und, wie alle Männer seiner Familie, mit vollem Herzen dabei, wenn es um die Seenotrettung geht. Alle anderen Dinge in seinem Leben scheint er eher entspannt anzugehen. Sam Austell dagegen ist ein anders gelagerter Fall. Er war schon immer eine unruhige Seele. Vor einigen Jahren ist sein Leben aus dem Ruder gelaufen, und er hat auf dem Festland wegen Drogenhandels im Gefängnis gesessen. Nach seiner Entlassung hatte ich einige Mühe, die Crew dazu zu bringen, ihn als neues Mitglied zu akzeptieren. Ich war der Meinung, dass ihm das helfen wird, sich wieder in die Gemeinschaft zu integrieren, und irgendwann haben die anderen zugestimmt, aber es gibt noch immer Einzelne, die diese Entscheidung anzweifeln.

Michael Kerrigan ist das erste Crew-Mitglied, das ich unten im Schiffsraum treffe. Er ist der einzige katholische Priester der Inseln, wird von allen Father Mike genannt und gilt als vertrauenswürdig. Es ist ungemein hilfreich, dass er immer ansprechbar ist. Er ist in seinen Fünfzigern, gibt sich aber immer noch als Schiedsrichter bei den örtlichen Fußballspielen her und besucht an den meisten Wochenenden das *Ship*, ein Pub, um Darts zu spielen und in Ruhe ein Pint zu trinken. Er hat mir mal erzählt, dass die Leute bei einem Drink leichter über ihren Kummer reden können als im Beichtstuhl. Jetzt lächelt er mir zu und checkt dann sein Handy, als würde er sich um Gemeindemitglieder sorgen, die ihn brauchen könnten, auch wenn wir meilenweit von der Küste entfernt sind.

Eddie steht am Fenster, seine Nase ist nur Millimeter von der Scheibe entfernt. Mein Deputy sieht nicht mehr wie ein strebsamer Schüler aus, der auf gute Noten hofft. Mit hängenden Schultern dreht er sich zu mir um. Er muss bereits von den schlechten Nachrichten über seinen Cousin gehört haben.

»Ich hab Jez gestern Abend noch gesehen, er war mit Sam Austell im *Turk's Head*«, sagt er.

»Wann war das?«

»Gegen acht. Michelle und ich sind nach St. Agnes rübergeschippert. Jez war schon da, als wir kamen. Außer bei Einsätzen hab ich ihn in letzter Zeit kaum mal gesehen.«

»Ihr wirkt immer so, als würdet ihr euch gut verstehen.«

»Abends hält mich Lottie meistens auf Trab, aber Jez ist für mich wie ein Bruder.« Sein Blick wandert wieder aufs Wasser hinaus. »Wir waren in derselben Klasse. Ich hab vorhin eben die GPS-Koordinaten von seinem Handy überprüft, doch es sendet kein Signal.«

»Vielleicht ist es ausgeschaltet. Hast du gestern Abend auch mit Sam gesprochen?«

Er schüttelt den Kopf. »Der war in seiner eigenen Welt. Ich glaube, er ist früh wieder gegangen.«

»Versuch mal, ihn zu erreichen. Wenn dein Akku noch nicht leer ist.«

»Ich hab vorhin mit Callum Moyle gesprochen. Er sagt, Sam wäre früh nach Hause gekommen, aber Jez hätte er nicht gesehen.«

»Hast du dem Bootsführer erzählt, dass Sam an Land ist?«

»Noch nicht.«

»Dann gebe ich ihm und Stuart Bescheid. Hast du Jez denn gestern Abend vom Pub wegfahren sehen?«

Er schüttelt den Kopf. »Wir waren drinnen, zum Bezahlen. Ich ruf noch andere an, ob sie mehr wissen.«

Eddie greift wieder nach seinem Handy – er läuft immer zu Hochform auf, wenn er eine Aufgabe hat –, aber oben an Deck ruft jemand, und wir rennen beide die Stufen hoch. Stuart Cardew ist nach wie vor sehr angespannt. Und als er und der Bootsführer hören, dass Sam Austell sicher nach Hause gekommen ist, Jez aber von niemandem gesehen wurde, steigert das seine Sorge noch. Der Hubschrauberpilot gibt über Funk neue Koordinaten durch. Sie haben ein kleines Boot gesichtet, das eine Meile weiter westlich auf dem Wasser treibt.

»Aber doch nicht auf der Schifffahrtsroute, oder?«, fragt Eddie.

Cardew schüttelt den Kopf. »Für meinen Geschmack allerdings zu nah dran. Weiß der Himmel, warum er keinen Notruf abgesetzt hat. Vielleicht ist sein Funkgerät kaputt.«

»Leiht Jez sich oft dein Boot aus?«

»Zwei-, dreimal die Woche. Das *Turk's Head* auf St. Agnes ist momentan sein Lieblingspub. Warum, zum Teufel, ist Sam allein nach Hause gefahren, wenn sie doch zusammen dort waren?«

»Das finden wir noch raus. Sie wohnen beide bei Callum Moyle, oder?«

»Die beiden sind kein guter Einfluss für Jez. Callum interessiert sich nur für sein Geld, und Sam ist ein Unruhestifter. Ich lieg Jez schon ewig in den Ohren, dass er da ausziehen soll.«

»Versuch, dir keine Sorgen zu machen. Wir haben ihn sicher bald gefunden.«

Das Rettungsboot nimmt Fahrt auf, und das Kielwasser zieht sich eine halbe Meile lang hinter uns her wie ein Kometenschweif. Es wird nur wenige Minuten dauern, bis wir den Kabinenkreuzer erreichen, und meine Anspannung löst sich bereits. Die Chancen stehen gut, dass Jez mit einem verlegenen Grinsen an Deck wartet, und sollte er verletzt sein, können wir Hilfe leisten. Der Hubschrauber hält mit uns mit. Der Abwind weht mir Gischt in die Augen. Ein Sanitäter sitzt einsatzbereit in einem knallroten Overall der Luftrettung in der offenen Tür. Ich würde um keinen Preis in der Welt mit ihm tauschen wollen. Es erfordert weitaus mehr Mut, sich aus zwanzig Metern Höhe auf ein Boot abzuseilen, als bei ruhiger See zu fahren.

Als ich den Kabinenkreuzer endlich erblicke, überkommt mich Erleichterung. Er sieht vollkommen intakt aus. Der Wind hat in den letzten Minuten aufgefrischt, aber nicht genug, um Probleme zu verursachen. Der Kreuzer nimmt jede Welle mit Leichtigkeit. Ich bin optimistisch, als Stuart Cardew neben mir auftaucht.

»Kannst du ihn sehen, Ben?«

»Vielleicht ist er unter Deck.«

Cardew späht durch sein Fernglas. »Was, zum Teufel, treibt er? Er muss uns doch längst bemerkt haben.«

Ich halte den Atem an, als wir näher kommen und schließlich den Motor drosseln. Das Rettungsboot schaukelt sanft hin und her, was es dem Skipper schwermacht, unser Gefährt neben Cardews Boot zu bringen. Mal berühren die beiden Boote sich fast, dann verbreitert die Strömung den Abstand wieder. Das ist der Moment, in dem die meisten Unfälle passieren, während des Umsteigens auf ein anderes Boot, darum hat die RNLI für solche Fälle strikte Sicherheitsvorschriften erlassen. Denn wenn jemand zwischen beide Boote fällt, kann er leicht Gliedmaßen verlieren oder gar zu Tode gequetscht werden.

Ich will mich gerade freiwillig melden, als Cardew über

die Absperrung steigt und ohne jede Sicherung hinüberspringt. Eine saubere Landung ist das auch nicht gerade. Er fällt fast herunter, als er sich über die Reling zieht, aber ich kann ihm seine Ungeduld nicht verübeln. Wenn Noah auf einem Boot wäre, das auf die Schifffahrtsroute zutreibt, würde ich dasselbe tun.

Mein Blick bleibt auf dem etwas verblassten Namen des Kabinenkreuzers hängen, der mit schwarzer Farbe auf den Bug gepinselt ist: *Happy Daze*. In meiner Kindheit hatte mein Onkel Ray auch mal so ein Boot. An Sommertagen wie diesen haben mein Bruder und ich gern Saltos rückwärts vom Bug gemacht, um Mädchen zu beeindrucken. Auf Stuart Cardews Gesicht ist allerdings kein Anzeichen von Freude zu erkennen, als er wieder aus der Kabine hochkommt. Er streckt die Hände aus, die Handflächen nach oben gerichtet, so als wollte er prüfen, ob es regnet. Das Boot ist leer, und der Grund dafür kann nicht gut sein. Den Ermittler in mir drängt es sofort, mehr darüber zu erfahren.

Diesmal befolge ich alle Sicherheitsvorschriften, werfe Cardew ein Seil zu und bringe die beiden Boote parallel nebeneinander. Als ich zu ihm an Deck springe, steht er sichtlich unter Schock. Er ist so weiß im Gesicht, dass ich ihn zwinge, sich auf die Bank neben dem Steuerhaus zu setzen, während ich das Boot noch einmal vollständig absuche. Die Festmachleine liegt sorgfältig aufgerollt an Deck, der Anker ist am Bug befestigt. Meine Sorge um Jez Cardew wächst. Ich bitte Stuart, nachzusehen, ob eine Rettungsweste fehlt. Alle vier Westen sind noch da, was bedeutet, dass er ungeschützt ist, sollte er ins Wasser gefallen sein. Was immer gestern Nacht passiert ist, muss ihn überrascht haben. Als ich den Schlüssel im Zündschloss drehe, springt der Außenbordmotor sofort an; weder ist der Tank leer, noch gibt es irgendein Problem mit dem Funkgerät. Das Boot ist einwandfrei funktionstüchtig, doch als ich in die Kabine unter Deck komme, ist von Jez keine Spur zu sehen. Nur der Geruch von Diesel liegt in der Luft.

Der Hubschrauber dreht bereits ab, um in einer anderen Richtung weiterzusuchen, und wühlt die Wellen um uns herum auf. Unsere Rettungsmission hat von jetzt auf gleich eine ganz neue Dringlichkeit bekommen. Wir halten nicht länger nach dem Boot eines jungen Seenotretters Ausschau, das auf dem offenen Meer treibt. Wir suchen jetzt nach einem einsamen Schwimmer, der mit letzter Kraft darum kämpft, den Kopf über Wasser zu halten.

5

Da Sam vor der Arbeit noch was zu erledigen hat, verlässt er rasch das Haus. Er will rechtzeitig vor seinem morgigen Besuch die Medikamente für seine Mutter besorgen. Es ist eine Erleichterung, aus dem Haus zu kommen, denn so muss er dem Vermieter nicht mehr bei seinen endlosen Telefonaten zuhören, die er stets so laut führt, dass jedes Wort durchs Treppenhaus nach oben dringt. Die laute Stimme hat er von seiner Arbeit auf Baustellen, wo er sich über den Lärm von Bohrern und Betonmischern hinweg Gehör verschaffen muss. Seine Äußerungen klingen oft höhnisch, was Sam kaum ertragen kann. Seit er Drogen und Alkohol entsagt hat, bevorzugt er Ruhe und Frieden. Nach jahrelangen übertriebenen Hochgefühlen und Tiefpunkten ist er seelisch inzwischen wieder einigermaßen im Gleichgewicht, aber bis er wirklich in sich ruht, ist es noch ein weiter Weg. Der Besuch im Pub gestern Abend war der erste seit seiner Entlassung aus der Haft. Wenn eine Tür zuschlägt, zuckt er immer noch zusammen, als hätte jemand einen Schuss abgegeben.

Auf dem Kai bleibt er stehen; er wünschte, er hätte Zeit, nach seinem Handy zu suchen. Andere sitzen hier entspannt auf Bänken und warten auf die Fähren, die sie auf die anderen Inseln bringen, wo sie Verwandte besuchen oder Pick-

nicks machen wollen. Als Sam über den Hafen nach Norden blickt, steht die Tür zum Rettungsbootschuppen offen. Er würde zu gern wissen, was gerade passiert, aber bis die Crew zurück ist, werden keine Nachrichten rausgegeben. Nach ihrer Rückkehr werden sich die Berichte über ihre neueste Rettungsaktion wie ein Lauffeuer auf der Insel verbreiten, wobei ihr Heldenmut von Haus zu Haus immer größere Ausmaße annehmen wird. Jez wurde monatelang wie ein Held gefeiert, nachdem er an der gefährlichsten Mission des Jahres teilgenommen hatte. Es scheint unfassbar, dass er jetzt der in Not Geratene ist.

Sam erhöht sein Tempo, als er hügelan zum Krankenhaus läuft. Die diensthabende Ärztin spricht mit ihm wie mit einem begriffsstutzigen Kind, als sie erklärt, wie seine Mutter die Tabletten einnehmen soll. In der Vergangenheit hätte er barsch auf diese Bevormundung reagiert, aber heute hat er sein Temperament besser im Griff. In einer Antiaggressionstherapie während seiner Haft hat er besser mit Provokationen umzugehen gelernt. Er braucht nur insgeheim bis zehn zu zählen, um dumme Fehler zu vermeiden.

Als er wieder vor die Tür tritt, wird er mit einer tollen Aussicht belohnt. In der Ferne liegt English Island, die anderen Inseln verblassen von schwarz langsam zu grau. Es erscheint ihm verrückt, dass er früher davon geträumt hat, von hier wegzugehen, obwohl er diese Landschaft in seiner DNA trägt. Jetzt muss er es nur schaffen, auf dem rechten Weg zu bleiben, damit er sein Leben wieder auf die Reihe bekommt.

Als Nächstes will er zur Bücherei am Porthcressa Beach. Das ist einer der wenigen Orte, wo er sich nicht von abschätzigen Blicken verfolgt fühlt. Schon seit seiner Kind-

heit, als seine Mutter ihm dort Bilderbücher ausgeliehen hat, geht er gern dorthin. Seitdem hat sich wenig verändert. Sie liegt noch immer in einer der hübschesten Buchten von St. Mary's, ein unscheinbares Gebäude voller Schätze. Die Bücherei wirkt leer, als er hereinkommt, bis er ganz hinten die schlanke, weißhaarige Linda Thomas, die Chef-Bibliothekarin, sieht. Sie sortiert gerade Bücher in Regale ein und winkt ihm fröhlich zu. Wenn sie ihn wegen seiner Vergangenheit verurteilt, zeigt sie es nicht.

Er will gerade zu ihr hingehen, um ein Schwätzchen zu halten, als eine weitere Frau den Eingangsbereich der Bibliothek betritt und ihren Platz hinter dem Tresen einnimmt. Ihm stockt der Atem. Es ist Danielle Quick, die Tochter des Rettungsbootsführers. Sie trägt ihr gewelltes dunkles Haar in einem Bob, und ihr hübsches herzförmiges Gesicht ist ihm schon vor Jahren aufgefallen, als sie noch zur Schule gegangen sind. Da Danielle ebenfalls zur Crew der Seenotrettung gehört, sieht er sie in letzter Zeit häufiger, aber niemand hat ihm gesagt, dass sie in der Bücherei arbeitet.

»Hallo, Sam«, sagt sie lächelnd. »Hast du den Einsatz verpasst?«

»Ja, ich kam ganz knapp zu spät.«

»Ich auch, aber das ist ganz gut so. Linda will mir heute Nachmittag eine Einführung in das Katalogsystem geben.«

»Hast du gehört, dass Jez vermisst wird?«

Sie schaut ihn schockiert an. »O nein, wie schrecklich!«

»Mach dir keine Sorgen. Dein Dad wird ihn gesund nach Hause bringen.« Ihr Lächeln kehrt langsam zurück. »Ich wusste gar nicht, dass du Bibliothekarin werden wolltest.«

»Das ist meine erste Woche. Ich find's total toll. Vor al-

lem die Kinder sind klasse. Sie stellen einem die lustigsten Fragen.« Sie wird verlegen. »Sorry, ich quassele zu viel, aber das ist einfach alles noch so neu für mich.«

»Du wirst das super machen.«

»Ich war die Arbeit in der Hotelküche so leid. Suchst du was Bestimmtes?«

»Ich wollte ein paar bestellte Bücher abholen.«

Sie schaut unter dem Tresen nach und zieht dann einen einzigen Titel hervor. »Es ist nur das hier gekommen: Rechnungswesen, Band drei. Das klingt nach Spaß.«

Ihm wird unbehaglich zumute. »Ist für die Abendschule. Ich möchte meine eigene Buchführung machen können. Mathe war das Einzige, was ich in der Schule gut konnte. Ist natürlich aber ganz schön trocken.«

»Toll, dass du was lernst. Ich bewundere Leute mit Ehrgeiz.«

»Lob mich nicht zu früh. Vielleicht schaffe ich am Ende die Prüfung gar nicht.«

»Du solltest mehr Selbstvertrauen haben, Sam. Ich wette, du schaffst das.«

Mit hochrotem Kopf geht Sam zu einem Tisch, um vor der Arbeit noch ein bisschen zu lernen. Es ist lange her, dass ihn außer seiner Mutter oder Father Mike jemand ermutigt hat, aber er weiß nicht genau, wie er darauf reagieren soll. Sich auf Additionen und andere Rechenaufgaben zu konzentrieren ist leichter, außerdem lenkt es ihn davon ab, dass Jez vermisst wird.

Als er eine Viertelstunde später wieder aufblickt, hilft Danielle einer alten Dame gerade dabei, sich einen Roman auszusuchen. Ihr Mienenspiel ist lebhaft. Er hofft, dass sie nie darauf gekommen ist, dass er ihr vor fünfzehn Jahren eine Valentinskarte geschickt hat. Er würde vor Peinlichkeit sterben, wenn sie es wüsste. Aber er kann nicht aufhören, sie zu beobachten, während sie liebenswürdig lächelnd – und als hätte sie alle Zeit der Welt – mit der alten Dame plaudert.

6

Wir sind seit sechs Stunden auf See und mit zehn Knoten unterwegs, um unsere Umgebung genauestens absuchen zu können. Eddie hat den ganzen Morgen versucht, Sam Austell zu erreichen, um weitere Details über Jez zu erfragen, doch er geht nicht ans Telefon. Liam Quick hat das Steuer an Paul Keast übergeben und sitzt jetzt mit seinem Fernglas am Bug. Mir tun inzwischen die Augen weh von dem grellen Licht, das von der Wasseroberfläche reflektiert wird; es ist so intensiv, dass es mir die Netzhaut versengt. Abgesehen vom Dröhnen des Motors und dem Möwengeschrei über uns herrscht Stille an Deck. An einem gewöhnlichen Tag wäre diese Fahrt ein Vergnügen. Auf dem Gunner Rock sonnen sich graue Seehunde, und der Leuchtturm auf dem Bishop Rock sieht toll aus mit seiner im Sonnenlicht schimmernden weißen Außenwand. Mein Blick verweilt nur kurz auf ihm, dann richte ich ihn wieder aufs Wasser, in der Hoffnung, einen hilfesuchend erhobenen Arm zu erspähen.

Ich halte mein Fernglas weiter fest vor die Augen, als Isla mir auf die Schulter tippt. Wir wechseln uns im Halbstundentakt ab, um dem Ermüdungseffekt entgegenzuwirken. Niemand von uns könnte es sich verzeihen, wenn er ein Anzeichen dafür übersähe, dass Jez nach einem außergewöhnlichen Missgeschick, bei dem er über Bord gegangen ist, in diese Richtung geschwommen ist. Isla scheint begierig zu sein, die Arbeit wieder aufzunehmen. Sie hat ein ruhiges, ernstes Naturell und trägt ihr schwarzes Haar in einem nüchternen Kurzhaarschnitt. Als sie vor zwei Jahren zu unserem Team bei der Inselpolizei stieß, war ich vom ersten Moment an von ihrer Professionalität beeindruckt. Und der Arbeit als freiwillige Seenotretterin scheint sie mit dem gleichen Engagement nachzugehen. Die junge Constable nimmt wortlos meine Position ein und hebt das Fernglas vor die Augen, um den Horizont abzusuchen.

Stuart Cardew hat sein Handy am Ohr, als ich runter in den Schiffsraum komme. Father Mike steht neben ihm, aber Cardew wirkt noch immer so, als wäre er ganz weit weg. Die Sorgenfalten haben sich, wie ein Tattoo, tief in seine Haut eingegraben.

»Nie geht die Frau an ihr verdammtes Telefon«, murmelt er. »Am Wochenende schaltet die dumme Pute es gern mal aus.«

»Haben Sie Jez' Freunde angerufen?«

»Außer Callum Moyle kann niemand helfen. Er sagt, Sam wäre gestern Abend gegen zehn nach Hause gekommen. Ich hab Jez noch davor gewarnt, mit diesem Psychopathen zusammenzuziehen.«

»Ist Jez noch mit Anna Dawlish zusammen? Vielleicht ist er ja bei ihr?« Es fühlt sich seltsam an, diese Frage zu stellen, denn im zarten Alter von fünfzehn Jahren hatte ich mit Anna meine erste ernsthafte Beziehung – bis sie mir nach einem Jahr den Laufpass gegeben hat. Damals hat mich ihr Verhalten verletzt, doch schon bald danach war es Schnee von gestern. Heute pflegen wir einen freundschaftlichen

Umgang, aber wir haben uns seit Monaten nicht gesprochen.

»Die Sache hat er, Gott sei Dank, vor einer Weile beendet. Er ist nicht bereit, sich ernsthaft auf jemanden einzulassen, der zehn Jahre älter ist und ein Kind hat. Seitdem hat er nie ein anderes Mädchen erwähnt.« Stuart reibt sich mit der Hand über die Stirn, als versuche er, seine Gedanken zu entwirren. »Eddie sagt, Sam hätte gereizt gewirkt und das *Turk's Head* früh wieder verlassen. Jez hat nur ein oder zwei Pints getrunken. Also muss er einigermaßen nüchtern gewesen sein, als er gegen elf aufgebrochen ist; und eigentlich hätte er lange vor Mitternacht wieder in Hugh Town sein müssen.«

Stuart könnte sicherlich stundenlang darüber diskutieren, was alles theoretisch passiert sein könnte, aber wir brauchen verlässliche Informationen, darum setze ich mich über Funk mit dem Polizeirevier in Verbindung. Sergeant Lawrie Deane klingt, als hätte ich ihn bei einem Nickerchen gestört. Er redet langsamer als üblich, als ich ihn bitte, nachzuprüfen, ob Cardews Boot letzte Nacht im Hafen von Hugh Town gesehen wurde. Vielleicht klammere ich mich an einen Strohhalm, aber es kommt schon mal vor, dass Boote sich irgendwie von selbst losmachen und aufs offene Meer hinaustreiben oder dass jemand anders sie aus Jux in einen anderen Hafen bringt.

Stuart sieht noch immer wie benommen aus, als ich mich wieder neben ihn stelle.

»Glaubst du, einer von Jez' Freunden könnte hinter der Sache stecken?«, frage ich. »Könnte sich jemand einen dummen Streich an einem Sommerabend erlaubt haben?«

»Auf keinen Fall. Die sind inzwischen alle erwachsen

und haben zu tun.« Er zögert. »Der Einzige, der meschugge genug wäre, ist Sam Austell. Vielleicht steckt er dahinter.«

»Das bezweifle ich. Er hat sich sehr gebessert in der letzten Zeit.«

»Mein Sohn ist zu weich. Alle anderen Freunde haben Sam fallenlassen, nachdem er auf die schiefe Bahn geraten war.«

»Der Junge hat sich der Crew angeschlossen, weil er auf eine zweite Chance hofft.«

»Wer sollte mein Boot denn sonst losmachen?«

Ich könnte ihn darauf hinweisen, dass es einfach ein tragischer Unfall gewesen sein könnte, aber das ist ein schlechter Zeitpunkt. Ein einziger Fehler genügt, und die Dinge können eskalieren; Jez könnte sich den Kopf gestoßen haben und über Bord gefallen sein. In meiner Erinnerung ist es bislang nur ein einziges Mal vorkommen, dass ein unbemanntes Boot auf dem offenen Meer gefunden wurde. Und das war 2008, nach dem Finanzcrash. Damals ist ein pleitegegangener örtlicher Geschäftsmann mit seiner Jacht aufs Meer rausgefahren, hat die Ankerkette um seinen Hals gewunden und ist über Bord gesprungen. Die Seenotrettung hat seine Leiche am nächsten Morgen an die Oberfläche gezogen. Wir können nicht ausschließen, dass Jez etwas Vergleichbares getan hat, auch wenn es keine Anzeichen dafür gab, dass er verzweifelt war.

Ich trete einen Schritt zurück, als Stuart es erneut bei Sam Austell versucht, aber danach ist er nur noch frustrierter.

»Der Scheißkerl hat sein Handy ausgeschaltet.«

Oben schreit plötzlich jemand. Als wir an Deck eilen, weist Isla nach Westen, und das Boot ändert seine Richtung. Isla zeigt mit beiden Armen auf die Sichtmarke, damit der Skipper eine Linie hat, der er folgen kann. Mein Blick sucht den Horizont ab, aber ich sehe nur einen Frachter in der Ferne, der die zweitausend Meilen weite Reise nach Amerika antritt.

Als ich durchs Fernglas schaue, erkenne ich einen dunklen Fleck auf der Wasseroberfläche, den ich niemals bemerkt hätte, wenn mich nicht jemand darauf aufmerksam gemacht hätte. Das Objekt dreht sich bei jeder Welle. Mein Magen zieht sich zusammen. Letzten Winter haben wir bei einem Einsatz einen verschwundenen Jachtbesitzer gefunden; seine Leiche drehte sich genauso im Wasser hin und her. Ich kneife die Augen zu, weil ich plötzlich an die letzte Ausfahrt meines Vaters mit seinem Fischtrawler auf die keltische See denken muss. Paul Keasts Dad ist auf derselben Fahrt ums Leben gekommen. Fünfundzwanzig Jahre ist das jetzt her. Die Vorstellung, einen aus unserer Crew tot im Wasser zu finden, ist furchtbar. Aber sollte wirklich das Schlimmste passiert sein, wäre das trotzdem das beste Ergebnis unserer Mission, denn über einem leeren Sarg kann niemand richtig trauern. Weil meine Mutter kein Grab hatte, das sie aufsuchen konnte, konnte sie nicht aufhören zu trauern und hat sich nie vollständig von dieser Geschichte erholt.

Wir kommen dem auf dem Meer treibenden Objekt immer näher, und das Boot wird langsamer. Ich trete neben Stuart und mache mir klar, dass er vielleicht über Bord springen will, wenn wir Jez' Leiche im Wasser finden. Er schickt leise ein Stoßgebet zum Himmel und bittet Gott, seinen Sohn am Leben zu erhalten. Father Mike steht mit ausdrucksloser Miene ganz in der Nähe.

»Er ist es, oder?«, murmelt Cardew.

»Ich kann noch nichts sehen, Stuart«, erwidert der Priester. »Beten wir, dass er in Sicherheit ist.«

Als wir dichter an das Objekt heranfahren, schwindet meine Hoffnung. Es schwimmt nur ein schwarzes Stück Stoff auf dem Wasser.

»Holt es für mich raus!«, ruft Cardew. »Lasst es nicht wegtreiben.«

Paul Keast zieht es mit einem Bootshaken an Bord. Wir stellen uns alle in einem Kreis auf, als wollten wir Stuart vor einem scharfen Wind schützen, während er die zerrissene Bomberjacke in den Händen hält. Er bleibt still, bis er den Reißverschluss an einer der Jackentaschen öffnet; mit einem Schwall Meerwasser fallen mehrere kleine Dinge heraus.

»Das ist Jez' Schlüsselbund«, murmelt er.

Ich nehme ihm die Jacke so sanft wie möglich aus den Händen, aber die andere Tasche ist leer. Jez' Handy könnte also auf dem Meeresboden liegen. Stuart fällt ohne Vorwarnung auf die Knie, während ich die Jacke in einen leeren Seesack falte. Father Mike hilft mir, Stuart unter Deck zu bringen, und wir legen ihm eine Rettungsdecke um. Trotz der warmen Luft an diesem Tag zittert er, als wäre er zu lange im Wasser gewesen.

7

Sam arbeitet noch, als die Dämmerung einsetzt. Er baut Küchenschränke in einem heruntergekommenen Haus an der Museum Street. In dem Raum sieht es chaotisch aus. Auf dem Fußboden, auf dem Sägespäne verteilt sind und halbfertige Schränke herumstehen, stapelt sich Eichenholz. Es ärgert Sam, dass er noch keine Zeit hatte, seine gestrigen Wege abzulaufen und nach dem Handy zu suchen, aber auf den Inseln bleibt eigentlich nichts lange verschollen. Vielleicht findet es jemand und kontaktiert ihn, aber wenn es bis morgen nicht aufgetaucht ist, wird er sich von seinen sauer verdienten Ersparnissen ein neues kaufen müssen.

Callum Moyle war den ganzen Nachmittag schlecht gelaunt, weil Jez nicht aufgekreuzt ist. Jetzt reagiert er seine Wut ab, indem er mit extraharten Schlägen Nägel ins Holz treibt. Die Londoner Besitzer werden bald eintreffen, um die Fortschritte bei der Renovierung ihres Zweitwohnsitzes zu begutachten, und Callum hasst es, sich ihrem Urteil aussetzen zu müssen.

»Man würde nie drauf kommen, dass Jez für eine Küchenfirma in Penzance gearbeitet hat. Seine Tischlerarbeit ist totaler Schrott«, sagt er.

Sam betrachtet einen Schrank, den sein Freund gebaut hat. »Sieht doch okay aus.«

Callum wirft ihm tödliche Blicke zu. »Dir hat man im Gefängnis wohl beigebracht, dich neutral zu verhalten, was?«

»Ist jedenfalls besser, als sich ständig zu streiten, wie du und Jez.«

»Er führt sich auf, als wär er was Besondres. Ihr zwei seid schon ein seltsames Paar. Er kann nie die Klappe halten, und du sagst nie einen Piep.« Callum greift nach seiner Nagelpistole. »Was glaubst du, wo er steckt?«

»Woher soll ich das wissen?«

»Er führt uns hinters Licht, oder?«

»Ich hab doch schon gesagt, dass er auf dem Meer vermisst wird.«

»Das kannst du nicht ernsthaft glauben. Der hat sich garantiert mit einer Tussi aus dem Staub gemacht.«

Trotz der angespannten Atmosphäre, die nur die altmodischen Popsongs aus dem Radio etwas aufhellen, arbeiten die beiden Männer weiter. Sam ist sich ziemlich sicher, dass Jez nicht die ganze Nacht wegbleiben würde, ohne ihm vorher Bescheid zu sagen, außerdem hat er ihm nie was von einer neuen Freundin erzählt. Aber mit Callum zu diskutieren ist sinnlos. Sam hat im Gefängnis auf die harte Tour gelernt, mit Männern wie ihm umzugehen. Sie griffen ohne besonderen Grund andere an und kamen niemals aus der Deckung.

»Während Jez sich amüsiert, müssen wir hier pausenlos malochen, damit alles rechtzeitig fertig wird«, sagt Callum.

Sam tischlert still weiter. Er hat im Knast eine Ausbildung gemacht und genießt sein handwerkliches Können, auch wenn Callum ihm skeptisch über die Schulter guckt. Er liebt es, die Maserung des Holzes unter den Händen zu spüren, und saugt den moschusartigen, harzigen Duft ein. Jedes einzelne Möbelstück, das er fertigstellt, ist für ihn ein Erfolg.

»Du musst schneller machen«, sagt Callum, »aber du arbeitest wenigstens sorgfältig.«

Sam bedankt sich mit einem angedeuteten Nicken für das Kompliment. Er ist immer noch ganz auf seine Arbeit konzentriert, als der Pager von der Seenotrettung in seiner Hosentasche Alarm schlägt.

»Ich muss los!«, ruft er und springt auf. »Sie brauchen offenbar mehr Leute.«

Callum stellt sich ihm in den Weg. »Wenn du gehst, bist du gefeuert. Ich erwarte Loyalität, hast du verstanden? Die Seenotrettung geht mir am Arsch vorbei.«

Sams Instinkt befiehlt ihm, an Callum vorbeizustürmen und zum Hafen zu laufen, aber er kann es sich nicht leisten, den Job zu verlieren, auch wenn er langsam Angst bekommt. Jez war seit Monaten verschlossen und in sich gekehrt, trotzdem ist er nicht der Typ, der sich in Schwierigkeiten bringt. Wenn das Schlimmste eingetreten ist, muss jemand anders dahinterstecken.

8

Bei Einbruch der Nacht kehren wir nach St. Mary's zurück. Auf den Scilly-Inseln gibt es so wenig Lichtverschmutzung, dass die Sterne so hell leuchten wie Feuerwerk, aber mir war noch nie weniger nach Feiern zumute. Wir ziehen Cardews Boot mit Paul Keast und Isla am Steuer an einem Schlepptau hinter uns her. Es fühlt sich falsch an, dass wir nach unserer ganztägigen Suche mit leeren Händen nach Hause kommen. Außer dem leeren Kabinenkreuzer und der Jacke haben wir nichts vorzuweisen. Die Crew schweigt, als die Lichter von Hugh Town am Horizont auftauchen. Ich stelle mir immer noch vor, dass Jez sich irgendwo an einen Felsen klammert, und Stuarts Körperhaltung sagt mir, dass es ihm ähnlich geht. In sich zusammengesackt wie ein eingestürztes Gebäude sitzt er in der Ecke. Father Mike ist bei ihm und spendet ihm Trost.

Liam Quick, der Bootsführer, wirkt trotz unserer ermüdenden Suchaktion unverdrossen. Ich sehe ihm an, dass er nicht die Absicht hat, aufzugeben. Er hockt sich neben Stuart und erklärt ihm die nächste Etappe, doch sein Blick ist leer. Liams Miene bereitet mir Sorgen. Vielleicht hat er sich geblendet, indem er zu lange in die Sonne geschaut hat.

»Lass jemand anders übernehmen, Liam, du bist erschöpft«, sage ich.

»Das ist erst der Anfang«, erwidert Quick und ignoriert mich einfach. »Wir tanken auf und versuchen es morgen mit einer frischen Mannschaft noch mal.«

Stuart packt ihn am Arm. »Lass mich mitkommen. Ich kann nicht zu Hause sitzen, wenn ich weiß, dass er da draußen ist.«

»Diesmal nicht, mein Freund, du wirst zu Hause gebraucht«, antwortet Liam. »Ben bringt dich hin, im Polizeiwagen.«

»Was sage ich denn meiner Frau?«, flüstert Stuart.

»Lass Ben das übernehmen.«

Stuart wendet sich mir zu. »Delia wird mir die Schuld an all dem geben.«

»Unsinn, warum sollte sie?«, sage ich und führe ihn zu einem der Plätze.

»Ich war verrückt, Jez mit diesem Idioten an Bord rausfahren zu lassen.«

Schuldgefühle und Wut spiegeln sich in seiner Miene, aber natürlich wird niemand ihm vorwerfen, dass er seinem erwachsenen Sohn sein Boot geliehen hat. Insulaner bewältigen diese kurze Überfahrt jedes Jahr tausendfach, bei gutem wie bei schlechtem Wetter. Ihn scheint etwas anderes zu beunruhigen, aber jetzt ist nicht die richtige Zeit, ihm Fragen zu stellen.

Das gesamte Team konzentriert sich auf praktische Dinge, als wir nahe dem Kai Anker werfen, wo uns eine frische Truppe von Freiwilligen ersetzen wird. Der Bootsführer schüttelt den Kopf, als ich erneut vorschlage, dass ein erfahrenes Crew-Mitglied seine Position übernehmen könnte. Er kaschiert mit schnellen Bewegungen seine Erschöpfung, obwohl auch mir längst der Kopf schmerzt, weil das ständige Aufs-Wasser-Starren die Augen übermäßig beansprucht hat. Liams unermüdliches Engagement ist ein zweischneidiges Schwert; meiner Meinung nach grenzt es an Obsession, auch wenn sein Durchhaltevermögen bewundernswert ist. Aber ich habe hier ja nicht das Sagen und keine Möglichkeit, ihn an Land festzuhalten.

Der Rettungsbootschuppen erscheint nach der langen Zeit auf See wie das reinste Paradies. Dort ist es nicht nur trocken und warm, sondern das Team aus freiwilligen Unterstützern und Unterstützerinnen versorgt uns auch mit heißen Getränken und Essen. Es wird angeleitet von Janet Fearnley, die ihre Rolle, seit sie Witwe geworden ist, mit noch mehr Hingabe ausfüllt. Sie erinnert mich an meine Patentante Maggie, die es ebenfalls liebt, ihre Gemeinde zu unterstützen. Ich nehme mir ein Sandwich von Janets Tablett, sage ihr, dass sie mir das Leben rettet, und widme mich dann dem wohltuenden Kaffee. Wir sehen alle abgekämpft aus, und doch ist keiner so recht bereit, die Suche nach Jez einzustellen.

Während das Boot betankt wird, sammelt sich eine frische Crew aus erfahrenen und neuen Freiwilligen. Liam ist wirklich ganz versessen darauf, wieder weiterzusuchen. Eddie bleibt ebenfalls dabei. Mir wäre es lieber, wenn ausgeruhte Leute an Bord gingen, aber das bestimmt der Bootsführer, nicht ich. Seine Tochter Danielle, die zur neuen Crew gehört, trabt bereits zum Schnellboot hinunter. Sie ist Ende zwanzig, sieht aber jünger aus. Ihre Augen glänzen vor Aufregung.

Len und Molly Bligh springen als Nächste an Bord. Die beiden Geschwister sind mit ihren leuchtend roten Haaren nicht zu übersehen. Sie betreiben in der Nähe von Hugh

Town eine Reitschule und einen Gnadenhof für Pferde und gehören schon seit Jahren zur Crew. Da auch ihr Vater bereits bei der Seenotrettung war, kennen sie sich bestens aus, und man merkt ihnen an, dass sie hundertprozentig auf die Herausforderung konzentriert sind, die vor ihnen liegt. Das Boot fährt mit Höchstgeschwindigkeit davon. Die Neuen werden denselben Meeresabschnitt durchkämmen wie wir tagsüber, allerdings werden sie es noch schwerer haben, weil es inzwischen dunkel ist. Bald ist das Boot der Seenotrettung nur noch ein Lichtpünktchen, das sich in westlicher Richtung von den bewohnten Inseln entfernt. Angesichts all der Sterne am Horizont sieht es eher wie eine Rakete aus, die zum Mond fliegt, denn wie eine Rettungsmission.

Isla leistet Stuart im Bootschuppen Gesellschaft, während ich den Transporter hole. Ich werde sie mitnehmen, wenn wir ihn nach Hause bringen. Die junge Constable wohnt in der nächsten Bucht und kennt die Cardews seit ihrer Geburt. Ihre einfühlsame Art wirkt immer beruhigend auf Menschen in Ausnahmesituation, wohingegen meine Direktheit oft den gegenteiligen Effekt hat. Ich will gerade zu dem zehn Gehminuten entfernten Polizeirevier aufbrechen, als ich ein vertrautes Geräusch höre. Wenn Shadow zu seinem Begrüßungsgejaule ansetzt, klingt er wie ein heulender Wolf in einem Wald in Alaska. Tatsächlich kommt er aus der Dunkelheit angesprungen, setzt mir seine Pfoten auf die Brust und versucht, mir übers Gesicht zu lecken.

»Hey, was ist das denn?«, frage ich, »warum bist du nicht zu Hause?«

Er winselt mehrmals, so als würde er mir eine ausführliche Erklärung liefern. Ich kraule ihm kräftig das Fell, dann läuft er zufrieden neben mir her die Quay Street hinunter. Seine Loyalität ist grenzenlos. Er würde erwiesenermaßen für jedes Mitglied meiner Familie sein Leben riskieren und hat Wochen gebraucht, um sich von seiner letzten Verletzung zu erholen. Die schwere Stichwunde hatte er sich bei dem Versuch zugezogen, uns zu verteidigen. Es ist mir ein Rätsel, wie er herausgefunden hat, dass ich heute auf dem Rettungsboot war, und woher er wusste, wo er auf mich warten muss. Entweder er ist ein Hellseher, oder er hat mich vor all den Stunden an Bord gehen sehen und seitdem auf meine Rückkehr gewartet.

Ich hole mein Handy heraus, um Nina von unterwegs anzurufen. Mir fällt ein Stein vom Herzen, als sie drangeht; sie klingt entspannt und erklärt mir, dass sie die Fähre nach Bryher genommen hat. Noah ist schnell eingeschlafen, nachdem er seinen gesunden Appetit gestillt hatte. Ich hab den ganzen Tag mit einem verzweifelten Vater verbracht, aber meine eigene kleine Familie ist gesund und munter. Nina zieht mich auf, indem sie die Rettungsaktion als vorgeschoben und faule Ausrede darstellt; ich hätte nur keine Lust, in die Hochzeitsplanung einzusteigen. Doch dann fügt sie hinzu, dass Noah und sie mich gern bald zu Hause hätten, und ich lege beglückt auf.

Als ich Isla und Stuart abhole, wird mein Kopf langsam wieder klar, und ich realisiere, dass meine Ferien von der Polizeiarbeit jetzt, wo Jez verschwunden ist, zu Ende sind. Keiner meiner Mitfahrer kommentiert, dass Shadow mit an Bord ist. Er begleitet mich häufig, wenn ich auf den Inseln unterwegs bin, und ist schlau genug, sich auf der Rückbank ruhig zu verhalten. Auf der Insel ist es stockfinster, als wir in östlicher Richtung von Hugh Town wegfahren. Sobald die Gemeindeverwaltung ankündigt, mehr Straßenlaternen aufzustellen, beschweren sich die Insulaner, was dazu führt, dass die Insel-Kinder sich im Winter auf dem Heimweg von der Schule nur am Sternenlicht orientieren können, wenn sie keine Taschenlampe dabeihaben.

Stuart sagt kaum ein Wort, als wir an den Feldern und Weiden vorbeifahren und das Licht der Scheinwerfer auf die Bruchsteinmauern fällt, welche die Straßen auf den Scilly-Inseln säumen. Isla hält das Gespräch in Gang, bis wir auf die Straße zur Porth Hellick Bay abbiegen. Bei Tageslicht ist die Porth Hellick Bay eine pittoreske kleine, von Granitsäulen bewachte Bucht. Nachts, wenn die Felsformationen über dem Wasser aufragen wie die Geister toter Schmuggler, wirkt sie deutlich bedrohlicher.

Das Haus der Cardews ist das Einzige, in dem noch Licht brennt. Es steht oberhalb der Bucht, und davor ist ein Schild der Gärtnerei angebracht, die Delia betreibt. Das dazugehörende große Gewächshaus glänzt in der Dunkelheit. Ich hab das Lenkrad während der Fahrt so fest umklammert gehalten, dass meine Hände sich ganz taub anfühlen, als ich den Motor ausstelle. Es gibt keine schonende Art, einer Mutter zu sagen, dass ihr einziger Sohn auf See vermisst wird.

Stuart hält den Blick gesenkt; ich bin nicht mal sicher, ob er mich fluchen hört, als Shadow aus dem Wagen entwischt und pfeilschnell zum Haus der Cardews rennt. Der Hund reagiert nicht auf meine Rufe, und ich vermute, dass er einem Kaninchen nachsetzt. Delia Cardew kommt uns in der Auffahrt entgegen. Für gewöhnlich wirkt die große, schlanke Frau mit dem zurückgebundenen grauen Haar heiter und gelassen. Sie ist bekannt für ihr umfassendes

Wissen über Pflanzen und wird von vielen Leuten um Rat gefragt, wenn sie Probleme mit ihrem Garten haben. Heute Abend trägt sie eine dreckverkrustete Jeans und einen Arbeitskittel, so als hätte sie sich bis eben um ihre Pflanzen gekümmert.

»Da bist du ja, Ben«, ruft sie mit ängstlicher Miene. »Hast du Jez mitgebracht? Eine Nachbarin hat mir erzählt, dass er vermisst wird.«

»Können wir bitte drinnen weiterreden? Dann erzähle ich dir alles in Ruhe.«

»Gott sei Dank, ich bin schon ganz krank vor Sorge.« Sie bückt sich, um Shadow zu streicheln, und vergräbt ihre Finger in seinem Fell. Als sie Stuart erblickt, der am Wagen stehen geblieben ist, wirkt sie zuerst erfreut, doch dann verschwindet ihr Lächeln. »Was ist passiert, um Himmels willen? Stu ist ja weiß wie eine Wand.«

»Ich erkläre dir alles, versprochen.«

Ich folge ihr durch einen Flur, den zahlreiche Fotos von Gärten zieren, die sie gestaltet hat. Auch ein paar alte Gitarren von Stuart hängen an den Wänden, Überbleibsel früherer Gigs, doch mein Blick wird besonders von den Fotos von Jez angezogen. Die letzten zeigen ihn in seiner Uniform der Royal National Lifeboat Institution mit der Tapferkeitsmedaille, die er vor sechs Monaten verliehen bekam. Er sieht aus wie der typische Hollywood-Held: groß, blond und robust, mit einem verwegenen Lächeln im Gesicht.

Stuarts Schritte klingen schwer, Islas deutlich leichter. Am Zustand der Küche kann man ablesen, dass die Cardews ihr Haus lieben. Der Steinfußboden ist blitzblank, und die Schränke sehen brandneu aus.

»Soll ich Teewasser aufsetzen?«, fragt Delia.

»Lass uns bitte zuerst reden. Was hast du denn schon alles gehört, Delia?«

»Nur ganz wenig. Ich war den ganzen Tag allein hier und hab im Schuppen gearbeitet«, erwidert sie. Ihr Blick liegt suchend auf dem Gesicht ihres Mannes. »Ich mach mir Sorgen um dich, Stu.«

»Ich hab vorhin versucht, dich anzurufen«, sagt Stuart. »Aber dein verdammtes Handy war ausgeschaltet.«

»Jetzt machst du mir Angst. Sagt schon, was los ist, um Gottes willen.« Sie schaut uns der Reihe nach an.

»Wir haben den Kabinenkreuzer gefunden, er trieb zehn Meilen von der Küste entfernt herrenlos auf dem Wasser«, sage ich.

»Wie meinst du das?« Sie erstarrt.

»Das Boot war leer. Jez wurde von niemandem mehr gesehen, seit er gestern Abend von St. Agnes aufgebrochen ist. Auch seine Jacke trieb auf den Wellen.«

Ich will gerade ansetzen, weitere Details zu erzählen, doch in dem Moment zieht Stuart die Jacke aus einer RNLI-Tüte und reicht sie seiner Frau. Meerwasser tropft auf den Boden. Ihr ungläubiger Gesichtsausdruck erinnert mich an den meiner Mutter, als sie erfuhr, dass Dads Boot vermisst gemeldet wurde. Sie legt die Jacke in die Spüle und wendet sich dann ab. Stuarts Versuch, sie an der Schulter zu berühren, wehrt sie ab.

Delia bleibt, den Rücken uns zugewandt, stehen und stützt sich mit den Händen auf der Arbeitsfläche ab. Als sie sich schließlich wieder zu uns umdreht, wirken ihre Augen einen Ton dunkler, und unterdrückte Tränen glänzen darin.

»Das Rettungsboot wird ihn finden, seid unbesorgt. Jez

ist der beste Schwimmer, den ich kenne.« Ihre Realitätsverleugnung ist mit Händen zu greifen.

Stuart sinkt auf eine Bank, während Delia uns Tee kocht. Er hat sich bei der Suche nach seinem Sohn vollkommen verausgabt und reagiert auf die Situation komplett anders als seine Frau. Ich sehe die Angst in Delias Augen, doch sie kämpft dagegen an. Es gibt keine Vorschrift, die besagt, dass man Familien betreuen sollte, wenn eines ihrer Mitglieder auf See vermisst wird, aber Isla bietet sich freiwillig an, bei ihren Nachbarn zu bleiben. Shadow stellt sich neben Stuart, als spürte er dessen Verletzlichkeit. Stuart starrt ausdruckslos vor sich hin, was mich nicht überrascht. Es liegt in der Natur des Menschen, einen unvorstellbaren Verlust einfach so lange zu ignorieren, bis es nicht mehr geht. Ich möchte nicht, dass diese Eltern länger leiden als nötig. Wenn das Schlimmste passiert ist, werde ich alles in meiner Macht Stehende tun, um die Leiche ihres Sohns nach Hause zu bringen.

9

Shadow kriecht unter den Küchentisch der Cardews. Er scheint entschlossen zu sein, hierzubleiben, und das Ehepaar ist zu beschäftigt, um es zu bemerken. Mein Hund knurrt leise, als ich an seinem Halsband ziehe. Ich kann mich nur entschuldigen und Isla bitten, ihn morgen früh mit aufs Revier zu bringen. Delia wirkt weiterhin gefasst, aber in ihren Augen steht noch immer dieser seltsame Glanz.

»Machen Sie sich um uns keine Gedanken, Ben. Keine Nachrichten sind schließlich gute Nachrichten, oder?«

Ich wünsche ihnen eine gute Nacht und gehe, den Kopf voller Fragen, zurück zum Wagen. Die wichtigste Frage ist, was aus Jez' Handy geworden ist. Er hat es ganz bestimmt nicht zu Hause liegen lassen, als er zum Pub aufgebrochen ist. Als Antwort auf meine telefonische Anfrage hat sein Mobilfunkbetreiber lediglich erklärt, dass zuletzt um kurz nach halb zwölf gestern Nacht ein Signal von ihm aufgefangen worden war. Die einfachste Antwort ist, dass es ins Wasser gefallen ist, aber da er allein mit dem Boot unterwegs und die See vollkommen ruhig war, überzeugt mich das irgendwie nicht.

Ich kann nicht nach Hause fahren, bevor ich noch eine weitere Frage geklärt habe, aber als ich auf der Quay Street einparke, liegt das Haus von Callum Moyle im Dunkeln. Sam Austell könnte allerdings auch Gesellschaft suchen und im Pub sein, obwohl er ja behauptet, mit dem Trinken aufgehört zu haben. Ich hämmere gegen die Tür. Ich will schon wieder gehen, da erscheint eine schlanke Gestalt an der Haustür. Austells dunkles Haar ist kürzer als zu der Zeit vor Jahren, als ich ihn verhaftet habe. Er hat einen abgetragenen Bademantel an und ist barfuß. Er wirkt etwas kräftiger als bei seiner Rückkehr auf die Insel, aber noch immer verletzlich. Ich sehe Misstrauen in seiner Miene, was bei Ex-Häftlingen nicht ungewöhnlich ist. Die Zeit im Knast hinterlässt bei ihnen eine lebenslange Angst vor den Behörden.

»Wir müssen reden, Sam. Hast du nicht gesehen, dass ich dich angerufen habe?«

»Hab mein Handy verloren.«

Er macht widerstrebend einen Schritt nach hinten und erlaubt mir, einzutreten. Er hält den Blickkontakt nicht, ich weiß jedoch aus Erfahrung, dass er wahnsinnig unsicher ist. Ich habe ihn damals wegen Drogenbesitzes verhaftet und gehofft, dass er ein neues Kapitel aufschlägt, aber er wurde auf dem Festland wegen Drogenhandels angeklagt und hat drei Jahre dafür gekriegt. Bislang hat mich die Konsequenz, mit der er seit seiner Haftentlassung clean zu bleiben versucht, beeindruckt. Er trifft jetzt bessere Entscheidungen, und seine Freiwilligenarbeit auf dem Rettungsschiff scheint sein Selbstbewusstsein gestärkt zu haben. Wir setzen uns ins Wohnzimmer, das schon bessere Tage gesehen hat; die Wände sind dunkel verfärbt und die Möbel stark abgenutzt.

»Hast du schon das von Jez mitbekommen?«, frage ich.

»Ich hab heute Morgen davon gehört.«

»Erzähl mir bitte Schritt für Schritt, was ihr gestern Abend gemacht habt.«

»Er hat mich ins *Turk's Head* eingeladen, und da bin ich dann mit ihm hin. Wir sind gegen halb acht los.«

»Und ihr hattet beide eure Handys dabei?«

Sam nickt schnell. »Jez hat am Anleger festgemacht, und ich war eine Stunde mit ihm im Pub. Aber er ist noch länger geblieben.«

»Wie kommt's, dass du so früh aufgebrochen bist?«

»Ich wollte meine Willenskraft nicht länger auf die Probe stellen.« Er blickt unbehaglich drein. »Ich war in Versuchung, ein Bier zu trinken, darum bin ich schnell wieder raus. Ich bin schon seit Monaten trocken.«

»Und wo warst du danach?«

»Ich bin über die Insel spaziert.«

Diesen Spaziergang hab ich selbst auch schon nach einem Besuch im *Turk's Head* gemacht. Man sieht häufig, wie sich Seehunde auf Felsen im Mondlicht aalen, oder Tordalken, die in Felsnischen nisten und ausnahmsweise einmal still sind anstatt durchdringende Schreie auszustoßen. St. Agnes ist so klein, dass man die Insel in weniger als einer Stunde umrunden kann.

»Und danach?«

Sam schaut weg. »Danach hab ich mich auf den Kai gesetzt und gehofft, dass mich jemand mitnimmt.«

»Warum hast du nicht vor dem Pub auf Jez gewartet?«

»Er kommt immer erst spät nach Hause. Mehrmals in der Woche höre ich um zwei oder drei in der Nacht die Haustür gehen.«

»Hat er eine Freundin auf St. Agnes?«

»Jez hat mir nichts erzählt. Solche Sachen behält er lieber für sich.« Jetzt sieht Sam mich direkt an, und ich bin fast sicher, dass er die Wahrheit sagt. »Ein Pärchen hat mich dann mit nach St. Mary's genommen. Ihre Jacht lag im Hafen.«

»Wer war das?«

»Irgendwelche Rentner, die hier Urlaub machen, den Namen hab ich vergessen.«

»Wie heißt denn ihr Boot?«

»Hab ich nicht drauf geachtet.«

Ich starre ihn an. »Irgendein mysteriöses Paar hat dich auf einer Jacht ohne Namen mitgenommen?«

»Das war doch nur für die Rückfahrt.«

Ich hole tief Luft und halte sie an, bis ich wieder ruhig bin. Stuart Cardew kann Sam offenbar nicht leiden, aber ich habe ihn auf Bryher aufwachsen sehen, bei einer Mutter, die von manchen Inselbewohnern wie eine Außenseiterin behandelt wurde.

»Hör zu, Sam. Die Leute werden sagen, dass du mit Jez auf St. Agnes was trinken warst und ihr dann Streit bekommen habt. Sie werden dir nicht glauben, dass du trocken bist. Du könntest seine Leiche versenkt haben. Wegen deiner Vergangenheit werden sie dir die Schuld geben, wenn ihm was zugestoßen ist. Ich weiß, dass es nicht so war, aber das wird passieren.«

»Warum sollte ich meinem besten Freund was antun?«

»Beschreib mir dieses Ehepaar so genau wie möglich. Ich nehme es mit dem Handy auf.«

Sam fängt an: »Sie waren aus dem Norden, beide um die sechzig und sehr freundlich. Ihr Boot ist noch ziemlich neu, sieben, acht Meter lang, würde ich sagen. Es war ihr letzter Abend auf den Inseln. Sie wollten heute nach Penzance rüber und dann in ein, zwei Wochen die Küste wieder hochfahren.«

»Schon besser. Und jetzt erzähl mir, wann du dein Handy verloren hast.«

»Weiß der Himmel. Ich hab erst heute Morgen gemerkt, dass es weg ist.«

»Also ist es entweder auf Jez' Boot oder in dem Pub auf St. Agnes?«

Er wirkt unsicher. »Vielleicht hab ich es auch bei meinem Spaziergang verloren. In dem Scheißteil steckt mein ganzes Leben, Mann.«

»Irgendjemand wird es finden. Komm morgen früh zu einer offiziellen Befragung aufs Revier. Jez' Familie braucht Informationen über den Abend, und ich werde die Leute davon abhalten, voreilige Schlüsse zu ziehen. Sei bitte um zehn da.«

»Kann ich Father Mike mitbringen? Er unterstützt mich, seit ich wieder hier bin.«

»Klar, aber denk dran: Du stehst nicht unter Verdacht. Ich muss nur ein paar Details festhalten.«

Die Anspannung in seinem Gesicht wird stärker, als draußen Schritte zu hören sind und die Haustür quietschend aufgeht. Callum Moyle ist betrunken. Kaum, dass er im Zimmer steht, rieche ich schon den scharfen Brandy-Geruch, den er verströmt. Seine Bewegungen sind fahrig. Ich weiß nicht viel über ihn, außer dass er einen guten Ruf als Bauhandwerker hat. Mein Onkel hätte ihn vor zehn Jahren beinahe als Auszubildenden eingestellt, doch Moyle hat abgelehnt, weil ihm das Einstiegsgehalt zu niedrig war. Er ist kleiner als Sam, aber grobschlächtiger, und sieht mit den kurzgeschorenen Haaren und den blutunterlaufenen Augen mehr nach Ex-Knacki aus als er. Irgendwas an seinem Benehmen sagt mir, dass er auf Streit aus ist.

»Oh, welch seltenes Vergnügen, DI Kitto«, sagt er mit einem falschen Grinsen. »Hat mein Untermieter was ausgefressen?«

»Nicht, dass ich wüsste.«

»Gut, sonst setze ich ihn nämlich vor die Tür.« Er blickt Austell lange an. »Geht's um Jez? Ich glaub nicht, dass ihm was Schlimmes passiert ist. Er ist doch sonst so ein Glückskind. Hier heißt er überall nur Loverboy.«

»Wieso?«

»Er kriegt mehr Frauen ab, als er verdient.«

»Das ist aber auch nicht wirklich überraschend, oder? Jez gilt als Held, seitdem er die Medaille bekommen hat.«

»Er hat auch seine Fehler, wie wir alle. Ich wette, er ist mit irgendeiner Tussi aufs Festland verduftet.«

»Was reden Sie denn da? Es kann sein, dass er ertrunken ist. Jez würde das Boot seines Vaters doch nicht einfach sich selbst überlassen.«

»Vielleicht hat er ja Schulden, die er nicht bezahlen kann.«

»Mietschulden, meinen Sie?«

»Nicht nur. Er hat sich letzten Monat Geld von mir geliehen.«

Ich kann nicht genau sagen, warum ich Callum Moyle nicht mag, aber ich fand ihn schon immer verlogen. Seine Feindseligkeit gegenüber seinem Mitbewohner erscheint mir seltsam, vor allem, da er Jez' und Sams Arbeitgeber und Vermieter ist. Vielleicht genießt er seine Machtposition. Er hat zwar die Statur und die Haltung eines Boxers, aber sein Akzent verrät, dass er der Oberschicht entstammt.

Sam wirkt, als sei ihm unbehaglich zumute, als ich aufbrechen will. Moyle macht weiterhin ein finsteres Gesicht.

»Gute Nacht. Wir sehen uns morgen, Sam.«

Moyle lacht, als hätte er einen tollen Witz gehört, dessen Pointe nur er versteht. Außer dass Callum gern einen über den Durst trinkt und ein arrogantes Verhalten an den Tag legt, habe ich bei meinem Besuch nicht allzu viel Neues in Erfahrung gebracht. Morgen werde ich die Jacht ausfindig machen müssen, die Sam erwähnt hat, um zu überprüfen, ob seine Geschichte stimmt.

Es ist fast ein Uhr in der Nacht, als ich meinen Bowrider *Morvoren* im Hafen von Hugh Town erreiche. Auf den Scilly-Inseln spielen Boote die gleiche Rolle wie andernorts Autos; die Gewässer zwischen St. Mary's und den anderen Inseln werden von den Ortsansässigen »die Straße« genannt, und auf der Hauptverkehrsader auf dem Wasser herrscht ständig Betrieb. Kinder werden zur Five Islands School gebracht, und viele der zweitausend Insulaner pendeln täglich auf dem Seeweg zur Arbeit.

Ich fahre in gemächlichem Tempo nach Hause. Die warme Luft vertreibt meine Anspannung, obwohl es noch viele offene Fragen gibt. Warum sollte ein erfahrener Seemann ein seetüchtiges Boot verlassen? Ich habe Sam Austell im letzten halben Jahr besser kennengelernt, weil ich ihn bei seinem Versuch, sich wieder zu integrieren, beobachtet habe. Ich kann nicht glauben, dass er seine Fortschritte torpedieren würde, indem er einen Freund attackiert und dann über Bord wirft. Es besteht ein Riesenunterschied zwischen einem kleinen Drogendealer und einem kaltblütigen Mörder. Ich versuche, mir Jez vorzustellen, der immer freundlich und lässig wirkte. Im letzten Januar wurde nach der Verleihung der Tapferkeitsmedaille im Gemeindehaus ein Fest zu seinen Ehren ausgerichtet. Ich kann mir keinen einzigen Insulaner vorstellen, der ihn nicht mochte, es sei denn, irgendjemand verbirgt seinen Groll.

Während mein Boot niedrige Wellen durchpflügt, habe ich Bryher fest im Blick. Die Insel, auf der ich aufgewachsen bin, erstreckt sich am Horizont, in der Ferne erheben sich die Umrisse des Gweal Hill. Nichts lässt einen so dankbar für ein Zuhause sein wie eine ergebnislose Suche auf dem Meer. Als ich am Church Quay anlege, brennt in der Wohnung über der Bootswerft kein Licht mehr. Mein Onkel wird seine letzte Selbstgedrehte geraucht und sich gegen elf ins Bett begeben haben, damit er morgen wieder obszön früh aufstehen kann.

Plötzlich verspüre ich neue Energie in mir, und ich verfalle auf meinem Heimweg in einen lockeren Trab. Ich kenne diesen Pfad so genau, dass sich jede Erhebung und jeder Kaninchenbau in mein Gedächtnis eingebrannt hat. Als ich die Hell Bay erreiche, sprinte ich regelrecht, dann eile ich über den Kiesstrand zu dem Steinhaus, das mein Großvater erbaut hat. Auch hier brennt kein Licht mehr, und als ich eintrete, umfängt mich Stille. Mein Blick fällt auf den wattierten Umschlag auf dem Küchentisch. Als ich den Poststempel betrachte, sehe ich, dass der Brief in Hugh Town, St. Mary's, abgeschickt wurde. Der Umschlag enthält neben den rund ein Dutzend Ansteckern auch einen Zettel, den ich noch nicht bemerkt hatte. Das Galgenmännchen, von dem Eddie erzählt hat, wurde oben in die Ecke gemalt. Es ist ein dünnes Strichmännchen, das an einem Strick baumelt. Darunter steht in wackligen Großbuchstaben:

»FÜNF FADEN TIEF LIEGT VATER DEIN:
SEIN GEBEIN WIRD ZU KORALLEN;
PERLEN SIND DIE AUGEN SEIN«

Ich brauche einen Moment, um die Wörter zu entziffern, dann lasse ich das Blatt fallen, als hätte ich mich daran verbrannt. Warum sollte mir jemand eine Erinnerung daran schicken, dass mein Vater mit seinem Fischtrawler untergegangen ist und das Meer sein Grab geworden ist? Seine komplette Crew kam bei einem heftigen Sturm ums Leben, bevor das Rettungsboot sie erreichen konnte. Danach hatte ich jahrelang Albträume, in denen ich seine Überreste, den Gezeiten gnadenlos ausgeliefert, auf dem offenen Meer treiben sah. Ich recherchiere schnell mit dem Handy und finde heraus, dass das Zitat aus einem Stück von Shakespeare stammt, aus *Der Sturm*. Irgendein Idiot versucht wohl, clever zu sein. Ich hole tief Luft und stecke die Nachricht zurück in den Umschlag. Mein Instinkt befiehlt mir, die Haustür abzuschließen und die Fenster zuzumachen, obwohl sich hier draußen niemand um seine Sicherheit sorgt.

Noah schläft tief und fest in seinem Bettchen, als ich sein Kinderzimmer betrete. Durch einen Spalt in den Vorhängen fällt Mondlicht herein. Mein Sohn liegt flach auf dem Rücken, die Arme über den Kopf gestreckt, und atmet zu leise, als dass ich es hören könnte. Ich bleibe in der Tür stehen, bis meine Furcht nachlässt. Ich könnte stundenlang hier stehen und ihm dabei zusehen, wie er sich in der Dunkelheit wie ein Rückenschwimmer bewegt, der zum Ufer strebt.

10

Sobald Sam allein ist, bekommt er Panik. Nichts von all dem ergibt Sinn. Er sitzt mit gefalteten Händen auf seiner Bettkante und versucht, sich Einzelheiten in Erinnerung zu rufen. Das Innere des Pubs ist ihm im Gedächtnis geblieben. Es war das erste Mal seit seiner Haftentlassung, dass er in eine Kneipe ging. Es roch dort nach Wein, Bier und Hausmannskost. Jez war sofort in der Menge untergetaucht, er war immer entspannt, wenn er sich unter Leuten aufhielt. Sam hatte in der Ecke gesessen und zugesehen, während Jez zuerst mit seinem Cousin Eddie sprach und dann mit dem Gastwirt, der aus irgendeinem Grund verärgert aussah. Obwohl Sam sich, bevor er sein Leben in den Sand gesetzt hatte, bevorzugt in solchen Pubs herumgetrieben hatte, war ihm schon nach einer halben Stunde langweilig geworden.

Er drückt seine Hände noch fester zusammen und ist froh, dass er sich an seinen Plan gehalten und keinen Tropfen angerührt hat. Es war ihm sicherer erschienen, raus an die frische Luft zu gehen und einen Rundgang über die Insel zu machen. So hat er es schon als kleiner Junge gemacht, und seine Mutter hat ihm dabei die Namen aller Heilpflanzen beigebracht, die in den Hecken wuchsen: Fieberkraut, Zaubernuss, Meerfenchel.

Als er sich, erschöpft von einer arbeitsreichen Woche, hinlegt, schläft er sofort ein. Stunden später weckt ihn ein Geräusch, und er verspürt Erleichterung. Jez ist zurück; er hört durch die Wand, wie er sich fürs Bett fertigmacht. Er steht schlaftrunken auf, aber im Flur merkt er, dass etwas nicht stimmt. Das Deckenlicht brennt, und der Vermieter durchwühlt Jez' Sachen.

»Was, zur Hölle, machst du da, Callum?«

Moyle richtet sich ruckartig auf und lässt ein Kleidungsstück fallen. »Jez schuldet mir noch Miete und fünfhundert Pfund. Ich will mir das Geld zurückholen, für den Fall, dass er sich vom Acker gemacht hat.«

»Aber wieso denn? Er könnte ertrunken sein, verdammt nochmal.«

Callum zuckt mit den Schultern. »Es ist mein Geld, ich muss Baumaterial kaufen.«

»Warum hast du Kitto erzählt, er würde Frauen nachlaufen? Ich weiß nicht mal, ob er im Augenblick eine Freundin hat.«

»Soll das ein Witz sein? Typen wie er kriegen sie alle, während wir anderen betteln müssen.« Moyles Ton ist ätzend.

»Wie kommt es, dass du ihn plötzlich hasst?«

»Er gibt vor, ein Held zu sein, aber solche wie er heimsen immer mehr ein, als sie verdienen«, sagt Moyle verächtlich. »Jetzt zisch ab, geh wieder ins Bett. Ich will, dass du morgen fit bist.«

Sam wendet sich ab; die Sache ist es nicht wert, dass er sich in eine Schlägerei verwickeln lässt, die ihn wieder ins Gefängnis bringen könnte. Er geht zurück in sein Zimmer, aber er hört durch die Wand, dass Moyle weiter Jez' Sachen durchwühlt, und es dauert lange, bis er einschlafen kann.

11

Sonntag, 27. August

Nina rührt sich nicht, als ich um sechs Uhr nach zu wenig Schlaf wieder aufwache. Ich hab die ganze Nacht im Traum weiter auf dem Meer nach Jez Cardew gesucht. Jetzt schwinge ich mich aus dem Bett, gehe in die Küche und stelle das Radio auf die Frequenz der Royal National Lifeboat Institution ein, höre aber nur Rauschen.

Während mein Kaffee durchläuft, spuckt das Gerät endlich die Nachricht aus, dass die nächtliche Suche erfolglos war. Das Rettungsboot ist weit auf die keltische See hinausgefahren, doch ohne Ergebnis. Die Chance, dass jemand mehr als vierundzwanzig Stunden auf dem offenen Meer überlebt, geht gegen null. Selbst geübte Schwimmer sterben irgendwann an Unterkühlung oder werden von der Strömung unter Wasser gezogen. Meine Anspannung wächst. Ich hab noch nie gehört, dass jemand nach so langer Zeit noch gerettet werden konnte.

Ich höre, dass Noah aufwacht. Er schreit nicht wirklich, er begrüßt nur den neuen Tag. Als ich ins Kinderzimmer gehe, reckt er mir aus dem Bettchen, das mein Onkel Ray gebaut hat, die Arme entgegen und wartet darauf, dass ich ihn hochnehme. Er ist groß für seine drei Monate, ein solides Gewicht in meiner Armbeuge. Und er ist schon jetzt ein Träumer; seine grünen Augen sind auf eine mittlere Distanz eingestellt, als er mir das erste Lächeln des Tages schenkt. Ich verstehe nicht richtig, warum, aber dieses Grinsen hat die Macht, mich schlaflose Nächte, endlos viele schmutzige Windeln und mein eingeschränktes Sexleben vergessen zu lassen.

»Vor dir war das Leben ein Spaziergang, mein Freund«, sage ich zu ihm. »Ich weiß, du hast Hunger, aber warte noch ein bisschen, ja? Deine Mum möchte ihren Schönheitsschlaf noch eine Weile fortsetzen.«

Er beschwert sich nicht, dazu ist er viel zu sehr damit beschäftigt, mich beim Kaffee-Einschenken zu beobachten und sich alle Informationen für zukünftige Zwecke einzuprägen. Als ich mich mit ihm auf den Schultern ans Fenster stelle, wirkt er noch immer ein bisschen verschlafen. Das Meer ist flach und ruhig, und jetzt, wo die Sonne den Himmel im Osten dominiert, hat das Wasser dasselbe Blau wie mein Hochzeitsanzug. Noah verspürt offenbar einen Energieschub, denn er klatscht, beeindruckt von der Weite des Ozeans, in die Hände. Er ist ein typischer Kitto und fühlt sich im Wasser mehr zu Hause als an Land. Ich würde zu gern mit ihm schwimmen gehen, solange der Strand noch menschenleer ist, aber das wird warten müssen. Er braucht eine frische Windel, darum trage ich ihn ins Bad und entsorge die Ferkelei, die er während der Nacht fabriziert hat.

»Wie kann ein so kleiner Mensch so viel Mist machen?«

Aber Noah schämt sich kein bisschen. Er streckt mir die Zunge raus und prustet vor sich hin, während ich ihm den Po abwische.

»Deine Körperpflege lässt noch zu wünschen übrig, Freundchen.«

Er wirft die Beine in die Luft, sorglos und superbeweglich. Ich bewundere ihn gerade dafür, wie er mit den Fingern seine Zehen umgreifen kann, als Nina aus dem Schlafzimmer ruft.

»Bringst du ihn mir?«

Meine Zukünftige sieht hinreißend aus. Ihr Gesicht ist vom Schlafen leicht gerötet, als ich ihr Noah reiche, damit sie ihm die Brust geben kann. Ich beuge mich hinab, um sie zu küssen. Sie setzt ein Jahr lang mit ihrem Job als Therapeutin im St. Mary's Hospital aus und scheint diese Entscheidung nicht zu bereuen. Seit mein Erziehungsurlaub vorbei ist, hat sie den Löwenanteil der Kinderbetreuung an der Backe, beklagt sich aber nur selten darüber.

»Draußen ist es total schön. Versprich mir, dass du heute nicht arbeitest, Ben.«

»Mir bleibt nichts anderes übrig, tut mir leid.«

»Ja, ich hab's schon gehört, der arme Jez wird vermisst. Doch es ist Sonntag, und du solltest bei uns sein. Tut mir leid, wenn das herzlos klingt, aber Maggie braucht uns morgen in der Kirche. Wir müssen mit ihr über das Essen, den Blumenschmuck und all das sprechen.«

»Ich werde da sein, versprochen. Heute hab ich allerdings einiges zu tun.«

»Nächstes Wochenende ist die Hochzeit, und es ist noch nichts fertig.«

»Ich muss rausfinden, was Jez zugestoßen ist, seiner Familie zuliebe.«

Ihr Ton wird weicher. »O Gott, ja, seine Eltern müssen völlig verzweifelt sein.«

Nina ist sonst nicht so schnell aus der Fassung zu bringen, aber jetzt treten ihr Tränen in die Augen. Die Vorstellung, dass Jez' Eltern dabei sind, ihren einzigen Sohn zu verlieren, trifft auch bei mir einen empfindlichen Nerv. Ich lehne mich gegen die Kissen, schaue zu, wie sie Noah stillt, und bin dankbar für das, was ich habe. Während sich Noahs Bauch mit Milch füllt, lenken wir uns mit Geplauder über Alltagskram ab. Nina hat gestern mit meinem älteren Bruder gesprochen. Ian plant, mit seiner gesamten Familie zu unserer Hochzeit anzureisen, und wird kurz vorher hier eintreffen. Aber das glaube ich erst, wenn ich sie alle sehe. Ian ist gleich nach seinem Medizinstudium nach Amerika abgehauen. Damals war ich fünfundzwanzig Jahre alt. Wenn er wirklich kommt, wird das der erste Besuch in der Heimat sein seit der Beerdigung unserer Mutter vor einigen Jahren.

»Ich hab Ray fast so weit, dass er eine Rede hält«, sagt Nina.

»Du musst über magische Fähigkeiten verfügen.«

Mein Onkel ist von Natur aus schweigsam. Ich war schon immer gern mit ihm zusammen, obwohl er Boote den Menschen vorzieht. In Ninas Gegenwart wird Ray allerdings milder, und er lacht häufiger.

»Gibt es heute irgendwas für die Hochzeit zu erledigen?«, frage ich.

»Jede Menge, aber für das meiste ist gesorgt«, erklärt Nina. »Ray hat gestern die Servietten und die Weingläser abgeholt. Versprich mir nur, dass du dir noch die Haare schneiden lässt. Du siehst aus wie Tarzan, und das ist nicht als Kompliment gemeint.«

»Ich kümmere mich drum, keine Sorge.«

»Gott sei Dank, sonst können wir die Fotos vergessen. Nimmst du Noah? Dann springe ich schnell unter die Dusche.«

Sie legt ihn mir auf den Schoß, damit ich ihm über den Rücken reiben kann. Sein kleiner Körper windet sich. Nach zehn Minuten kommt Nina aus dem Bad zurück. Sie trägt Shorts, die ihre schönen langen Beine zur Geltung bringen, und ein weißes Leinen-Top. Ihre dunklen Haare reichen ihr fast bis auf die Schultern. Sie ist noch immer so schön, dass ich Schmetterlinge im Bauch fühle, wenn ich sie anschaue.

»Du könntest jeden Mann haben, den du willst, Nina. Wie kommt's, dass du dich für mich entschieden hast?«

Sie bückt sich, um mir einen Kuss auf die Wange zu drücken. »Idris Elba war schon vergeben, da musste ich mit dir vorliebnehmen.«

»Jetzt ist es zu spät. Übertreib's heute nicht, ja?«

»Ich plansche mit Noah ein bisschen im Wasser. Dann schaue ich mal, ob die Blumenhändlerin schon unsere Bouquets für die Kirche fertig hat. Maggie sagt, dass dreihundert Leute zu dem Picknick kommen.«

»Wenn das so weitergeht, sind wir nach dem Fest bankrott.«

»Meine Eltern werden den Großteil der Kosten übernehmen.« Nina legt sich unseren Sohn über die Schulter. »Zoe verspricht immer noch, zu singen, aber sie ist schlecht drauf. Kannst du sie heute mal besuchen, wenn du dazu kommst?«

»Ich geh heute Abend kurz bei ihr vorbei.«

Wenn ich von unserer Veranda aus nach Norden schaue, sehe ich das Hell Bay Hotel am äußersten Rand der Bucht.

Seine weißen Mauern leuchten in der frühen Morgensonne. Meine Freundin Zoe ist dort geboren, und das Hotel befindet sich noch immer im Besitz ihrer Familie. Als Kinder haben wir uns mit Hilfe von Signalflaggen und Morsezeichen verständigt, und sie war die Freundin, mit der ich am liebsten die Gegend unsicher gemacht habe. Sie ist für meine Hochzeit von Indien hergeflogen, aber warum sie ihren Mann nicht mitgebracht hat, das kann ich erst später ergründen. Das muss warten. Ehe ich Sam Austell noch mal befrage, muss ich noch am *Turk's Head* vorbei. Den Umschlag mit den Ansteckern schiebe ich in meine Tasche, bevor ich aus dem Haus gehe.

Es ist erst halb acht, als ich über den Shipman Head Down laufe. Frühmorgens, wenn die Landschaft noch menschenleer ist und die Luft irrsinnig klar, bewege ich mich am liebsten über die Insel. Überall, wo man hinschaut, gibt es Hinweise auf die prähistorischen Bewohner von Bryher. In südlicher Richtung liegt Puckles Carn. Niemand weiß, warum die Menschen damals Steine bis zu viereinhalb Meter hoch aufeinandergeschichtet haben oder wie es ihnen gelungen ist, riesige Granitplatten über Massengräber zu legen, um die Geister ihrer Ahnen zu schützen. Das Einzige, was fehlt, ist Shadow. Er liebt meine Familie abgöttisch, testet zwischendurch aber auch gern mal andere Haushalte aus, vor allem, wenn jemand in Schwierigkeiten ist. Ich habe mich an seine Unabhängigkeit gewöhnt. Offenbar hält er es für seine Pflicht, für die Sicherheit der gesamten Bevölkerung zu sorgen.

Als ich am Church Quay ankomme, bin ich nicht überrascht, meinen Onkel schon bei der Arbeit anzutreffen, auch wenn Sonntag ist. Die Türen zu seiner Bootswerft stehen offen, und man hört lautes Hämmern. Bei dem Geräusch werde ich nostalgisch. Früher habe ich es geliebt, meine Sommerferien dort zu verbringen und ihm dabei zu helfen, Rohholz in seetüchtige Boote zu verwandeln. Ray hebt die Hand zum Gruß, als er mich erblickt, aber heute habe ich keine Zeit für eine Tasse seines ultrastarken Kaffees. Wenn ich vor zwanzig Jahren eingewilligt hätte, bei ihm in die Lehre zu gehen, wäre mein Leben heute einfacher, aber ich wollte unbedingt die Welt sehen.

Die Sonne taucht das Meer in gelbes Licht, als ich den Bowrider, den ich mit Rays Hilfe gebaut habe, durch den New-Grimsby-Sund steuere. St. Agnes ist nur zwanzig Minuten entfernt. Als Erstes taucht Samson vor mir auf. Die geisterhafte Insel hat eine Menge trauriger Ereignisse erlebt. Früher war sie die Heimat einer florierenden Gemeinde, bis vor zweihundert Jahren plötzlich der Brunnen versiegte. Die verlassenen Häuser sehen aus der Ferne noch immer so aus, als könnte man in ihnen wohnen, obwohl ihre Fenster schon vor Ewigkeiten zerbrochen sind.

Um halb neun mache ich mein Boot unterhalb des *Turk's Head* auf St. Agnes fest. Die Motorjacht des Pubs, *Seal Watcher*, liegt bereits im Hafen, und von Süden her nähert sich ein Boot, das ich kenne. Es ist ein alter Trawler, der so umgebaut wurde, dass zwei Pferdeboxen darauf passen. Molly Blighs wilde rote Lockenmähne leuchtet in der Sonne. Sie hat in der letzten Nacht an der zweiten Rettungsmission teilgenommen und muss müde sein. Ich warte auf dem Steg, bis sie mir ihre Festmachleine zuwirft. Sie ist eine große, stark aussehende Frau um die dreißig mit einer heiteren, gelassenen Ausstrahlung. Molly ist ein wichtiges Mitglied der Rettungscrew und leistet jeden Sommer Freiwilligendienste als Rettungsschwimmerin. Ich hab sie allerdings noch nie so erschöpft gesehen.

»Alles okay, Molly?«, rufe ich. »Wann seid ihr zurückgekommen?«

»Gerade eben erst. Ich hab noch kein Auge zugetan. Aber wir kümmern uns um ein paar Ponys, die hier draußen stehen. Ich schaue jeden Tag nach ihnen und füttere sie.«

»Könnte das nicht jemand anders für dich machen? Nur dieses eine Mal?«

»Für mich ist es besser, wenn ich mich beschäftige, bis wir wissen, was mit Jez ist.«

Ich berühre sie an der Schulter. »Wir haben getan, was wir können. Du hast die ganze Nacht nach ihm gesucht.«

»Das Problem ist, dass das womöglich nicht ausreicht.«

Molly eilt davon, ohne sich zu verabschieden. Sie möchte offensichtlich allein sein. Sie wirkte sehr bekümmert, ihre übliche Gemütsruhe ist ihr anscheinend abhandengekommen. Vielleicht empfindet sie mehr als Freundschaft für Jez. Das erinnert mich daran, dass viele in unserer Gemeinde schockiert sein werden, wenn das Schlimmste passiert ist – nicht nur seine Familie.

Als sie weg ist, gehe ich den steilen Hang zum *Turk's Head* hinauf. Der Pub ist der Mittelpunkt des sozialen Lebens der winzigen Inselgemeinschaft von St. Agnes. Im Winter ist er oft schlecht besucht, den ganzen Sommer über jedoch brechend voll mit Urlaubern. Der Gastraum erinnert an das Innere eines alten Walfangschiffs, die Wände sind holzvertäfelt, und alte Holzbalken stützen die Decke. Ich kann mir gut vorstellen, wie sich hier vor mehreren hundert Jahren die Schmuggler um das Kaminfeuer versammelt und mit ihren Siegen über die Männer von der Zollbehörde geprahlt haben. Doch heute ist der Pub vom Sonnenlicht erhellt.

Debbie und Tommy Brookes führen die Kneipe seit zwei Jahren und vermieten im Sommer ein halbes Dutzend Zimmer. Sie müssen jeden Tag früh aufstehen, da die meisten ihrer Gäste Vogelbeobachter, Angler oder Wanderer sind. Als ich die Stufen hochkomme, decken die beiden Inhaber gerade die Tische auf der Terrasse für das Frühstück ein. Sie sind ein gut aussehendes Paar im mittleren Alter, beide gebürtige Insulaner und bei den anderen Bewohnern beliebt. Hin und wieder sehe ich sie draußen auf dem Wasser auf ihrer Jacht, wenn sie Gäste zu den Norrard Rocks rausfahren. Beide sind hochsommerlich gekleidet. Debbie trägt Flipflops und ein blassblaues Kleid, das ihre gute Figur betont; dunkle Locken umrahmen ihr Gesicht.

Tommy sieht ebenfalls entspannt aus in seinen Shorts und dem T-Shirt mit dem Logo des *Turk's Head*. Sein graumeliertes Haar könnte mal einen Kamm vertragen. Da wir beide im Wildwasser-Schwimmverein der Inseln sind, weiß ich, dass er für sein Alter erstaunlich fit ist. Tommy ist zehn Jahre älter als ich, zeigt aber jedes Jahr bei dem sich über zehn Meilen erstreckenden Schwimmwettbewerb eine gute Leistung.

»Hallo, Ben, schön, Sie zu sehen«, ruft er. »Wollen Sie ein englisches Frühstück?«

»Nur ein Bacon-Sandwich auf die Hand, bitte, und ein paar Informationen.«

»Kein Problem, geben Sie mir fünf Minuten.«

Er geht in die Küche, und ich bleibe mit seiner Frau zurück. Aus der Nähe sieht Debbie schon weniger unbekümmert aus. Über ihre Stirn ziehen sich feine Sorgenfalten. Sie hört aufmerksam zu, als ich ihr erzähle, dass Jez Cardew auch nach der nächtlichen Suche weiterhin vermisst wird.

»Das ist ja schrecklich, Ben. Alle hier lieben ihn.«

»Ich fürchte, die Chancen stehen schlecht, nachdem schon so viel Zeit vergangen ist.«

»Wir werden für ihn beten.« Sie berührt das kleine Goldkreuz an ihrer Halskette.

Für mich ist Beten keine Option. Zwar haben mir die Geschichten, die man mir in der Sonntagsschule vorgelesen hat, gefallen, aber ich hab sie stets als Märchen interpretiert. Damit gehöre ich auf den Scillys allerdings zu einer Minderheit. Viele Insulaner sind gläubige Christen. Ich bin seit jeher davon überzeugt, dass unsere enge Beziehung zum Meer ihren Glauben begünstigt. Wir Inselbewohner sind von Gefahr umgeben, von Stürmen und wechselnden Gezeiten. Da ist es wenig überraschend, dass die Menschen sich nach Schutzengeln sehnen, die sie und ihre Familien behüten.

»Erzählen Sie mir bitte von Freitagabend, Debbie. Haben Sie gesehen, wie Jez und Sam angekommen sind?«

»Ich war die meiste Zeit in der Küche, aber ich hab ihnen hallo gesagt.« Sie blickt aufs Meer hinaus. »Sam ist ein bisschen undurchschaubar, finden Sie nicht? Er hat kaum was gesagt.«

»Hat er Alkohol getrunken?«

»Nur Orangensaft. Jez hatte ein paar Pints und ist dann gegen elf gegangen.«

»Kommt er oft her?«

»Mehrmals die Woche, aber er bleibt selten den ganzen Abend. Er kommt zum Dartspielen, trinkt meistens ein, zwei Bier und macht beim Pubquiz mit. Alle hier plaudern gern mit ihm.«

»Haben Sie gesehen, wie er weggefahren ist?«

»Tommy vielleicht, er schaut häufig zu, wenn Boote ablegen. Er findet es friedlich, wenn sie in der Ferne verschwinden. Im Sommer fährt er sogar manchmal spät noch mit unserem Boot raus; das ist die einzige Freizeit, die wir haben.« Debbie wirkt zerstreut, so als fiele es ihr schwer, sich zu konzentrieren.

»Bitte erzählen Sie mir noch mehr über Jez. Er ist quasi auf Booten großgeworden; ich verstehe irgendwie nicht, wie er in Schwierigkeiten geraten sein soll.«

»Ich weiß eigentlich nichts über sein Privatleben, aber wenn es hier ruhig ist, plaudern wir schon mal. Er ist ein netter Kerl.«

»Hat er hier auf der Insel eine Freundin?«

»So persönliche Fragen stelle ich meinen Gästen nicht«, sagt sie und schaut weg. »Ich bin Gastwirtin, kein Seelenklempner.«

Debbie macht einen beklommenen Eindruck auf mich, und ich bin mir fast sicher, dass Jez ihr ein Geheimnis anvertraut hat, das sie jetzt belastet. Wegen ihrer sanftmütigen Art und ihres mitleidsvollen Blicks kann ich mir gut vorstellen, dass andere sie gern ins Vertrauen ziehen. Sie will gerade noch etwas sagen, als Tommy mit meinem Sandwich und einem Kaffee zurückkommt, aber ihre verschlossene Miene verhindert, dass ich nachhake.

Tommy schwadroniert wild drauflos. Er redet erst über das Finale des Gig-Rennens und dann über die Fußballmannschaft der Insel, als wäre er fest entschlossen, das naheliegendste Thema völlig auszuklammern. Wenn er sich Sorgen macht, dass ein junger Mann nach dem Besuch seines Pubs ertrunken sein könnte, so zeigt er es nicht.

Er weicht direkten Fragen aus und sagt mir, dass er sich nicht erinnert, gesehen zu haben, wie Jez' Boot angekommen ist oder wieder abgelegt hat. »Sie wissen doch, wie das ist, Ben. Wir rennen die ganze Zeit rum und sorgen dafür, dass die anderen glücklich und zufrieden sind. Ich finde im Augenblick kaum mal Gelegenheit, mit unserem Boot rauszufahren. Kommen Sie bald wieder her, ja? Das Frühstück geht aufs Haus«, fügt er hinzu und eilt davon.

Debbie schaut über ihre Schulter und beobachtet ihren Mann mit ausdrucksloser Miene dabei, wie er eine Gruppe von Frühstücksgästen begrüßt.

»Sie haben am Freitag nicht zufällig Sam Austells Handy hier gefunden, oder?«, frage ich.

»Er hat Callum Moyle vorhin gebeten, genau deswegen anzurufen, aber ich fürchte, wir haben es nicht gesehen.«

»Stimmt irgendwas nicht, Debbie? Sie wirken irgendwie abwesend.«

»Das ist so traurig, das ist alles.« Sie holt tief Luft. »Jez stand vor einer großen Entscheidung.«

»Wieso?«

»Ich weiß es nicht, aber irgendwas stimmte nicht hinter diesem breiten Lächeln. Dieses Leben hier hat ihn deprimiert. Er ist bestimmt nicht so häufig nach St. Agnes gekommen, nur um unser Bier zu trinken.« In dem Moment signalisiert Tommy, dass er ihre Hilfe braucht, und Debbie weicht zurück. »Tut mir leid, ich muss. Ich kann unsere Gäste nicht warten lassen.«

Sie eilt davon, um ihre Gäste zu begrüßen. Sie hat mir zwar keine konkreten Fakten geliefert, aber sie ist die Erste, die angedeutet hat, dass Jez vielleicht Geheimnisse hatte, die er mit niemandem geteilt hat.

12

Auf den Scillys kann man anderen nicht aus dem Weg gehen, darum zahlt es sich aus, wenn man sich mit allen gut stellt, es sei denn, man kann jemanden auf den Tod nicht ausstehen. Ich kann nicht sagen, ob meine allererste Freundin sich freut, mich zu sehen, als ich ihr auf dem Kai von Hugh Town begegne. Anna Dawlish war immer eine Meisterin darin, ihre Gefühle zu verbergen, vor allem in dem Jahr, in dem wir zusammen waren. Die zierliche Blondine geht, wie ich, auf die Vierzig zu, aber aus der Ferne könnte man sie für Mitte zwanzig halten. Früher machte ihre Coolness einen Teil ihrer Anziehungskraft aus, aber jetzt, wo ich erwachsen bin, spricht mich das nicht mehr an. Mir sind offene Menschen lieber. Nina antwortet ehrlich auf jede Frage, und ihre Herzlichkeit ist nicht nur aufgesetzt. Auch wenn Anna sich damals bemüht hat, auf eine sanfte Art mit mir Schluss zu machen, bin ich mir sicher, dass sie knallhart sein kann.

»Mensch, Ben, ewig nicht gesehen! Wie geht's denn so?«

»Gut, danke.«

»Bist du bereit für deinen großen Tag?«

»Mehr oder weniger. Ich hatte keine Ahnung, dass die Feier meine gesamten Ersparnisse auffressen würde.«

Zum ersten Mal lächelt sie. »Aber ich wette, das ist es

wert. Tut mir leid, aber ich muss los, ich hab einen Putz-Job drüben auf St. Martin's.«

Anna wendet sich bereits von mir ab, als die Fähre in den Hafen einfährt. Es wird noch mindestens zehn Minuten dauern, bis sie wieder ablegt, aber die Pendler drängen immer sofort an Bord. Sie scheint froh zu sein über den Vorwand, sich von mir verabschieden zu können, ich bin jedoch noch nicht fertig mit ihr.

»Weißt du, was Jez Cardew in der letzten Zeit so getrieben hat? Er war regelmäßig auf St. Agnes, aber niemand kann mir sagen, wieso.«

»Na, doch garantiert, um eine Frau zu treffen. Viel Glück bei der Suche nach ihm.«

Noch bevor ich mich verabschieden kann, eilt Anna die Stufen hinunter, um an Bord der offenen Fähre zu gehen. Wenn sie es bedauert, dass ihr Ex auf See vermisst wird, zeigt sie es nicht. Offenbar versteht sie es noch immer, ihre Gefühle zu verbergen. Ich kann nicht nachvollziehen, warum eine intelligente Frau ihr Geld mit Putzen verdient, aber wenn sie in finanziellen Schwierigkeiten steckt, ist sie vermutlich zu stolz, es zuzugeben.

Es ist schon fast zehn Uhr, als ich am Polizeirevier auf St. Mary's eintreffe. Es ist in einem kleinen grauen Gebäude an der Garrison Lane untergebracht, direkt dahinter steht ein dreistöckiger Apartmentblock, auf beiden Seiten umgeben von Reihenhäusern. Das zeigt, wie die Polizei auf den Scillys arbeitet. Wir sind die meiste Zeit ganz normale Bürger und ein Teil des sozialen Gefüges, was Vor- und Nachteile hat. Da die Menschen hier im Großen und Ganzen gesetzestreu sind und nur wenige Straftaten gemeldet werden, pflegen wir ein herzliches Verhältnis zu der ungefähr zweitausend Leute umfassenden Bevölkerung der fünf bewohnten Inseln. Doch mir bereiten die Verbrechen Sorgen, von denen wir nichts erfahren. Insulaner sind ein zähes Völkchen, und sie sind es traditionell gewöhnt, ihre Differenzen selbst beizulegen. Früher machten sie die meisten Geschäfte mit dem Schmuggel, und die Gesetzlosigkeit liegt uns noch immer im Blut. Niemand hat es gern, wenn sich jemand von außen einmischt, auch nicht, wenn es darum geht, langjährige Streitigkeiten beizulegen.

Obwohl ich es eilig habe, zur Arbeit zu kommen, bleibe ich stehen, um einen alten Fischer zu begrüßen, der im Schneckentempo die Garrison Lane hochgeht. Höflichkeit ist ein wesentlicher Bestandteil unseres Lebens. Ich weiß aus Erfahrung, dass die Ältesten hier eine größere Macht besitzen als die Polizei, denn sie werden von den Leuten deutlich mehr respektiert, und man weiß nie, wann man sie mal um einen Gefallen bitten muss.

Das Polizeirevier ist nicht abgeschlossen, aber bis auf Shadow, der geduldig neben Lawrie Deanes Schreibtisch wartet, unbesetzt. Meinem Hund muss bei den Cardews langweilig geworden sein, und er ist in der Hoffnung hergelaufen, etwas zu fressen zu bekommen. Er weiß, dass Deane sein Frühstück immer fünf Minuten von hier beim Island Deli auf der High Street holt, und wahrscheinlich fällt auch heute für ihn etwas ab.

»Dir geht's auch immer nur ums Fressen«, sage ich zu ihm. »Was ist mit der Liebe?«

Er leckt mir beiläufig die Hand und bezieht dann wieder seinen Posten neben Deanes Stuhl. Hier herrschen andere Verhältnisse als in meiner Zeit bei der Metropolitan Police in London, wo Zuspätkommen ein Dienstvergehen war.

Deanes Angewohnheit, an den meisten Tagen zehn Minuten zu spät zu erscheinen, zieht selten eine Zurechtweisung durch unseren Boss nach sich. Ich habe ein ganzes Jahr gebraucht, um mich wieder an das langsame Tempo zu gewöhnen, das auf den Inseln herrscht. Hier geht alles seinen gemächlichen Gang.

Ich bereite mich auf die Befragung von Sam Austell vor, als DCI Madrons Tür quietschend aufgeht. Da er nicht auf dem Dienstplan steht, bin ich überrascht, ihn bei der Hitze in Uniform vor mir zu sehen. Mein Boss ist klein und sehr gepflegt, seine Krawatte trotz der warmen Temperaturen perfekt gebunden und sein graumeliertes Haar zurückgegelt.

»Kommen Sie in mein Büro, Kitto. Ich muss mit Ihnen reden. Aber binden Sie vorher dieses verdammte Tier draußen an.«

»Bin gleich bei Ihnen, Sir.«

Madron sitzt hinter seinem Schreibtisch, als ich eintrete. Sein Büro zeugt von seiner manischen Ordnungsliebe. Die Ablage ist vollständig abgearbeitet, und alle Dokumente sind in alphabetischer Reihenfolge abgeheftet. Ich bin es gewöhnt, von ihm getadelt zu werden, selbst wenn ich mir nichts habe zuschulden kommen lassen. Seine grauen Augen sind zu Schlitzen zusammengezogen, als er mich anweist, Platz zu nehmen. Ich bin zwar einen Kopf größer als er und bringe gut fünfundzwanzig Kilo mehr auf die Waage, trotzdem fühle ich mich, als würde ich vor dem Schulleiter stehen, um mir einen Rüffel abzuholen.

»Wie oft habe ich Ihnen schon gesagt, dass Sie Shadow zu Hause lassen sollen?«

»Oft, Sir, aber er befolgt keine Befehle.«

»Genau wie sein Herr. Sie sind im Urlaub, schon vergessen?«

»Jez Cardew wird noch immer vermisst. Wir brauchen Antworten, seinen Eltern zuliebe. Ich werde meinen Urlaub verschieben müssen.«

Er nickt kurz. »Berichten Sie mir von der gestrigen Rettungsmission.«

»Ich hab an dem ersten Einsatz teilgenommen, mit Isla und Eddie. Da Jez noch nicht aufgetaucht ist, hat Eddie eine Doppelschicht eingelegt.«

»Sehr heldenhaft, da bin ich sicher. Aber das darf in Zukunft nicht mehr passieren.«

»Wie meinen Sie das, Sir?«

»Es ist extrem unverantwortlich. Was, wenn Sie gekentert wären? Dann hätten die Inseln auf einen Schlag ihr halbes Polizeiteam verloren, und es hätte monatelang keinen Ersatz gegeben.«

»Wenn wir Zeit haben, ist es unsere Pflicht, bei jedem Einsatz zu erscheinen.«

»Ist Ihnen schon mal in den Sinn gekommen, dass das Seenotrettungs-Festival einer polizeilichen Aufsicht bedarf? Während Sie auf dem Wasser waren, hat am Porthloo Beach eine Party stattgefunden. Glücklicherweise ohne Zwischenfälle, aber ich musste freiwillige Ordner hinzuziehen. Eddie und Isla hätten hierbleiben und Aufsicht führen sollen.«

»Jez Cardew war unsere erste Priorität.«

»Als Erstes sind Sie der Polizei verpflichtet. Ich erlaube nicht, dass in Zukunft mehr als ein Officer auf dieses Boot geht, selbst wenn Sie nicht im Dienst sind. Haben Sie verstanden?«

»Ich kann diese Anordnung nicht befolgen, Sir.«

»Wollen Sie meine Autorität in Frage stellen?« Madrons Augenbrauen schießen hoch bis zu seinem Haaransatz.

»Die RNLI hat aus meiner Sicht Vorrang vor der standardmäßigen Polizeiarbeit, es sei denn, es herrscht gerade eine Krisensituation. Es gibt Überschneidungen zwischen unseren Funktionen. Unsere Aufgabe ist es doch, Menschen zu schützen und Leben zu retten, oder nicht?«

»Fangen Sie jetzt nicht an, zu diskutieren, Kitto. Wir sind an Land zuständig, die anderen auf See. Ich hab Ihnen gleich gesagt, dass Sie sich da nicht anmelden sollen, und der gestrige Tag beweist, dass es gute Gründe dafür gab. Wir sind personell unterbesetzt.«

»Ich muss klären, warum Cardews Boot leer aufgefunden wurde. Jez ist ein erfahrener Seemann und kennt die örtlichen Gewässer wie seine Westentasche.«

»Glauben Sie, jemand hatte seine Hand im Spiel?«

»Ich will genau wissen, was auf diesem Boot passiert ist. Ich werde Sam Austell heute Morgen hier befragen, um herauszufinden, ob er Veränderungen in Jez' Verhalten bemerkt hat.« Ich ziehe den Umschlag aus der Tasche. »Irgendwer hat mir das hier mit der Post geschickt. Da sind Anstecker von der RNLI drin. Eddie hat auch so eine Sendung erhalten, mit ähnlichem Inhalt. Ich muss wissen, ob Jez auch eine bekommen hat.«

»Zeigen Sie mir den Brief.«

Madron betrachtet die Zeichnung und den Zettel. »Das ist ein Shakespeare-Zitat, oder? Aber das beweist gar nichts, Kitto. Das muss eine Art Scherz sein.«

»Trotzdem muss ich rausfinden, von wem es kommt.«

»Auf den Scilly-Inseln ertrinken jedes Jahr Menschen. Das ist einfach eine Tatsache, vor allem, wenn sie betrunken Boot fahren«, giftet der DCI. »Das Meer ist unberechenbar, das wissen Sie so gut wie ich. Ich lasse nicht zu, dass Sie die Zeit der Polizei verschwenden.«

»Sie können mich nicht zwingen, die RNLI zu verlassen.«

»Ihr Ton gefällt mir nicht, Kitto, aber diesmal sind Sie entschuldigt. Ich kenne Ihre Familiengeschichte. Kein Kind sollte seinen Vater verlieren. Doch Sie können weder gegen das Meer ankämpfen noch jeden einzelnen Insulaner vor dem Ertrinken retten, haben Sie verstanden?«

Ich bin zu verärgert, um ihm eine höfliche Antwort zu geben, also halte ich den Mund.

»Und jetzt gehen Sie raus und wachen Sie über diese Inseln, aber ohne den verdammten Köter.« Er scheucht mich hinaus, indem er mir die Tür weist, und es hat keinen Sinn, Widerspruch einzulegen.

Madron gibt selten zu, dass er im Unrecht ist. Das ist eine Eigenschaft, die wir gemeinsam haben, auch wenn ich es nur äußerst ungern eingestehe. Er liebt die Routine der Polizeiarbeit, gerät aber in Panik, wenn eine Krisensituation entsteht, und doch hat er einen Nerv bei mir getroffen. Seit mein Vater ertrunken ist, verbindet mich eine Hassliebe mit dem Meer. Der Anblick von Jez Cardews auf den Wellen treibendem Boot hat sich mir eingebrannt und wird mich erst wieder loslassen, wenn ich weiß, was passiert ist. Madron könnte recht haben. Ich kann nicht akzeptieren, dass das Meer Menschenleben stiehlt, aber daran wird sich auch nichts ändern. Wenn ich es mir nicht zur Aufgabe mache, das Rätsel zu lösen, wer wird dann die Fragen der Cardews beantworten?

Sergeant Lawrie Deane ist eingetroffen, als ich zurück in den Eingangsbereich komme.

»Hat er Ihnen den Kopf gewaschen?«, fragt er leise.

»Mehr oder weniger.«

»So ein Idiot. Die Bemannung des Rettungsbootes sticht alles, was wir hier tun.«

Deane wird das gesamte Gespräch mitangehört haben, denn die Wände im Revier sind hauchdünn. Er schenkt mir einen mitleidigen Blick und bietet mir dann ein Croissant aus einer großen Papiertüte an. Er wirft auch Shadow eines hin, der sich mit seiner Trophäe sofort in eine Ecke zurückzieht. Nach einem eher holprigen Start hat der Sergeant Gefallen an mir gefunden. Er mag zwar aussehen wie ein untersetzter Griesgram, der allmählich auf die sechzig zugeht, doch sein Äußeres täuscht. Deane hat die ganze Welt bereist und spricht drei Sprachen. Außerdem hat er mich schon viele Male gedeckt, wenn ich gegen Madrons Anweisungen verstoßen hatte.

Madrons Worte nagen noch immer an mir, als Sam Austell in Begleitung von Father Mike eintrifft. Die beiden haben dieselbe drahtige Statur und könnten fast Vater und Sohn sein. Der Priester lächelt mich verlegen an, so als wäre es ihm lieber, hier nicht als Aufpasser dabei zu sein. Der junge Mann wirkt ganz anders als der Sam Austell, den ich vor Jahren verhaftet habe. Damals war er drogenabhängig und konnte kaum einen geraden Satz bilden, noch dazu waren seine Kleider schmutzig und abgetragen. Jetzt ist er ordentlicher frisiert als ich, sein Hemd ist gebügelt, und seine Jeans sieht brandneu aus. Sogar seine Sneakers sind tadellos. Das Einzige, was noch von früher geblieben ist, ist seine Unsicherheit. Er kann seine Hände nicht ruhig halten, als ich mit der Befragung beginne.

»Danke, dass Sie mitgekommen sind. Wie ich höre, helfen Sie Sam, seit er wieder hier ist, Father.«

»Wir treffen uns jede Woche auf einen Kaffee, das ist alles.« Der Priester spricht in einem sanften Ton. »Dass Sam sein Leben wieder in den Griff bekommen hat, hat er allein sich selbst zuzuschreiben. Dieses Verdienst kann ich mir nicht ans Revers heften.«

»Freut mich, das zu hören«, sage ich und wende mich an Sam. »Wir brauchen klare Informationen über Jez. Seid ihr in der letzten Zeit gut miteinander ausgekommen?«

»Es hat sich nichts geändert. Wir waren schon immer gut befreundet, schon seit der Schule.«

»Aber trotzdem hatte er Geheimnisse vor dir. Er hat viel Zeit auf St. Agnes verbracht. Wahrscheinlich hat er sich dort mit jemandem getroffen. Weißt du, mit wem?«

Austell rückt auf seinem Stuhl herum. »Er hat kein Wort gesagt. Vielleicht will er es einfach für sich behalten. Seine Trennung von Anna Dawlish Anfang des Jahres war ein Albtraum.«

»Inwiefern?«

»Überprüfen Sie mal sein Handy. Sie hat ihn mit Nachrichten und Anrufen bombardiert. Sogar auf der Straße hat sie ihn bedrängt.«

Ich schaue ihn überrascht an. Diese Beschreibung passt nicht zu der Anna, die ich heute Morgen getroffen habe. Sie wirkte selbstbeherrscht und vollkommen kontrolliert. Anna Dawlish ist der letzte Mensch auf den Inseln, von dem ich erwarten würde, dass er eine Trennung nicht verkraftet.

»Hat Jez sich noch mit anderen verkracht?«

»Die einzige andere Ex, die er mal erwähnt hat, ist Molly Bligh, aber das ging schon vor Jahren zu Ende, und sie sind noch befreundet. Ich hab ihn nie mit irgendwem streiten sehen.«

Diese Info über Molly ist interessant. Sie erklärt, warum Jez' Verschwinden sie so mitnimmt. Das zumindest war mein Eindruck, als ich sie auf St. Agnes getroffen habe.

»Lass uns kurz über euer Leben zu Hause sprechen, Sam. Wie kommt es, dass ihr beide bei Callum Moyle wohnt?«

»Jez hat mir geschrieben, als ich im Gefängnis saß, und versprochen, mir zu helfen.« Er stockt. »Die meisten Leute haben mich fallenlassen, aber er hat Callum überredet, mir Arbeit und ein Dach über dem Kopf zu geben.«

»Gestern Abend wirkte Moyle aber so, als könnte er Jez nicht ausstehen. Wie kommt's, dass sie dann zusammen in einem Haus wohnen?«

»Die beiden reiben sich nur aneinander, das ist alles. Callum ist sauer, weil Jez Mietschulden bei ihm hat. Letzte Nacht hab ich gesehen, wie er seine Sachen durchwühlt hat.«

»Was hat er denn gesucht?«

»Geld, nehme ich an. Das steht immer ganz oben auf seiner Liste. Er und Jez kamen gut miteinander klar, bis er anfing, Callum auf die Nerven zu fallen.«

Ich schüttele den Kopf. Callum Moyle muss herzlos sein, wenn er die Sachen seines Untermieters durchwühlt, noch während nach ihm gesucht wird.

»Fällt dir sonst noch irgendjemand sein, der irgendwas gegen Jez haben könnte?«

Sam zögert. »Nein, niemand außer Anna. Seit er die Tapferkeitsmedaille bekommen hat, behandeln ihn alle mit Respekt.«

Mir wird plötzlich bewusst, dass Sam sich auch auf Jez' Boot versteckt und ihn aus Gründen, die mir nicht bekannt sind, attackiert haben könnte. Damit hätte er allerdings seine guten Vorsätze gleich mit über Bord geworfen. »Beneidest du ihn manchmal darum, dass er so beliebt ist?«

»Nein, natürlich nicht«, sagt er und schluckt. »Jez hat sich den Respekt der ganzen Gemeinde redlich verdient. Es gibt nicht viele, die bei Windstärke neun auf ein sinkendes Schiff springen würden.«

Ich nicke. »Hast du dein Handy inzwischen gefunden?«

»Ich werd mir wohl heute ein neues kaufen müssen.«

»Wann genau bist du von St. Agnes nach Hause gekommen?«

»Gegen zehn, glaube ich. Callum war schon da.«

»Hat er dich gesehen?«

Sam schüttelt den Kopf. »Er hat in seinem Zimmer Musik gehört.«

Ich sehe, dass ihm zunehmend unbehaglich zumute wird, bis Father Mike wieder das Wort ergreift.

»Gibt es sonst noch was, Ben? Sam ist mit einem Freund in den Pub gegangen und wurde von jemand anders mitgenommen, als er nach Hause wollte. Das ist doch kein Verbrechen, oder?«

»Ich muss jeden überprüfen, der am Freitagabend auf St. Agnes war, und die Uhrzeiten spielen durchaus eine Rolle. Ein Mann wie Jez würde bei ruhiger See niemals über Bord fallen.« Ich reiche Sam über den Schreibtisch hinweg meine Karte. »Besorg dir heute ein neues Handy und ruf mich an, wenn dir noch irgendwas einfällt.«

»Glauben Sie, dass er noch lebend gefunden wird?« Er schaut mich forschend an.

Es fühlt sich falsch an, ihm die letzte Hoffnung zu nehmen, aber die Aussichten sind jetzt noch düsterer als gestern Nacht.

»Es tut mir leid, aber die Chancen sinken von Minute zu Minute. So lange überlebt selten jemand auf dem offenen Meer.«

Als er aufsteht, kann ich erkennen, wie sehr ihn der Gedanke, seinen Freund zu verlieren, mitnimmt. Sein Gang ist so unsicher, als hätte er Wodka zum Frühstück getrunken, und der Priester muss ihn zum Ausgang führen. Ich würde ihm am liebsten raten, sich noch mal hinzusetzen und tief durchzuatmen, aber frische Luft wird ihm sicher auch guttun.

Ich muss mich dringend vergewissern, dass sein Alibi belastbar ist, denn die Insulaner werden sich bereits Geschichten ausdenken, die Jez' Verschwinden erklären. Wenn irgendjemand glaubt, dass Sam Jez was angetan hat, kann es sein, dass sie ihn trotz all seiner Bemühungen bestrafen oder ausgrenzen. Ich rufe als Erstes die Küstenwache an und dann den Bootsführer der Seenotrettung von Penzance, der sich bereit erklärt, jedes Boot im Hafen zu überprüfen, um herauszufinden, wer Sam Austell von St. Agnes nach St. Mary's gebracht hat.

Bevor ich dazu übergehen kann, Jez' Freunde anzurufen, kommt Eddie Nickell hereingestürmt. Sein jugendfrisches Aussehen hat über Nacht gelitten; ich hab ihn noch nie unrasiert gesehen, und so dunkle Schatten unter den Augen hatte er bislang auch noch nie. Er muss direkt vom Rettungsbootschuppen kommen.

»Es gibt was Neues, Ben.« Seine Stimme ist heiser vor Müdigkeit. »Eben hat mich eine Frau angerufen. Sie saß draußen vor dem *Turk's Head* an einem Tisch und hat gesehen, wie Jez kurz vor der letzten Runde im Pub den Hafen verlassen hat. Ihren Angaben zufolge war er allein.

Er ist schnell in westlicher Richtung aufs offene Meer gefahren.«

»Das hilft uns weiter, aber wir brauchen trotzdem eine vollständige Aufstellung von Jez' Telefonaten. Dann wissen wir, wer ihn letzte Nacht angerufen hat.«

»Da gibt es ein Problem. Der Sendemast auf St. Mary's war anscheinend kurzfristig defekt, und in der Zeit gab es kein Netz.«

»Das hat uns gerade noch gefehlt. Sag ihnen, sie sollen uns alles schicken, was sie haben, okay?«

Technikausfälle gehören zum Leben auf den Scilly-Inseln dazu, aber sie behindern jedes Mal unsere Arbeit. Eddies Neuigkeiten arbeiten in mir. Um nach St. Mary's zu gelangen, hätte Jez nach Norden fahren müssen. Westlich der Scilly-Inseln kommt nur noch der Atlantik, und zwar in seiner gefährlichsten Form, denn auf dem Ozean brauen sich sogar im Sommer manchmal völlig überraschend Stürme zusammen. Der einzige feste Grund, den man dort noch erreichen kann, sind heimtückische Felsen mit Namen wie Hellweathers oder der Leuchtturm auf dem Bishop Rock, der seine Warnungen durch die Nacht blinkt. Ich kann nicht glauben, dass ein erfahrener Seenotretter so eine miserable Entscheidung trifft, es sei denn, er hatte einen Todeswunsch.

13

Sam ist mit den Nerven am Ende, als er zum Hafen von Hugh Town geht. Der Priester ist noch an seiner Seite. Zwischen den Laternenpfählen und den Gebäuden auf dem Kai flattern bunte Fähnchen, und Sam hat sich noch nie irgendwo so fehl am Platz gefühlt. Überall hängen Hinweise auf Veranstaltungen des Festivals der Seenotrettung, zum Beispiel ein Konzert im Pfarrsaal oder eine Motto-Party für Kinder. Offenbar ist die gesamte Gemeinde entschlossen, sich zu amüsieren. Auf dem Kai drängen sich Familien, die mit Fähren auf die anderen Inseln übersetzen wollen; Kinder tragen Eimer und Schaufeln und freuen sich auf den Tag, der vor ihnen liegt.

Father Mikes Miene strahlt Langmut aus, als er sich verabschiedet.

»Vielen Dank für Ihre Unterstützung, Father.«

»Geh noch nicht. Ich hab was für dich.« Der Priester greift in seine Umhängetasche und holt ein Päckchen heraus. »Ich wusste, dass du das brauchen kannst.«

Sam schaut hinein: Darin liegt ein brandneues Handy. »Das ist zu großzügig, das kann ich nicht annehmen.«

»Betrachte es als Belohnung von Freund zu Freund«, sagt Father Mike. »Du hast so große Fortschritte gemacht. Ich bin stolz auf dich.«

»Das zahle ich Ihnen zurück, versprochen.«

»Nein, nicht nötig. Und denk dran, dass du immer mit mir reden kannst. Dein Freund Jez hat das auch getan, dieses Jahr sogar mehrfach. Du weißt ja, wo du mich findest.« Er klopft Sam auf den Arm und geht dann im Sonnenschein davon.

Sam ist dankbar, aber auch verwirrt. Jez hat den Priester nie erwähnt, obwohl er wusste, dass Sam hin und wieder zu ihm ging. Er kann sich nicht vorstellen, dass jemand mit so viel Selbstvertrauen bei ihm Rat suchen könnte. Außerdem kommt es ihm seltsam vor, dass er nie was von diesen Gesprächen erzählt hat. Es fällt ihm schwer, sich wieder auf die familiäre Verpflichtung zu konzentrieren, der er heute nachkommen muss.

Er findet einen Platz auf dem Boot, das nach Tresco und Bryher fährt. Die offene Fähre kann fünfzig Passagiere befördern, die auf festgenagelten Bänken an Deck sitzen. Sie füllt sich mit Tagesausflüglern und Einheimischen, die Verwandte besuchen oder Vögel auf dem Shipman Head Down beobachten wollen. Bei Sam wirkt das Gespräch auf dem Polizeirevier noch nach. Seit seiner Haftentlassung hat er es geschafft, einen großen Bogen um das Gebäude zu machen; er hatte nur Kontakt zur Polizei, wenn er DI Kitto über den Weg gelaufen ist. Der Mann scheint in Ordnung zu sein, ihm verdankt er, dass er in die Crew der Seenotrettung aufgenommen wurde. Aber bei den Fragen, die Kitto ihm heute gestellt hat, ist ihm klargeworden, wie angreifbar er ist. Es gibt viele Insulaner, die voreilige Schlüsse aus seiner Anwesenheit auf Jez' Boot vor dessen Verschwinden ziehen und ihn zwingen könnten, die Inseln zu verlassen. Seine Gedanken wandern immer wieder zu seinem Freund zurück. Jez steckte nie in irgendwelchen Schwierigkeiten. Die Frauen mögen seine entspannte, humorvolle Art, und auch die Männer respektieren ihn.

Als er schließlich aufschaut, kann nicht mal der Anblick von Danielle Quick seine Laune heben, die soeben an Bord der Fähre kommt. Als sie sich auf den einzigen noch freien Platz neben ihm quetscht, hat er das Gefühl, dass ihm etwas die Kehle zuschnürt. Er saugt den zitronig-frischen Duft ihres Parfums ein, aber er ist zu schüchtern, um sie anzusprechen. Danielle trägt ein geblümtes Sommerkleid und ist eines der schönsten Mädchen der Inseln. Sie lächelt zögerlich. Zu sehen, dass auch sie schüchtern ist, hilft ihm, und sein Mut kehrt langsam zurück.

»Geht's dir gut, Danielle? Du siehst mitgenommen aus.«

»Ich war gestern Nacht bei der Suche nach Jez dabei und hab nicht viel geschlafen.«

»Ich auch nicht. Ich kann mich erst entspannen, wenn ich weiß, was passiert ist.«

Die Fähre verlässt den Hafen und fährt nach Norden Richtung Tresco. Die beiden sitzen schweigend nebeneinander, während das Boot in der warmen Brise die flachen Wellen durchpflügt. Tresco ist nur eine Meile entfernt, und seine Hügel sind bereits am Horizont zu erkennen.

»Jez war so ein guter Kerl«, bricht Danielle schließlich das Schweigen. »Ich weiß noch, wie eng ihr in der Schule befreundet wart.«

Sam merkt, dass ihr Mitgefühl ernstgemeint ist. »Er ist der einzige Freund, der auch während der Haft zu mir gehalten hat.«

»Jeder verdient eine zweite Chance. Das bleibt wahr, was auch immer mit Jez passiert ist. Viele Leute sind beein-

druckt davon, wie du dich reinkniest.« Ihre Stimme klingt so freundlich; für ihn fühlt es sich an, als würde sie ihm eine Rettungsleine zuwerfen.

»Wo fährst du denn heute hin?«, fragt er.

»Ich besuche jedes Wochenende meine Großmutter. Und du?«

»Ich will Mum besuchen.«

»Das ist schön. Ich wette, sie kann es kaum erwarten, dich zu sehen.« Das Boot macht bereits am Kai von New Grimsby fest, die fünfzehnminütige Fahrt ist wie im Flug vergangen. »Ich drücke weiterhin die Daumen für Jez.«

Sam will sich schon von ihr verabschieden, als sie ihm zu seiner Verblüffung einen flüchtigen Kuss auf die Wange haucht. Danach verschwindet sie in der Schar der Tagesausflügler auf dem Kai, und er hat das Gefühl, sich kneifen zu müssen, um sich zu vergewissern, dass das gerade wirklich passiert ist.

14

Ich sitze in dem Büro, das ich mir mit dem restlichen Mitarbeiterstab teile, und grübele weiter, was die neuen Informationen bedeuten könnten. Eine Frau, die regelmäßig im *Turk's Head* verkehrt, ist sich sicher, dass Jez Cardews Boot von St. Agnes aus nach Westen gefahren ist, und ich vertraue ihrem Urteil. Sie ist von hier und kennt sich gut auf den heimischen Gewässern aus. Es kommt mir zum ersten Mal in den Sinn, dass Jez sich das Leben genommen haben könnte, auch wenn er nie bekümmert gewirkt hatte. Vielleicht fällt es schwer, zuzugeben, dass man psychische Probleme hat, wenn die komplette Gemeinde einen als Held betrachtet. Debbie Brookes hat angedeutet, dass er insgeheim möglicherweise mit einer Art Krise konfrontiert war, die emotionaler oder finanzieller Natur gewesen sein kann. Vielleicht erschien es ihm leichter, aufs offene Meer hinauszufahren und über Bord zu springen, als sich seinen Problemen zu stellen.

Ich werde dieses Thema zu einem geeigneten Zeitpunkt Eddie gegenüber ansprechen. Er stand seinem Cousin nahe, und ich bin ziemlich sicher, dass er etwas davon mitbekommen hätte, wenn Jez ernsthafte Schwierigkeiten hatte. Aber das kann warten. Ich sehe, dass mein Deputy am Ende seiner Kräfte ist. Doch obwohl er seit vierundzwanzig Stunden nicht geschlafen hat, zeigt er keinerlei Anzeichen dafür, aufzugeben. »Was können wir als Nächstes tun, Ben?«

»Du musst dich jetzt ausruhen. Ich werde mir Jez' Boot noch mal ansehen und dann deine Tante und deinen Onkel aufsuchen.«

»Das sind Verwandte von mir, bitte lass mich das machen.«

Ich bin bereit, in dieser Frage nachzugeben. Eddie kann stur sein wie ein Esel, und es wäre kleinlich, ihm diesen Wunsch nicht zu erfüllen.

»In Ordnung, aber konzentrier dich vorher darauf, mehr über Callum Moyle herauszufinden. Er spart nicht mit Kritik an Jez und hat möglicherweise gleich, nachdem er erfahren hat, dass er vermisst wird, sein Zimmer durchsucht.«

»Ich hab vorhin im *Atlantic* angerufen. Er war bis ungefähr neun da, ohne sich mit irgendwem zu unterhalten, und ist dann gegangen.«

»Sam ist um zehn nach Hause gekommen und hat Musik aus Callums Zimmer gehört, aber die könnte er auch einfach laufenlassen haben.«

Eddie runzelt die Stirn. »Das ist keine Mordermittlung, Ben. Ich hoffe immer noch, dass Jez lebt.«

»Ich auch, aber ein Typ wie Jez fällt doch nicht einfach so ins Wasser. Wir müssen rausfinden, was passiert ist.« Eddie sieht plötzlich noch müder aus als ohnehin schon, aber ich brauche seine Hilfe. »Erzähl mir vorher noch was über Anna Dawlish. Warum hat Jez sich von ihr getrennt?«

»Ich glaube, er hat kalte Füße bekommen. Und der Altersunterschied von zehn Jahren hat ihm auch nicht behagt. Er hatte ein schlechtes Gewissen, als er sie und Kylie verlassen hat, aber er war nicht bereit, sich fest zu binden.« Eddie wirft mir einen Seitenblick zu. »Hattest du nicht auch mal was mit Anna?«

»Sie hat mich für den Kapitän der Fußballmannschaft verlassen. Das hat mein Ego damals ziemlich angekratzt, aber ich bin drüber weggekommen.«

»Nachdem Jez ihr den Laufpass gegeben hatte, ist sie ziemlich durchgedreht. Das hat sie ganz schön aus der Bahn geworfen.«

»Vielleicht war sie ja wütend genug, um auf eine Gelegenheit zu warten, Jez auf dem Wasser zu attackieren.«

Eddie nickt nachdenklich. »Du glaubst also, es ist irgendwas faul an der Sache?«

»Das können wir nicht ausschließen. Er war in einem Pub und hat dort einen entspannten Abend verbracht, dann ist er mit einem Boot, das keinerlei technische Probleme hatte, wieder weggefahren. Könnte er auf dem Wasser jemanden getroffen haben? Oder in einer der Buchten? Vielleicht war er an irgendeinem Schmuggel beteiligt, und es ist was schiefgelaufen.«

»So blöd ist Jez nicht. Aber an deiner Idee mit Anna könnte was dran sein. Sie verbirgt ihre Gefühle, und das ist nie gesund. Denn die schwären insgeheim weiter, und vielleicht brechen sie sich irgendwann Bahn.« Sein Blick ist glasig.

»Iss mal was, sonst kippst du noch aus den Latschen.«

Er nimmt sich ein Croissant aus der Tüte auf Deanes Schreibtisch und verschlingt es mit zwei Bissen. Sein Blick zeigt mir, dass er nicht in der Stimmung ist, zu warten, und mir geht es genauso. Jez hatte Geheimnisse, in die ich Einblick gewinnen muss, und der Kabinenkreuzer ist ein guter Anfang.

»Komm, wir sehen uns Jez' Boot noch mal an«, sage ich.

Mein Deputy wirkt erleichtert, etwas Praktisches tun zu können. Ich würde Shadow am liebsten bei Deane lassen, doch der Hund springt sofort auf, als wir zur Tür gehen.

Zwei ältere Damen verkaufen auf der High Street Teddybären, die in RNLI-Strickpullis gekleidet sind. Shadow läuft voraus und reckt seine Schnauze in die Seeluft. Ich habe gelernt, zielstrebig zu gehen und niemanden anzuschauen, wenn ich schnell irgendwohin will. Denn wenn es so wirkt, als hätte ich es nicht eilig, halten die Leute mich gern auf. Die Einheimischen werden wissen wollen, wie die Suche letzte Nacht gelaufen ist. Allerdings verbreiten sich Informationen hier ohnehin sehr schnell. Das Lokalradio sendet stündlich Nachrichten, und auch die Leute, die zwischen den Inseln unterwegs sind, bringen stets die aktuellsten Neuigkeiten mit. Die ganze Gemeinde wird schon wissen, dass Eddie und ich mit dem ersten Rettungsschiff rausgefahren sind, und es grenzt an ein Wunder, dass wir es bis zum Rettungsbootschuppen schaffen, ohne angesprochen zu werden.

Liam Quick steht über den Tisch gebeugt im Büro und studiert eine Seekarte. Er hat seine schweißtreibende Ausrüstung abgelegt, aber sogar auf seinem T-Shirt prangt das Wappen der RNLI, und ich frage mich, ob er seine Rolle als Bootsführer je vergisst, wenn er mal nicht im Dienst ist. Seit seiner Scheidung vor ein paar Jahren steht er irgendwie unter Druck. Wir können uns darauf verlassen, dass er fast jeden Einsatz leitet. Heute wirkt er überdreht von zu viel Adrenalin im Blut, und in seiner Wange zuckt ein Muskel.

»Ich bin überrascht, dass du noch hier bist, Liam.«

Er schaut zu mir hoch. »Ich muss die Koordinaten von letzter Nacht noch mal überprüfen.«

»Wieso denn?«, fragt Eddie.

»Um sicherzugehen, dass ich die richtige Entscheidung getroffen habe. Wir sind nach Westen gefahren, mit der Strömung, aber die Riptide könnte ihn auch nach Süden getrieben haben.«

»In der Richtung haben wir doch auch gesucht.«

»Vielleicht hätten wir da aber anfangen sollen.« Er klingt erschöpft. »Jez hat im letzten Jahr mehr Einsätze mit mir gemacht als jedes andere Mitglied der Crew. Der Junge ist ein Naturtalent. Ich hatte vor, ihn zum Nautiker auszubilden und ihm eine Vollzeitstelle zu geben.«

»Wollte er das denn?«

»Es war seine Idee. Wir haben nur noch darauf gewartet, dass die Zentrale die Kosten für die Stelle genehmigt.«

»Er hat nie ein Wort darüber verloren«, sagt Eddie.

»Ich hab ihm geraten, nichts zu verschreien, bevor die Sache in trockenen Tüchern ist.«

Liam wirkt erleichtert, als er hört, dass wir Jez' Boot noch mal durchsuchen wollen. Sein Blick kehrt zurück auf die Karte, und seine Fingerspitzen fahren über die blassblauen Pfeile, die die Flutströmung anzeigen. Er scheint einen inneren Kampf über die Suche von letzter Nacht mit sich auszufechten, was ich verstehen kann. Stets nagen Zweifel an einem, ob es nicht besser gewesen wäre, irgendwas anders zu machen. Ich habe Jahre damit verbracht, den Tag zu rekonstruieren, an dem mein Vater zum letzten Mal zum Fischen rausgefahren ist, und mir gewünscht, ich hätte ihn überredet, auf ruhigeres Wetter zu warten.

Als wir die Slipanlage zu der Stelle hinuntergehen, wo Cardews Boot festgemacht ist, drehe ich mich Eddie zu.

»Hattest du in letzter Zeit den Eindruck, dass es Jez gut ging, Eddie?«

»Er war vielleicht ein bisschen stiller als sonst. Warum fragst du?«

»Ich sammele einfach nur Hintergrundinformationen.«

Er bleibt abrupt stehen. »Jez würde sich nie umbringen, falls du darauf hinauswillst. Er ist der mutigste Mensch, den ich kenne.«

»Wir müssen alle Möglichkeiten in Betracht ziehen. Debbie Brookes glaubt, dass ihn irgendwas belastet hat.«

»So was würde er seinen Eltern niemals antun«, gibt Eddie verärgert zurück. »Dazu ist er viel zu anständig!«

»Selbstmord ist nichts für Feiglinge. Menschen bringen sich um, weil sie krank sind oder eine Krise durchmachen. Wir sollten niemanden dafür verurteilen.«

»Ich kann mir selbst eine Meinung bilden, danke. Er hat sich im Leben nicht umgebracht. Niemals!«

»Beruhige dich, Eddie«, sage ich und sehe ihn streng an. »Wenn du nicht damit umgehen kannst, dass ich dir persönliche Fragen über Jez' Lebensstil stelle, werde ich dich durch einen Officer vom Festland ersetzen lassen müssen. Es ist keine Schande, sich aus diesem Fall zurückzuziehen. Aber wenn wir zusammen daran arbeiten, musst du einen kühlen Kopf behalten.«

»Okay, kein Problem.«

Sein Ton ist so scharf, dass ich meine Gedanken für mich behalte. Der Vermisste ist für ihn mehr ein Bruder als ein Cousin, und ich werde behutsam vorgehen müssen, aber wir dürfen unangenehmen Fragen auf keinen Fall ausweichen. Möglicherweise weiß Eddie etwas sehr Wichtiges, ohne sich dessen bewusst zu sein.

Als wir das Boot erreichen, wirkt der Name des Kabinenkreuzers an sich schon absolut unpassend. Zudem blättert die Aufschrift *Happy Daze* allmählich von ihrem weißen Untergrund ab. Die meisten modernen Kabinenkreuzer sind aus Glasfaser gemacht, aber dieser ist ein Klinkerboot aus Holz wie die, die Ray in seiner Werft baut. Ich bleibe auf der Slipanlage stehen und betrachte das sechs Meter lange Boot zunächst eingehend von außen. Funk- und die Radioantenne, die vom Dach des Steuerhauses aufragen, sehen intakt aus. Der Außenbordmotor ist ebenfalls funktionstüchtig, genauso wie die Schraube – die ganze Technik haben wir gestern schon überprüft. Ich ziehe sterile Handschuhe an und reiche auch Eddie ein Paar.

»Überprüfe bitte noch mal das Deck. Wir brauchen Fotos für die Fallakte.«

Er geht sofort in die Hocke. Sein Übereifer bereitet mir Sorgen. Ich habe ihn noch nie so angespannt erlebt. Er scheint bereit zu sein, jeden Splitter genauestens zu überprüfen, um seinen Cousin wieder nach Hause zu bringen. Ich überlasse ihn seiner Aufgabe und betrete das Steuerhaus, wo mir erneut der Dieselgeruch auffällt. An den Wänden hängen Seekarten, eine Gezeitentafel und ein ausgebleichtes Foto, das Jez mit seinen Eltern an Bord zeigt. Der Teenager reckt den Daumen hoch, während sein Dad sich an Deck sonnt und seine Mutter winkt.

Ich streiche mit den Händen über die getäfelten Wände und schaue dann in den Schrank, der jedoch nur einen Erste-Hilfe-Kasten enthält. Die Kabine unter Deck ist, gelinde gesagt, sehr einfach ausgestattet. Es gibt zwei Schlafkojen und ansonsten nur wenig Platz. Das Einzige, was mir in die Augen fällt, ist ein wattierter Umschlag auf dem Boden, auf dem Jez' Name steht und der eine Briefmarke von den Inseln trägt. Er enthält eine Handvoll RNLI-Anstecker, die genauso aussehen wie die, die mir geschickt wurden. Eddie hat inzwischen jeden Einzelnen aus der Crew angerufen und herausgefunden, dass fast alle ebenfalls ein oder zwei von diesen Päckchen erhalten haben. Janet Fearnley hat uns gesagt, von ihr kämen sie nicht. Und auch wenn theoretisch jeder aus dem Organisationsteam des Festivals sie als Erinnerung, sich zu engagieren, verschickt haben könnte, erscheint mir das nicht realistisch, denn dann hätte Janet von der Versandaktion sicher irgendetwas mitbekommen.

Ich durchsuche die Nischen unter jeder Koje, finde aber nur Rettungswesten und einen Wasserski. Frustriert lege ich mich auf eines der Betten. Erneut schießt mir der Gedanke durch den Kopf, dass ich vielleicht Komplikationen sehe, wo es gar keine gibt. Jez Cardew könnte zwar ein schlimmes Schicksal ereilt haben, der Vorgang an sich aber ganz simpel gewesen sein. Vielleicht ist er ohnmächtig geworden und über Bord gefallen, dann wäre es schnell um ihn geschehen gewesen.

»Hier ist nichts, Eddie, lass uns gehen.«

Ich stehe auf, bevor er antworten kann, aber plötzlich flattert mir etwas vor die Füße. Es ist ein ordentlich zusammengefalteter weißer Zettel, der unter einem der Kissen gelegen haben muss. Die Botschaft, die er enthält, ist völlig anders als die auf dem Zettel, den ich in der Post hatte. Sie ist in einer flüssigen Erwachsenenhandschrift geschrieben, die sich stark von den kindlichen Großbuchstaben auf meinem Zettel unterscheidet. Mit angehaltenem Atem lese ich, was mit schwarzer Tinte dort geschrieben steht. Ganz unten steht »mein Liebster«, doch der Rest ist so unleserlich, dass man ihn kaum entziffern kann.

15

Sam braucht nicht weit zu laufen, nachdem die Fähre am Church Quay auf Bryher angelegt hat. Das Haus seiner Kindheit liegt fünfhundert Meter südlich, in der Green Bay. Als Schüler hat er diesen Weg täglich zurückgelegt, sobald die Fähre ihn nach dem Unterricht hier abgesetzt hatte, und seitdem hat sich wenig verändert. Die Bucht besteht nach wie vor aus makellos weißem Sand und erstreckt sich bogenförmig über eine halbe Meile. Jenseits des New-Grimsby-Sunds, links von ihm, erheben sich die sanften Hügel von Tresco. Die Nachbarinsel ist eine größere Ausgabe von Bryher und hat doppelt so viele Einwohner und eine top gepflegte Landschaft. Jetzt, wo er wieder heimatlichen Boden betreten hat, fühlt Sam sich stärker. Sollten die Insulaner ihm jemals vergeben, würde er gern eines Tages hierher zurückkehren, aber er weiß, dass das vielleicht nie der Fall sein wird.

Er überquert den Strand. Rose Austells Hütte sieht heruntergekommen aus. Es ist das einzige Gebäude in der Bucht, eine simple Holzkonstruktion, die auf Stelzen steht, damit sie vor dem Wasser geschützt ist. Die Außenwände sind in allen Regenbogenfarben gestrichen, weil seine Mutter Farbreste verwendet, die andere Insulaner ihr schenken. Eine der Stufen, die man vom Strand hinaufsteigt, ist zer-

brochen. Sie muss repariert werden, bevor Rose wegen ihrer Parkinson-Erkrankung erneut stürzt.

Sam findet sie in ihrem heißgeliebten kleinen Garten hinter dem Haus, wo sie die Blumen betrachtet, die in jeder Ecke wachsen: Agapanthus, Orchideen und wilde Lilien. Ihre Bienenstöcke sind jetzt leer; Rose ist zu schwach geworden, um sich um die Tiere kümmern zu können. Dennoch sprüht sie noch immer vor Leben. Ihr gefärbtes schwarzes Haar fällt ihr über die Schultern. Sie trägt ein knallbuntes Outfit. Ihre Halskette ist aus Muscheln und kleinen Stückchen Treibholz gemacht, die sie am Strand aufgesammelt hat.

»Da bist du ja!« Sie ergreift seine Hand und zieht ihn zu sich herunter, damit sie ihn küssen kann.

»Du siehst dünn aus, Mum. Aber immer noch schön.«

»Das ist gelogen, aber lieb von dir.« Rose strahlt zu ihm hoch. »Komm rein, ich hab uns was zu Mittag gemacht.«

Sam beobachtet, wie sie sich, auf das Geländer gestützt, mühsam ins Haus hinaufkämpft. Die Parkinson-Erkrankung hat sie langsamer gemacht, aber sie besteht darauf, allein klarzukommen, darum bietet er ihr nicht seine Hilfe an. Sie würde ihn nur zurechtweisen.

Ihre Hütte ist voll mit Kräutern, die sie bündelweise zusammengeschnürt und überall zum Trocknen aufgehängt hat. Die beiden müssen sich an ihnen vorbeischlängeln, um zum Küchentisch zu gelangen. Der Geruch erinnert Sam jedes Mal an seine Kindheit. Vorherrschend sind Lavendel und Kerzenrauch und der unverdünnte Alkohol, mit dem Rose ihre Kräutertinkturen anrührt. Früher hat er seine Freunde um ihre aus Stein und Mörtel erbauten Elternhäuser beneidet, aber heute versteht er, warum Rose diesen Ort liebt, auch wenn die Böden seit der Flut im letzten Jahr uneben sind. Die Möwen sind ihre einzigen Nachbarn, und die Aussicht ist einzigartig: Der Strand erstreckt sich endlos weit in die Ferne, wo der Kanal, der Bryher von seiner Schwesterninsel trennt, ein leuchtend blaues Band bildet.

Er stellt Roses Medikamente wortlos auf den Tisch, da er weiß, dass sie nicht gern über ihre Krankheit spricht, Sie bewegt sich immer langsamer und hat dunkle Schatten unter den Augen. Ihm ist bei seinen wöchentlichen Besuchen aufgefallen, dass ihr das Gehen zunehmend schwerer fällt, und sie muss sich sehr konzentrieren, als sie die Teller mit Essen auf den Tisch stellt.

»Wie geht es dir denn, Mum?«

»Gut, mein Schatz. Der Laden verkauft weiter meine Kräuterheilmittel im Austausch für Lebensmittel. Sie geben mir mehr, als ich benötige.«

Rose hat schon immer Tauschhandel betrieben, um sich über Wasser zu halten. Als Kind war ihm das peinlich, aber auch wenn sie manchmal Hunger gelitten haben, hat er Hochachtung vor ihr, weil sie ihn allein großgezogen hat, ohne die Hilfe eines Partners oder von Verwandten. Er bewundert sie für den Lebensstil, den sie gewählt hat, und dafür, dass sie selten Geld anrührt. Mühsam lässt sie sich ihm gegenüber am Tisch nieder. Früher wirkte sie so stark, doch diese Zeit ist nun vorbei.

»Ich sollte dir häufiger dafür danken, dass du dich um mich gekümmert hast, als ich krank war«, sagt er.

»Das hätte jede Mutter getan. Ich gebe dir ein bisschen Sonnenhuttee mit nach Hause, der gibt dir Kraft.« Sie greift über den Tisch hinweg nach seiner Hand. »Ist irgendwas, mein Schatz?«

»Ich sollte hier leben, auf Bryher, und dir helfen.«

»Mit dir ist doch irgendwas. Sag mir die Wahrheit, Sam.«

»Hast du schon von der Sache mit Jez Cardew gehört?«

»Mein Radio ist kaputt. Was ist denn passiert, um Himmels willen?«

»Sie vermuten, dass er ertrunken ist.«

»Das kann ich nicht glauben. Der Junge verstand sich doch besser als jeder andere auf die Launen des Meeres.« Sie greift erneut nach seiner Hand. »Er war ein sehr guter Freund von dir, oder?«

»Der Beste.« Er würde am liebsten losheulen.

»Iss was, Schatz. Du musst bei Kräften bleiben, was auch immer passiert ist.«

Die Mahlzeit, die Rose zubereitet hat, besteht aus Gemüse, Reis und Wildkräutern, dazu gibt es ein Glas bitteren Rotwein. Selbst ihr Essen schmeckt ihm heute besser als früher. Er schaut auf die laut tickende Uhr an der Wand. Es ist schon ein Uhr, aber er will trotzdem unbedingt noch die Treppe reparieren, bevor er die Fähre zurück nach St. Mary's nimmt. Er kann Callum nicht mal anrufen, denn sein neues Handy ist noch nicht aufgeladen. Sein Boss wird sauer sein, wenn er den ganzen Tag nicht da ist, doch die Sicherheit seiner Mutter ist wichtiger als Callums Laune.

16

Eddie verzieht das Gesicht vor lauter Konzentration. Shadow sitzt neben ihm, als wollte er helfen; seine ganze Aufmerksamkeit scheint nur diesem Blatt Papier zu gelten. Ich bin sicher, er hätte inzwischen *Krieg und Frieden* durch, wenn er nur lesen könnte. Diese Notiz beweist einzig und allein, dass Jez eine geheime Affäre hatte, wie ich bereits vermutete. »Sieht aus, als wäre das in großer Eile geschrieben worden.« Eddie liest die Nachricht laut vor und stockt dabei immer wieder, weil die Schrift so undeutlich ist. »Jez, komm nach Einbruch der Dunkelheit wieder. Ich wünschte, wir bräuchten uns nicht zu verstecken! Ich warte an der üblichen Stelle auf dich, mein Liebster …«

Kannst du den Buchstaben erkennen?«

Er schüttelt den Kopf. »Ist das ein L oder ein C?«

»Das ist einfach ein Schnörkel, oder? Könnte auch ein E sein.«

»Jemand könnte die Nachricht auf dem Boot hinterlassen haben, als Jez im Pub war.« Ich ziehe einen Asservatenbeutel aus der Tasche und lasse den Zettel hineinfallen. Eddie sieht so verwirrt aus, wie ich mich fühle. Jez hatte eine heimliche Beziehung mit einer Frau von hier, die jetzt untröstlich sein muss. Aber noch hat sich niemand gemeldet.

»Vielleicht gibt es ja eine Verbindung zu den anonymen

Nachrichten, die wir bekommen haben, Eddie, allerdings ist die Schrift anders. Weißt du noch, was auf deinem Zettel stand?«

»Ein Shakespeare-Zitat über jemanden, der mit einem Fuß an Land und mit dem anderen auf See ist. Mit Bleistift geschrieben, in wackligen Großbuchstaben – wie von einem Kind. In der oberen rechten Ecke hing ein Strichmännchen an einem Mast.«

»Bei mir ist es die gleiche Zeichnung, aber ein anderes Zitat aus *Der Sturm*. Wir müssen rausfinden, ob Jez auch so eine Nachricht bekommen hat, denn das hier ist ein Liebesbrief.« Ich lese ihn noch einmal. »Das erklärt, warum er nach Westen gefahren ist anstatt nach Norden. Ich wette, er hat einen Haken geschlagen und hat eine der Buchten angesteuert, um jemanden zu treffen. Lass uns mal auf die Karte schauen. Vielleicht finden wir raus, wo er hinwollte.«

Eddies Übermüdung wird von Minute zu Minute offensichtlicher. Er, der meistens ohne Punkt und Komma redet, trottet in tiefstes Schweigen versunken hinter mir her, als wir die Slipanlage wieder hinaufgehen. Im Rettungsbootschuppen ist niemand mehr, Liam Quick ist endlich nach Hause gegangen. So können wir ungestört die Seekarte von den Scilly-Inseln studieren, die noch auf dem Tisch im Büro liegt. Wir sind darüber gebeugt, als Len und Molly Bligh hereinkommen, bei deren Anblick Shadow sich vor Freude gar nicht mehr einkriegt. Molly gehört zu seinen Lieblingsmenschen. Er springt hoch, um sie überschwänglich zu begrüßen, und sie bückt sich, um ihm ein paar Leckerlis zu geben, die sie für ihre eigenen Hunde zu Hause immer in der Tasche hat.

Die Blighs kreuzen häufig unseren Weg. Sie wechseln sich jeden Sommer als Rettungsschwimmer am Porthcressa Beach ab und kommen, wie wir, regelmäßig ihren Pflichten als Mitglieder der Seenotrettung nach. Molly sieht besser aus als bei unserer Begegnung auf St. Agnes heute Morgen. Sie hat wieder mehr Farbe im Gesicht und trägt ein hellgrünes Kleid, das ihrem Teint schmeichelt. Ihr Bruder Len ist schüchterner als sie. Er hat seine Haare kurz geschoren, aber sie haben dieselbe Farbe wie die wilden Locken seiner Schwester. Der Mann ist ein überzeugter Lokalpatriot, auf seinem T-Shirt prangt die kornische Flagge, weißes Kreuz auf schwarzem Untergrund, was für Zinn-Flöze zwischen der Kohle steht und unsere Bergbau-Geschichte symbolisiert. Die Brille verleiht Len etwas Gelehrtenhaftes, dabei verbringt er den Großteil seiner Zeit draußen bei den Pferden und Ponys.

»Gibt es irgendwas Neues, Ben?«, fragt Molly. »Wir dachten, wir kommen mal vorbei, um uns zu erkundigen.«

»Nein, nichts, fürchte ich. Der Hubschrauber fliegt heute Nachmittag noch ein letztes Mal raus.«

Sie blinzelt schnell. »Ich hatte eh überlegt, aus der Rettungscrew auszutreten, aber damit ist die Sache besiegelt.«

»Triff keine übereilte Entscheidung, Molly. Wir brauchen dich an Bord. Du behältst immer einen kühlen Kopf, wenn es hoch hergeht.«

»Ich hab's Liam schon gesagt. Ich hatte zwar ein schlechtes Gewissen, aber er hat Verständnis. Noch einen Einsatz stehe ich nicht durch.« In ihren Augen glänzen Tränen. »Die See gibt nichts zurück für die Risiken, die wir in Kauf nehmen. Die Fischer können heute nicht mal mehr von dem leben, was sie hergibt.«

Trauer ist eine seltsame Emotion. In ihrer Stimme schwingt ein dumpfer Klang mit wie von einer zerbrochenen Glocke. Ich kann Molly schlecht drängen, in der Crew zu bleiben, während wir noch darüber sprechen, dass Jez verschollen ist.

»Wie gut kennt ihr Jez?«

Len schiebt seine Brille die Nase hoch. »Seit er häufiger nach St. Agnes kommt, sind wir alle im selben Darts-Team. Aber Molly kennt ihn besser.«

»Wir sind seit der Vorschule befreundet«, sagt sie.

»Und sie waren auch eine Weile zusammen«, fügt Len hinzu.

Sie blickt ihn schelmisch an. »Das ist doch Urzeiten her, damals waren wir noch in der Schule.«

»Tut mir leid, das muss schrecklich für euch sein, wie für Eddie.«

Die Miene meines Deputy ist ausdruckslos, als er mich anschaut und meine Bemerkung mit einem Nicken quittiert.

Molly tritt einen Schritt zurück, sie wirkt unruhig. »Wir sollten los, die Kinder warten schon am Strand. Wir bieten Reitausflüge an, um Geld für das Festival zu sammeln.«

»Noch eine letzte Frage. Weiß einer von euch, ob Jez mit jemandem von St. Agnes zusammen ist?«

»Ich ziehe ihn manchmal damit auf, dass er ja wohl eine geheime Freundin haben muss, aber er leugnet es«, sagt Molly. »Die Leute denken immer, Jez wäre wahnsinnig extrovertiert, aber er findet den Klatsch über ihn und Anna ganz furchtbar. Darum ist er diesmal offenbar sehr diskret.«

»Hat er sich dir nie anvertraut?«

»Über so wichtige Dinge redet Jez nur mit seinem Großvater. Ihr solltet mal Denzel Jory fragen.«

»Tatsächlich? Die meisten Leute gehen ihm doch aus dem Weg.«

»Jez erinnert sich noch daran, wie er war, bevor er so verbittert wurde. Er schätzt Denzel sehr.« Sie eilt zur Tür. »Wir müssen zur Arbeit, Ben.«

Ich sehe zwei Ponys am Strand stehen, die von zwei Jugendlichen an der Leine gehalten werden. Dahinter warten Kinder in einer langen Schlange darauf, auf deren Rücken über den Sand reiten zu dürfen. Das ist eine schöne Art, Geldspenden für die Seenotrettung zu sammeln, doch Molly hat immer noch Tränen in den Augen, und Len ist aschfahl im Gesicht.

»Wir könnten die Reitaktion abblasen, wenn ihr möchtet«, schlage ich vor.

»Nein, das geht nicht. Die Kinder wären schrecklich enttäuscht«, sagt Molly. »Und den Ponys gefällt's auch.«

Mein Hund heult vor Enttäuschung auf, als sie ihm ein letztes Mal übers Fell streichelt, dann verschwinden die Blighs so leise, wie sie gekommen sind.

»Ich weiß, dass du Frauen bevorzugst, aber sie hat zu tun«, sage ich zu Shadow und wende mich dann Eddie zu. »Wusstest du, dass Molly und Jez mal ein Paar waren?«

»Ach, das hatte nichts zu bedeuten. Ich glaube, sie waren damals gerade mal dreizehn.«

»Aber die erste Liebe kann tiefe Wunden hinterlassen, oder nicht?«

»Was redest du denn, Ben? Molly würde keiner Fliege was zuleide tun.«

Shadow trottet in eine Ecke, um ein Nickerchen zu machen, Eddie wendet sich wieder der Seekarte zu, und ich denke weiter über Mollys Ankündigung nach, bei der Seenotrettung aufzuhören. Ihr Abschied wird die Crew deutlich schwächen. Ihre ruhige Art färbt auf alle an Bord ab, und ihre Beteiligung ermutigt auch andere Frauen, sich zu engagieren.

Eddie nimmt weiterhin die Karte unter die Lupe. Derweil staune ich noch darüber, dass Denzel Jory vielleicht der einzige Insulaner ist, der über Jez' Geheimnis Bescheid weiß. Er lebt auf Gugh, der Satelliteninsel von St. Agnes, und gehört zu den Ältesten Bewohnern der Inseln. Früher war er ein Held der Gemeinde und hat jahrzehntelang als Seenotretter gearbeitet, heute jedoch hat der ehemalige Steinmetz kaum mal ein positives Wort über irgendjemanden übrig, Verwandte eingeschlossen. Möglicherweise hat Jez es als Einziger geschafft, einen guten Kontakt zu ihm aufrechtzuerhalten. Da die minimale Chance besteht, dass der alte Mann die Wahrheit kennt, werde ich ihm einen Besuch abstatten müssen.

Ich geselle mich wieder zu Eddie an der Karte. Möglicherweise ist Jez deshalb vom Perconger Quay aus nach Westen gefahren, weil nach Osten zu steuern bedeutet hätte, Gugh umfahren zu müssen. Dann wäre er an dem wildesten Gelände der Insel vorbeigekommen, wo der Boden so felsig ist, dass dort nie Häuser gebaut wurden. Die Immobilien auf St. Agnes befinden sich alle in der Mitte der Insel, damit sie vor den Atlantikstürmen geschützt sind, obwohl dort oben überall Gesteinsbrocken aus Granit herumliegen.

»Er wollte unter dem Radar bleiben«, murmelt Eddie.

»Was Sinn ergibt, wenn er sich beispielsweise mit einer verheirateten Frau treffen wollte.«

Eddie nickt. »Janet Fearnley sagt übrigens, Anna Dawlish und ihre Tochter wären am Freitagabend, während Jez auf St. Agnes war, bei ihr gewesen. Sie sind nicht vor zehn Uhr aufgebrochen. Anna können wir also von unserer Liste streichen.«

Ich bin froh zu hören, dass meine Ex ein solides Alibi hat. Nach dem atemlosen Ton der Nachricht auf Jez' Boot und Mollys Vermutungen zu urteilen, hatte Jez Cardew höchstwahrscheinlich eine heimliche Beziehung auf St. Agnes. Ehebruch ist in der ruhigen Welt der Scillys nichts Neues; da es hier nur wenig Ablenkung gibt, können die langen Winter und die Isolation für alle Paare zur Belastung werden. Da passiert es leicht, dass man sich woanders umsieht, selbst wenn man riskiert, erwischt zu werden. Molly könnte recht haben, dass sich hinter Jez' selbstbewusstem Auftreten ein ruhigerer Charakter versteckt, der sich nach Ungestörtheit sehnt.

Ich gehe immer noch die einzelnen Möglichkeiten durch, als mein Handy vibriert. Isla teilt mir in einer Sprachnachricht mit, dass Stuart und Delia Cardew dringend auf ein Update warten.

»Wenigstens kommen langsam ein paar Informationen zusammen«, sage ich zu Eddie. »Wir wissen, dass Jez sich heimlich mit einer Frau auf St. Agnes getroffen hat, und es gibt nur acht Leute, die sich da rund um die Uhr aufhalten. Lass uns morgen noch mal dorthin fahren. Wir können uns Handschriftenproben geben lassen und sie dann mit der Schrift auf den Zetteln abgleichen. Aber jetzt ab nach Hause, bevor du noch umkippst. Ich schaue mal bei Stuart und Delia vorbei.«

Eddie kneift die Augen zusammen. »Nicht ohne mich.«

»Ich habe hier das Sagen, schon vergessen? Du richtest dich zugrunde.«

Sein Ton wird etwas weicher. »Lass mich nur das noch machen, bitte, Ben. Ich möchte sie nicht enttäuschen.«

»Aber danach nimmst du die nächste Fähre nach Tresco.«

Eddie hat eine bemerkenswerte Veränderung durchgemacht. Der früher stets sanftmütige und zuvorkommende junge Kollege hat sich zu einem Mann entwickelt, der immer offen seine Meinung kundtut und für sie einsteht. Ich kann noch nicht sagen, ob dieses neue Selbstvertrauen unsere Arbeit behindern oder ihr förderlich sein wird, aber momentan bereitet mir seine Verwandlung Unbehagen. Ich erkenne ihn kaum wieder. Wichtiger ist jedoch, dass wir uns darauf konzentrieren, mehr über Jez Cardews Beziehung herauszufinden.

Wir eilen zum Polizeirevier, um den Wagen zu holen. Als ich noch mal auf den Strand von Hugh Town zurückschaue, erblicke ich eine andere Welt. Die Kinder amüsieren sich mit den gescheckten Ponys der Blighs, und das Vergnügen scheint keineswegs einseitig zu sein. Von Len und Molly an der Leine geführt, stolzieren die Tiere freudig über den Sand und sehen mit ihrem blumengeschmückten Zaumzeug und den reich verzierten Sätteln aus, als wären sie einem Jahrmarktkarussell entsprungen. Die ganze Insel scheint den sonnigen Tag zu genießen, eine krasse Parallelwelt zu unserer Ermittlung.

Eddie zieht die Augenbrauen zusammen, als wir in den Transporter steigen. Seine Stimme klingt leise und monoton. »Wenn er tot ist, ist das ein harter Schlag für Stu und Delia. Aber um ehrlich zu sein, wird es das Beste sein.«

»Natürlich, aber noch können wir ihnen nicht viel sagen.«

Er blickt starr geradeaus, als wir, Shadow auf der Rückbank, losfahren. Es ist bereits fünf Uhr am Nachmittag, und das Sonnenlicht nimmt langsam einen goldenen Farbton an. Bei unserer Ankunft zehn Minuten später ist Eddie fest eingeschlafen. Ich überlege, ihn im Auto sitzen zu lassen, aber als ich meine Tür öffne, wird er schlagartig wach und steigt ungelenk aus.

Isla Tremayne, meine Constable, öffnet uns die Tür. Sie ist seit gestern Nacht bei dem Ehepaar und ebenfalls sichtlich erschöpft. Als sie uns erzählt, dass ihre Mutter nach ihrer Schicht im Krankenhaus vorbeikommen will, ist ihr die Erleichterung anzumerken. Dr. Ginny Tremayne ist Chefärztin auf der Insel und eine bekannte Person in der Gemeinde, der alle vertrauen.

Isla führt uns in die Küche, wo Stuart zusammengesunken vor einem Becher Tee sitzt. Bei unserem Anblick hellt sich seine Miene kurz auf, verfinstert sich jedoch wieder, als wir ihm erklären, dass es nichts Neues gibt. Eddie legt ihm einen Arm um die Schultern, und ich höre, wie Stuart seinem Neffen sein Leid klagt. Isla geht hinaus, um einen Telefonanruf anzunehmen.

Shadows lautes Bellen führt mich zum Gewächshaus. Drinnen ist es schwül, in der Luft hängt der süßliche Geruch von Blütenstaub und Verwesung. Delia hat ihre Haare zurückgebunden, steht mit geradem Rücken vor einem Pflanztisch und ist mit etwas Kompliziertem beschäftigt. Genauer gesagt pflanzt sie Sämlinge aus einem Anzuchtkasten in einzelne Töpfe um. Daran, wie vorsichtig sie jedes Pflänzchen in ihre Handfläche legt, ist zu erkennen, dass diese Aufgabe ihre ganze Konzentration erfordert.

»Du siehst beschäftigt aus, Delia.«

»Das hilft mir, nicht den Verstand zu verlieren. Ich kann

nicht einfach rumsitzen und warten.« Sie wiederholt dieselben Handgriffe immer und immer wieder, bevor sie die zarten Wurzeln der Pflanzen in frische Erde setzt.

»Hast du dich denn auch ein bisschen ausgeruht?«

»Mach dir Sorgen um Stuart, nicht um mich. Er ist der sensible Musiker, ich bin die praktisch Veranlagte in unserer Familie.« Ihr Blick ist leer.

Wir stehen beide in diesem überheizten Gewächshaus, und doch fühlt es sich an, als wären wir auf verschiedenen Planeten. Ich vermute, dass sie jede Faser ihres Seins braucht, um sich aufrecht zu halten. Ich will gerade wieder etwas sagen, als Isla hereingestürmt kommt.

»Kann ich Sie kurz sprechen, Boss?«

Delia scheint mein plötzliches Verschwinden nichts auszumachen, und Shadow ebenso wenig. Normalerweise hasst der Hund überheizte Räume, doch er bleibt zusammengerollt zu Delias Füßen liegen.

Islas Miene ist angespannt, als sie mich hinausbegleitet. »Father Mike hat gerade vom Bar Point aus angerufen. Er hat etwas am Strand gefunden.«

»Was denn genau?«

»Das weiß ich nicht. Er hat uns gebeten, schnell zu kommen, und dann aufgelegt.«

»Wir nehmen den Wagen. Eddie kann hierbleiben.«

Ich bin äußerst angespannt, als wir losfahren. Es ist nie eine gute Nachricht, wenn jemand etwas gefunden hat, das zu grässlich ist, um es beim Namen zu nennen.

17

Der Nachmittag schreitet voran, und Sam ist noch auf Bryher. Die Reparatur der Treppe hat Stunden gedauert, aber er konnte Callum Moyle nicht anrufen, weil er hier keinen Empfang hat. Er hat alle Stufen ausgetauscht und auch das Geländer erneuert, und nun überschüttet Rose ihn mit Komplimenten.

»Tolle Arbeit, mein Sohn. Du verstehst dich wirklich meisterhaft auf dein Handwerk.«

Sam lächelt, aber er weiß natürlich, dass sie voreingenommen ist. Es gibt viele Tischler auf den Inseln, die besser sind als er. Wenn er von Moyle weggeht, wird er jede Arbeit annehmen müssen, die er finden kann, um seinen Lebensunterhalt zu verdienen. Sein Traum, sich selbständig zu machen und in seiner eigenen Werkstatt Möbel zu bauen, erscheint unerreichbar.

»Ich muss los, Mum. Ich komme eh schon zu spät zur Arbeit. Callum hat mich vor Stunden erwartet.«

»Sonntags sollte man sich ausruhen.« Rose schaut zu ihm hoch. »Lass dich nicht von Callum Moyle herumkommandieren. Wenn er Ärger macht, kannst du hier bei mir wohnen.«

»Ich komm schon mit ihm klar.«

»Auf mich wirkt er wie ein Rüpel.«

»Mach dir keine Sorgen. Ich rufe dich bald an, versprochen.«

Sam eilt zum Church Quay. Er schafft es gerade noch auf die Vier-Uhr-Fähre zurück nach St. Mary's und hat bereits schlechte Laune. Das Meer ist ruhig, eine endlos erscheinende jadegrüne Fläche. Er schließt die Augen, weil er sich plötzlich vorstellt, wie Jez verzweifelt versucht, über Wasser zu bleiben. Als er sie wieder aufschlägt, liegt der Hafen Hugh Town schon vor ihnen.

Wie auf Autopilot läuft er über den Kai. Es ist nach halb fünf, als er schließlich das Haus erreicht, das Callum gerade renoviert. Da niemand auf sein Klopfen reagiert, späht er durch den Briefschlitz. Der Flur steht voller Werkzeug. Er sitzt noch in der Hocke, als jemand ihn an der Schulter packt, hochzieht, herumdreht und gegen die Wand drückt. Er hebt instinktiv die Fäuste. Im Gefängnis hat er gelernt, Angreifer abzuwehren, doch Moyle wirkt belustigt.

»Du hältst dich wohl für tough, was?«

»Lass mich los.«

»Denk dran, dass du mir ne Menge schuldig bist. Ohne meinen Schutz könntest du dich auf den Scillys keine Minute halten.«

Sams Wut lässt nach, aber er antwortet nicht.

»Wo hast du den ganzen Nachmittag gesteckt?«

»Meine Mutter brauchte meine Hilfe auf Bryher.«

»Ah, ein Muttersöhnchen bist du also.« Moyle packt Sam so fest bei den Schultern, dass es weh tut. »Du kannst den ganzen Abend arbeiten, um das wieder gutzumachen. Lass mich noch mal warten, und du bist Geschichte. Kapiert?«

Sam hält seinem Blick stand, sagt aber nichts. Die Anspannung ist mit Händen zu greifen.

18

Wir fahren im Polizeitransporter nach Norden, Isla sitzt am Steuer. Das gibt mir Zeit, Nina anzurufen und ihr zu sagen, dass ich später komme. Sie wirkt besorgt, aber Noah kräht fröhlich im Hintergrund. Ich habe ein schlechtes Gewissen, weil ich den ganzen Tag unterwegs bin, obwohl noch so viel für die Hochzeit zu organisieren ist, doch sie beschwert sich nicht. Falls der Laden noch offen hat, wenn ich zurückkomme, kaufe ich ihr Schokolade.

Die Inselstraßen lassen es nicht zu, wirklich schnell zu fahren, es sei denn, man legt es darauf an, mit einem Radfahrer ohne Licht, einer herumstreunenden Ziege oder einer Bruchsteinmauer zusammenzustoßen. Isla testet jedoch die Grenzen aus. St Mary's ist nur fünf Meilen lang, es kann trotzdem zwanzig Minuten dauern, von einem Ende zum anderen zu kommen. An dem Waldstück im Holy Vale müssen wir anhalten, um eine Gruppe von Vogelbeobachtern über die Straße zu lassen. Das Licht nimmt langsam ab, bald wird die Dämmerung anbrechen, dann können sie die Zilpzalps und die Nachtschwalben zwitschern hören.

Die Geschichte dominiert die Landschaft, durch die wir fahren. Beim Blick aus dem Fenster sehe ich den mit Menhiren und Cairns bedeckten Halangy Down. Das sind die Überreste eines neolithischen Dorfes, die sich bis runter zum Meer erstrecken. Am Bar Point grüßt uns die militärische Vergangenheit der Insel. Im Westen liegt die Geschützstellung Bant's Carn Battery und am Strand ein Unterstand aus dem neunzehnten Jahrhundert, der die Beobachtungsposten vor Invasoren schützen sollte. Heute droht der ausgedehnten Landzunge keine andere Gefahr als die auflaufende Flut. Im Augenblick hat sich das Wasser so weit zurückgezogen, dass der Strand endlos erscheint, und wenn die Sterne rauskommen, wird er nicht mehr golden schimmern, sondern silbrig. Trotz dieser idyllischen Aussicht plagen mich düstere Vorahnungen.

Als wir aus dem Wagen steigen, entdecke ich die schmale Gestalt des Priesters ein Stück weiter vor uns. Er winkt uns wie ein Metronom, das auf Höchstgeschwindigkeit eingestellt ist. Ich lasse meine Taschenlampe ein paarmal aufblitzen, dann verfalle ich in einen Trab, obwohl das keinen Sinn ergibt. Wenn Jez Cardews Leiche angespült wurde, ist es zu spät, um noch irgendetwas zu tun, außer seinen Eltern das Herz zu brechen. Father Mike sieht schockiert aus, seine Hände, die die Hundeleine umklammert halten, zittern. Gleich nachdem er uns ein paar einfache Fragen beantwortet hat, werde ich ihn nach Hause schicken müssen. Die schwarze Labradorhündin des Priesters wirkt dagegen unbeeindruckt von dem Fund; sie stellt sich auf die Hinterbeine, um uns zu begrüßen, und scheint das Abenteuer zu genießen.

»Danke, dass Sie uns angerufen haben, Mike. Wann sind Sie hier angekommen?«

»Vor ungefähr einer halben Stunde. Ich laufe oft für einen letzten Spaziergang mit Sheba hierher.«

»Können Sie uns zeigen, was Sie gefunden haben?« Daran,

wie er meinem Blick ausweicht, erkenne ich, dass er es sich nicht noch einmal anschauen will.

»Shea hat es entdeckt, ich musste sie von dort wegzerren.«

»Zeigen Sie uns bitte nur die Richtung.«

»Es ist da drüben, unter einer Plastiktüte.« Er senkt den Blick, als wollte er etwas sagen, das ihm schwerfällt. »Ich hätte das früher erwähnen sollen, aber auf dem Rettungsboot erschien mir das unpassend. Jez ist vor kurzem bei mir gewesen, um mir von seinen Sorgen zu erzählen.«

»Worum ging es dabei, Mike?«

»Er steckte in einer Art Krise. Er wirkte ängstlich, und gleichzeitig freudig erregt. Ich hab ihn so verstanden, dass er vorhatte, die Inseln zu verlassen. Aber Jez hasste die Vorstellung, andere zu enttäuschen.«

»Lassen Sie uns später weiterreden, wenn wir uns die Stelle angesehen haben. Würden Sie bitte am Wagen warten?«

Die Pupillen des Priesters sind erweitert, als ich ihm ins Gesicht leuchte, aber er nickt.

Isla läuft neben mir her, bis wir eine blaue Plastiktüte erkennen können, die von Steinen an Ort und Stelle gehalten wird. Als ich mich bücke, um sie anzuheben, höre ich, wie Isla nach Luft schnappt. Eine menschliche Hand liegt mit der Handfläche nach unten im Sand; die Haut ist ausgebleicht und aufgequollen, aus dem abgetrennten Handgelenk ragt ein Gewirr aus Venen und Arterien hervor. Ich kann nicht beweisen, dass es die Hand von Jez Cardew ist, aber die Theorie ergibt durchaus Sinn. Ich schließe die Augen und stelle mir vor, wie Jez Cardews Leiche gegen die Felsen jenseits des St.-Mary's-Sundes geschlagen ist, bis sie daran zerschellte. Als ich die Augen wieder öffne, bemerke ich, dass etwas um den Zeigefinger gebunden ist: Eine goldene Scheibe, die an einem dünnen blauen Band hängt. Ich leuchte sie mit der Taschenlampe an, um sie mir genauer anzusehen. Es ist eine Medaille von der RNLI, in die eine dramatische Szene auf hoher See eingraviert ist: Seenotretter auf einem Boot drohen von hochaufragenden Wellen verschluckt zu werden. Doch sie scheinen unbesorgt um ihre eigene Sicherheit, während sie mit vereinten Kräften einen ertrinkenden Jungen aus dem Wasser ziehen. Bis zu diesem Moment habe ich auf die Wörter, die auf dem Rand der Medaille stehen, nie geachtet: *Lass nicht zu, dass die Tiefe mich verschlingt.*

»Das ist Jez' Hand, oder?« Islas Stimme ist nur ein heiseres Flüstern.

»Das wird ein DNA-Test klären müssen.«

»Er war so alt wie ich, Boss. Ich kannte ihn schon mein Leben lang.«

Als ich mich umdrehe, schwankt sie. »Atmen Sie tief durch, Isla. So ist es gut, und noch mal. Geht es wieder?«

»Tut mir leid, das ist der Schock. Er war so ein toller Typ.«

»Denken Sie dran: Es kann immer noch sein, dass es nicht seine ist.«

»Glauben Sie, die Anstecker, die man uns geschickt hat, haben irgendwas damit zu tun?«

»Haben Sie denn auch welche bekommen?«

»Sie waren heute Morgen in der Post. Auf dem Zettel stand ein Shakespeare-Zitat, und oben in eine Ecke war ein Galgenmännchen gemalt.«

»Ich hab so eine Sendung bekommen, und Eddie auch. Möglicherweise sind alle Mitglieder der Crew in Gefahr. Bitte rufen Sie alle an und finden Sie heraus, wer so ein

Päckchen mit dieser Botschaft erhalten hat. Ich möchte, dass die Umschläge untersucht werden.«

Der Priester sieht angeschlagen aus, als wir zum Auto zurückkommen.

»Bedeutet das, dass Jez tot ist?«, fragt er.

»Wir brauchen noch eine offizielle Bestätigung, aber ich fürchte, es ist ziemlich wahrscheinlich. Bitte behalten Sie das hier alles für sich, bis wir eine offizielle Meldung herausgeben.« Father Mike macht so einen erschütterten Eindruck, dass ich ihm eine Hand auf die Schulter lege. »Haben Sie diese Woche Anstecker von der RNLI mit einer Notiz zugeschickt bekommen?«

»Bislang nicht.«

»Das ist eine gute Nachricht, Mike. Und nur mal so aus Interesse: Wissen Sie, woher das Zitat stammt, das auf den Medaillen der RNLI steht? ›Lass nicht zu, dass die Tiefe mich verschlingt.‹«

»Das ist aus der Bibel. Psalm neunundsechzig, Vers sechzehn. Eine Bitte um Rettung und Vergebung der Sünden.«

»Ganz schön krank, so eine reine Idee mit dem hier in Verbindung zu bringen.« Ich drehe mich um und rufe Isla. »Bringen Sie Father Mike and Sheba bitte jetzt nach Hause. Ich warte hier auf Gareth Keillor.«

Während die junge Constable den Priester mit seinem Hund wegführt, bricht die Dunkelheit herein. Der Wind trägt Islas beruhigende Stimme noch eine Weile zu mir her. Ich gehe zurück und atme tief ein, bevor ich die Hand wieder bedecke, dann rufe ich den einzigen Gerichtsmediziner der Insel an. Ich könnte das schreckliche Fundstück auch in einen Asservatenbeutel stecken und bis morgen früh in einer Kühlzelle des Leichenschauhauses im örtlichen Krankenhaus aufbewahren, aber ich möchte an Ort und Stelle hören, wie Keillor die Sache einschätzt. Er mag zwar bereits pensioniert sein, doch ihm entgeht nichts.

Die Abendluft ist noch warm, ich setze mich in den Sand und schaue auf den von Klippen und Felsvorsprüngen übersäten Meeresabschnitt. In der Ferne funkeln die Lichter von St. Martin's und Tresco. Mir schwirrt der Kopf vor lauter Fragen. Es ist so gut wie sicher, dass dieser hässliche Fund ein Teil von Jez Cardew ist und der Atlantik den übrigen Leichnam geraubt hat. Meine Gedanken laufen heiß, während ich mich frage, wie und aus welchem Grund er vom Boot seines Vaters in die Fluten gestürzt sein könnte. Warum sollte jemand einen Groll gegen einen jungen Mann hegen, der gern Spaß hatte und gleichzeitig mutig genug war, es mit dem Meer aufzunehmen, wenn es sich von seiner übelsten Seite zeigte? Irgendwie muss das mit dem hingekritzelten Liebesbrief zusammenhängen, den ich auf seinem Boot gefunden habe.

Ich denke noch immer angestrengt darüber nach, als ein Lichtstrahl über den Strand huscht und Keillors Audi knirschend auf dem Kies abbremst. Ich habe noch nie verstanden, warum sich so viele Bewohner von St. Mary's teure Autos kaufen, obwohl man hier fast alles zu Fuß erreichen kann, aber natürlich bin ich froh, dass er so schnell gekommen ist.

Gareth Keillor sieht jünger aus, als er ist. Er läuft mit seinem Arztkoffer in der Hand auf mich zu. Erst als er näher kommt, werden die Falten in seinem Gesicht im Strahl meiner Taschenlampe sichtbar. Der Wind spielt mit seiner spärlichen grauen Kopfbehaarung.

Er schaut mich durch seine Hornbrille an. »Meine Frau

ist ganz und gar nicht begeistert, Ben. Ich mache gerade einen Online-Kochkurs, und heute Abend war angebranntes Chicken Madras im Angebot.«

»Das hier wird nicht lange dauern, versprochen.«

»Haben Sie Jez Cardew gefunden?«

»Vielleicht einen Teil von ihm.«

Er verzieht das Gesicht. »Das ist ein ungemütlicher Küstenabschnitt. Früher, als hier noch die Schmuggler unterwegs waren, haben die Strandräuber an dieser Stelle Boote auf die Riffe gelockt. Und nach schweren Stürmen wurden tagelang Körperteile angeschwemmt.«

»So brutal sind die Felsen hier?«

»Wenn sie etwas lange genug gegen Granit schlagen, hat es keine Überlebenschance, egal, was es ist.«

Als ich mit der Taschenlampe auf den Sand leuchte, murmelt Keillor leise etwas; es klingt wie ein geflüstertes Gebet. Er macht Fotos mit seinem Handy und zieht sterile Handschuhe an. Ich bewundere ihn seit jeher dafür, wie er mit den Toten umgeht. Er behandelt sie, als würden sie noch leben. So auch heute, wenngleich es sich hier nur um ein Körperteil handelt. Keillor bewegt vorsichtig jeden einzelnen Finger, als wollte er dem Toten keine Schmerzen zufügen, dann macht er noch ein letztes Foto und schüttelt angewidert den Kopf.

»Das ist eine linke Hand, und nach der Größe zu urteilen, ist es die Hand eines Mannes. Bis auf einen Pigmentfleck und eine alte Narbe keine besonderen Kennzeichen. Interessanter sind die Verletzungen aus jüngster Zeit. Sehen Sie den roten Strich da über dem Handgelenk?«

Ich hocke mich neben ihn. Der Strich ist ungefähr einen Zentimeter breit.

»Das ist eine Fesselspur. Die Fessel saß so fest, dass sie die Haut und das Weichgewebe durchschnitten hat.«

»Was wollen Sie damit sagen, Gareth?«

»Das Opfer könnte mit einer festen Schnur an einen Felsen oder eine Reling gebunden worden sein. Ich kann noch nicht sagen, ob dieses Körperteil von einer Schiffsschraube vom Rest des Körpers abgetrennt wurde oder ob die Flut ihn gegen Felsen geworfen hat. Irgendwer hat diese Medaille mit Käsedraht so fest an seinen Finger gebunden, dass nicht mal das Meer sie lösen konnte.«

»Jemand wollte ihm beim Ertrinken zusehen.«

Plötzlich wird es mir klar. Ich wusste von Anfang an, dass ein erfahrener Seemann wie Jez nicht einfach von seinem Boot fällt. Unsere Suche nach einem auf dem Meer verschollenen Mann ist nun doch zu einer Mordermittlung geworden. Und der Mörder macht sich auch noch lustig, indem er Shakespeare-Zitate und Anstecker an die Mitglieder der Seenotrettungs-Crew schickt.

»Das ist noch kein endgültiger Beweis dafür, dass Jez tot ist«, sagt Keillor. »Es gibt jeden Tag Menschen, die traumatische Amputationen überleben, aber der Blutverlust wird ohne Druckverband extrem gewesen sein.«

Ich wippe auf meinen Fersen vor und zurück. Es gibt eine minimale Chance, dass jemand nach dem Mordanschlag eingegriffen und Jez das Leben gerettet hat, aber dann wäre er inzwischen vermutlich im Krankenhaus gelandet? Ich starre mit leerem Blick wieder auf die Hand. »Könnten Jez' Eltern sie als die Hand ihres Sohnes identifizieren?«

»Ein DNA-Test wäre die schonendere Methode.«

»Ich werde ihnen die Wahl lassen, nachdem ich das

hier ins Krankenhaus gebracht habe. Fahren Sie jetzt nach Hause und kochen Sie weiter.«

»Meine Frau ist nicht auf den Kopf gefallen, Ben. Sie wird mein Curry inzwischen entsorgt und sich stattdessen für eine Tiefkühlpizza entschieden haben.« Er schenkt mir ein dürres Lächeln. »Nach diesem Fund ist mir eh der Appetit vergangen. Kommen Sie, ich nehme Sie mit.«

Inzwischen ist es so dunkel geworden, dass wir die Taschenlampe brauchen, um Keillors Audi zu finden, und sobald wir eingestiegen sind, begreife ich auch den Reiz eines solchen Fahrzeugs. Im Innern riecht es nach Leder, Pfefferminzbonbons und Sicherheit. Keillor fährt über die kurvenreichen Straßen nach Süden, während ich die Hand eines jungen Mannes auf dem Schoß halte. Sie ist ausgestreckt, als würde sie um Gnade betteln.

19

Shadow muss meine Gedanken gelesen haben. Ich will gerade von Hugh Town nach Hause aufbrechen, da kommt er den Kai heruntergerannt und springt an Bord. Bei den Cardews ist ihm wohl endgültig langweilig geworden. Als ich mit Shadow am Bug Bryher erreiche, ist mein Onkel Ray noch wach. In seinem Wohnzimmer brennt gelbes Licht; wahrscheinlich ist er allein und schaut sich einen alten Dokumentarfilm an. Ich wüsste zu gern, ob seine On-off-Beziehung mit der Standesbeamtin der Inseln noch aktuell ist, aber Ray würde lieber zum Mond fliegen, als über sein Privatleben zu reden. Das ist auch der Grund, warum seine Wohnung über der Werft für mich als Kind ein Zufluchtsort war, wenn ich Ruhe und Frieden suchte. Mein Onkel ist so einsilbig, dass man bei ihm seine Zeit verbringen konnte, ohne ein Wort zu reden. Aber heute Abend brauche ich kein Schweigen, sondern Informationen.

Es ist keine Überraschung, als Shadow die Treppe zu seiner Wohnung hochflitzt, obwohl Ray hundertprozentigen Gehorsam von Hunden erwartet, was meiner selten hinkriegt. Mein Onkel sitzt in seinem Lieblingssessel im spärlich möblierten Wohnzimmer, während John Wayne auf ein bewegliches Ziel schießt. Ray liebt klassische Western, aber dieser kann nicht besonders unterhaltsam sein. Er sieht entspannt aus im Schlaf, sein scharfkantiges Gesicht wirkt gelassen, sein dichtes weißes Haar könnte mal geschnitten werden. Als Shadow ihm auf den Schoß springt, um ihn zu begrüßen, schreckt er hoch.

»Du hast geschnarcht, Ray.«

Er schaut erst mich, dann den Hund finster an. »Ich hab nur kurz die Augen zugemacht. Wie spät ist es?«

»Mitternacht, aber ich könnte deine Hilfe gebrauchen.«

»Bei was denn, um Himmels willen?«

»Ich möchte rausfinden, was mit Jez Cardew passiert ist. Aber ich fürchte, die Geschichte ist ziemlich unappetitlich.«

»Spuck's schon aus, Ben.«

»Ein Körperteil von ihm wurde heute Abend am Bar Point angeschwemmt. Wie hoch ist die Wahrscheinlichkeit, dass wir den Rest auch noch finden?«

Er lässt die Nachricht erst mal auf sich wirken. »Das ist schwer zu sagen. Dazu müsste ich meine Karten befragen.«

»Wenn du das tust, arbeite ich nach der Hochzeit zwei Tage umsonst für dich.«

»Ich werd dich dran erinnern. Auf mein Lehrlingsgesuch hat sich nämlich niemand gemeldet. Die jungen Leute machen sich nicht gern die Hände schmutzig.«

Dass Ray keine Zeit mit Worten des Bedauerns über Jez' Tod verschwendet, ist wenig überraschend. Er mochte den jungen Seenotretter, aber er bringt seine Gefühle nur selten zum Ausdruck. Schon wühlt er sich durch die Karten in seiner selbstgebauten Truhe. Ray ist ein Fachmann, wenn es um die örtlichen Tiden geht. Er kann das Wetter mit größerer Genauigkeit vorhersagen als jeder Meteorologe, einfach indem er die Seebedingungen beobachtet.

Er beugt sich über eine Seekarte der Scilly-Inseln, auf der blassblaue Pfeile die Flutströmung zu unterschiedlichen Tageszeiten anzeigen. Dann kritzelt er einige Zahlen auf ein Stück Papier und schaut noch einmal auf die Karte, bevor er sich äußert.

»Den ganzen restlichen Mondmonat hindurch gibt es eine starke südliche Strömung. Wegen der Gegenströmungen rund um Kettle Point bewegt sich das Wasser im Kreis. Um diese Jahreszeit werden die meisten Objekte durch die New-Grimsby-Meerenge befördert. Seine Leiche könnte bis St. Agnes getrieben sein oder zu den Bartholomew Ledges. Aber wahrscheinlicher ist, dass sie hier in der Nähe angeschwemmt wird.«

»Wie sicher bist du dir da, Ray?«

»Zu fünfzig, maximal sechzig Prozent. Die See ist unberechenbar.«

»Danke, dass du es versucht hast.« Ich zögere, bevor ich mich abwende. »Nina sagt, du willst auf unserer Hochzeit eine Rede halten.«

»Ich hab mich noch nicht entschieden.«

»Ihr Dad wird ein paar Worte sagen. Es wär toll, wenn du das auch machst.«

»Die Situation ist aber eine andere, Ben. Ich bin nicht dein Vater.«

»Nicht?« Ich schaue ihn an. »Für mich fühlt es sich so an, als hätte ich zwei Väter gehabt. Damals hab ich mir das gar nicht so klargemacht, aber heute sehe ich das so. Nachdem Dad gestorben war, bist du eingesprungen, wo es nur ging. Noah kann sich glücklich schätzen, dich als Großvater zu haben.«

»Das müssen wir erst mal sehen.« Er schaut auf seine

knorrigen Hände. »Vergiss nicht, mir in der Werft zu helfen. Ich muss noch einen Bowrider fertigstellen.«

»Ich hab's dir doch versprochen, oder?«

In Rays Blick stehen Fragen, doch er bittet mich aus Prinzip nie um Auskünfte über meine Polizeiarbeit. Ich will schon wieder gehen, als ich ein aufgeschlagenes Notizbuch auf dem Tisch liegen sehe. Ganz oben steht das Wort »Hochzeit«. Nina muss ihn hypnotisiert haben, wenn der schweigsamste Mann der Insel tatsächlich plant, zu einer Menschenmenge zu sprechen. Aber das glaube ich auch erst, wenn ich's sehe.

Ich bin zum Umfallen müde, als ich die Werft, Shadow im Schlepptau, wieder verlasse. Da kein anderer Seemann vermisst wird, bin ich mir sicher, dass die Hand, die Father Mike gefunden hat, Jez Cardew gehört. Wegen der Fesselspur und der an einen Finger gebundenen Medaille wird Madron nicht behaupten können, er wäre schlichtweg ertrunken. Ich möchte wissen, wie der Mörder in den Besitz der Auszeichnung gekommen ist, und frage mich, ob er vielleicht noch mehr Memorabilien der Royal National Lifeboat Institution besitzt.

Ich stapfe, ohne die Taschenlampe anzuschalten, über die Insel. Der Weg ist mir derart vertraut, dass ich ihm blind folgen kann, auch wenn Wolken über den Himmel ziehen und die Sterne verdecken. Ich bin schon auf halbem Weg zur Hell Bay, als Shadow aufheult und dann davonschießt wie eine Rakete. Vom Hell Bay Hotel kommt ein Lichtsignal, und ich werde in die Vergangenheit katapultiert, während ich Zoes Botschaft zu deuten versuche wie früher. Sie blinkt ein SOS, und das unermüdlich, was mir sofort einen Adrenalinschub und damit neue Energie verleiht. Ich laufe los, aber ich kann meinen großen Körper besser im Wasser bewegen als an Land und brauche fünf Minuten bis dorthin. Als ich die Feuertreppe zur Wohnung meiner Freundin hochrenne, steht die Tür offen. Meine Augen suchen sofort nach Blutspuren oder anderen Anzeichen für eine Katastrophe, doch ich sehe lediglich Zoe mit ihrer Taschenlampe. Sie ist groß und statuenhaft, ihr blondes Haar ist zerzaust, und sie lächelt mich unsicher an.

»Wo brennt's denn?«

»Ich wollte nicht anrufen und Noah aufwecken. Also hab ich gehofft, du siehst meine Lichtsignale. Du bist der einzige Mensch, der sie versteht.«

»Schon okay, Zoe. Sag mir, was los ist.«

»Kommst du um die Uhrzeit noch mit einer komplizierten Geschichte klar, großer Mann?«

»Das sind die besten, aber gib mir erst was zu essen. Ich bin am Verhungern.«

Ich hab Zoe seit Monaten nicht gesehen, doch wir können immer sofort wieder da anknüpfen, wo wir beim letzten Mal aufgehört haben, egal, wie lange wir getrennt waren. Sie umarmt mich und geht dann in die Küche, wo sie den Inhalt ihres Kühlschranks auf ein Tablett packt. Währenddessen kann ich sie in Augenschein nehmen. Mit ihren wasserstoffblonden Haaren sieht sie noch immer wie eine robustere Version von Marilyn Monroe aus, ihr Aussehen ist allerdings nur ein Teil des tollen Gesamtpaktes. Sie ist außerdem eine talentierte Sängerin. So hat sie auch ihren Mann kennengelernt, denn sie gibt Musikunterricht in einem der Internate für obdachlose Kinder, die er in Indien betreibt.

Als wir in ihr Wohnzimmer zurückkehren, belade ich

meinen Teller mit Brot, Schinken und Käse, da mir bewusst wird, dass ich zu viele Mahlzeiten ausgelassen habe.

»Willst du ein Glas?« Sie hält eine Flasche Grey Goose Wodka hoch.

»Unbedingt!«

Sie gießt uns so großzügig ein wie damals, als wir in ihrem Zimmer Partys gefeiert haben, während ihre Eltern unten in der Hotelbar arbeiteten und zu beschäftigt waren, um zu verhindern, dass wir ihren Getränkeschrank plündern. Wir haben die Musik voll aufgedreht und bis zum Morgengrauen getanzt wie die Wahnsinnigen.

»Ich hab Nina heute getroffen«, sagt Zoe. »Sie sieht topfit aus, und euer Sohn kann seinen Vater ja wohl nicht verleugnen, was?«

»Wie meinst du das?«

Endlich schenkt sie mir ihr umwerfendes strahlendes Lächeln. »Noah ist groß und gut aussehend und noch dazu entspannt. Ich bin jetzt schon ganz vernarrt in ihn.«

»Aber das ist nicht der Grund, warum ich hier bin, oder?«

»Nein, ich möchte Abbitte leisten. Ich kann auf eurer Hochzeit nicht singen. Ich bin im Augenblick absolut nicht dazu in der Lage, andere zu unterhalten.« Sie holt tief Luft. »Dev kommt nicht. Ich hab ihm nahegelegt, in Mumbai zu bleiben, damit wir beide ein bisschen Bedenkzeit haben.«

»Wieso?«

»Ich hab ihn um die Scheidung gebeten.«

Ich blinzele sie ungläubig an. »Das ist doch bescheuert. Du bist verrückt nach ihm und er nach dir.«

»Es ist nicht mehr so, wie es mal war, Ben. Er hat wahnsinnig viel Arbeit mit den Internaten, und dann ist da noch die Sache mit dem Kinderwunsch.« Sie trinkt an ihrem Wodka. »Die Klinik wird keine weiteren künstlichen Befruchtungen mehr durchführen. Es hat keinen Sinn: Die Chance, dass ich ein Baby austragen kann, ist tausend zu eins.«

Ich denke nach, bevor ich antworte. »Was auch immer passiert, es ändert nichts an Devs Gefühlen für dich. Oder liebst du ihn nicht mehr?«

»Ich hasse es, ihn jeden Tag traurig zu sehen.« Sie hat die Hände zu Fäusten geballt. »Er wollte immer Kinder haben. Es ist fairer, einen verdammten Schlussstrich zu ziehen, damit er neu anfangen kann.«

»Was ist denn mit einer Adoption oder Leihmutterschaft?«

»Das würde nicht funktionieren.«

»Entweder ganz oder gar nicht?«

»Dev könnte sich ein neues Leben mit einer anderen Frau aufbauen, und ich möchte jemanden, der mich so ansieht, wie du Nina ansiehst.«

»Und wie genau sehe ich sie an?«

»Völlig verzückt und rettungslos verknallt.«

»Das klingt, als wäre ich weich in der Birne.« Ich beuge mich vor und greife nach ihrer Hand. »Spiel bitte nicht die Heldin. Du liebst ihn doch noch, oder? Lass Dev seine eigenen Entscheidungen treffen.«

»Es wäre nicht fair, Ben. Sein Ehrgefühl verbietet es ihm, mich zu verlassen. Ich muss ihn schon vor die Tür setzen.«

»Warte wenigstens noch, bevor du das alles wegwirfst.«

Sie stößt einen tiefen Seufzer aus. »Wann bist du so verdammt weise geworden?«

»Das höre ich zum ersten Mal.«

»Das muss Ninas Einfluss sein.« Sie kneift sich in den Nasenrücken, um die Tränen zurückzuhalten.

»Lass es ruhig raus, Nina.«

»Ich hab schon genug Tränen vergossen.« Das Lächeln, das einen ganzen Raum erhellen könnte, erscheint wieder auf ihrem Gesicht. »Ich möchte mich lieber sinnlos besaufen und tanzen gehen.«

»Keine Chance, nicht hier draußen. Seit Noah auf der Welt ist, hab ich kaum mal einen Tropfen angerührt. Unfassbar, oder?«

»Dann lass uns das nachholen, großer Mann.«

Sie schenkt mir einen doppelten Wodka ein, und ich weiß, dass das eine lange Nacht wird. Also schicke ich Nina noch schnell eine Nachricht. Zum Glück ist meine zukünftige Braut nicht der eifersüchtige Typ, aber sie hat ja auch nichts zu befürchten. Als Jugendlicher war ich total in Zoe verknallt, doch heute ist sie einfach nur meine größte Verbündete, denn uns verbindet eine jahrzehntelange gemeinsame Geschichte.

»Tu mir einen Gefallen, bevor du dich betrinkst, ja?«

»Alles, was du willst, großer Mann.«

»Schneid mir die Haare, damit ich bei der Hochzeit vorzeigbar bin.«

»Auf keinen Fall. Ich hatte seit Menschengedanken keine Schere mehr in der Hand.«

»Ich bin davon überzeugt, dass du das gut machst.«

»Du armer, vertrauensseliger Narr.«

Zoe hat eine Ausbildung zur Friseurin gemacht, bevor sie die Berufung verspürte, Sängerin zu werden, und ihr nachgegangen ist. Kurz darauf sitze ich mit einem Handtuch über den Schultern vor dem Spiegel im Flur, während sie über geplatzte Träume redet. Ich hab sie immer für ihre Zähigkeit und Hartnäckigkeit bewundert, aber heute Abend klingt sie traurig und voll bitterer Reue, während sie an meiner Mähne ihren Zauber wirkt. Nach einer Weile wird sie still und konzentriert sich ganz auf meine Haare. Ich höre nur noch das leise Flüstern der Wellen und denke an Jez Cardew, der Todesängste auf dem offenen Meer ausstehen musste. Wenn er nur deshalb ermordet wurde, weil er bei der Seenotrettung war, suche ich nach einem komplett geistesgestörten Täter. Als Zoe wieder etwas sagt, höre ich nur halb hin, da meine Gedanken noch immer auf der Meeresbrise dahingleiten. Als ich in den Spiegel schaue, sind meine Haare kürzer, als sie es in den letzten Jahren je waren, und eine jüngere, verwundbarere Version von mir selbst schaut mich an.

20

Sam hat keine Möglichkeit, dem wild mit den Armen rudernden Jez zu helfen. Sein Freund ist zu weit vom Rettungsboot entfernt. Jez reckt die Hände hoch, doch er ist zu schwach, er kann die Rettungsleine nicht fangen, die Sam ihm zugeworfen hat. Sam hängt seitlich über dem Bootsrand, während die Wellen immer höher schlagen. Angst kriecht in ihm hoch, und er springt über Bord, weil er Jez unbedingt erreichen will, aber es ist zu spät …

Er schreckt aus dem Schlaf hoch, seine Augen sind weit aufgerissen, und er atmet schwer. Denselben Albtraum hat er jede Nacht, seit Jez verschwunden ist. Er weiß, dass es ewig dauern wird, bis er sich wieder beruhigt hat. Am besten geht er eine Runde spazieren. Er steht auf und zieht sich an.

Dabei hört er ein Geräusch. Jemand redet leise. Eigentlich kann das nicht sein Vermieter sein, denn Callum spricht immer viel lauter, aber die Stimme kommt von unten. Neugierig folgt er dem Geräusch und achtet dabei sorgsam darauf, sich lautlos zu bewegen.

Er bleibt im Flur stehen. Die Tür zum Wohnzimmer ist einen Spalt weit offen, Licht fällt heraus. Als er ins Zimmer späht, ist Moyle fast nicht wiederzuerkennen. Er hat den Oberkörper weit vorgebeugt und macht ein gequältes

Gesicht. Als Jez verschwunden ist, hat er keinerlei Bedauern gezeigt, aber vielleicht war das nur vorgetäuscht. Von seinem Draufgängertum ist nichts mehr übrig, als er einen leisen, kümmerlichen Singsang ausstößt. Sam sieht instinktiv davon ab, ins Zimmer zu stürmen und ihn zu fragen, was los ist. Moyle würde ihm ohnehin niemals eine ehrliche Antwort geben, also bleibt er an der Tür stehen und lauscht. Als Moyle plötzlich aufspringt, weicht er zurück, schlüpft durch die Haustür nach draußen und schließt sie leise hinter sich. Sein Vermieter würde sofort eine Schlägerei provozieren, wenn er wüsste, dass er ihn in diesem Moment der Schwäche beobachtet hat.

Sam ist noch immer äußerst angespannt, als er auf die Straße tritt. So war es auch im Gefängnis. Dort konnte er nur in seiner Zelle hin und her marschieren, drei Schritte in jede Richtung, bis die Panik nachließ. Er geht durch die ruhigen Straßen von Hugh Town, die Pubs und Cafés haben schon alle geschlossen. In einer schmalen Gasse, die zum Kai führt, hört er plötzlich Schritte. Ein Schatten stürzt sich auf ihn, und er wird in einen Eingang gestoßen. Im Mondlicht erkennt er das wutverzerrte Gesicht des Mannes: Es ist Stuart Cardew.

»Du hast meinem Sohn was angetan, hab ich recht? Ich wette, du hast ihm auf meinem Boot aufgelauert«, zischt er, sein Atem riecht nach Alkohol. »Sieh zu, dass du von hier verschwindest, bevor ich dich umbringe.«

»Ich würde Jez niemals was tun. Er ist mein bester Freund.«

»Du lügst doch, du Mistkerl.«

Cardew stößt ihn gegen die Mauer und boxt ihm dreimal fest in den Bauch, dann geht er weiter. Sam krümmt sich zusammen, er bekommt kaum noch Luft. Ihm wird schwindlig vor Schmerz, und er kauert sich auf den Boden. Seine Hände zittern, das Brennen in seinem Bauch wird schlimmer. Trotzdem kann er den Angriff nicht melden. Wer würde ihm glauben, wenn er einen allseits beliebten Mann anschwärzt, der seit zwanzig Jahren auf dem Rettungsboot Dienst tut?

Mehrere Minuten vergehen, bis er die Kraft findet, sich in dem Hauseingang wieder aufzurichten. Seine Rippen schmerzen höllisch. Er setzt sich auf eine Bank auf dem Kai und hofft, dass die Ruhe des Hafens ihm guttun wird. Callum Moyle zieht sein Motorboot in die Wellen hinaus. Er flucht laut, da der Außenborder zunächst nicht anspringt. Als er schließlich doch angeht, sieht Sam, wie das Boot ohne Licht durch die Hafenmündung verschwindet.

21

Montag, 28. August

Ich fahre an diesem Morgen direkt mit Eddie zur Quay Street, in der Hoffnung, dass um acht Uhr jemand zu Hause ist. Glücklicherweise öffnet Callum Moyle uns die Tür. Der Mann sieht so erschöpft aus, als hätte er seit Tagen nicht geschlafen, und trägt bereits seinen Arbeitsoverall. Er macht die Tür nur einen Spalt weit auf und blickt zwischen Eddie und mir hin und her. Als er schließlich zaghaft lächelt, zeigt er seine Zähne, die gelb von Nikotin sind. Seine Hände zucken nervös.

»Was wollen Sie? Heute ist Feiertag.«

»Wir müssen einen Fall lösen, außerdem sehen Sie doch ohnehin so aus, als wollten Sie gleich zur Arbeit gehen. Geht es Ihnen gut, Callum? Sie wirken fahrig.« Ich würde ihm gern erklären, dass Jez wahrscheinlich umgebracht wurde, aber zuerst brauchen wir einen eindeutigen Beweis, sonst wird sich auf der Insel Panik breitmachen.

»Ich war nie fitter.« Er spricht mit so fester Stimme, dass ich mir sicher bin, dass er lügt, doch ich konzentriere mich besser auf das Wesentliche.

»Dürfen wir reinkommen? Wir müssen Jez' Zimmer durchsuchen.«

Er zögert, bevor er uns einlässt. »Suchen Sie was Bestimmtes?«

»Ein Päckchen, das mit der Post kam.«

»Ich kann mich nicht entsinnen, dass in der letzten Zeit was angekommen ist.«

Im Flur schlägt mir der typische Mief einer Junggesellenbude entgegen: Es riecht nach Zigaretten, Bier und schmutziger Wäsche. Der Teppich auf der Treppe ist fleckig, und das gesamte Haus könnte mal eine Renovierung vertragen. Moyle zeigt auf eine geschlossene Tür und wartet dann im Flur.

Eddie pfeift ungläubig durch die Zähne. »So ordentlich ist Jez im Leben nicht«, sagt er.

Mir kam er auch nie wie der Typ Mann vor, der seine Kleider ordentlich in den Schrank hängt, morgens sein Bett macht und seine Schuhe paarweise hinstellt. Es riecht nach Möbelpolitur und Bleiche. Als ich durch die Tür spähe, steht Moyle, die Arme vor der Brust verschränkt, im Flur.

»Haben Sie hier saubergemacht, Callum?«

»Das muss Sam gewesen sein. Ich respektiere die Privatsphäre meiner Untermieter.«

»Ach ja? Wie ich hörte, haben Sie in der Nacht von Jez' Verschwinden seine Sachen durchwühlt. Haben Sie da schon aufgeräumt oder erst später?«

Er wirft den Kopf zurück. »Ich hatte was getrunken. Da vergesse ich schon mal was.«

»Irgendwer hat sich an Jez' Sachen zu schaffen gemacht, so viel steht fest. Was, sagten Sie, haben Sie am Freitagabend gemacht?

»Ich bin auf ein Bier ins *Atlantic* gegangen und war gegen zehn wieder zu Hause. Ich war hundemüde von der Arbeit.«

Ich bin mir fast sicher, dass er lügt, denn er weicht meinem Blick aus. Es ist möglich, dass er nach St. Agnes rausgefahren ist, um seinen Untermieter zu töten, auf den er einen Hass hatte.

»Sie besitzen ein Boot mit zwei Schlafkojen, nicht wahr, Callum?«

»Ja, aber im Augenblick ist der Motor kaputt.«

»Und ein Schnellboot haben Sie auch«, sagt Eddie. »Ich hab Sie damit gesehen.«

»Das ist nur zum Angeln, in meiner Freizeit.«

»Wie bezahlen Sie Ihre Angestellten, Callum?«, frage ich.

»Ich überweise den Lohn direkt auf ihr Bankkonto. Er richtet sich nach ihrem Stundenzettel, und dann zahlen sie mir die Miete. Fragen Sie meine Steuerberaterin. Sie führt über alles Buch.«

»Schicken Sie mir bitte ihre Nummer.«

Ich gebe ihm meine Karte, und er zieht sein Handy aus der Tasche, kommt meiner Aufforderung aber offensichtlich nur widerwillig nach.

»Bitte sehr. Und jetzt entschuldigen Sie mich, ich hab zu tun. Ziehen Sie die Tür hinter sich zu, wenn Sie gehen.«

»Arschloch«, zischt Eddie, nachdem Moyle nach unten gegangen und die Haustür ins Schloss gefallen ist. »Er zahlt qualifizierten Handwerkern nicht mehr als den Mindestlohn, weil es hier so wenig Arbeit gibt. Das ist moderne Sklaverei.«

»Was weißt du sonst noch über ihn?«

»Callums Eltern sind hierhergezogen, als er noch klein war. Seine Familie ist überall verstreut. Seine Schwester ist eine erfolgreiche Anwältin in den Staaten. Nur er ist hiergeblieben.«

»Um hier sein Glück zu suchen?«

Eddie lacht schnaubend. »Der Typ ist derart arrogant, dass die meisten Insulaner einen Bogen um ihn machen. Seine Jobs bekommt er nur von Leuten, die hier eine Ferienwohnung haben, nicht von den Einheimischen.«

»Glaubst du, dass er Jez was angetan haben könnte?«

»Ich hab ihn schon überprüft. Er hat keinerlei Vorstrafen, weder auf dem Festland noch hier, aber unheimlich ist er mir trotzdem.«

»Außerdem ist er nervös. Er wirkte total hektisch.«

»Koks oder vielleicht auch ein schlechtes Gewissen. Er ist definitiv eine Person von besonderem polizeilichem Interesse. Lass uns sehen, was wir hier finden.«

Bald bin ich viel zu sehr damit beschäftigt, jeden Gegenstand in Jez' Zimmer in Augenschein zu nehmen, um mir über Moyles Lebensstil Gedanken zu machen. Liz Gannick wird sauer sein, dass wir primäres Beweismaterial durchgehen, aber ich habe keine andere Wahl. Falls wir Jez' Handy oder ein Päckchen mit Ansteckern und einer Nachricht finden, haben wir etwas, womit wir arbeiten können, also tragen wir Plastikhandschuhe und versuchen, unsere Aufgabe schnell zu erledigen. Eddie durchsucht die Kommode, während ich mir seine Kleider vornehme. Weder unter dem Bett noch unter der Matratze ist irgendetwas versteckt. Jez' Handy taucht nirgends auf, und auch kein Päckchen. Ich möchte wetten, dass Moyle das Zimmer geschrubbt hat, weil er es möglichst schnell wieder vermieten will. Nur wenige Details verraten mir etwas über Jez' Verhalten. Ich finde zwei zerknitterte Zwanzig-Pfund-Scheine in seiner Jacke, die er wohl zum Ausgehen gespart hat, und ein Päckchen Kondome in der Tasche seiner Superdry-Jeans. Es sieht so aus, als hätte er sich an einem Ort, an dem Aufregendes manchmal schwer zu finden ist, durchaus amüsiert. Dann stoße ich in der anderen Tasche auf das, wonach ich gesucht habe: Es ist ein wattierter Umschlag, der genauso aussieht wie der auf seinem Boot und der, den ich bekommen habe. Eddie tritt neben mich, als ich die Nachricht lese:

»AM UFER HALB, HALB SCHON ZUR SEE
REIZT, LOCKT SIE NUR DAS NEUE.«

Dasselbe stand auch bei mir«, murmelt Eddie. »Das ist aus *Der Sturm*, aber was bedeutet das?

»Ich glaube, das ist ein Vorwurf. Es besagt, dass man sich nie auf irgendwas festlegt. Der Mörder hat Jez zwei Päckchen geschickt, oder? Wir anderen haben nur eins bekommen.«

»Das Zitat passt auch gar nicht zu Jez' Leben. Er hat an alles, was er tat, hundertprozentig geglaubt.«

»Offenbar ist da jemand anderer Meinung, Eddie, oder er will uns verwirren. Das Galgenmännchen sieht genauso aus wie das auf meinem Zettel. Ein Polizeigraphologe sollte sich das hier und alle anderen Zettel mal ansehen. Kannst du das veranlassen, wenn du wieder im Revier bist?«

Er legt den Umschlag in einen Asservatenbeutel und ist offensichtlich froh, eine konkrete Aufgabe zu haben. Jez' RNLI-Medaille ist nirgends zu sehen, obwohl die Flurwände seiner Eltern mit Fotos von der Verleihung bepflastert sind. Wir werden Kontakt zur Hauptverwaltung der Lifeboat Institution aufnehmen müssen, um herauszufinden, ob die Medaille, die an der abgetrennten Hand befestigt ist, seine eigene war.

»Sein Tablet ist weg, und seine Kamera auch«, sagt Eddie. »Wahrscheinlich hat Sam sie mitgehen lassen. Moyle hat es nicht nötig, Secondhandwaren zu verticken, oder? Schließlich hat er eine eigene Firma.«

»Vielleicht kriegt er den Hals nicht voll. Aber erzähl mir mehr über Jez. Er hat gern einen getrunken, richtig? Hat er sonst noch irgendwelche Drogen konsumiert?«

»Als Jugendlicher nur hin und wieder mal einen Joint.«

»Ich muss die Wahrheit wissen, Eddie.«

»Warum sollte ich dich belügen, Ben? Es gibt doch eh nichts mehr zu verteidigen.« Er klingt erschöpft. »Ich verstehe nicht, warum jemand einen Mann umbringt, der sein Leben so oft für andere riskiert hat.«

»Vielleicht hat derjenige eine Abneigung gegen Helden. Die Botschaft auf dem Zettel wirft ihm vor, Angst davor zu haben, sich auf eine Sache festzulegen.«

»Dann ist er einfach krank im Kopf.«

Eddie klingt wütend, aber das ist jetzt nicht der richtige Zeitpunkt, ihm zu raten, einen kühlen Kopf zu bewahren. Ich trete in den Flur hinaus, um ihm Raum zum Atmen zu geben, dann rufe ich Father Mike an. Ich könnte auch über die Straße zu seiner Wohnung gehen, aber wir werden bald im Krankenhaus gebraucht. Ich muss mehr über Mikes Gespräche mit Jez Cardew wissen, aber er geht nicht ans Telefon, und Eddie sieht so aus, als würde er jeden Moment gegen die Wand treten, um sein Adrenalin abzubauen. Dieser sterile Raum hält absolut nichts Tröstliches bereit.

Als wir in der Leichenhalle des Krankenhauses ankommen, wo es nach Formaldehyd und Verwesung riecht, sieht Eddie noch schlechter aus. Die Cardews sind noch nicht eingetroffen, aber Gareth Keillor macht in seinem Reich einen entspannten Eindruck. Ich bin überrascht, dass Delia und Stewart darum gebeten haben, unser Fundstück zu sehen, anstatt sich auf die DNA-Analyse zu verlassen.

Um zehn Uhr führt Eddie seine Tante und seinen Onkel herein. Mein Deputy macht einen ruhigen Eindruck, aber Delia wirkt schwächer als zuvor. Ihre Haut ist gerötet, in ihren Augen steht Panik, und sie hält Stuarts Hand umklammert. Er sieht völlig benommen aus vor Kummer und hat eine mächtige Fahne; es riecht, als würde er reinen Whisky ausdünsten.

»Sie können es sich immer noch anders überlegen«, sage ich. »Bei einem DNA-Test hätten wir innerhalb von vierundzwanzig Stunden das Ergebnis.«

»Zeig sie uns, Ben.« Stuarts Stimme klingt leise und monoton. »Wir haben uns entschieden.«

»Seid ihr sicher?«

»Absolut«, antwortet Delia. »Sonst werden wir es nie akzeptieren.«

»Versucht, euch zu wappnen. Die Hand wurde am Gelenk abgetrennt; außerdem gibt es ein paar Schnitt- und Platzwunden.«

Eddie stellt sich neben seine Tante, so als erwartete er, dass sie umkippt, dann schlage ich das Tuch zurück, das die verstümmelte Hand bedeckt. Delia rührt sich nicht, sie starrt die Hand unverwandt an, während Stuart nach hinten wankt. Eddie begleitet ihn in den Gang, damit er durchatmen kann. Seine Frau bleibt wie angewurzelt stehen.

»Diese Narbe hat Jez, seit er als kleiner Junge am Strand in eine Glasscherbe gefallen ist. Und das Geburtsmal hat er natürlich schon immer.« Sie presst ihre Finger lange auf ihren Mund, bevor sie wieder etwas sagt. »Was, zum Teufel, ist mit ihm passiert, Ben?«

»Ich fürchte, er wurde attackiert. Wir suchen nach Beweismitteln, damit wir rausfinden können, was geschehen ist.«

»Aber wer würde ihm denn was antun, um Himmels willen?« Ihre Augen weiten sich. »Willst du damit sagen, dass sein Mörder ihn in Stücke gerissen hat?«

»Im Augenblick wissen wir noch nichts Genaueres, Delia, aber der Atlantik ist gnadenlos. Die Felsen kriegen alles kaputt, was im Wasser treibt. An der Hand war eine RNLI-Medaille befestigt. Kann sein, dass es nicht seine eigene war. Der Name auf der Rückseite ist weggekratzt.«

Ich bemerke, dass sie aufgehört hat, mir zuzuhören. Als sie die verschrumpelten Fingerspitzen ihres Sohnes berührt, scheint sie wieder ruhiger zu werden. Sie streichelt die zerschundene Hand noch eine Weile, dann breitet sie das Tuch wieder darüber. Sie hat keine Tränen in den Augen, als sie zu mir hochschaut. »Die Leute hielten Jez für furchtlos, aber er war genauso wie wir alle. Er hatte Angst, dass er nie die Liebe seines Lebens finden würde. Das ist das Traurigste von allem.« Und bevor ich etwas sagen kann, fährt sie fort: »Bitte finde raus, wer das war, bevor Stuart den Verstand verliert. Irgendein bösartiger Mistkerl hat grundlos unseren Sohn ermordet.«

Ihr Blick ist so direkt, dass es kein Ausweichen gibt.

»Wir werden alle Hebel in Bewegung setzen, das verspreche ich.«

»Fang mit seinen Mitbewohnern an. Callum ist ein Rüpel und Sam verkorkst. Sie könnten es beide gewesen sein.«

»Wir werden sie befragen, keine Sorge.« Ich halte ihrem Blick stand. »Wie habt ihr euch mit Anna Dawlish verstanden, als sie mit Jez zusammen war?«

Delia wirkt überrascht. »Du glaubst, dass sie was damit zu tun hat?«

»Nein, ich versuche nur, alles zu verstehen, mehr nicht.«

»Zuerst mochten wir sie, und ihre Tochter ist ein Schatz, aber Anna hat sehr geklammert. Jez hatte das Gefühl, dass er keine Luft mehr bekommt, bis er dann den Befreiungsschlag gesucht hat.«

»Ich überlege, wem er sich anvertraut haben könnte. Würde er mit deinem Vater über seine Beziehungen sprechen? Molly Bligh sagt, dass die beiden sich nahestanden.«

Delia runzelt die Stirn. »Dad ist eine ziemliche Giftspritze geworden, das Alter hat ihn gehässig gemacht. Das wissen alle. Er akzeptierte Jez erst, nachdem er sich der Rettungscrew angeschlossen hat. Aber Jez hat ihn trotzdem vergöttert.«

»Ich muss ihm einen Besuch abstatten.«

»Erwarte keinen freundlichen Empfang. Als ich ihm letzte Woche ein paar Lebensmittel vorbeigebracht habe, hat er mich ohne ein Dankeschön aus dem Haus gejagt.«

»Eine Sache noch, Delia. Weißt du, ob Stuart in der letzten Zeit einen Umschlag mit der Post bekommen hat, in dem Anstecker von der RNLI lagen?«

Sie schüttelt den Kopf. »Ich hole die Post jeden Morgen rein. Aber es war nichts dergleichen dabei. Warum fragst du?«

»Einige andere aus der Crew hatten so einen Umschlag in der Post, auch Jez. Wir glauben, dass er sogar zwei bekommen hat.«

Ich will gehen, aber sie hält mich am Arm fest.

»Bitte halte mich auf dem Laufenden. Schließ uns nicht aus.«

»Ihr werdet regelmäßig Updates bekommen, versprochen.«

»Ich hoffe, dass du so was nie durchmachen musst, Ben. Meine Welt ist jetzt, wo Jez nicht lebt, zusammengebrochen.«

Sie wendet sich ab und lässt mich aufgewühlt zurück.

Gareth Keillor hat draußen gewartet, um die Intimsphäre der Cardews zu wahren, und betritt wieder den Raum. Ich bin sicher, dass er froh darüber ist, mit Leichen und Gewebeproben zu tun zu haben und nicht mit dem Chaos menschlicher Emotionen. Ich schaue ihm zu, während er die Hand erneut untersucht. Im hellen Morgenlicht treten die Verletzungen besonders deutlich hervor. Ich erkenne Blutergüsse und mehrere gebrochene Finger, doch es ist die Fesselspur, die meinen Blick immer wieder anzieht. Irgendwer hat einen Neunundzwanzigjährigen an einen Felsen oder an die Reling eines Boots gebunden, um ihm beim Ertrinken zuzusehen. Die Felsen im Meer haben dann den Rest besorgt; die Strömung hat die Leiche gegen die scharfen Kanten des Granitgesteins geschlagen, bis sich die Hand gelöst hat.

Ich will gerade gehen, als Keillor mir einen transparenten Asservatenbeutel übergibt. Darin liegt die Medaille, die an Jez' Finger gebunden war. Es handelt sich um eine zierliche Goldmünze, und die Worte darauf beschreiben genau, wie Jez sich gefühlt haben muss, als er ertrank: *Lass nicht zu, dass die Tiefe mich verschlingt.* Das Band ist stark ausgefranst, doch die Medaille selbst glänzt wie neu. Ich muss rausfinden, ob es vielleicht sogar die ist, die Jez von der RNLI verliehen bekommen hat. Sie ist nicht mit den hässlichen leuchtend orangefarbenen Ansteckern vergleichbar, die ich zugeschickt bekommen habe, aber sie beweist, dass der Mörder seine Tat gern mit Symbolen des Rettungsdienstes verbindet. Ich stecke den Beutel ein und schaue Keillor an.

»Womit genau war sie an seiner Hand festgemacht?«

»Mit Käsedraht. Den kriegt man ohne Messer oder Schere nicht durch«, sagt Keillor und schaut mich über den Rand seiner Brille hinweg prüfend an. »Jemand hat den Draht um seinen Finger gewickelt und so festgedreht, dass er ihm in die Haut geschnitten hat. Aber das war das Geringste seiner Probleme. Wenn Jez ins Meer geworfen wurde, hat er eine Wunde am Finger bestimmt kaum wahrgenommen. Ich werde mein gerichtsmedizinisches Gutachten heute noch fertigstellen, Ben. Rufen Sie mich an, wenn ich sonst noch was tun kann.«

»Danke für Ihre Hilfe, Gareth.«

Ich kehre in den leeren Gang zurück. Von Eddie ist keine Spur zu sehen, nur Delias blumiger Duft hängt, zu süß für den Anlass, noch in der Luft. Ich hoffe, dass ich nie an ihrer Stelle sein werde. Niemand sollte im grellen Licht eines Leichenschauhauses sein einziges Kind anhand eines einzelnen Körperteils identifizieren müssen.

Der Polizeitransporter steht leer vor der Tür. Als ich Eddie erspähe, kauert er an einer Stelle, die man vom Parkplatz aus nicht sieht, neben der Krankenhausmauer auf dem Boden. Ich überlege, ob ich ihn in Ruhe lassen soll. Normalerweise ist er derjenige, der anderen in ihrem Kummer gut zuredet, während ich Abstand halte, weil ich zu groß und zu grob bin, um irgendjemanden trösten zu können. Aber heute kann ich ihn auf keinen Fall im Stich lassen. Er wendet sein Gesicht ab, als er mich kommen sieht. Er weint so heftig, dass sein ganzer Körper bebt, und Tränen tropfen wie Wasser aus einer undichten Leitung auf den Boden. Ich hocke mich neben ihn, halte aber Abstand, da ich das Gefühl habe, dass er bei der kleinsten Berührung zusammenbrechen würde. Dann berühre ich ihn doch an der Schulter. »Ist schon okay, mein Freund. Lass es raus.«

Er wischt sich mit der Hand übers Gesicht. »Wer, zur Hölle, tut einem Typen wie Jez so was an?«

»Das werden wir bald wissen.«

Eddie versucht zu lächeln. »Normalerweise bin ich derjenige, der Optimismus verbreitet.«

»Jez war ein Verwandter von dir, Eddie. Wir werden erst ruhen, wenn wir ein Ergebnis haben.«

»Du hast recht.« Er kommt ungelenk auf die Beine. »Tut mir leid, ich hab mich unmöglich benommen. Ich kann einfach nicht begreifen, was passiert ist.«

»Würde mir an deiner Stelle genauso gehen.«

Eddie nickt. »Gib mir eine Minute. Ich wasche mir schnell drinnen das Gesicht.«

Er eilt zum Krankenhauseingang, sein Arbeitseifer ist zurück. Mir geht nicht mehr aus dem Kopf, wie Delia mich angesehen hat, als sie mich gebeten hat, Jez' Mörder zu finden. Wir werden die Hilfe von Experten benötigen. Im kriminaltechnischen Labor in Penzance nimmt niemand ab, als ich anrufe, weshalb ich gezwungen bin, eine Nachricht zu hinterlassen.

»Dies ist eine Nachricht für Professorin Liz Gannick. DI Ben Kitto hier. Könnten Sie bitte so schnell wie möglich nach St. Mary's kommen? Schicken Sie mir keine Nachwuchskraft. Ich brauche die Beste. Unser Opfer ist einer der größten Helden der Inseln.«

Eddie läuft bereits zum Polizeitransporter zurück, und mir wird erneut bewusst, dass er kein Anfänger mehr ist. Er ist ein erfahrener Polizeibeamter, der nie irgendwas halb macht. Keine Ahnung, warum, aber ihn weinen zu sehen, das hat wie eine Arbeit Übergangsritus gewirkt, und ich kann ihn jetzt endlich als vollkommen erwachsen betrachten. Er hatte keine Angst, mir seine Trauer zu zeigen und sich offen dazu zu bekennen, während ich meinen Kummer immer in mir vergrabe.

»Ich finde es nicht richtig, dass du Jez' Fall bearbeitest, Eddie. Ich möchte jemanden vom Festland kommen lassen, damit du dich zurückziehen kannst.«

»Einem Fremden würden sich die Insulaner niemals öffnen, und ich werde auf keinen Fall zu Hause tatenlos rumhängen.«

»In Ordnung, aber wir haben alle Hände voll zu tun. Wir müssen rausfinden, ob das die Medaille von Jez war.« Ich ziehe den Asservatenbeutel aus der Tasche. »Aus irgendeinem Grund hat jemand den Namen rausgekratzt, ich hab keine Ahnung, was das zu bedeuten hat.«

Eddie fotografiert sie mit seinem Handy und steigt dann ein. Seine Stimmung scheint sich ein wenig aufzuhellen. Er hält stets alles fest, selbst den kleinsten Hinweis, so als könnte er sich im nächsten Moment in Luft auflösen.

22

Mein Deputy ist noch zu sehr in Gedanken, um zu sprechen, als wir zum Hafen gehen. Er fragt mich noch nicht mal, warum wir nach St. Agnes fahren. Debbie, die Wirtin des dortigen Pubs, schien bei meinem letzten Besuch mehr zu wissen, als sie zugeben wollte, darum will ich das Gastronomenpaar noch mal befragen. Die zwanzigminütige Überfahrt scheint Eddies Lebensgeister zu wecken. Wie für die meisten Bewohner der Scillys gehören die regelmäßigen Bootsfahrten auch für mich zu den schönen Seiten des Insellebens. Eine Meile klaren blauen Wassers zwischen mich und die Arbeit bringen zu können, das ist für mich ein wichtiger Ausgleich.

Meine Neugierde wächst, als wir unterhalb des *Turk's Head* festmachen und die Slipanlage hochlaufen. Wir rekonstruieren die letzten Schritte von Jez Cardew. Zeugen haben ihn gegen achtzehn Uhr zusammen mit Sam Austell ankommen und kurz vor Kneipenschluss nach Westen in die Nacht fahren sehen.

Es ist halb elf, als wir die Kneipe betreten. Ich rieche Spiegeleier mit Speck, doch die Frühstückstische sind schon abgeräumt, und der Gastraum ist leer, bis Debbie Brookes hinter dem Tresen erscheint. Ihr Lächeln verschwindet abrupt, so als hätte jemand einen Schalter umgelegt.

»Können wir kurz sprechen, Debbie?«

»Lassen Sie mich Ihnen zuerst einen Kaffee bringen.«

»Das klingt toll, danke. Ist Tommy auch da?«

»Er ist mit der Jacht rausgefahren. Ein paar von den Gästen wollten eine Seehundetour machen.«

»Sie haben sich einen guten Tag ausgesucht.«

Debbie verschwindet in der Küche. Ich würde auch lieber fetten grauen Seehunden dabei zusehen, wie sie sich auf den Norrard Rocks sonnen, als unangenehme Fragen zu stellen. Es dauert nicht lange, bis die Wirtin mit unserem Kaffee zurückkommt.

»Geht's um Jez?« Ihr Blick fliegt zwischen Eddie und mir hin und her.

»Es würde uns helfen, wenn Sie uns alles erzählen könnten, woran Sie sich von Freitagabend erinnern, Debbie. Wir wissen, dass Jez von hier aus nach Westen gefahren ist, aber nicht, wo er hinwollte.«

Sie rutscht auf ihrem Stuhl herum. »Ich hab an dem Abend kaum mit ihm gesprochen.«

»Aber bei anderen Gelegenheiten doch schon, oder? Wir sind uns sicher, dass Jez sich, nachdem er von hier aufgebrochen war, mit einer Frau getroffen hat.«

»Er wirkte nachdenklich, das ist alles.«

»Und warum genau?«

»Wie ich schon sagte, er stand vor einer wichtigen Entscheidung.« Ihre Miene ist angespannt. »Er hat erwähnt, dass sein dreißigster Geburtstag bevorsteht, und es klang, als wäre das eine Schwelle, die ihm Angst macht.«

»Versuchen Sie, wenn möglich, sich an Einzelheiten zu erinnern. Sie gehören vielleicht zu den Letzten, die er am Freitag getroffen hat. Sie mochten ihn, oder?«

Sie schaut weg. »Um ehrlich zu sein, war ich ziemlich zwiegespalten, was ihn angeht. Anna Dawlish ist eine gute Freundin von mir. Er hat sie und Kylie schrecklich behandelt. Ich dachte, dass er sie nach all den Versprechungen verlässt, hätte vielleicht mit irgendwelchen emotionalen Problemen zu tun. Er wirkte eigentlich zu gutmütig auf mich, um sich ohne Grund so zu verhalten.«

»Ich weiß nicht viel über ihre Trennung. Was genau ist denn passiert?«

»Sie waren sechs Monate zusammen. Es war was Ernstes, bis er sie dann von jetzt auf gleich verlassen hat. Ohne jede Erklärung.«

»Das klingt wirklich nicht nach ihm.«

»Ich hab ihm vorgeschlagen, dass er mit Father Mike sprechen könnte, wenn er Probleme hat. Mir hat er schon mal sehr geholfen.« Sie streicht sich die Haare aus dem Gesicht. »Jez meinte, er stünde vor einer Entscheidung, die sein Leben verändert. Er hat mich gefragt, ob ich an seiner Stelle kneifen oder meinem Bauchgefühl folgen würde.«

»Und was haben Sie gesagt?«

»Nichts, ich hab ihm einfach nur zugehört. Ich fand, eine große Entscheidung muss er schon selbst treffen.«

»Fällt Ihnen irgendjemand ein, den er hier auf der Insel besonders mochte?«

»Eigentlich nicht. Hier draußen wohnen vor allem Rentnerehepaare und junge Familien ...« Ihre Stimme verklingt.

»Aber Sie hatten doch sicher so Ihre Vermutungen.«

»Wenn es um seine Privatangelegenheiten geht, fragen Sie am besten seinen Großvater. Jez liebt ihn sehr.«

»Das hat Molly Bligh auch gesagt, aber er hat sein Telefon ausgestellt. Die Frau, mit der Jez sich getroffen hat, muss von St. Agnes sein, Debbie.«

Ihre Hände flattern über den Tisch. »Ich hab ihn mal mit Sharon Cosgrove plaudern sehen, hier und im Laden, aber nur, wenn ihr Mann nicht da war. Wenn die beiden was miteinander haben, hätte das ein ziemliches Chaos zur Folge.«

»Was ist mit Freunden, die er in der letzten Zeit getroffen hat?«

»Ich glaube, er war mit Lewis Marling befreundet, dem Typen, der letztes Jahr die alte Töpferei gekauft hat. Lewis ist schwer beschäftigt. Ich hab ihn die ganze Woche nicht gesehen.«

»Auf einer kleinen Insel ist das eine lange Zeit.«

»Anscheinend zieht Lewis das Töpfern der Gesellschaft von Menschen vor.« Ihr Blick sucht wieder mein Gesicht ab, so als fragte sie sich, ob ich vertrauenswürdig bin. »Sagen Sie bitte niemandem, dass ich das mit Sharon gesagt habe. Ich kann es mir nicht leisten, mir Feinde zu machen.«

»Wir gehen dezent vor, keine Sorge«, sagt Eddie. »Danke für den Kaffee.«

Als wir wieder draußen sind, fühle ich mich besser. Das sind die ersten nützlichen Informationen, die wir bekommen haben. Es muss einen Grund dafür gegeben haben, dass Jez seit einem Jahr sooft hier gewesen ist, und eine junge Frau mit einem abwesenden Mann klingt nach einem guten Anhaltspunkt. Da werden wir anfangen.

Wir gehen zuerst zum Haus der Cosgroves. Es liegt am westlichen Rand von Lower Town, also in der Richtung, in die Jez am Abend seines Verschwindens gefahren ist.

Damian Cosgrove ist ein einheimischer junger Mann um die dreißig. Seine Frau stammt aus Schottland; ich sehe sie kaum mal irgendwo, und wenn, dann nur mit ihm zusammen. Wir kommen am Leuchtturm vorbei, der die Insel von seiner zentralen Lage aus noch immer dominiert, obwohl er schon lange nicht mehr in Betrieb ist. Der Turm gehört heute zu einem Privatgrundstück, aber die Leute, die dort wohnen, sind großzügig. Sie laden die Kinder der Five Islands School jedes Jahr zu einem Besuch ein und erklären ihnen, wie die Turmwärter die Leuchte früher rund um die Uhr am Laufen hielten. Wir lassen das hochaufragende weiße Gebäude hinter uns, und von dort sind es nur noch wenige Minuten bis Lower Town. Die Ortschaft besteht aus einer Ansammlung von inseltypischen Cottages aus grauem Stein. Sie stehen alle mit der Rückseite zum Nordwind, der sich jeden Winter über die Inseln hermacht. Das Grundstück der Cosgroves befindet sich hundert Meter weiter die Straße hinunter, in Perigilis.

»Ich hab Sharon ein paarmal im Pub getroffen. Willst du, dass ich sie befrage, Ben?«, erkundigt sich Eddie.

»Ja, mach mal. Dir geben die Leute ohnehin bereitwilliger Auskunft als mir.«

Meine Zusammenarbeit mit Eddie amüsiert viele Insulaner. Wenn wir gemeinsam unterwegs sind, sehen sie einen blonden Chorknaben und seinen schwergewichtigen Aufpasser, aber die Wirklichkeit ist komplizierter. Ich bin weniger einsilbig, als ich wirke, und er ist sehr schlagfertig, was uns zum Vorteil gereicht. Ich bin neugierig, was Sharon Cosgrove über Jez zu sagen hat, aber natürlich kann man niemanden einfach so fragen, ob er eine Affäre hat.

Das Cottage befindet sich beneidenswert dicht an der

Blanket Bay, wo der Strand heute im strahlenden Sonnenschein liegt. Von dort hat man einen freien Blick auf die felsige Halbinsel Burnt Island und die Bergecooth Carns, die wie Speere aus dem Atlantik aufragen.

Sharon Cosgrove öffnet wenige Sekunden nach unserem Klopfen die Tür, so als hätte sie den ganzen Morgen auf Besuch gewartet. Die junge Frau zeigt keinerlei Anzeichen von Panik, sondern begrüßt uns mit einem freundlichen Lächeln. Das Haus sieht aufgeräumt aus, aber wir merken sehr schnell, dass sie die örtlichen Traditionen noch nicht übernommen hat: Besucher bekommen auf den Inseln stets Tee und einen kleinen Imbiss angeboten. Aber Sharon steht einfach nur in ihrer Küche und schaut uns neugierig an. Sie hat ein attraktives ovales Gesicht und dunkles Haar, das sie ordentlich hinter die Ohren geschoben hat. Dass sie schwanger ist, bemerke ich nur deshalb, weil sie eine Hand auf den Bauch legt, wie um ihr ungeborenes Kind vor aufdringlichen Fragen zu schützen. Jetzt ist allerdings nicht der richtige Moment, ihr zu gratulieren.

Ihr Blick ist so direkt, dass ich mich sofort verpflichtet fühle, unseren Besuch zu rechtfertigen, obwohl Eddie ja die Befragung durchführen soll.

»Wir sind wegen Jez Cardew hier. Können wir Ihnen ein paar Fragen stellen?«

»Das Meer ist tückisch um diese Jahreszeit.« Sie hat einen schottischen Tonfall, in den sich Traurigkeit mischt.

»Es gibt ein paar Dinge, die wir nicht verstehen«, sagt Eddie. »Kennen Sie Jez denn?«

»Ja, aber nicht gut.«

»Wir versuchen herauszufinden, warum er auf St. Agnes war. Wie lange wohnen Sie schon hier, Sharon?«

»Ungefähr ein Jahr.«

»Und haben Sie sich gut eingelebt?« Eddie lächelt sie aufmunternd an.

»Ja, ganz gut, danke. Ich bin auf den Orkney-Inseln aufgewachsen. Der Lebensstil ist also ziemlich gleich, allerdings ist das Wetter hier besser. Und mir gefällt die Arbeit im Postamt, wo ich die Hälfte der Woche bin.«

»Haben Sie Damian auf den Orkneys kennengelernt?«

»Er wohnte im Bed & Breakfast meiner Eltern, als er auf den Bohrinseln gearbeitet hat. Heute ist er Mechaniker am Flughafen von Newquay. Er arbeitet immer eine Woche und hat dann eine Woche frei. Auf die Weise sehen wir uns regelmäßiger als früher in Schottland.«

»Eine gute Work-Life-Balance ist schon wichtig, nicht wahr?« Eddie lehnt sich auf seinem Stuhl zurück, ihm ist deutlich anzusehen, dass er sich nicht wohl in seiner Haut fühlt. »Tut mir leid, dass ich das fragen muss, Sharon. Stehen Sie und Jez sich nahe? Er ist, nachdem er aus dem Pub kam, nicht nach St. Mary's gefahren, sondern eher in diese Richtung hier.«

Ihre Miene wird ausdruckslos. »Wie meinen Sie das?«

»Sie wurden kürzlich dabei gesehen, wie Sie sich mit ihm unterhielten.«

»Und ein paar Gespräche bedeuten, dass wir was miteinander haben?« Ihr Ton klingt schon nicht mehr so freundlich. »Sie irren sich gewaltig. Offenbar kann ich mich hier nicht mal mit einem Fremden unterhalten, ohne dass die Leute voreilige Schlüsse ziehen.«

Normalerweise ist Eddie supergeschmeidig im Umgang mit Leuten, aber der Verlust seines Cousins scheint seine Fähigkeit zur Empathie in Mitleidenschaft gezogen zu haben. Ich muss dazwischengehen, bevor er alles noch schlimmer macht.

»Wir müssen bloß wissen, wo Sie am Freitagabend waren, Sharon«, sage ich. »Das ist alles.«

»Ich war für eine Stunde in den Pub gegangen, um mir die Beine zu vertreten. Jez war da, aber ich hab nicht mit ihm geredet. Mein Mann war auf Gugh, um jemanden zu besuchen.

»Wen denn?«

»Denzel Jory. Er spielt manchmal Schach mit dem Alten.«

»Dann muss er ganz schön unerschrocken sein«, sage ich lächelnd. »Wussten Sie, dass Denzel Jez' Großvater ist?«

»Nein, ich hatte keine Ahnung.« Sie holt Luft. »Was wollen Sie von mir? Sie können doch nicht einfach in mein Haus kommen und mich beschuldigen, eine Affäre zu haben.«

»Das hat auch niemand gesagt, Sharon. Wir bitten seine Freunde nur, uns alle Informationen zu geben, die sie haben, damit wir rausfinden können, was passiert ist. Wir haben auf seinem Boot eine Nachricht gefunden. Er hat sich definitiv mit jemandem von St. Agnes getroffen. Und es ist wichtig, dass wir in Erfahrung bringen können, wer das war.«

»Und ich stehe ganz oben auf Ihrer Liste?«, fragt sie giftig. »Liegt es vielleicht daran, dass ich schwanger bin oder neu auf der Insel?«

»Wir sind verpflichtet, Jez' Tod zu untersuchen. Das ist unser Job.«

Sharon schaut uns schockiert an. Offensichtlich wusste sie noch nichts von dem Fund der Hand. »Ich hab ihm weder jemals eine Nachricht geschickt noch ihn jemals angerührt, okay?«

»Wir werden alle Bewohner hier auf St. Agnes aufsuchen; Sie sind kein Einzelfall. Jez ist nicht einfach so ins Meer gefallen. Wir wissen, dass an der Sache was faul ist.«

Sie lacht auf. »Wer sollte ihm denn was zuleide tun? An so einem Ort?«

»Neid und Eifersucht gibt es überall auf der Welt, und das Leben auf einer kleinen Insel, wo jeder alles über einen weiß, kann hart sein. Wir glauben, dass er sich mit einer verheirateten Frau getroffen hat. Tut mir leid, wenn unsere Fragen Ihnen übergriffen vorkommen, aber wir brauchen bitte eine Schriftprobe von Ihnen.«

Sharon sagt nichts mehr, als ich ein leeres Blatt und einen Stift heraushole. Ich diktiere ihr einen unsinnig erscheinenden Satz und achte darauf, dass darin alle Wörter vorkommen, die in der Nachricht auf Jez' Boot standen. Als wir fertig sind, schiebt sie den Zettel sofort in meine Richtung. Ihre Miene ist feindselig.

»Die Inselbewohner haben Sie hergeschickt, stimmt's? Sie konnten mich von Anfang an nicht leiden.«

»Es geht hier nicht um Sie, Sharon.«

»Sie werden sich das Maul darüber zerreißen, dass Sie bei mir waren, und es überall rumerzählen.«

»Verzeihen Sie, aber Sie sind ein bisschen paranoid, finden Sie nicht? Wir untersuchen nicht Ihren Ruf hier auf der Insel, sondern einen Todesfall.«

»Sie beschuldigen mich, mit einem Mann geschlafen zu haben, den ich kaum kannte«, sagt sie und steht auf. »Gehen Sie, bevor mein Mann Sie hier antrifft.«

»Bitte rufen Sie uns an, wenn Ihnen noch was einfällt.«

Ich reiche ihr mein Kärtchen, aber da sie es ignoriert, lege ich es auf den Küchentisch. »Danke für Ihre Zeit.«

Die Haustür schnappt zu, kaum dass wir über die Schwelle getreten sind. Eddie wartet, bis wir wieder an der Straße sind, dann stößt er einen leisen Pfiff aus. Die junge Frau hat sich mit ihrem abwehrenden Verhalten keinen Gefallen getan. Ihre Unhöflichkeit könnte eine Art von Trauer sein, doch bevor wir irgendwelche Mutmaßungen anstellen, müssen wir mehr herausfinden. Da Sharon von den Orkneys stammt, weiß sie, wie das Leben auf einer kleinen Insel funktioniert; wenn die Leute sich erst mal eine Meinung gebildet haben, wird sich daran kaum noch etwas ändern lassen. Als ich noch einmal zum Haus zurückschaue, steht sie mit verschränkten Armen am Wohnzimmerfenster und wartet darauf, dass wir verschwinden.

23

Sam ist an diesem Morgen nicht in Bestform. Stuart Cardews tätlicher Angriff hat an seinem Oberkörper Blutergüsse in allen Regenbogenfarben hinterlassen, aber im Bett zu bleiben, das kommt nicht in Frage. Bevor er zur Arbeit geht, wirft er noch einen Blick in Jez' Zimmer und bemerkt, dass dessen Wertgegenstände verschwunden sind: die Kamera, der Laptop und das Tablet. Moyle muss alles an sich genommen haben, um es zu verticken. Er sollte Ben Kitto über den Diebstahl informieren, doch er weiß, dass er dann kein Dach mehr über dem Kopf hat, wenn er Moyle verpfeift.

Als er an dem Haus ankommt, das Callum gerade renoviert, verliert er keine Zeit, obwohl sein Vermieter noch gar nicht da ist. Im Gefängnis hat er gelernt, dass Arbeit ihren eigenen Lohn in sich trägt; sie wird ihm helfen, seine Sorgen zu vergessen. Der Vormittag ist erst halb vorbei, da hat er schon die Küchenschränke aufgehängt. Der Anblick erfüllt ihn mit Stolz. Bald kann er anfangen, neue Sockelleisten für den Flur zuzuschneiden. Er ist gerade dabei, Griffe an die Küchenschränke zu schrauben, als Moyle eintrifft. Aber irgendetwas stimmt nicht. Von seiner üblichen Großtuerei ist nichts zu spüren, stattdessen wühlt er mit zitternden Händen in der Werkzeugkiste.

»Wie kommt's, dass du so spät dran bist?«, fragt Sam.

»Musste mich noch um ein paar Lieferungen kümmern. Das Holz ist plötzlich doppelt so teuer.« Moyle zieht einen Hammer aus seiner Werkzeugtasche und wendet sich ihm zu. »Gott, du siehst ja schlimm aus. Was ist passiert?«

»Letzte Nacht hat mich jemand grundlos attackiert.« Sam richtet sich auf. »Warum hast du Jez' Sachen genommen? Die gehören seiner Familie.«

»Halt dich da raus, ich warne dich.«

Sam zählt insgeheim bis zehn. Doch seine bewährte Strategie, seine Wut zu bezähmen, funktioniert heute nicht. Sein Instinkt sagt ihm, dass er den Mund halten sollte, auch wenn Moyles Verhalten ihn anwidert. Wie kann jemand in den Sachen eines Toten herumwühlen wie ein Aasgeier? Ihm tun noch die Rippen von gestern Nacht weh, aber er kann Moyle dieses Benehmen nicht einfach durchgehen lassen. Er muss für Jez einstehen, egal, wie viel Ärger ihm das einbringt.

»Was hast du vor, Callum? Ich hab dich letzte Nacht mit deinem Schnellboot rausfahren sehen.«

Moyle durchquert den Raum mit wenigen Schritten und bleibt so dicht vor Sam stehen, dass ihre Gesichter sich fast berühren. »Spionierst du mir nach, du kleine Kröte?«

»Nein, ich konnte nicht schlafen.«

»Steck deine Nase nicht in meine Angelegenheiten.«

»Du hast Jez' Zimmer durchwühlt und seine Sachen an dich genommen. Was hast du sonst noch getan?«

»Halt's Maul, verdammt nochmal!«

Moyle lässt endlich von ihm ab, aber Sam hat bereits seine erweiterten Pupillen und den Tremor in seinen Händen gesehen. Jetzt begreift er. Das aufbrausende Temperament seines Vermieters kommt daher, dass er kokst oder Amphetamine nimmt. Er hat das schon zu oft erlebt. Die Sucht zeigt sich in seiner schnellen Art zu sprechen und in seiner Rastlosigkeit. Vielleicht ist Callum gestern Nacht mit seinem Boot rausgefahren, weil er neuen Stoff brauchte und es auf St. Mary's keinen gab.

Sam würde ihn gern zur Rede stellen, aber aus einem Zweikampf würde er mit den Verletzungen, die er schon hat, nur als Verlierer hervorgehen, also konzentriert er sich auf die Arbeit und schlägt noch einen Nagel ein. Der Gefängnisarzt hat ihm geraten, sich von Abhängigen fernzuhalten, wenn er selbst clean bleiben will. Er muss aber in Moyles Nähe bleiben, denn es gibt zu viele Fragen, auf die er eine Antwort braucht. Wie kommt es, dass er so wütend ist, seit Jez verschwunden ist? Sam muss die Wahrheit herausfinden, nicht nur um Jez' willen, sondern auch, um seinen eigenen Namen reinzuwaschen.

24

Mein Tag ist eine Aneinanderreihung von Frustrationen. Als ich bei Denzel Jory zu Hause anrufe, geht eine der Pflegerinnen von der Insel ans Telefon. Der alte Jory hat Magenbeschwerden und ist zu krank, um zu reden, daher werden wir unseren Besuch verschieben müssen. Als Nächstes kontaktiere ich die Hauptverwaltung der Royal National Lifeboat Institution. Dort teilt man mir mit, dass es schwierig sein wird, den Besitzer der Medaille zu ermitteln, die an Jez Cardews Hand befestigt war. Der Officer hält mir am Telefon einen regelrechten Vortrag, in dem er mir erklärt, dass die erste Auszeichnung dieser Art 1917 an die Rettungsboot-Crew der Ortschaft Cromer an der Nordküste der Grafschaft Norfolk für Tapferkeit auf See verliehen worden sei, nachdem sie in einer zermürbenden Vierzehn-Stunden-Schicht Dutzende Seeleute vor dem sicheren Tod bewahrt habe. Die einzige Möglichkeit, den Empfänger zu identifizieren, sei der auf der Rückseite der Medaille eingravierte Name, denn Dutzende dieser Plaketten befänden sich heute in der Hand von Sammlern.

Ich würde gern wissen, warum der Mörder sich die Mühe gemacht hat, den Namen mit einer Feile herauszukratzen. Dieser Auslöschungsakt bedeutet dem Mörder etwas, ebenso wie die Zitate aus dem Theaterstück *Der Sturm*, aber ich habe noch keine Idee, worauf das hinauslaufen könnte. Der Officer wirkt verstimmt, als ich eine Liste mit allen Bewohnern der Scilly-Inseln anfordere, denen seit Beginn der Aufzeichnungen eine solche Medaille verliehen wurde. Diese Liste könnte uns wertvolle Informationen liefern und uns zum Beispiel Aufschluss darüber geben, wen wir beschützen müssen. Doch der Mann klingt missmutig, als er schließlich einwilligt, mir die Liste am nächsten Tag zuzumailen.

Um herauszufinden, wen Jez Cardew nach dem Pub noch getroffen haben könnte, klopfe ich an mehrere Türen auf St. Agnes. Eine ältere Witwe hat seinen Kabinenkreuzer langsam nach Westen fahren sehen, als sie ihre Schlafzimmervorhänge zugezogen hat. Das Boot hinterließ so gut wie keine Spur im Wasser, also muss der Motor entweder im Leerlauf gewesen sein, oder das Boot trieb führerlos auf den Wellen. Ich frage mich, ob Damian Cosgrove den Angriff nach seinem Besuch bei Jory ausgeführt haben könnte, weil er dachte, seine Frau würde ihn betrügen. Eddie scheint das allerdings nicht zu überzeugen. Er ist sicher, dass Jez sich ihm anvertraut hätte, wenn er Sorgen wegen einer Affäre mit einer verheirateten Frau gehabt hätte. Wir haben versucht, Lewis Marling zu erreichen, um zu hören, ob er irgendetwas weiß, doch er geht noch immer nicht an sein Mobiltelefon. Ich kann erkennen, dass an Eddie ebenfalls der Frust nagt, denn in seiner Wange zuckt ein Muskel.

»Verlier nicht den Mut«, sage ich zu ihm. »Wir werden die Wahrheit auf St. Agnes herausfinden. Wir wissen, dass Jez sich in irgendwen hier draußen verliebt hatte. Wir müssen nur weitergraben.«

Eddie sieht die Nachrichten auf seinem Handy durch, als wäre die Wahrheit hinter einer Millionen SMS verborgen. »Was, wenn Jez irgendwas Dummes gemacht hat, um an Geld zu kommen?«

»Zum Beispiel?«

»Er träumte davon, sich irgendwann ein Haus zu kaufen, aber du weißt ja, wie das hier läuft. Die Leute verdienen gerade mal den Mindestlohn, und ob er den Job bei der RNLI bekommen hätte, stand noch nicht fest. Der Bootsführer hatte zwar Gelder für die Stelle beantragt, aber es ist nie leicht, einer Wohltätigkeitsorganisation Kohle aus den Rippen zu leiern.« Eddie schaut mich an. »Vielleicht hat er sich ein bisschen was mit Schmuggeln dazuverdient.«

»Du glaubst, so tief wäre er gesunken?«

»Sam Austell hat jahrelang als Drogenkurier gearbeitet; er könnte seine alte Gewohnheit wieder aufgenommen haben. Die Leute geben ihm die Schuld an Jez' Tod, vor allem Stuart.«

»Wir haben keinen Beweis dafür, Eddie. Mehr als sechzig Prozent der männlichen Täter werden nie wieder straffällig. Einige führen ein ganz normales Leben. Man braucht Sam nur anzuschauen, um zu sehen, dass er clean ist. Ganz anders als Callum. Er ist immer noch eine Person von besonderem Interesse für uns.«

»Wir müssen wohl einsehen, dass wir darüber unterschiedlicher Meinung sind.«

»Father Mike ist davon überzeugt, dass Sam bislang sauber geblieben ist.«

»Priester sehen doch in allen Menschen das Gute, oder?«, erwidert er gereizt. »Das ist Teil des Jobs.«

»Wenn du nicht objektiv sein kannst, dann musst du von deiner Aufgabe zurücktreten, Eddie.«

»Auf keinen Fall.« Seine Augen funkeln vor Wut. »Ich werde mich professionell verhalten, keine Sorge.«

Eddie ist ungehalten, weil wir nicht weiterkommen. Ich weiß, dass er schnelle Antworten haben will, aber die bekommen wir nicht, indem wir uns auf leichte Beute einschießen. Mein Handy in der Tasche gibt Pieptöne von sich, ich habe zwei Nachrichten erhalten. Die Erste ist eine verworrene Sprachnachricht von Liz Gannick, in der sie mir mitteilt, dass sie nach Verzögerungen am Flughafen jetzt auf dem Weg sei. Die nächste Nachricht ist von Nina. Sie erinnert mich daran, dass ich in einer halben Stunde in der Kirche auf Bryher sein muss, wo wir mit Maggie über die Hochzeitsarrangements reden wollen. Ich werde zum ersten Mal seit Tagen meine persönlichen Interessen über die Polizeiarbeit stellen müssen. Eddie schaut mich erschrocken an, als ich ihm erkläre, dass er Liz Gannick bei ihrer Ankunft allein in Empfang nehmen muss. Die Leiterin der Kriminaltechnik ist bekanntermaßen schwer zufriedenzustellen. Es wird ihre Aufgabe sein, die Schriftprobe von Sharon Cosgrove einzuscannen und sie einem Polizeigraphologen zukommen zu lassen, der sie mit der Nachricht aus Jez' Boot vergleicht. Es muss einen Grund dafür geben, dass Sharon sich so abweisend verhält, aber ohne einen Beweis können wir sie nicht noch einmal befragen.

Ich eile in Gedanken an Nina zum Hafen hinunter und überrede einen Fischer, mich gegen ein bisschen Geld nach Bryher zu bringen. Da ich die örtlichen Fischer seit meiner Kindheit kenne, willigt der alte Mann sofort ein, als ich ihm erzähle, dass ich dringende Hochzeitsvorbereitungen treffen muss. Er steuert sein Kleinboot in eine Wand aus Sonnenlicht. Das Wasser glitzert wie geschmolzenes Gold, und die fünfundzwanzigminütige Überfahrt gibt mir Zeit, nachzudenken. Seit Jez' Verschwinden hat Nina alles für unsere Hochzeit allein geregelt. Maggie und Ray unterstützen sie zwar, aber ich war nachlässig. Ich blicke nach Samson hinüber, als wir an der verlassenen Ortschaft auf der Insel vorbeifahren, und die Häuserruinen, deren Fenster schon vor Jahrzehnten zu Bruch gegangen sind, schauen mich mit leeren Augen vorwurfsvoll an.

Als der Fischer auf Bryher festmacht, bedanke ich mich bei ihm. Er will den Zehnpfundschein für seinen Diesel partout nicht annehmen, obwohl ich darauf bestehe. Ich habe aber keine Zeit für lange Diskussionen. Ich trabe vom Kai den Hügel hoch und treffe unterwegs Shadow, der schon auf mich wartet. Mein Hund begrüßt mich gewohnt ungestüm, er stemmt mir seine Vorderpfoten auf die Brust und überschüttet mich mit Hundeliebe. Als ich zehn Minuten verspätet die Kirche betrete, erwartet mich ein frostiger Empfang. Noah schreit aus vollem Hals, und während er die Fäuste durch die Luft schwingt, blickt Nina mich finster an.

»Was hat er denn?«, frage ich.

»Eine Kolik, weil du permanent durch Abwesenheit glänzt«, erwidert sie kühl. »Er hat heute den ganzen Morgen durchgebrüllt.«

»Gib ihn mir mal.«

»Mit Kusshand.«

Sie legt ihn mir erleichtert in die Arme. Unser Sohn brüllt aus Leibeskräften, sein Gesicht ist nass von Tränen.

»Schreihälse mag doch keiner«, erkläre ich ihm und

summe ihm dann so lange »Someone to Watch Over Me« ins Ohr, bis aus dem Geschrei leises Gemurmel wird.

»So was ist doch echt zum Kotzen«, sagt Nina. »Er ist stundenlang untröstlich, und dann kommst du viel zu spät hier an und nimmst ihn, und sofort ist er zahm wie ein Lämmchen.

»Tut mir leid, ich …«

»Hör zu, Ben. Du hast versprochen zu helfen und bist dann einfach von der Bildfläche verschwunden. Deine Arbeit geht immer vor.«

»Das ist nicht wahr.«

»Ach, erzähl mir doch nichts. Ich bin's echt leid.«

Wir schauen uns noch immer wütend an, als meine Patentante hereingestürmt kommt. Maggie Nancarrow führt schon ihr ganzes Arbeitsleben lang den einzigen Pub auf Bryher. Sie ist zierlich und unerschütterlich, und obwohl sie in ihren Sechzigern ist, zeigt sie keinerlei Bereitschaft, kürzerzutreten. Sie begreift mit Sicherheit sofort, was los ist, denn sie stellt einen Picknickkorb auf dem Kirchenboden ab und nimmt mir Noah aus den Armen. Dann setzt sie ihn sich auf die Hüfte, wippt fröhlich auf und ab und entlockt ihm ein Lächeln. Jetzt, wo er in den Händen einer Expertin ist, entspannt er sich sichtlich. Sie strahlt ihn freudig an, obwohl er sich an einigen Locken aus ihrer grauen Mähne vergreift.

»Ich hab euch ein Probeessen mitgebracht«, sagt Maggie. »Geht raus und probiert von allem ein bisschen, ja? Wenn ihr es gut findet, nehmen wir das für das Picknick. Aber jetzt ist auch noch Zeit für kleinere Änderungen.«

»Du bist unglaublich, Maggie«, sagt Nina. »Ich stand gerade kurz davor, Ben umzubringen.«

»Vor dem Hochzeitsstress ist niemand gefeit, Süße. Jetzt

sucht euch draußen ein sonniges Fleckchen. Ich zeige Noah erst mal diese ehrwürdigen Hallen, und dann unterhalten wir uns über den Blumenschmuck.«

Als wir rausgehen, zeigt sie ihm gerade die Buntglasfenster, und unser Sohn greift nach dem eingefärbten Sonnenlicht, als könnte er es festhalten.

Nina schweigt. Wir lassen uns mit Shadow in der Nähe auf einer Bank vor der Kirche nieder. Der Hund tut so, als wäre er hier der Schiedsrichter, aber vielleicht hofft er auch nur, dass ein bisschen was zu fressen für ihn abfällt, wenn er sich gut benimmt. Auf dem alten Friedhof ist es still genug, um jeden aufgewühlten Geist zu beruhigen. Über den Gräbern erhebt sich blauer Agapanthus, Bienen summen, und die dicken Kirchenmauern spenden Schatten. Wir betrachten das Menü, das Maggie sich ausgedacht und auf eine Karte gedruckt hat: gegrillter Lachs, kornische Minipasteten, Kartoffelsalat und Couscous mit Tomaten und Kräutern von der Insel, gefolgt von Erdbeerkuchen aus Früchten frisch von den Feldern auf St. Martin's. Shadows begeisterte Reaktion auf die Pastete, die ich ihm hinwerfe, zeigt eindeutig, dass er mit dem Essen einverstanden ist. Schließlich bricht Nina ihr Schweigen.

»Noah war wegen mir so von der Rolle. Er spürt es jedes Mal, wenn ich gestresst bin.«

»Wegen der Hochzeit?«

»Ja klar. Bist du dir sicher, dass wir das Richtige tun, Ben?«

»Du weißt, dass wir das Richtige tun.«

Nina holt tief Luft. »Du machst das toll mit Noah. Du bist immer derjenige, der mitten in der Nacht aufsteht, aber hast du nie Zweifel?«

»Doch natürlich, andauernd sogar, aber nie wegen dir oder Noah.«

»Wie kommt's, dass du dir so sicher bist?«

»Du bist genau das, was ich brauche. Das wusste ich vom ersten Tag an, und er ist das Sahnehäubchen oben drauf. Jetzt, wo ich euch beide habe, ist für mich nichts anderes mehr wichtig. Ich bin der glücklichste Mann auf Erden.«

Nina starrt mich mit offenem Mund an. »Allmächtiger, Ben. Wo kam das denn her?«

»Wenn es anders wäre, würde ich dich nicht heiraten.«

»Tagelang bringst du deine Gefühle gar nicht zum Ausdruck, und dann bekomme ich ein ganzes Manifest geliefert. Ich weiß, dass du dir Mühe gibst, aber das Leben wäre sehr viel einfacher, wenn du deine Gefühle häufiger zeigen würdest.«

»Mist, ich dachte, ich hätte den Dreh inzwischen raus.«

Endlich lächelt sie. »Fast. Und ich bin jedes Mal von den Socken, wenn du es hinkriegst. Es ist einfach eine Geisteshaltung.«

»Ja, aber das gilt in beide Richtungen, Nina. Ich könnte hin und wieder auch ein bisschen Bestätigung gebrauchen.«

»Und die gebe ich dir nicht?«

»Nicht allzu häufig.«

»Das tut mir leid, ich gelobe Besserung.« Sie lässt den Kopf an meine Schulter sinken, ihr dunkles Haar glänzt im Sonnenlicht.

»Außerdem ist es zu spät für solche Fragen. Wir sind bereits eine Familie, die Hochzeit ist nur noch eine Formalität.«

»Dich teilen zu müssen, das ist der schwierigste Part. Du bist seit Jahren mit deiner Arbeit verheiratet, und jetzt ist auch noch die Seenotrettung dazugekommen. Dein Pflichtgefühl sprengt wirklich alle Dimensionen. Ich weiß, dass sich daran nichts ändern wird, aber ich brauche mehr von deiner Zeit, und Noah auch. Ich mache mir Sorgen, dass er ohne seinen Vater groß werden muss.«

»Das wird niemals passieren.« Ich lege den Arm um sie und drücke sie an mich. Ich habe immer noch Albträume, weil sie im vergangenen Jahr bei einem meiner Fälle ins Kreuzfeuer geraten ist. Die Narbe an ihrer Schläfe ist inzwischen kaum noch sichtbar, aber um ein Haar hätte sie auf dem rechten Auge ihre Sehkraft verloren. Danach habe ich monatelang überlegt, ob ich den Dienst quittieren soll, damit ihr nichts zustößt.

»Versprich, dass du den Rest des Tages mit uns verbringen wirst, Ben.«

»Nichts kann mich davon abhalten. Jetzt lass uns mal die anderen Gerichte probieren.«

Es ist ein Luxus, dass wir uns Zeit füreinander nehmen können. Nina entspannt sich sichtlich, wir finden unser Gleichgewicht wieder und genießen Maggies köstliche Speisen. Fünfzehn Minuten später kehren wir in die Kirche zurück, wo meine Patentante mit dem schlafenden Noah auf dem Schoß in einer der vorderen Bänke sitzt. Meine Gedanken gehen auf Wanderschaft, während Nina mit ihr bespricht, wie das Innere der Kirche dekoriert werden soll und Maggie eine Skizze erstellt. Anstelle von Treibhausrosen werden wir Wildblumen von den Inseln verwenden. Mein Bruder und ich haben sie früher gepflückt, um unsere Mutter zu besänftigen, wenn wir was ausgefressen hatten.

Wiesenlilien sind viel schöner als Floristen-Sträuße unter Zellophan. Ich mag die Vorstellung, dass auch mein Vater und vor ihm sein Vater in dieser Kirche geheiratet haben, lange bevor Hochzeiten zu einem neuen Industriezweig wurden.

Wir folgen dem Küstenpfad zum Pub meiner Patentante, dem *The Rock*, das seit zweihundert Jahren an der Ostküste von Bryher steht. Von dort aus sieht man die Umrisse von Tresco jenseits der schmalen Meerenge – ein idealer Ort für eine Feier. Maggies Partner Billy Reese ist in der Küche und hört wie üblich laut alte Rockmusik, sein Bart ist inzwischen eher weiß als grau. Ich sage nicht viel, während die drei über das Essen, die Reden und das Freudenfeuer auf unserer Strandparty sprechen. Die Insulaner haben schon stundenlang Treibholz gesammelt und am Strand aufgeschichtet, alles ist bereit, doch meine Gedanken schweifen immer wieder zu Jez Cardew ab. Er wird nie die Chance haben, zu heiraten und Kinder zu bekommen. Die Schuldgefühle des Überlebenden nagen an mir.

»Seid ihr schon weitergekommen, was die Sache mit Jez angeht?«, fragt Maggie.

»Nein, nicht so weit, wie ich es gern hätte.«

»Liam Quick tut mir leid«, erwidert sie. »Er hat sich sehr verändert. Früher war er entspannt, und jede Rettungsmission war ein Abenteuer für ihn. Aber jetzt wirkt der arme Kerl so, als wäre das alles nur noch eine große Last.«

»Und warum hältst du ihn für eine gequälte Seele?«

»Liam war Danielle ein toller Vater, nachdem seine Frau eines Tages aus heiterem Himmel mit ihrem Liebhaber aufs Festland durchgebrannt ist. Liam ist damals über Nacht um zehn Jahre gealtert. Sein Job war ihm schon immer wichtig, doch seitdem ist das Rettungsboot seine Obsession. Ist dir das noch nicht aufgefallen? Du bist aus dem gleichen Holz geschnitzt, Ben. Du solltest auf dich aufpassen.«

»Das sagt Nina mir auch jeden zweiten Tag.«

»Euer Kleiner ist schon wieder unruhig«, sagt Maggie lächelnd. »Ihr solltet mit ihm schwimmen gehen, damit er heute Nacht gut schlafen kann.«

»Guter Plan«, erwidert Nina. »Hast du Lust, Ben? Oder widerspricht das deinen Workaholic-Prinzipien?«

»Ich hole uns schnell ein paar Handtücher.«

Es ist früher Abend, als wir zur Hell Bay kommen. Die abgeschiedene Lage von Bryher gefällt mir jetzt weitaus besser als in meiner Kindheit. Die Inselbevölkerung kann nur bis zu einer bestimmten Grenze anwachsen und erreicht in der Feriensaison, wenn die Hotels voll sind, an die zweihundert Bewohner, aber auch dann bleibt immer noch genug Luft zum Atmen. Nina und ich stehen im Wasser und halten die Hände unter Noahs Bauch verschränkt, während er wild mit Armen und Beinen auf das Wasser eindrischt und vergnügt lacht. Nina lässt ihn bei mir zurück und schwimmt ins tiefere Wasser hinaus.

Als die Sterne am Himmel erscheinen, treibe ich auf dem Rücken und mein Sohn liegt ausgestreckt auf meiner Brust. Ich habe es schon immer geliebt, dass die Abenddämmerung auf den Scillys unangemeldet hereinbricht. Die spärliche Straßenbeleuchtung macht den Übergang etwas weicher. Die Aussicht über uns lässt einen demütig werden, die Milchstraße zieht sich wie ein schmaler Kreidestrich über den Himmel. Ich schwimme auf das Ufer zu, und mein

Sohn genießt den Ritt auf mir. Ich könnte den Sternen noch stundenlang beim Funkeln zusehen, doch Jez Cardews Tod lässt mir keine Ruhe.

Mich überläuft ein Schauder, als wir an Land gehen.

25

Ich lege Noah in das Kinderbettchen, sein Nachtlicht leuchtet sanft in der Ecke. Nina spielt im Wohnzimmer ein Schlaflied auf der Violine, was wie immer seine wundersame Wirkung tut, und er protestiert nur kurz. Nina setzt ihr Spiel fort, als ich die Tür zum Kinderzimmer schließe, und wiegt sich im Rhythmus der Musik hin und her. Da ich es als Autodidakt am Klavier niemals mit ihrem Talent aufnehmen könnte, strecke ich mich auf dem Sofa aus und lausche ihr. Seit wir zusammen sind, hat sie mir viel über klassische Musik beigebracht, und ich bin mir fast sicher, dass das langsame, beschwingte Lied von heute Abend von Schubert ist.

Normalerweise ist Nina nach dem Üben entspannt, heute wirkt sie jedoch traurig, als sie ihre Violine schließlich wegräumt.

»Machst du dir immer noch Sorgen wegen der Hochzeit?«, frage ich.

»Nein, ich denke nur gerade an die Vergangenheit.« Sie lässt sich neben mir nieder und legt mir ihre Füße auf den Schoß. »Bei meiner ersten Hochzeit war ich einundzwanzig und hatte ein Kleid aus dem Secondhand-Laden. Es war ein glühend heißer Junitag, und alles wirkte perfekt. Aber dann ist Simon krank geworden, und von einem Tag auf den anderen war alles anders. Manchmal habe ich Schuldgefühle, weil das Leben so schnell weitergeht. Jetzt sitze ich hier, habe ein Baby und plane meine nächste Hochzeit.«

»Was glaubst du denn, was Simon dazu sagen würde?«

»Nichts wie ran, wahrscheinlich.« Ihr Lächeln kehrt zurück. »Ich hätte ein paar Bitten an dich.«

»Wie viele genau?«

»Zwei große.« Ihr Blick wandert über mein Gesicht. »Melde dich bitte wieder bei der Seenotrettung ab. Ich will dich auf keinen Fall verlieren.«

»Das kann ich nicht. Jemand muss dem Meer trotzen, und zwar das ganze Jahr hindurch.«

»Wie kommt's, dass du immer vorn dabei bist, wenn irgendwo Gefahr lauert? Es ist tragisch, dass dein Vater ertrunken ist, aber das war nicht deine Schuld.«

In mir flackert Wut auf, weil mir ihre Worte zu sehr nach Madron klingen, doch ich unterdrücke sie. »Die Seenotrettung ist mir wichtig. Ich höre, was du sagst, und ich werde darüber nachdenken, aber es kann gut sein, dass dir meine Antwort nicht gefallen wird.« Ich lehne mich auf meinem Platz zurück. »Kannst du mir bei einer Sache in meinem Fall weiterhelfen? Es gibt da ein paar emotionale Zusammenhänge, die ich nicht verstehe.«

»Und was ist mit meiner zweiten Bitte?«

»Wenn du mir hilfst, sage ich zu allem ja, was du willst.«

»Das ist ein leichtsinniges Versprechen. Denk dran, ich bin Therapeutin, keine forensische Psychologin.«

»Verglichen mit mir, weißt du sehr viel. Also, warum sollte der Mörder Jez Cardew Anstecker von der Seenotrettung und ein Zitat aus dem Theaterstück *Der Sturm* schicken, bevor er ihn ertränkt hat?«

Sie sieht überrascht aus. »Weißt du, worum es in dem Stück geht?«

»Ich hab es in der Schule nie gelesen. Es fängt mit einem Sturm auf dem Meer an, oder?«

»Der Rest spielt auf Prosperos Insel. Er ist ein Adliger im Exil, der unbedingt seine Macht wiedererlangen will. Alle möglichen Arten von Magie spielen darin eine Rolle. Es ist wie ein Märchen, mit Seeungeheuern und Zaubersprüchen.«

»Dann ist die Insel eine Fantasiewelt, anders als unsere.«

»Vielleicht sieht der Mörder eine Parallele. In dem Stück gibt einen endlosen Kampf gegen das Meer, und dann rangeln die Überlebenden des Schiffsbruchs um die Macht.« Sie schaut mich an. »Diese Anstecker von der RNLI haben auch eine direkte Verbindung zum Meer.«

»Und an Jez' Leiche wurde eine Tapferkeitsmedaille befestigt, der Name auf der Rückseite war entfernt worden. Was glaubst du, was das zu bedeuten hat?«

Nina denkt darüber nach. »Eine unleserlich gemachte Medaille klingt nach einem symbolischen Spott. Es besagt: ›Jetzt bist du nicht mehr so ein toller Held, was? Du kannst dich nicht mal selbst verteidigen.‹ Es gibt viele Gründe, aus denen jemand es einem anderen übelnehmen könnte, dass er als Held gilt. Eifersucht ist nur einer davon.«

»Ich weiß, dass fünfundneunzig Prozent der Gewaltverbrechen im Vereinigten Königreich von Männern verübt werden, aber das hier könnte eine Ausnahme sein, oder?«

»Frauen neigen nur dann zu Gewalt, wenn eine psychische Erkrankung im Spiel ist, oder nach jahrelangem Missbrauch. Aber möglich ist alles.«

»Es könnte also jemand sein, der es nicht leiden kann,

wenn ein anderer als Held gehandelt wird. Das könnte erklären, warum ein Großteil der Rettungsboot-Crew solche Anstecker bekommen hat und Botschaften, in denen uns mitgeteilt wird, dass wir makelbehaftet sind.«

»Bitte sag mir nicht, das du in Gefahr bist. Noch mehr Sorge und Stress, außer der Hochzeit, ertrage ich einfach nicht.« Sie sieht plötzlich müde aus.

»Du hattest zwei Bitten, Nina. Was ist die andere?«

»Denk dran, dass du versprochen hast, ja zu sagen.« Sie beugt sich vor und berührt meine Hand. »Ich hätte gern bald ein zweites Kind.«

»Warum sollten wir das Risiko eingehen?«

»Ich hab drei Jahre lang Medizin studiert, schon vergessen? Ich werde im letzten Drittel der Schwangerschaft ein engmaschiges Monitoring brauchen, aber das ist es auch schon.«

»Du bist beim ersten Mal beinahe gestorben. Du hast mir einen riesigen Schrecken eingejagt.«

Ihr Ton wird weicher. »Das kann ich verstehen, aber ich hab es gehasst, als Einzelkind aufzuwachsen. Noah hat ein Geschwisterkind verdient, das ungefähr im selben Alter ist wie er.«

»Er kann mit allen anderen Kindern von den Inseln spielen.«

»Es ist ein Wagnis, das sich lohnt.«

»Du musst verrückt sein.«

»Die Entscheidung müssen wir gemeinsam treffen, aber es ist mein Körper. Noah hat eine größere Familie verdient.«

»Blutsverwandtschaft bedeutet nichts. Mein Bruder lebt dreitausend Meilen von hier entfernt und besucht mich nur bei Beerdigungen und Hochzeiten. Zoe ist mehr eine Schwester für mich als eine Freundin.«

»Das war pures Glück.«

»Noah genießt unsere ungeteilte Aufmerksamkeit. Davon können die meisten Kinder nur träumen, oder?«

»Lass uns nach der Hochzeit noch mal darüber reden. Es ist wichtig, wichtiger als alles andere, was wir für ihn tun.«

»Wir sollten das Thema erst mal außen vor lassen, bis wir uns vielleicht eher einig sind.«

»Ich werd dich dran erinnern, keine Sorge.«

»Wie sollte ich es auch vergessen, wenn du dauernd darauf zurückkommst?«

»Jetzt vergiss es erst mal.« Sie steht auf und zieht an meinen Händen. »Komm ins Bett. Noah schläft, und wir müssen früh raus.«

Mondlicht fällt durch die Vorhänge in unser Schlafzimmer und wirft einen hellen Schimmer auf Ninas Haut, der zu meinem Bild von ihr passt. Sie ist wie Quecksilber, das mir durch die Finger flutscht. Nicht nur ihr Aussehen hat mich zu ihr hingezogen, sondern auch ihre Unabhängigkeit und die Herausforderungen, vor die sie mich stellt. In ihrem Blick stehen Fragen, als sie zu mir kommt, wir haben gerade unterschiedliche Bedürfnisse, sind aber dennoch bereit, uns auf halbem Weg zu treffen. Sie berührt zärtlich mein Gesicht und küsst mich, und mein Verlangen nach ihr löscht bald jeden anderen Gedanken aus meinem Hirn. Sie sieht schön aus, als sie auf mich steigt und ihren Kopf in den Nacken legt, und endlich lässt die innere Anspannung in mir nach. Über ihr Gesicht huscht ein triumphierender Ausdruck, als ich komme, so als hätte sie ein für alle Mal bewiesen, dass sie recht hat.

Nina schläft, den Kopf an meiner Schulter, rasch ein, aber in meinem Kopf arbeitet es noch. Eine ganze Stunde vergeht, bis der Schlaf nach mir greift, doch ich kämpfe mich zurück, als mitten in der Nacht mein Handy klingelt. Ich stolpere in den Flur, um das Gespräch anzunehmen. Die männliche Stimme klingt zuerst fremd; in der Ferne hört man das Flüstern der Wellen.

»Ich bin's, Ben, Liam Quick. Kannst du schnell zur Hangman Island kommen? Ich brauche Hilfe.« Es knistert in der Leitung, dann bricht das Gespräch ab, was auf den Scillys häufiger passiert, und auch gern mal zum schlimmstmöglichen Zeitpunkt.

»Schon unterwegs, Adlerauge«, erwidere ich, höre aber nur noch Rauschen.

Shadow kann es kaum erwarten, rauszukommen, als ich mich angezogen habe. Er stürmt zu schnell voraus, als dass ich mithalten könnte, während ich, den Strahl der Taschenlampe auf den Weg gerichtet, über die Insel renne. Es ist halb vier, die Dämmerung wird erst in zwei Stunden anbrechen. Rays Wohnung liegt im Dunkeln, als ich mein Boot erreiche. Ich versuche, Shadow auf dem Anleger zurückzulassen, doch er springt an Bord, noch bevor ich losfahre und der Außenbordmotor das Salzwasser aufschäumt.

Wir haben es nicht weit. Hangman Island liegt in der Mitte der New-Grimsby-Meerenge, des schmalen Kanals, der Bryher und Tresco voneinander trennt. Im Hochsommer, wenn man bei Nipptide hinüberlaufen kann, bietet diese Insel ein malerisches Bild, aber heute Nacht wirkt sie wie eine Geisterinsel. In ihrer Mitte ragen schwarze Felsen in die Höhe, und oben auf dem Gipfel ist ein Mast aufgestellt. Oliver Cromwell hat hier während des Englischen

Bürgerkriegs hunderte Verräter hinrichten lassen und jeden einzelnen Tod von seiner Burg an der Westküste Trescos aus beklatscht. Als ich noch ein kleiner Junge war, stellte es für uns Kinder eine beliebte Mutprobe dar, um Mitternacht da hinüberzuschwimmen. Wir waren uns damals ganz sicher, dass es auf der Insel spukt, und vielleicht hatten wir recht. Die Luft fühlt sich ein paar Grad kälter an, als ich dort eintreffe.

Ich sehe Quick in der Ferne, er hat sein leistungsstarkes Motorboot im seichten Wasser festgemacht und trägt sein gelbes Ölzeug von der RNLI. Ich werfe Anker und wate über die im Wasser liegenden Felsen. Als ich zurückblicke, steht Shadow, entschlossen, nichts zu verpassen, am Bug. Liam Quicks bekümmerte Miene sagt mir, dass er Jez Cardew gefunden hat.

»Wo ist er?«

»Wir müssen auf die andere Seite klettern«, erklärt der Bootsführer. »Ich bin zwischen Samson und hier hin und her gefahren und hab nach ihm gesucht.«

»Warum denn, um Himmels willen?«

»Ray meinte, die Leiche könnte hier entlanggetrieben worden sein, auf einer westlichen Strömung. Er kennt sich mit den Tiden besser aus als jeder andere.« Quick blickt auf seine durchgeweichten Sportschuhe. »Mach dich auf was gefasst, Ben. Das ist kein schöner Anblick.«

Ich rutsche immer wieder auf dem feuchten Seetang aus, während ich ihm folge. Vor uns sieht man einen hellen Umriss auf den Granitfelsen. Die See hat Jez Cardew seiner Kleider beraubt. Er liegt mit dem Gesicht nach unten auf einer Klippe, sein Körper sieht so zerschunden aus, dass ich am liebsten den Blick abwenden würde, sein Arm endet in einem zerfetzten Stummel. Die Beine sind dermaßen deformiert, dass alle Knochen gebrochen sein müssen. Meine erste Reaktion ist Wut auf denjenigen, der einem jungen Mann, den alle bewunderten, so viel Leid zugefügt hat. Die Leiche muss zugedeckt werden, bevor die Sonne aufgeht, sonst werden die Insulaner ein Trauma davontragen.

Quick bleibt in der Nähe stehen, als ich zuerst DCI Madron und dann Gareth Keillor und Liz Gannick verständige. Erst als ich mein Handy wieder wegstecke, fällt mir auf, dass das kantige Gesicht des Bootsführers ganz bleich ist; er steht unter Schock.

»Wurden dir und Danielle vor kurzem Anstecker von der RNLI zugeschickt, Liam?«

»Wir haben beide gestern ein Päckchen bekommen, mit einer seltsamen Nachricht. Ich hab meins weggeworfen. Warum?«

»Bitte versuche, beide wiederzufinden, und bring sie noch heute aufs Revier. Jemand hat die Crew im Visier. Wir müssen alle auf uns aufpassen, bis wir wissen, wer das hier getan hat.«

»Wieso sollte uns jemand was tun wollen?«

»Derjenige muss irgendeine Art von Groll hegen. Aber sei unbesorgt, wir finden es heraus.«

»Der Mörder ist aber auch in Gefahr.« Quicks Zorn ist unmissverständlich, als er auf den Mast über uns zeigt. »Irgendein Mistkerl hat Jez grundlos umgebracht. Er verdient es, aufgehängt zu werden. Wenn du willst, werde ich das eigenhändig tun.«

»Es ist unsere Aufgabe, diesen Fall zu lösen, Liam. Bring dich nicht in Gefahr.«

Er verzieht das Gesicht. »Jez war nicht nur irgendein

Freiwilliger, er war für mich wie ein Sohn. Ich dachte, er würde eines Tages übernehmen, wenn ich in Rente gehe.«

»Tut mir leid. Das alles muss furchtbar für dich sein.«

Quick presst die Zähne aufeinander. Ich sehe ihm an, dass er am liebsten in Tränen ausbrechen würde, aber er ist nicht bereit, das öffentlich zu tun. Er bebt vor Wut, als ich ihm die Hand auf die Schulter lege, und ich weiß, wie er sich fühlt. Ich war nie ein Fan der Todesstrafe, aber nach der Entdeckung von heute Nacht werde ich meine Einstellung vielleicht noch mal überdenken.

Teil 2

»Wer Schiffbruch erlitten hat,
fürchtet sich auch vor ruhigen Gewässern.«

Ovid, *Briefe vom Schwarzen Meer*

26

Dienstag, 29. August

Der Himmel hellt sich von Osten her langsam auf. Ich habe eine Plane über Jez' Leiche gebreitet, um sie, wenn der Tag anbricht, vor Blicken zu schützen. Es ist eine Erleichterung, diese klaffenden Wunden nicht mehr sehen zu müssen. Jez' Gesicht ist fast bis zur Unkenntlichkeit entstellt, die Haut blau und wächsern und so aufgequollen, dass die Augen nur noch dünne schwarze Striche sind. Obwohl bald Unterstützung eintreffen wird, leistet der Bootsführer mir weiter Gesellschaft. Liam Quick ist der toughste Typ, den ich kenne, aber jetzt, wo seine Wut verraucht ist, sieht er gebrochen aus. Wir hocken auf einem Granitfelsen, aber er hält den Blick auf den Horizont gerichtet.

»Es ist gut, dass du ihn gefunden hast. Er wäre sonst mit der nächsten Flut nach Westen getrieben worden.«

»Stu und Delia wird das aber nicht trösten, oder?«

»Nein, aber so können sie wenigstens irgendwann mit der Sache abschließen. Meine Mutter hatte nichts, was sie zu Grabe tragen konnte, und sie ist nie darüber hinweggekommen, dass mein Dad ertrunken ist.«

»Das ging allen Familien damals so. Um ehrlich zu sein, war meine Psyche damals auch ziemlich angeknackst.«

»Wie meinst du das?«

»Diese Jungs waren Freunde von mir, im gleichen Alter wie ich. Ich hab das jahrelang nicht verwunden.«

»Dann warst du auf dem Rettungsboot, als Dads Trawler unterging?«

Meine Frage lässt ihn zusammenzucken. »Es war meine erste Rettungsmission. Wir sind bei den schlechtesten Wetterbedingungen, die ich je erlebt habe, auf die keltische See rausgefahren, aber wir kamen zu spät.«

»Heutzutage würde die RNLI dir eine Therapie bezahlen, damit du keine posttraumatische Belastungsstörung davonträgst.«

»Ach, wozu? Diese Männer kann nichts zurückbringen.«

»Du hast dein Bestes gegeben, Liam. Das tun wir alle, bei jeder Mission.«

»Ich bin froh, dass du jetzt dabei bist.« Er ringt sich ein Lächeln ab. »Es fordert Mut von dir und von Paul Keast, nachdem ihr beiden eure Väter auf See verloren habt.« Quicks Blick liegt auf meinem Gesicht, er beobachtet meine Reaktion.

»Ich fände es schrecklich, wenn mein Kind dasselbe durchmachen müsste. Nina möchte, dass ich mich wieder abmelde.«

Quick sieht geschockt aus. »Und? Überlegst du, das zu tun?«

»Ich sag nicht, dass ich aufhören will, aber ich werd drüber nachdenken müssen. Nina ist nicht hundertprozentig gesund und kann keinen Stress gebrauchen.«

»Dein Input würde uns allen fehlen, Ben, aber ich verstehe das natürlich. Du musst das tun, was das Richtige für deine Familie ist.« Seine Stimme klingt tonlos, als er weiterspricht. »In Stunden wie diesen denke ich an die, die wir verloren haben.«

»Ich auch, aber wir sollten uns auf die Gegenwart konzentrieren. Fällt dir irgendjemand ein, der es auf unsere Rettungscrew abgesehen haben könnte?«

»Das ergibt keinen Sinn. Dutzende Freiwillige opfern jedes Jahr ihre Freizeit, um das Festival auf die Beine zu stellen und die RNLI zu unterstützen.«

»Irgendwer hegt einen Groll gegen die Crew. Du wirst auch auf dich aufpassen müssen, Adlerauge. Sorge dafür, dass dir nichts passiert, und Danielle auch nicht. Wenn der Mörder die Crew im Visier hat, seid ihr beiden naheliegende Ziele.«

»Ich werde sie nicht aus den Augen lassen.«

»Die Rettung trug keine Schuld daran, dass der Trawler von Dad gesunken ist. Da konnte niemand was dafür. Der Ozean hat ihnen ihr Leben geraubt.«

»Manchen Leuten fällt es schwer, das zu akzeptieren, wenn sie einen Verwandten verloren haben.«

»Wie meinst du das?«

»Janet Fearnleys Mann hatte im letzten Jahr einen Herzinfarkt, als er allein mit seinem Boot draußen war, eine Meile vor der Küste. Trevor hat es noch geschafft, uns anzurufen, doch er starb, bevor wir bei ihm ankamen. Ich habe alles in meiner Macht Stehende getan, aber der Motor unseres Bootes sprang nicht an. Das hat uns eine Viertelstunde gekostet. Wir haben auf dem gesamten Rückweg Wiederbelebungsmaßnahmen an ihm durchgeführt. Janet war außer sich. Sie meinte, wir hätten das Schnellboot nehmen sollen, um rechtzeitig bei ihm zu sein. Ich muss seither mit meiner Entscheidung leben. Es ist mein Fehler, dass wir so lange gebraucht haben, um zu ihm zu gelangen.«

»Aber sie leitet noch immer das Freiwilligen-Team.«

»Sie hat sich auch bei mir entschuldigt, aber es könnte sein, dass sie recht hat. Ich hatte Angst, in dem Schnellboot unser aller Leben zu riskieren, falls ein Sturm aufkommt.«

»Du hast richtig entschieden«, sage ich zu Quick. »Bitte denk noch heute daran, diese Umschläge zu suchen.«

»Mach ich sofort.«

Quick schaut das Meer finster an, als trüge die einsetzende Flut Schuld für jedes einzelne geraubte Leben. Der Bootsführer scheint mit seinem Gewissen zu ringen. Alle freiwilligen Helfer des RNLI legen das Versprechen ab, Leben zu retten, aber dennoch sterben immer noch hunderte Seeleute auf dem Wasser, und kein Skipper bleibt auf ewig ohne Makel. Die See kennt keine Gnade, wenn man unvorbereitet ist oder unversehens in einen Sturm gerät. Als die Polizeibarkasse eintrifft, macht Quick sich mit grimmiger Miene mit seinem Motorboot auf den Rückweg nach St. Mary's.

Eddie steuert die Barkasse näher heran, obwohl ich Madron extra gebeten hatte, Isla an seiner Stelle zu schicken. Es könnte ihn traumatisieren, die zerfetzte Leiche seines Cousins zu sehen, doch der DCI hat meine Bitte, wie immer, einfach ignoriert. Gareth Keillor und Liz Gannick sind ebenfalls an Bord. Ihre Landung wird nicht so einfach sein. Das Boot ist schon jetzt mit Schrammen und Dellen übersät, der Großteil seiner reflektierenden Streifen ist verschwunden, und das ehemals schwarze Polizeiwappen ist verblasst. Eddie versucht, näher heranzukommen, doch Hangman Island ist eine Ansammlung von Granitspitzen.

Die Schiffsschraube könnte hier leicht Schaden nehmen, daher werden unsere Fachleute ans Ufer klettern müssen.

Der deutliche nordenglische Akzent von Dr. Liz Gannick dringt schon an mein Ohr, bevor sie selbst aufgetaucht ist. Sie flucht wie ein Kutscher, als sie sich auf das Dollbord schwingt, was so gar nicht zu ihrer elfenhaften Erscheinung passt. Der Gerichtsmediziner bietet ihr seine Hilfe an, doch sie schlägt seine Hand mit einem genervten Grunzen weg. Gannick benutzt gelegentlich einen Rollstuhl, bevorzugt jedoch Krücken, mit denen sie schneller vorankommt, als die meisten Leute gehen können. Sie ist noch vor ihren männlichen Begleitern am Ufer und schimpft weiter, während sie sich über das feuchte Felsgestein bewegt. Sie trägt eine Lederjacke und eine Vintage-Jeans, ein paar Strähnen ihrer kurzen schwarzen Haare sind leuchtend pink gefärbt. Ihr mürrischer Gesichtsausdruck scheint ihr in die Haut eingefräst.

»Ich kann nur hoffen, dass das hier die Mühe auch wert ist«, zischt sie. »Diese Stiefel haben mich ein Vermögen gekostet.«

»Danke, dass Sie so schnell gekommen sind, Liz.«

»Sie haben mir ja keine andere Wahl gelassen mit Ihrer Bettelei.«

»Ich bin Ihnen auch wirklich sehr dankbar.«

»Sparen Sie sich Ihren Dank für Leute, denen er wichtig ist. Gehen wir an die Arbeit! Ich bin platschnass.«

Als Keillor an Land gestolpert kommt, wird Gannick still. Alle aus der Gruppe reagieren anders auf den Anblick von Jez' Leiche, aber die Wirkung, die er auf Eddie hat, beunruhigt mich am meisten. In seinem Gesicht steht kalte Wut, so als plane er, es demjenigen, der seinen Cousin so brutal ermordet hat, mit barer Münze heimzuzahlen. Gannick stößt eine Salve von Flüchen aus, während Keillor schweigend an die Arbeit geht und seine persönlichen Gefühle zu unterdrücken versucht. Innerhalb von zehn Minuten haben wir die Leiche unter einem Zelt aus sterilem Plastik verborgen. Der Himmel ist inzwischen leuchtend rosarot und gepunktet mit einzelnen Wolken. Die Eastern Isles sehen aus, als stünden sie in Flammen. Seitdem Noah früh aufwacht, habe ich viele Male beobachten können, wie der Sonnenaufgang diese weitgehend flache Landschaft verwandelt, doch heute ist nicht der Tag, um sich daran zu erfreuen.

Keillor spricht bereits in sein Diktafon und macht sich Notizen für seinen Bericht. Gannick missfällt es sichtlich, dass sie warten muss, bis sie an der Reihe ist. Außer Liam Quick kenne ich sonst niemanden mit einer derart hohen Arbeitsmoral. Es mag zwar sein, dass man es der Leiterin der Kriminaltechnik schwer recht machen kann, aber sie ist auch bereit, rund um die Uhr ranzuklotzen, um zu Ergebnissen zu kommen.

»Was hat er denn da um den Hals?«, fragt sie.

Ich entdecke einen dünnen Draht unterhalb des Kopfes. Daran hängt noch eine Medaille der RNLI, die genauso aussieht wie die, die wir an seiner Hand gefunden haben. Ich muss schlucken. Die Rettungsboot-Crew wird auf den Inseln verehrt, und es wird über jeden Einsatz im Lokalradio berichtet. Ich kann mir nicht vorstellen, dass jemand dumm genug wäre, uns anzugreifen, und doch hat jemand diesem Mann seinen Heldenstatus derart verübelt, dass er ihn ertränkt hat. Wir anderen könnten als Nächste an der Reihe sein. Kaum, dass Gareth Keillor sich zurückzieht, lässt Liz Gannick sich auf die Knie fallen und untersucht den Leichnam auf Schnittwunden, Blutergüsse und Schwellungen. Ich habe über die Jahre gelernt, an Tat- und Fundorten sowie bei Autopsien ruhig zu bleiben, aber das ist viel schwieriger, wenn man das Opfer gekannt hat. Jez Cardews Körper war ein leeres Blatt, von seiner muskulösen Statur abgesehen, hatte er keinerlei besondere Kennzeichen oder Tattoos. Man sieht ihm noch an, dass er trainiert oder zu Hause jede Menge Liegestütze gemacht hat, doch nun ist seine Haut nicht mehr intakt.

»Das Meer hat es nicht gut mit ihm gemeint«, sagt Keillor. »Nach seinem äußerlichen Zustand zu urteilen, ist er seit achtundvierzig Stunden im Wasser. Die Abschürfungen zeigen alle in eine Richtung, die Epidermis ist von dem Weichgewebe abgeschliffen worden, aber die Leichenstarre hat erst das erste Stadium erreicht. Genaueres kann ich über den Todeszeitpunkt noch nicht sagen. Wenn eine Leiche im Salzwasser liegt, gelten andere Regeln. Das verlangsamt den Verwesungsprozess.«

Liz Gannick erhebt sich. »Sie brauchen vor allem den Modus Operandi, hab ich recht, Ben?«

»Alles, was Sie darüber sagen können, könnte uns helfen.«

»Es sieht so aus, als wäre er mit einem von Plastik ummantelten Metalldraht an seinem linken Handgelenk irgendwo festgebunden und dann mit hoher Geschwindigkeit über den Meeresboden geschleift worden«, sagt sie. »Die Schnittwunden und Schrammen ziehen sich in vertikaler Richtung seinen Körper hinunter, wie Gareth schon sagte. Seine Kleider sind an Felsen unter Wasser hängen geblieben. Und entweder die Schiffsschraube oder andere scharfe Objekte am Meeresgrund haben seine Hand abgetrennt.«

Keillor nickt zustimmend. »Ich kann noch nicht sagen, ob er noch lebte oder schon tot war, als er ins Wasser geworfen wurde. Das kann man anhand der Wassermenge in seiner Lunge feststellen. Wenn er noch geatmet hat, ist sie voll Wasser.«

»Das ist eine höllische Strafmaßnahme, so wie früher das Kielholen.«

»Was bedeutet das?«

»Früher wurden Seeleute nach einer Meuterei unter dem Schiffsrumpf durchgezogen. Häufig wurden sie dabei verstümmelt, weil Seepocken ihnen die Haut aufschürften. Viele sind auch ertrunken.«

Meine Gedanken verweilen bei Cardew, der ertrank, weil er durchs Meerwasser gezogen wurde, während die Bewohner von St. Mary's auf dem Porthloo Beach tanzten. Ich folge Eddie aus dem Zelt und rufe dann Jez' Eltern an, um ihnen zu berichten, dass auch der restliche Leichnam ihres Sohnes gefunden wurde. Stuarts Stimme klingt erst schroff, dann stößt er einen spitzen Schrei aus, als er begreift, dass sein Sohn tatsächlich tot ist. Der Laut zieht sich endlos lange hin, so wie ein Fuchs schreit, wenn er in eine Falle getappt ist.

27

Sam tauscht bei der Arbeit alte Holzdielen aus. In seinem Radio laufen die Elf-Uhr-Nachrichten. Der Sprecher verkündet, dass es auf den Scilly-Inseln schön bleiben wird, ideales Grillwetter mit einer geringen Regenwahrscheinlichkeit. Dann wird seine Stimme ernst.

»Nach einer ausgedehnten Suche wurde die Leiche des verschwundenen Jeremy Cardew, Mitglied der hiesigen Rettungsboot-Crew, gefunden. Die gesamte Inselgemeinschaft wird den beliebten Neunundzwanzigjährigen vermissen, der sein ganzes Leben auf St. Mary's verbrachte. Die örtliche Polizei hat für dreizehn Uhr eine Versammlung im Gemeindesaal von St. Andrew's anberaumt, auf der sie Einzelheiten bekanntgeben wird.«

Sam schaltet das Radio aus. Plötzlich hat er das Bedürfnis nach Stille. Seine Rippen tun ihm noch immer weh von letzter Nacht, doch dieser Schmerz jetzt ist schlimmer. Es fühlt sich an, als wäre ein Teil von ihm herausgeschnitten worden. Als er sich umdreht, beobachtet Callum Moyle ihn; er hat Schmiere an der Wange und sieht aus, als hätte er Kriegsbemalung angelegt.

»Ich hab die Nachrichten gehört«, sagt er und klingt ausnahmsweise einmal versöhnlich. »Das tut mir leid, ich weiß, ihr wart befreundet.«

»Ich muss zu dieser Versammlung.«

»In Ordnung, aber bleib nicht zu lange. Wir sind hinter dem Zeitplan.«

»Wen kümmert's? Jez' Tod ist jetzt wohl wichtiger.«

Moyles Ärger bricht sich sofort wieder Bahn. »Wie kommt's denn, dass dir so viel an ihm lag? Er war die meiste Zeit ein ziemliches Arschloch.«

»Das ist Schwachsinn, und das weißt du auch.«

»Sein falscher Charme hat ihm Türen geöffnet, aber die Wahrheit sah anders aus.«

»Wie meinst du das?«

»Das konnte man doch daran sehen, wie er Anna Dawlish behandelt hat. Er wusste, dass ich auf sie stand. Ich hatte sie schon fast so weit, dass sie mich wollte, da kam er daher, und ich hatte nicht mehr den Hauch einer Chance. Ein halbes Jahr später hat er ihr dann den Laufpass gegeben, einfach nur, um mir eins auszuwischen.«

»Als wenn es dabei um dich gegangen wäre, Callum.« Sam starrt ihn wütend an. »Aber wenn du das wirklich glaubst, dann müsstest du ja froh sein, dass er tot ist.«

»Willst du mir die Schuld in die Schuhe schieben?« Moyle lacht laut auf. »Der Typ ging mir fürchterlich auf den Sack, das war's aber auch schon.«

»Koks macht aggressiv, das hab ich im Gefängnis gesehen. Wie viel nimmst du?«

»Ich fasse keine Drogen an.«

»Aber die Drogen dich. Bleib mir bloß weg mit dem Scheiß, ich bin das ganze Jahr schon clean.«

Moyles Miene verfinstert sich. »Ein Loser wie du will mir gute Ratschläge geben? Dass ich nicht lache!« Er hält die Nagelpistole vor Sams Gesicht, als wollte er ihm zwi-

schen die Augen schießen, dann marschiert er durch den Flur davon.

28

Als Eddie und ich zurück im Polizeirevier sind, rufen wir als Erstes alle Freiwilligen der Rettungsboot-Crew an, um sie darüber zu informieren, dass sie in Gefahr schweben, ganz gleich, ob sie ein Päckchen mit Ansteckern und einer Nachricht bekommen haben oder nicht. Wir alle müssen wachsam sein und sollten nicht allein bleiben. Die meisten reagieren überrascht, aber nicht panisch. Bislang haben nur Eddie und ich, Isla, Sam Austell, Jez, Molly Bligh und Liam und Danielle Quick die Postendung erhalten. Ich kann es noch nicht beweisen, aber das Vorgehen des Mörders ist so symbolträchtig, dass ich mir Sorgen mache, dass er es wieder versuchen wird.

Kaum sind wir mit den Anrufen fertig, zitiert Madron uns in sein Büro. In seinem Blick steht Verärgerung, als er mich anschaut, so als wäre ich schuld an Jez Cardews Tod. Er tippt mit seinem Kugelschreiber auf die Armlehne seines Schreibtischstuhls, während wir anderen auf den harten Plastikhockern nervös herumrutschen.

»Dieser Fall überschattet das Festival der Seenotrettung. Wir müssen ihn rasch lösen, auch um der Familie Cardew willen. Ich möchte, dass alles vor Ihrer Hochzeit erledigt ist, Kitto.«

»Das wäre mir natürlich auch sehr recht.«

»Professor Gannick, ich bin froh, dass Sie mit an Bord sind, und herzlichen Glückwunsch zu Ihrer Beförderung. Wie ich höre, sind Sie jetzt, neben Ihrer Leitung des kornischen Teams, auch die Leiterin der Kriminaltechnik bei Scotland Yard?«

»Danke, ja, ich war so verrückt, das Angebot anzunehmen. Damit hat sich mein Arbeitspensum verdoppelt.« Gannick schenkt mir ein dürres Lächeln. Sie hasst solche heuchlerischen Komplimente.

Der DCI fährt fort: »Ich werde die öffentliche Versammlung um dreizehn Uhr leiten, mit Ihnen als Sicherheitsoffizier, Kitto. Und jetzt möchte ich, dass Sie mir der Reihe nach berichten. Sie zuerst, Eddie. Mir ist klar, wie hart es für Sie sein muss, Ihren Cousin zu verlieren. Sie können sich bezahlten Sonderurlaub wegen des Trauerfalls nehmen, und bei Bedarf steht Ihnen auch eine Online-Traumatherapie offen. Ich fand es wichtig, dass Sie die Leiche von Jez in situ sehen, damit Sie die Wahrheit über seinen Tod erfassen.«

»Eine Therapie hilft mir nicht weiter, Sir. Ich will den Mörder finden.«

»Könnten Sie uns berichten, wie Jez sich in der letzten Zeit verhalten hat?«, fragt der DCI.

»Abgesehen von einem kurzen Plausch am Abend seines Verschwindens, haben wir uns in den letzten Wochen kaum gesehen«, sagt Eddie. »Wir haben früher zusammen Fußball gespielt, bis wir keine Zeit mehr dafür fanden. Jez war eigentlich immer entspannt, aber am Freitagabend war ihm anzumerken, dass ihm irgendwas auf der Seele lag.«

»Ging es um seine Arbeitssituation?«

»Nein, ich glaube, es war was Größeres. Jez erzählte, am Anfang wäre es ganz okay gewesen, im Haus von Callum

Moyle zu wohnen, aber irgendwann dann nicht mehr. Liam Quick hat versucht, ihm eine Vollzeitstelle als Nautiker im Rettungsboot zu verschaffen. Die wollte er offenbar auch, aber er hat nie ein Wort darüber verloren. Was eigentlich nicht zu ihm passt. Mir fällt kein Grund ein, warum ihn jemand attackieren sollte. Die ganze Insel hat ihn gefeiert, als er letztes Jahr diese Medaille verliehen bekam.«

»Es gibt immer auch Leute, die Helden nicht mögen«, sage ich.

Madron klingt teilnahmsvoll, als er wieder das Wort ergreift. »Jeder in der Gemeinde wird diesen wunderbaren jungen Mann vermissen, Eddie.« Die Wärme in seinem Blick verschwindet, als er sich mir zuwendet. »Wann wurde Jez zuletzt gesehen, Kitto? Ich will alle Details.«

»Er hat das *Turk's Head* gegen dreiundzwanzig Uhr verlassen und mit dem Kabinenkreuzer seiner Eltern abgelegt. Er wurde dabei gesehen, wie er die westliche Küste der Insel umfuhr. Jez hat St. Agnes häufig besucht; irgendetwas muss ihn regelmäßig dort hingezogen haben.«

»Und Sie sind sich sicher, dass er nach Westen fuhr?«

»Einer der Stammgäste des Pubs hat ihn wegfahren sehen, er war allein an Bord. Nach Einbruch der Dunkelheit kann sich auch jemand im Schiffsraum versteckt haben, aber wenn, dann wäre er wahrscheinlich von irgendwem bemerkt worden. Es war ein warmer Abend, und es hielten sich einige Leute in der Nähe des Kais auf. Liz wird das Boot noch heute kriminaltechnisch untersuchen.«

»Was ist mit Primärbeweisen?«

Ich lege die handschriftliche Nachricht aus dem Kabinenkreuzer in einem durchsichtigen Asservatenbeutel auf den Tisch. »Die Schrift ist schwer zu entziffern, wir haben sie eingescannt, und gerade kam der Bericht der Polizeigraphologin. Die Schrift passt nicht zu der, in der die Drohbriefe verfasst sind, die die Hälfte der Crew mit der Post bekommen hat, Jez eingeschlossen. Die Graphologin wird eine erneute Prüfung durchführen, sobald sie Schriftproben von allen Bewohnern von St. Agnes hat.«

»Überlassen Sie mir das Original«, sagt Gannick. »Irgendwelche Substanzen oder Fasern auf diesem Papier könnten uns zu dem Mörder führen.«

Als Nächstes hole ich das Päckchen mit den Ansteckern heraus, das ich bekommen habe, und in einem separaten Beutel die Botschaft, die darin lag. »Einige Mitglieder der Rettungsboot-Crew haben solche Sendungen erhalten, Sir. Sie enthalten Zitate aus dem Theaterstück *Der Sturm*. Jez' Päckchen wurde zwei Tage vor seinem Tod abgestempelt.«

»Und wo wurde es aufgegeben?«

»In dem Kasten vor dem Postamt hier in Hugh Town.«

Madron starrt mich an. »Der Mörder traut sich was, und er ist belesen, aber die Schrift sieht aus wie von einem Kind.«

»Er oder sie könnte seine Schrift verstellt haben.«

In einem weiteren Beutel lege ich die Medaillen auf den Tisch, die wir an Jez' Leiche gefunden haben. »Eine von denen war an seiner linken Hand befestigt, die andere an seinem Hals. Sie wurden von der Royal National Lifeboat Institution verliehen, für Tapferkeit auf See. Eine davon könnte Jez' Medaille sein, sie ist nämlich verschwunden. Der Name auf der Rückseite wurde allerdings abgekratzt. Wir müssen herausfinden, ob jemand in Moyles Haus eingebrochen ist. Sie könnte natürlich auch von einem von Jez' Mitbewohnern entwendet worden sein. Alte Medaillen sind schwer zu finden, aber hin und wieder taucht mal eine im Internet auf.«

»Haben wir Grund zu der Annahme, dass der Täter erneut zuschlagen wird?« Madrons Blick ist so scharf wie ein Laserstrahl.

»Das ist möglich, Sir. Jez' erstes Päckchen traf zwei Tage vor seinem Tod ein, ein zweites am folgenden Tag. Wir haben die gesamte Crew alarmiert, nicht allein zu bleiben. Wir wissen, dass der Mörder hochmotiviert ist.«

Eddie schaut mich an. »Janet Fearnley zufolge hat keiner der freiwilligen Festival-Helfer zugegeben, die Anstecker aus ihrer Wohnung mitgenommen zu haben, aber ihre Tür ist nie abgeschlossen. Also könnte jemand dort gewesen sein, als sie nicht zu Hause war.«

Als ich Janets Namen höre, fällt mir wieder ein, was Liam Quick erzählt hat. Obwohl sie wütend war, dass ihr Mann allein auf seinem Boot gestorben ist, hat sie nie aufgehört, die Rettungsboot-Crew zu unterstützen. Das passt irgendwie nicht zusammen, aber ich kann sie mir auch nicht als grausame Mörderin vorstellen. Dass Janet zu Hause so wenig auf ihre Sicherheit achtet, ist nicht überraschend. Auf den Scilly-Inseln wird so wenig gestohlen, dass die meisten Bewohner sich nicht die Mühe machen, ihre Häuser abzuschließen.

Madron schaut wieder mich an. »Wie sieht's mit Verdächtigen aus?«

»Callum Moyle mochte Jez nicht, auch wenn er ihm ein Zimmer vermietet hat. Ich glaube, dass er Drogen nimmt, was ihn anfälliger für Gewaltausbrüche machen könnte. Darum ist er für uns eine Person von besonderem Interesse. Auch über Sharon Cosgrove möchte ich mehr in Erfahrung bringen. Sie war mir ein bisschen zu empfindlich, als wir sie befragt haben. Jez' Ex, Anna Dawlish, hat die Trennung schlecht verkraftet, aber sie hat ein solides Alibi. Trotzdem werde ich sie noch einmal befragen.«

»Ich bezweifle, dass eine Frau so eine brutale Tat ausführen könnte, aber wenigstens haben Sie einen Anfang«, sagt der DCI. Sein Ton ist so kalt wie Permafrost. »Professor Gannick, ich würde Sie gern unter vier Augen sprechen. Die anderen können wieder an die Arbeit gehen.«

Ich bin der Erste, der den Raum verlässt. Es irritiert mich, dass ich von dem Gespräch mit Gannick ausgeschlossen werde, obwohl ich der Sicherheitsoffizier bin. Darüber, dass Eddie sich kein Gespräch anhören muss, in dem es um die genauen Todesumstände seines Cousins geht, bin ich allerdings froh. Er sieht extrem mitgenommen aus. Auf dem Festland würde kein Officer gebeten, den Mord an einem Verwandten selbst aufzuklären, aber hier draußen, in so einem kleinen Team, gelten andere Regeln.

Ich schicke Isla und Lawrie Deane zum Gemeindesaal, damit sie dort alles für die in weniger als einer Stunde anberaumte Versammlung vorbereiten können. Eddie und ich bleiben zurück, um operative Details festzuhalten. Er geht an seinem Computer Fotos durch, auch Bilder von Jez und dem Boot seiner Eltern, und er sieht noch immer so geschockt aus, dass ich ihm eine Packung Kekse reiche, die er aber auf seinem Schreibtisch stehen lässt, ohne sie anzurühren.

»Wir sollten später noch Denzel Jory, Jez' Großvater, aufsuchen, sofern es ihm besser geht. Vielleicht kennt er Jez' Geheimnisse. Worüber habt ihr geredet, als du dich das letzte Mal mit Jez verabredet hast?«

Er scrollt den Kalender auf seinem Handy durch. »Wir haben bei mir ein paar Bier getrunken und Fußball geguckt. Er hat erwähnt, dass bei ihm große Veränderungen anstünden, aber er war schon immer ein Träumer. Ich hätte wohl genauer hinhören sollen.«

»Hör auf, dir Vorwürfe zu machen, Eddie. Es war nicht deine Schuld.« Ich warte, bis er mich anschaut. »Ich weiß, dass das eine ziemlich gewagte These ist, aber glaubst du, dass Sharon Cosgrove von ihm schwanger sein könnte? Wenn ihr Mann das herausgefunden hätte, hätte er ein starkes Motiv gehabt.«

Eddie blickt mich erschrocken an. »Jez hat sie kaum mal erwähnt. Er fand sie interessant, weil sie auf der Kunsthochschule war, aber er war nicht so dumm, sich mit einer verheirateten Frau einzulassen. Viel mehr hat ihn beschäftigt, dass Anna Dawlish ihm noch Monate nach der Trennung Nachrichten geschickt hat.«

»In denen sie ihm schrieb: Komm zurück, ich verzeihe dir alles?«

»Nein, eher Hass-Nachrichten.«

»Janet Fearnley gibt an, Anna wäre an dem Abend, als Jez starb, mit Kylie bei ihr gewesen. Wir sollten nach der Versammlung noch mal mit Anna sprechen. Wäre gut, wenn wir sie dazu bringen könnten, sich uns zu öffnen. Vielleicht hat sie ja einen Verdacht, mit wem Jez zusammen war.«

Eddies Augenbrauen schießen hoch. »Er war fast eins dreiundachtzig groß und nicht gerade ein Fliegengewicht. Wer auch immer ihn umgebracht hat, muss genug Kraft gehabt haben, um ihn niederzuringen, ihn zu fesseln und dann über Bord zu hieven.«

»Nicht, wenn der Angriff überraschend kam. Zurückweisung ist neben Untreue eines der häufigsten Mordmotive. Es ist noch zu früh, seine Ex-Freundinnen von der Liste zu streichen.«

Die nächste halbe Stunde verbringe ich damit, die Akte mit Informationen zu füllen. Diese Schreibtischarbeit ist nicht gerade meine Lieblingsbeschäftigung, aber die Erfahrung lehrt, dass es wichtig ist, die Akte stets auf dem neuesten Stand zu halten, damit keine wichtigen Fakten verloren gehen. Auch Eddie arbeitet auf Hochtouren. Seine Finger fliegen über die Tastatur, seine Miene ist starr und konzentriert. Er schaut noch immer auf den Bildschirm, als ich ihn daran erinnere, dass wir zum Gemeindesaal aufbrechen müssen.

In Hugh Town herrscht geschäftiges Treiben. Der Ort ist nicht größer als ein Dorf auf dem Festland, aber dennoch ist es die florierende Kapitale der Scilly-Inseln und jeden Sommer voll mit Tagestouristen. Vierhundert Menschen nehmen jeden Morgen die Fähre von Penzance aus und fahren um sechzehn Uhr wieder nach Hause. Viele von ihnen bleiben in der Zeit in Hugh Town und besuchen die Souvenirläden und Pubs, die kleinen Kunstgalerien und das Museum. Sie wirken sorglos und ahnen offensichtlich nichts von dem gewaltsamen Tod eines jungen Seenotretters.

Eddie und ich gehen schnellen Schrittes die Hauptstraße entlang, als plötzlich ein Mann aus einer Gasse stürzt. Eine Faust fliegt in meine Richtung und zwingt mich, mich zu ducken. Eddie und ich halten den Mann fest, bevor er zum nächsten Schlag ausholen kann. Er ist groß und muskulös, seine Haare sind strohblond, und in seinen Augen funkelt Zorn. Es ist Damian Cosgrove, sein Gesicht ist knallrot. Er stößt laute Flüche aus, als wir ihn zurück in die Gasse führen, um bei den Passanten keine Neugier zu wecken.

»Nehmen Sie Ihre verdammten Pfoten weg!«

»Was ist los, Damian? Spucken Sie's aus, sonst verhafte ich Sie wegen Körperverletzung.«

Er holt tief Luft. »Ihr Mistkerle habt meine Frau beschuldigt, rumzuhuren. Das Baby ist von mir, verstanden?«

»Das hat niemand in Frage gestellt. Wir machen nur unsere Arbeit.«

Cosgroves Augen stehen zu eng beieinander, wie bei einem durch Inzucht erzeugten Bullmastiff. »Sharon hängt das ganze Gerede so was von zum Hals raus. Irgendeine Schlampe von hier hat mit dem toten Typen rumgemacht, aber Sie verdächtigen ausgerechnet meine Frau!«

»Nehmen Sie es nicht persönlich, wir ermitteln in einem brutalen Mordfall. Seien Sie froh, dass ich Sie gehen lasse. Ich könnte Sie auch in eine Zelle sperren. Das nächste Mal, wenn wir uns treffen, erwarte ich mehr Kooperationsbereitschaft.«

Cosgrove sieht noch immer so aus, als könnte er jeden Moment wieder zuschlagen. Ich kann nicht sagen, ob meine Botschaft angekommen ist, aber er hat begriffen, dass weiteres Fehlverhalten nicht ohne Konsequenzen bleiben wird. Er sagt nichts, als ich ihm mitteile, dass wir unsere Ermittlungen von heute Nachmittag an von St. Agnes aus weiterführen, sondern geht weg und ist schon bald zwischen den vielen Tagesausflüglern verschwunden.

Eddie und ich schauen uns ungläubig an und setzen dann unseren Weg zum Gemeindesaal von St. Andrew's fort. Hier finden alle möglichen Arten von Veranstaltungen statt: Yogakurse, Pfadfinderinnen-Treffen, Stand-up-Comedy-

Abende, Scillys-Talentshow und Sitzungen der Anonymen Alkoholiker. Heute ist es hier sauber und ordentlich, einhundert Stühle sind in Reihen angeordnet. Von Lawrie Deane, meinem Sergeant, ist keine Spur zu sehen, aber Isla steht auf der Bühne und befestigt gerade ein Mikrofon an einem Ständer. Ihren stillen Fleiß nehme ich stets für selbstverständlich, und plötzlich fällt mir wieder Ninas Ermahnung ein, offener zu werden. Ich überlege mir häufig, was ich sagen könnte, halte dann aber doch den Mund. Diese Angewohnheit kommt vielleicht daher, dass ich einen älteren Bruder habe, der weitaus wortgewandter ist als ich. Ich fühle mich nicht ganz wohl in meiner Haut, als ich über die Stufen auf die Bühne hochgehe, aber das Gespräch, das ich führen will, ist überfällig.

»Hat Lawrie Ihnen geholfen, hier alles zu arrangieren, Isla?«

Sie schüttelt den Kopf. »Eine Frau draußen hat ihr Ticket für die Rückfahrt mit der Fähre verloren, und er ist mit ihr zur Touristeninformation gegangen, damit sie sich ein neues kaufen kann.«

»Könnten Sie Ihre Arbeit bitte mal kurz unterbrechen?«

»Stimmt irgendwas nicht, Sir?« Sie blickt mich verwirrt an. »Hinten sind noch jede Menge Stühle, wenn Sie mehr haben wollen. Ich kann sie gleich rausholen.«

»Mir ist schon länger aufgefallen, wie viel Sie arbeiten. Sie haben Ihre Aufgaben vom ersten Tag an immer hervorragend erfüllt. Das gesamte Team findet, dass Sie tolle Arbeit leisten. Ohne Sie stünden wir sehr viel schlechter da. Ich hoffe, Sie haben nicht vor, uns so bald zu verlassen.«

Isla starrt mich verblüfft an. »Niemals, Sir. Ich liebe meine Arbeit.«

»Warum sind Sie so erschrocken?«

»Sie gehen normalerweise ziemlich sparsam mit Lob um. Ich fühle mich gerade so, als würde Paul Hollywood mir in der Backsendung im Fernsehen auf die Schulter klopfen, und ich weiß nicht, ob ich lachen oder weinen soll.«

»Bitte keine Tränen! Davon hab ich genug.«

»Ich auch. Ich weine nie, außer Plymouth verliert ein wichtiges Heimspiel.«

Als sie mich angrinst, weiß ich, dass ich mit meinem Lob ins Schwarze getroffen habe. Nina hat recht. Wenn ich häufiger als mein Onkel Ray sage, was ich denke, ist das für alle ein Gewinn. Isla wirkt gleich ein bisschen beschwingter, als sie davoneilt, um die Insulaner zu begrüßen, die jetzt scharenweise eintreffen. Die meisten Gesichter sind mir vertraut, das ist der Vorteil, wenn man Polizeiarbeit auf einem so kleinen Archipel betreibt. In einer Gemeinschaft von weniger als zweitausend Menschen sind alle mehr oder weniger miteinander verbunden. Einige sind von den anderen Inseln herübergekommen, nachdem sie vor einer Stunde unsere öffentliche Bekanntmachung gehört haben. Nina steht ganz hinten in der Menge; sie hat sich Noah vor die Brust gebunden, und Shadow sitzt neben ihr.

Madron erscheint pünktlich zur Eröffnung der Versammlung. Normalerweise überlässt er es mir, mich der Kritik der Gemeinde auszusetzen, wenn wir es mit einem komplizierten Fall zu tun haben, aber diesmal kann er sich der Verantwortung nicht entziehen. Der Mord an einem jungen Seenotretter ist ein Frontalangriff auf die Werte der Inselgemeinschaft. Bis wir den Schuldigen gefasst haben, werden wir unter genauester Beobachtung stehen. Als ich meinen Blick erneut über die Menge gleiten lasse, lächeln mir viele solidarisch zu. Janet Fearnley sitzt mit einigen Freundinnen in der ersten Reihe, und sie strahlen uns alle an. Erst als ich genauer hinsehe, erkenne ich auf vielen Gesichtern Besorgnis. Die Stühle rings um Sam Austell sind leer geblieben. Das ist der Nachteil einer engen Gemeinschaft: Wenn man einen Fehler macht, kann es lange dauern, bis einem verziehen wird. Er muss noch viele Jahre auf dem rechten Weg bleiben, bis er wieder als vollkommen vertrauenswürdig gelten wird.

Als Madron auf die Bühne marschiert, stellt das Polizeiteam sich hinter ihm auf. Ich mag es ganz und gar nicht, hinter ihm stehen zu müssen wie ein Background-Sänger. Madron versichert, jeden Stein auf der Insel umzudrehen, obwohl er hinter seinem Schreibtisch sitzen bleiben und uns die Arbeit machen lassen wird. Als er davon spricht, dass Jez Cardew ein Vorbild für die Inseljugend gewesen sei, bebt seine Stimme. Madron beschreibt, dass sein Boot mysteriöserweise führerlos auf den Wellen getrieben wäre, und gibt bekannt, dass die Ermittlungen von heute an auf St. Agnes weitergeführt werden, weil Jez dort seine Freizeit verbracht und vielleicht auch eine geheime Beziehung gehabt habe. Im Saal erhebt sich Gemurmel, als weitere Details bekanntwerden. Das Leben auf den Scilly-Inseln ist die meiste Zeit so friedlich, dass die Leute immer fasziniert sind, wenn etwas passiert, selbst unter den grauenhaftesten Umständen.

»Wir sind uns sicher, dass Jez ermordet wurde. Sie sollten also alle auf Ihre Sicherheit achten, vor allem nachts. Das gilt insbesondere für die Crew der Seenotrettung. Jez' Mörder scheint der heldenhaften Arbeit, die Sie vollbringen, aus irgendwelchen seltsamen Gründen negativ gegenüberzustehen. Falls irgendjemand von Ihnen ein Päckchen mit Ansteckern der RNLI mit der Post bekommen hat, sollte es unbedingt noch heute aufs Polizeirevier bringen.« Madron macht eine dramatische Pause. Er liebt es, im Rampenlicht zu stehen. »Ich möchte, dass Sie alle noch mal darüber nachdenken, wo Sie letzten Freitagabend gewesen sind. Wenn Sie irgendwas darüber wissen, wo Jez sich aufgehalten hat, oder kürzlich Zeit mit ihm verbracht haben, teilen Sie uns das bitte gleich im Anschluss an diese Versammlung mit.«

Als Letztes lässt Madron ein Foto von einer der Medaillen der Royal National Lifeboat Institution an die Wand projizieren und fragt dann, ob sie jemandem gestohlen wurden, doch niemand hebt die Hand. Es überrascht mich nicht, dass der DCI den Saal nach seiner Ansprache durch den Hinterausgang verlässt, um dem Kontakt mit dem Publikum aus dem Weg zu gehen. Er zieht es vor, stets die Kontrolle zu behalten, anstatt sich Fragen auszusetzen, auf die er womöglich keine Antworten hat. Erstaunt registriere ich, dass eine Gruppe von Leuten noch bleibt, um Informationen zu Protokoll zu geben. Die Inselgemeinschaft ist traditionell verschwiegen, aber der Tod von Jez Cardew sorgt dafür, dass die Leute mit alten Gewohnheiten brechen.

Als Erstes kommt mein alter Freund Paul Keast auf mich zu, der eine Farm oberhalb des Porthloo Beach besitzt. Seit sein Bruder aufs Festland gezogen ist, um eine Frau zu heiraten, die er im Internet kennengelernt hat, betreibt Paul die Farm allein. Er hat jede Menge Staub von seinen trockenen Feldern mit in die Halle getragen. Seine ausgewaschene Jeans und seine Stiefel sind über und über damit bedeckt. Er wirkt immer entspannt und liebt es, abends im

The Atlantic ein Bier zu trinken und eine Runde Darts zu spielen. Aber der Schein trügt. Paul ist mit Leib und Seele Farmer, steht im Morgengrauen auf, um seine Kühe zu melken, und bestellt mit Hingabe das Land, das seit Generationen im Besitz seiner Familie ist. Paul ist so alt wie ich, aber seine Haut hat die Farbe alten Leders und ist vor der Zeit gealtert. Sein Lächeln verblasst, als ich ihn frage, was er über Jez Cardew weiß.

»Kann sein, dass es völlig unwichtig ist, Ben, aber ich war am Freitagabend auch im *Turk's Head.*«

»Wieso denn das? Ich dachte, das *Atlantic* wäre deine Stammkneipe.«

»Wir sind zu sechst mit meinem Boot rübergefahren. Wir hatten ein Darts-Turnier und sind nach der letzten Runde auch zusammen wieder zurück.« Er tritt von einem Fuß auf den anderen, ihm ist offenbar unbehaglich zumute. »Ich hab ihn hinter dem Pub gesehen, als ich gegen zehn mal eine rauchen gegangen bin.«

»Erzähl weiter.«

»Jez hat mit Tommy Brookes gestritten. Es klang ziemlich hitzig. Ich dachte schon, sie würden sich gleich gegenseitig an die Gurgel gehen, aber dann ist Tommy wieder reingestürmt.«

»Und Jez ist draußen geblieben?«

»Er sah wütend aus. Ich wollte mich nicht einmischen. Wenn ich es vermeiden kann, halte ich mich aus Streitigkeiten raus.«

»Weißt du denn, worum es ging?«

»Jez hat Tommy einen Lügner und Betrüger genannt, mehr hab ich nicht gehört.«

»Das ist interessant, danke.«

»Ruf mich jederzeit an, wenn ich was tun kann. Wer auch immer Jez umgebracht hat, ist für mich der letzte Abschaum.«

»So viel steht fest. Könntest du, bevor du gehst, noch eine Liste der Leute erstellen, die du im *Turk's Head* gesehen hast? Darum bitte ich alle Gäste, damit wir uns ein genaues Bild machen können. Du kannst sie Isla geben, wenn du fertig bist.« Ich schaue ihn an. »Bist du dann am Freitagabend gleich nach Hause gegangen, Paul?«

Die Frage scheint ihm unangenehm zu sein. »Ich war noch für eine Stunde woanders.«

»Wo denn?«

»Bei Anna Dawlish. Wir sind seit ein paar Wochen zusammen; sie hat es Kylie aber noch nicht gesagt.«

»Ist schon in Ordnung, Paul. Eine Beziehung ist ja kein Verbrechen.«

»Aber es fühlt sich schon merkwürdig an. Du warst in der Schule mit ihr zusammen, und dann war da ja auch noch Jez. Sie hatte Beziehungen mit Freunden von mir.«

»So ist das Leben. Wenn man auf den Scilly-Inseln bleibt, ist man am Ende mit so ziemlich jedem mal zusammen gewesen.«

Er lacht laut auf. »So viel Erfolg bei den Frauen hatte ich bislang nicht.«

»Ich hoffe, dass das mit euch funktioniert. Aber wir sollten uns jetzt auf Jez konzentrieren. Hattest du irgendwelche Anstecker in der Post?«

Er schüttelt den Kopf. »Nein, bislang nicht. Soll ich dich anrufen, wenn ich welche kriege?«

»Bring das Päckchen dann gleich aufs Revier, aber pass auf jeden Fall gut auf dich auf, okay?«

»Ich gebe euch noch die Liste mit den Namen, bevor ich hier abhaue.«

Ich reiche ihm ein Blatt Papier und einen Kuli und wende mich dann dem Nächsten in der Reihe zu. Als ich zehn Minuten später wieder hochschaue, verlässt Paul Keast gerade eilig den Saal, so als könnte er es nicht erwarten, zu seinem Vieh zurückzukehren.

29

Als der Saal sich einige Zeit später fast vollständig geleert hat, habe ich endlich Zeit, mal nach Nina Ausschau zu halten. Draußen ist sie nirgends zu sehen, aber in der Ferne höre ich lautes Hundegebell. Obwohl ihm sein Unabhängigkeitsdrang schon so manche Verletzung eingebracht hat, betrachtet Shadow die Inseln als sein privates Reich. Auch wenn er in Hundejahren älter ist als ich, halte ich es für unwahrscheinlich, dass er plötzlich doch noch folgsam wird. Als ich am nördlichen Rand von Hugh Town entlanggehe, folgt er mir, augenscheinlich gut gelaunt. Bevor ich meine Ermittlung nach St. Agnes verlege, will ich unbedingt noch mit Anna Dawlish sprechen. Ich hatte gehofft, Isla oder Eddie würden mich begleiten, doch sie nehmen noch die letzten Aussagen der Insulaner auf, die nach der Versammlung geblieben sind, um uns Informationen zu liefern. Mir ist etwas unbehaglich dabei zumute, eine Ex-Freundin zu ihrem Intimleben zu befragen, doch mir bleibt keine andere Wahl.

Ich habe ihr Haus nicht mehr betreten, seit ich ein trampeliger Teenager war. Anna wohnt in einem Teil von Hugh Town, der versteckt hinter den Cafés, Läden und malerischen Fischerhäuschen liegt und in den sich Tagesausflügler nur selten verirren. Die Sozialwohnung, in der sie aufgewachsen ist, befindet sich in einer Sackgasse, in der lauter heruntergekommene Bungalows mit tristen Rauputzfassaden stehen. Viele glauben, auf den Scillys müssten alle Leute stinkreich sein, dabei gibt es hier viel ländliche Armut. In einem Gebiet, in dem in der Touristenbranche hauptsächlich nur gering bezahlte Jobs zu finden sind, haben es Alleinerziehende besonders schwer. Während der Schulzeit hatte Anna große Pläne, und es ist bedauerlich, dass sie immer noch so wenig verdient, dass sie nicht in eine bessere Gegend ziehen kann. Auf dem Dach des Hauses fehlen Ziegeln, im Vorgarten steht kniehoch das Unkraut, und die Fenster sind nur einfach verglast.

Als ich auf die Klingel drücke, kreist schreiend eine Möwe über der Straße, was Shadow völlig kirre macht. Möwen zu jagen ist sein liebstes Hobby, doch als die Tür endlich aufgeht, verstummt er. Anna trägt ein weißes Sommerkleid, das ihre Bräune betont, ihr blondes Haar fließt ihr über die Schultern. Sie ist offensichtlich nicht erfreut, mich zu sehen, denn sie bleibt mit verschränkten Armen in der Tür stehen.

»Ich arbeite gerade, Ben. Kannst du morgen noch mal kommen?«

»Ich fürchte, es ist dringend.«

Sie nickt kurz. »Aber nicht lange. Bring den Hund mit ins Haus, wenn er stubenrein ist.«

Die dunklen Schatten unter Annas Augen verraten, dass sie schlecht schläft, doch die größte Veränderung seit unserem letzten Zusammentreffen liegt in ihrem Mienenspiel. Sie wirkt beunruhigt, so als wartete sie auf den nächsten Schlag. Shadow scheint ihr bereits verfallen zu sein. Er weicht ihr nicht von der Seite, als sie mich in die Küche führt. Der Raum sieht noch genauso aus wie in der Zeit, als ich in der Hoffnung, dass ihre Eltern nicht da waren, nach der Schule hierherkam. Ich werde nie vergessen, wie wir beide in ihrem kleinen Zimmer im oberen Stockwerk unsere Unschuld verloren haben, während sie Verwandte auf dem Festland besuchten. Damals war ich überglücklich und hab die Einrichtung gar nicht wahrgenommen. Jetzt wirkt das Haus glanzlos. Die Gemeinde sollte es mal von oben bis unten renovieren, aber deren Budget schrumpft auch von Jahr zu Jahr mehr, so dass den Mietern nichts anderes übrigbleibt, als sich selbst zu helfen. Anna ringt sich ein Lächeln ab; Gastfreundschaft wird auf den Inseln seit jeher großgeschrieben, und niemand kann sich von Gewohnheiten freimachen, selbst wenn ein Gast nicht willkommen ist. Erst einmal zu schweigen, macht mehr Eindruck, als wenn ich sie mit Fragen bestürme, darum sage ich nichts, als sie eine Tasse Kaffee vor mich hinstellt und Shadow mit einer Schale Wasser versorgt.

»Was ist das für eine Rasse?«

»Tschechoslowakischer Wolfshund: clever, aber stur.«

»Kylie hat eine große Schwäche für Hunde mit blauen Augen. Sie würde ihn lieben.«

»Komm gern jederzeit mit ihr im Revier vorbei. Da ist er an den meisten Tagen, und er kann super mit Kindern.«

»Du hast dich verändert, Ben«, sagt Anna plötzlich, und ihre Schultern entspannen sich ein klein wenig. »Du bist gesprächiger als früher, oder? Wenn ich mich recht entsinne, musste ich dich damals fragen, ob du mit mir ausgehst, und nicht umgekehrt.«

»Und dann hast du mich wegen Darren Tilney verlassen.

Danach hatte ich den Rest des Schuljahres schlechte Laune. Der Typ ist ein Flachkopf.«

»Du hast recht. Wie konnte ich nur?«

Als sie lacht, verschwinden all die Jahre, und für eine Sekunde sieht sie wieder aus wie die nette, lebenslustige Jugendliche, die sie mal war, doch dann kehrt die Wachsamkeit der Erwachsenen zurück. Shadow hat sich zu ihren Füßen niedergelassen und genießt die Aufmerksamkeit in vollen Zügen, als sie ihm übers Fell streicht. Ich betrachte ihre Fototafel mit Selfies von ihr mit ihrer Tochter.

»Wie geht es Kylie denn so?«

»Gut, danke. Sie ist gut in der Schule, wenn du das meinst.«

»Ich hatte eigentlich nichts Bestimmtes gemeint, aber ich frage mich zum Beispiel, wie sie es verkraftet hat, als du und Jez euch getrennt habt?«

»Sie hat kaum was davon mitbekommen.«

»Ach, komm schon, Anna. Jetzt lass doch mal die Show. Wie war es für sie, als er sich aus dem Staub gemacht hat?«

»Das war natürlich schlimm für sie.« Anna nimmt mir gegenüber Platz, ihre Miene hat sich endlich entspannt. »Er war der erste Mann seit Jahren für mich. Sie hat ihn vergöttert, aber nach der Trennung hat er auch bei ihr total gemauert.«

»Das wäre für jedes Kind ein schwerer Schlag.«

»Seine Mum hat mich ohnehin nie akzeptiert. Vielleicht steckte sie ja dahinter.«

»Das überrascht mich. Delia versteht sich doch eigentlich mit den meisten Leuten gut.«

»Sie war der Meinung, Jez hätte was Besseres verdient, aber er war echt ein Mistkerl. Erst spielt er Kylie gegenüber den vernarrten Dad, und dann lässt er sich von einem Tag auf den anderen nicht mehr blicken. Es ist einfach unmöglich, einen in einem so kleinen Ort plötzlich zu behandeln, als wäre man Luft.«

»Ich kann mir vorstellen, wie weh das getan haben muss.«

»Ach, wirklich?«, sagt sie kühl. »Du hast einen gut bezahlten Job, ein Haus und eine Verlobte. Ich lebe von Stütze und beschissenen Teilzeitjobs, die ich machen muss, weil ich ein Schulkind habe. Eigentlich sollte ich jetzt gerade Kaltakquise für meinen Kunden machen und anderen Leuten Versicherungen andrehen. Und ich hab Glück, wenn einer von hundert ans Telefon geht.«

»Das muss frustrierend sein, und dann ist auch noch deine Beziehung zerbrochen.«

»Wieso nur, nach all den Versprechungen?« Sie schlägt plötzlich die Hand vor den Mund, doch die Worte strömen trotzdem aus ihr heraus. »Das ist nicht das Leben, das ich wollte. Weißt du noch, wie unsere Lehrer immer gesagt haben, ich sollte mal studieren? Mir fehlte dazu das Selbstbewusstsein, aber Kylie ist wirklich ein großes Geschenk. Ich möchte ihr alles ermöglichen, was mir versagt blieb.«

»Sie hat Glück, so eine fürsorgliche Mutter zu haben. Und hübsch ist sie auch.« Ich betrachte die Fotos von dem jungen Mädchen, das am Porthloo Beach über die Felsen krabbelt. »Erzähl mir mehr über Jez, Anna. Ich weiß, dass es dir schwerfällt, aber es muss einen Grund geben, weshalb er eure Beziehung so plötzlich beendet hat.«

»Es fing so toll an, obwohl es schon einige Überzeugungsarbeit gekostet hat. Zum einen war er zehn Jahre jünger als ich. Ich hab in ihm einen Helden gesehen, der nichts verkehrt machen konnte. Es war schön, mit ihm zusammen zu sein, und er wirkte auf mich auch charakterfest, aber das war wohl nur die eine Seite der Medaille.«

»Glaubst du, er hat dich belogen?«

»Bilde dir selbst ein Urteil, Ben. Wir haben ein perfektes Weihnachtsfest zusammen verbracht, als Familie. Er hat für Kylie bergeweise Geschenke gekauft, und wir haben auch gemeinsam den Baum geschmückt, aber an Neujahr war plötzlich alles vorbei. Er ist zu Callum Moyle abgehauen und fing an, jeden Abend nach St. Agnes zu fahren. Er hat nie wieder ein ehrliches Wort mit mir gewechselt.« Sie steht auf und kramt in einer Küchenschublade herum, dann präsentiert sie mir ein kleines, mit Samt ausgeschlagenes Kästchen. »Den hat er mir nur wenige Tage, bevor er mich sitzen ließ, geschenkt.«

Das Kästchen enthält einen Verlobungsring mit drei glitzernden Diamanten. Jez muss Monate gebraucht haben, um das Geld dafür zusammenzusparen, sofern sie die Wahrheit sagt.

»Er hat dir einen Antrag gemacht und ist dann gegangen?«

»Er ist am zweiten Weihnachtstag mit mir zum Hafen spaziert und hat um meine Hand angehalten. Er hat sich sogar hingekniet.«

»Wie kommt's, dass du den Ring noch hast?«

»Er wollte ihn partout nicht zurücknehmen; er konnte mir kaum noch in die Augen schauen. Es war, als wollte er, dass sich die Erde unter ihm auftut. Das Schlimmste war, was das mit Kylie gemacht hat. Ich wollte doch nur die Wahrheit hören, um ihretwillen. Aber er hat sich von seinen Mitbewohnern verleugnen lassen. Ich hab ihm Textnachrichten geschickt, Briefe, alles. Aber er hat den Leuten erzählt, ich würde ihn stalken.«

»Fällt dir sonst noch irgendwer ein, der wütend auf Jez war?«

»Callum Moyle, wahrscheinlich.« Sie sieht verlegen aus. »Callum hat mich ein paarmal gefragt, ob ich mit ihm ausgehe, aber er ist mir zu penetrant. Ich traue ihm nicht.«

»Wann hast du das letzte Mal Kontakt zu Jez aufgenommen?«

Sie hält den Kopf oben. »Letzte Woche. Ich weiß, es klingt verrückt, aber er hat sich auf so vielen Ebenen falsch verhalten. Ich verdiene eine Erklärung. Wenn er noch leben würde, würde ich ihn immer noch fragen, warum er mich und Kylie wie Dreck behandelt.«

»Er ist tot, Anna. Du wirst keine Antworten mehr bekommen.«

Plötzlich glänzen Tränen in ihren Augen. »Ich kann nicht um jemanden trauern, der Kylie so weh getan hat.«

»Wo warst du am Freitagabend?«

»Mit Kylie bei Janet Fearnley. Wir haben uns einen Disneyfilm angesehen.«

»Du hast kein Boot mehr, oder?«

Mein plötzlicher Themenwechsel scheint sie zu irritieren. »Der Unterhalt ist zu teuer. Ich nehme die Fähre oder benutze Janets Boot.«

»Es klingt so, als wäre sie eine gute Freundin.«

»Janet war vom ersten Tag an großartig zu mir. Sie passt immer gern auf Kylie auf und gibt mir tolle Ratschläge, weil sie selbst noch viel Schlimmeres durchgemacht hat.«

»Ihren Mann verloren, meinst du?«

»Danach war sie eine Zeitlang richtig verbittert. Der

Motor des Rettungsboots war kaputt. Darum haben die Jungs damals zwanzig Minuten gebraucht, bevor sie in See stechen konnten, während Trevor im Sterben lag. Gott sei Dank ist sie inzwischen drüber weg.«

»Es klingt, als würde sie dir vertrauen. Wann seid ihr nach Hause gekommen?«

»Gegen zehn.«

»War Paul Keast an dem Abend bei dir? Er hat erwähnt, dass ihr jetzt zusammen seid.«

Sie zögert kurz. »Das mit uns ist noch ganz frisch. Paul ist sehr viel liebenswürdiger als Jez, Gott sei Dank. Er war nur eine knappe Stunde hier.«

»Wann ist er denn gekommen?«

»Gegen elf, nachdem Kylie ins Bett gegangen war. Wir haben noch was getrunken und uns dann eine gute Nacht gewünscht. Ich lasse nur einen anderen Mann in mein Leben, wenn er die Absicht hat zu bleiben.« Sie schaut mich an. »Ich hab Jez nichts getan, falls du das wissen willst.«

»Aber du gibst zu, dass du ihn gehasst hast. Ich wette, du hast ihm den Tod gewünscht, stimmt's?«

Ihre Augen weiten sich. »Ben, du kennst mich doch noch von früher. Hast du jemals gesehen, dass ich jemandem irgendwas getan habe?«

»Nein, aber es ist lange her, dass wir miteinander zu tun hatten.«

»Du weißt, dass ich nicht lüge.«

Anna wirkt anders als das Mädchen, mit dem ich mal zusammen war, ernster und dünnhäutiger, doch sie hat ein solides Alibi. Es ist ein Jammer, dass Jez nicht hier ist, um sich zu verteidigen. Aber wenn sie ihn tot sehen wollte, hätte sie dann nicht das Eisen geschmiedet, solange es noch heiß war? Ihre Tochter hatte mehr Respekt verdient, und sie selbst auch. Als ich meinen Blick noch einmal durch die Küche schweifen lasse, fällt mir in der Ecke ein mit Büchern vollgestopftes Regal auf. Eine Gesamtausgabe von Shakespeares Stücken ist auch dabei.

»Wie ich sehe, liest du immer noch gern. Du hast eine Menge Bücher.«

»Die kaufe ich auf Wohltätigkeitsbasaren für Kylie. Sie wird sie alle eines Tages lesen. Sie hat einen großen Wissensdurst.« Annas Blick ist glasig, so als hätte sie sich in Erinnerungen zurückgezogen, aber plötzlich wird ihre Stimme ganz fest. »Jez wusste, wie man Leute reinlegt, Ben. Vielleicht hat er dieselbe Nummer auch mit einer anderen Frau abgezogen. Und irgendwer hat ihm sein beschissenes Verhalten dann heimgezahlt, nehme ich an.«

Das triumphierende Glitzern in Annas Augen erschüttert meinen Glauben an ihre Unschuld. Obwohl sie eine neue Beziehung hat, ist jedwedes Bedauern über Jez' Tod bei ihr hinter einem Nebel aus Wut verborgen. Mit ihren knapp eins sechzig und ihrer zierlichen Statur kann man sie sich schlecht als Mörderin vorstellen, trotzdem ist es nicht auszuschließen, dass sie etwas mit seinem Tod zu tun hat. Sie ist schlau genug, um andere geschickt zu manipulieren. Sie könnte nach St. Agnes gefahren sein, nachdem Kylie ins Bett gegangen war. Sie hätte gerade genug Zeit gehabt, um den Mord zu begehen und dann nach Hause zurückzukehren, um noch einen Absacker mit ihrem neuen Freund zu trinken. So unwahrscheinlich mir das auch erscheint.

30

Sam schwirrt nach der Versammlung der Kopf. Er war noch nie ein Fan der Polizeibehörden, aber die Entschlossenheit in den Gesichtern der Beamten hat seine Stimmung aufgehellt. Ben Kitto scheint alles daransetzen zu wollen, den Mörder von Jez zu finden, genau wie er, doch er ist nicht bereit zu warten. Er ist erleichtert, dass er Stuart Cardew nicht noch einmal begegnet ist; die Verletzungen von dessen Übergriff sind noch nicht verheilt. Zu wissen, dass Jez' Familie ihn des Mordes für fähig hält, entsetzt ihn. Und der Gedanke daran, dass der Täter sich noch immer unerkannt auf den Inseln aufhält, bringt sein Blut in Wallung. Sam weiß, dass es ein Fehler wäre, gleich wieder zur Arbeit zu gehen. Ein einziger weiterer kritischer Satz von Moyle, und seine Wut würde sich entladen. Besser, er hält sich von ihm fern, bis er sich beruhigt hat.

Es ist halb drei, als er Porthcressa Beach erreicht. Goldener Sand säumt die hufeisenförmige Bucht, Urlauber sitzen auf Bänken, haben die Beine hochgelegt und schauen aufs Meer. Das Wasser ist glänzend aquamarinblau, einen Hauch dunkler als der Himmel und nur ganz leicht gekräuselt. Um Eis bettelnde Kinder und das Kreischen der landeinwärts gleitenden Sturmschwalben sind die einzigen Geräusche, die an sein Ohr dringen. Er muss mit jemandem reden, dem er vertraut, doch da gibt es nicht viele. Zu den wenigen Einheimischen, die ihn gern willkommen heißen, gehören seine Mutter und Father Mike. Sams Blick gleitet über das Meeresufer zur Bibliothek, die ein Stück zurückversetzt vom Fußgängerweg liegt.

Er geht darauf zu, ohne seine Entscheidung zu hinterfragen. Er weiß zwar nicht genau, was er sagen wird, aber der Impuls ist zu stark, als dass er widerstehen könnte. In der Bibliothek ist es still, die Luft ist kühl, und Danielle scheint allein zu sein. Sie befestigt Aufkleber auf Buchrücken, doch als sie ihn sieht, lässt sie den Band, den sie gerade in der Hand hält, auf den Tresen fallen.

»Tut mir leid, ich wollte dich nicht erschrecken.«

Sie sieht verlegen aus. »Alles gut, ich war nur gerade sehr konzentriert.«

»Könntest du kurz eine Pause machen? Ich muss dich was fragen.«

Sie stehen zusammen auf der Promenade und schauen auf die anrollende Flut. Danielle blickt Sam ruhig an und wartet darauf, dass er zu reden anfängt.

»Ich muss wissen, warum Jez sterben musste, Danielle. Ich kann nicht einfach nur rumsitzen und hoffen, dass die Polizei irgendwas verkündet.«

»Geht mir genauso.«

»Jez' Dad glaubt, ich hätte ihn umgebracht. Ich muss meinen Namen reinwaschen, sonst kann ich hier nicht bleiben.«

»Das ist doch völlig idiotisch. Ihr zwei wart wie Brüder.«

»Hilfst du mir, rauszufinden, was passiert ist?«

Sie sieht ängstlich aus, nickt aber. »Wo fangen wir denn an?«

»Wie wäre es mit St. Agnes, heute Abend? Wir könnten seine Spur zurückverfolgen.«

»Dann treffen wir uns gegen acht unten auf dem Kai.«

»Ich besorge uns ein Boot, mit dem wir übersetzen können. Wird dein Dad nichts dagegen haben, dass du mit mir mitkommst?«

»Er ist seit Wochen nervös. Und seit er gehört hat, dass die Mitglieder der Rettungsboot-Crew besonders gefährdet sind, wenn sie Anstecker von der RNLI bekommen haben, ist es noch schlimmer geworden. Wir haben nämlich beide welche bekommen.«

»Ich auch. Letzte Woche. Hör zu, Danielle, ich sollte dich nicht in Schwierigkeiten bringen, wenn Liam lieber möchte, dass du zu Hause und in Sicherheit bleibst.«

»Er kann mir nichts verbieten. Wir sehen uns um acht.«

Danielle lächelt wieder, als sie zurück zur Arbeit eilt. Er kann sich schon richtig vorstellen, wie die Gerüchteküche brodeln wird, wenn jemand mitbekommt, dass der Liebling der Insel mit einem Ex-Knacki abhängt, doch er braucht jede Hilfe, die er kriegen kann. Jez hat ihn so oft beschützt, dass er diese Loyalität wahrhaft verdient. Für Gerechtigkeit zu kämpfen, das ist das Mindeste, was Sam tun kann.

31

Eddie ist allein, als ich in den Gemeindesaal zurückkehre. Er räumt auf, um Platz für den Yogakurs am Abend zu schaffen. Mein Job bei der Inselpolizei bringt manchmal profanere Tätigkeiten mit sich, als ich mir je hätte träumen lassen, aber ich helfe ihm, die Stühle zu stapeln, bis sich der Raum geleert hat. Übrig bleibt nur der Duft von Sonnencreme und Grillrauch. Shadow nutzt die Gelegenheit für ein Nickerchen. Er hat sich in einer Ecke zusammengerollt, seine Schnauze ruht auf den Vorderpfoten. Mein Deputy sieht weniger entspannt aus, als ich ihm von meinem Gespräch mit Anna Dawlish berichte. Sie mag ja als schwierig gelten, doch der Kummer in ihrem Blick wäre wohl nur schwer vorzutäuschen gewesen. Dennoch können wir sie nicht von der Liste der Verdächtigen streichen. Ich kann sehen, dass Eddie sich sein Urteil noch vorbehält, wie ich auch.

»Jez hat ihr einen Antrag gemacht und sie dann einfach stehenlassen. Auch zu Kylie scheint er ein gutes Verhältnis gehabt zu haben, aber er hat sich nie wieder bei ihr gemeldet. Janet Fearnley hat Anna für die Nacht, in der Jez starb, ein Alibi gegeben, und Paul Keast hat es bestätigt.«

»Vielleicht deckt der sie ja«, sagt Eddie. »Wir haben keinerlei konkreten Beweis, oder? Es sind genau solche Leute wie sie, die am Ende ihre Ex-Männer umbringen.«

»Wie meinst du das?«

»Anna hat im Januar Sachen durch Jez' Fenster geworfen: Steine, Flaschen, alles Mögliche. Die Glasscherben waren auf seinem ganzen Bett verteilt. Er hätte dabei blind werden können.«

»Warum hat er keine Anzeige erstattet?«

»Aus Mitleid, nehme ich an. Das ist doch klassisches Stalking, oder?«

»Anna hat den Verlobungsring noch.«

»Kann nicht sein«, sagt Eddie und starrt mich mit offenem Mund an. »Das hätte Jez mir doch erzählt.«

»Was ist eigentlich mit seinen Mobilfunkdaten?«

»Der Provider behauptet, dass er noch vierundzwanzig Stunden braucht.«

»Im Ernst? Diese Mistkerle müssen doch nur auf eine Taste drücken.«

»Du sagst es! Die Staatsanwaltschaft ist auch nicht viel besser. Der Durchsuchungsbeschluss, den ich für das Haus von Callum Moyle beantragt habe, ist immer noch nicht da.«

»Das kann bis morgen warten. Lass uns mal hören, was Liz sagt, und dann nach St. Agnes fahren. Ich möchte noch mit Tommy Brookes sprechen. Er hatte am Abend von Jez' Verschwinden offenbar einen heftigen Streit mit ihm. Und wir müssen Denzel Jory aufsuchen. Hast du ihn erreicht?«

»Er ist immer noch zu krank, um Besucher zu empfangen.«

»Lass uns trotzdem zu ihm gehen. Vielleicht ist er der Einzige, dem Jez von seiner geheimen Beziehung erzählt hat.«

Während wir über die Museum Street ins Ortszentrum laufen, verändert sich die Atmosphäre. Es ist ein wunderschöner Augustnachmittag, und zahlreiche Tagesausflügler mischen sich unter die Einheimischen. Die Urlauber sehen sorglos aus, während die Insulaner in Grüppchen beisammenstehen und über die Versammlung sprechen. Der Hochsommer ist eine merkwürdige Zeit für einen brutalen Mord. Zwar kam es hier auch vorher schon zu Gewaltausbrüchen, aber meistens im Winter, wenn Stürme die Leute zwingen, in ihren Häusern zu bleiben, und die Inseln häufig vom Festland abgeschnitten sind. Liegt dann zu Hause irgendwas im Argen, entzündet sich schnell mal ein Streit, und es kommt zu tätlichen Übergriffen. Doch Jez Cardew ist in der entspanntesten Zeit des Jahres ermordet worden, in der es jede Menge Saisonarbeit gibt und man lange sonnige Abende genießen kann.

Als wir zum Rettungsbootschuppen kommen, wo der Kabinenkreuzer der Cardews immer noch festgemacht ist, beobachtet eine kleine Schar Schaulustiger die wissenschaftliche Seite unserer Ermittlung. Gannick ist vom Fußweg aus zu sehen, sie trägt einen weißen Overall wie eine Tatortermittlerin in der Serie *Silent Witness*. Ich bitte die Gaffer, weiterzugehen, doch sie kommen bestimmt zurück, sobald wir ihnen den Rücken zukehren. Die Leiterin der Kriminaltechnik scheint gar nicht wahrzunehmen, was um sie herum passiert. Sie nimmt Fläschchen mit Chemikalien aus einem Metallkoffer, den sie aus ihrem Labor mitgebracht hat. Ich bitte Eddie, sich mit den Schaulustigen zu unterhalten und zu hören, ob irgendwer Informationen über den Mord hat, dann gehe ich die Slipanlage hinunter. Gannick wirkt ruhiger, so als hätte die schwierige Arbeit ihr Temperament besänftigt. Ich muss das Eisen schmieden, solange es noch heiß ist.

»Wie läuft's denn so, Liz?«, rufe ich.

»Gut, bis Sie hier aufgekreuzt sind.«

»Brauchen Sie irgendwas, bevor ich nach St. Agnes rüberfahre?«

»Zwei Stunden mehr Tageslicht.« Als ich mich zu ihr gesellen will, scheucht sie mich weg. »Hier ist eh schon alles kontaminiert. Aber eines ist zumindest klar.«

»Und zwar?«

»Irgendwer hat dieses Boot geschrubbt.« Sie hält ein Reagenzglas hoch, in dem ein gelber Papierstreifen steckt. »Wissen Sie, was das ist?«

»Lackmuspapier?«

»Das ist ein Indikatorstreifen. Beim Kontakt mit Ammoniak färbt er sich lila, beim Kontakt mit Nitroverbindungen hingegen blau.« Sie hält ein weiteres Reagenzglas hoch, in dem ich einen grünen Papierstreifen sehe. »Ich habe Paraffin gefunden, und zwar überall, auf dem Deck und in der Kabine.«

»Und was genau bedeutet das?«

Sie schaut mich an, als wäre ich ein Idiot. »Paraffin ist eines der stärksten Lösungsmittel überhaupt. Damit kriegt man Klebstoff von gläsernen Oberflächen und Fett von Stahl runter. Fingerabdrücke haben da keine Chance.«

»Darum stank es im Schiffsraum so nach Sprit.«

»Es gab keinerlei Putzmittel an Bord, nur Paraffin, also hat der Mörder eben das genommen. Er hat ein Tuch damit getränkt, alle sichtbaren Oberflächen abgewischt und nur einen kleinen Rest übrig gelassen. Danach musste der- oder diejenige den Lappen nur noch über Bord werfen.«

»Ist er oder sie also jemand, der nichts dem Zufall überlässt, oder hat er einfach die Gelegenheit beim Schopf gepackt?«

»Mit Psychologie kommen Sie nicht weiter. Was zählt, sind harte Fakten.« Ihre Miene verfinstert sich immer weiter, bis die Falte zwischen ihren Augenbrauen so aussieht, als würde sie nie mehr verschwinden. »Auf den Polstern unten im Schiffsraum hab ich irgendeinen Staub oder Kreide gefunden.«

»Und? Ist das von Belang?«

»Nur, wenn die Substanz von den Kleidern des Mörders stammt. Ich muss sie also erst mal analysieren.«

»Untersuchen Sie auch die Botschaften, die wir gefunden haben?«

»Ich werde sehen, was ich machen kann. Und jetzt verziehen Sie sich, Ben, Sie verschwenden meine Zeit.«

»Wir treffen uns morgen früh zum Frühstück in Ihrem Hotel. Dann können Sie mir berichten, was Sie gefunden haben.«

Sie murmelt leise irgendwas, das nicht nett klingt, und damit werde ich mich begnügen müssen. Ich verabschiede mich und eile davon. Wenn sie einen guten Tag hat, kann Gannick unterhaltsam sein. Sie trinkt gern Rotwein, erzählt schmutzige Witze und zieht über ihre Vorgesetzten her. Ich habe gelernt, sie zu nehmen, wie es gerade kommt, nachdem sie mir gesagt hat, dass sie seit einer Rückenoperation zur Korrektur ihrer Spina bifida jeden Tag starke Schmerzen hat. Wenigstens habe ich jetzt ein etwas klareres Bild von unserem Mörder. Es ist jemand, der immerhin so planvoll vorgeht, dass er alle seine Spuren verwischt. Dennoch bleibt meine Vorstellung davon, wie Jez zu Tode gekommen ist, immer noch sehr vage. Was ist auf diesem Boot passiert? Und wie ist der Mörder an Bord gekommen?

Janet Fearnley fegt gerade den Boden im Rettungsbootschuppen, als ich ihn betrete. Normalerweise legt sie bei allem, was sie macht, ein beachtliches Tempo vor, aber heute wirken ihre Bewegungen schwerfällig. Als ich näher komme, ist deutlich zu sehen, dass sie geweint hat, ihr Gesicht ist verquollen. Ich nehme ihr den Besen aus der Hand und führe sie zu einem Stuhl.

»Das Gefühl der Machtlosigkeit ist das Schlimmste, finden Sie nicht? Das alles erinnert mich daran, wie ich Trevor verloren habe.« Sie kneift die Augen zusammen. »Ich hab's immer gehasst, wenn er allein rausgefahren ist, aber der alte Dummkopf hat stets behauptet, ihm könne nichts passieren. Er war erst eine Stunde draußen auf See, als sein Herz versagt hat.«

»Es war bestimmt sehr schwer, das zu akzeptieren.«

Sie tupft sich die Tränen weg. »Ich hab Liam damals schrecklich beschimpft. Und sogar eine offizielle Beschwerde beim RNLI eingereicht. Ich konnte nicht akzeptieren, dass die Crew so lange gebraucht hat, bis sie bei ihm war, nachdem er doch jahrelang auf dem Boot Dienst getan hatte. Trevor ging es wunderbar, als er rausgefahren ist, aber als das Rettungscrew bei ihm eintraf, war er schon tot. Ich dachte damals, dass sie gleich das kleinere Boot hätten nehmen sollen. Man bleibt mit so vielen offenen Fragen zurück.«

»Tut mir leid, dass die jetzige Situation all diese schlimmen Erinnerungen wieder aufwirbelt.«

»Ich hätte den Bootsführer nie kritisieren dürfen. Das war unverzeihlich. Er muss mit seinen Entscheidungen leben.« Ihr treten wieder Tränen in die Augen, doch sie blinzelt sie weg. »Jez' Eltern leiden jetzt am meisten. Die Ärmsten.«

»Die Gemeinde unterstützt sie, so wie Sie Anna helfen. Wie ich höre, leihen Sie ihr manchmal Ihr Boot.«

»Seit Trevor darauf gestorben ist, kann ich es irgendwie kaum anschauen. Also kann Anna es sich gern ausborgen; sie macht es meistens in der Watermill Cove fest. Sie hat außer mir niemanden. Ihre Eltern kümmern sich kaum um sie oder Kylie, seit sie aufs Festland gezogen sind. Ihr Dad hat dort einen gut bezahlten Job bekommen, aber er schickt ihr nie auch nur einen Penny.«

»Anna war am Freitagabend mit Kylie bei Ihnen, oder?«

Sie nickt rasch. »Sie sind gegen sieben gekommen. Wir haben Popcorn gemacht und uns zusammen einen Film angesehen.«

»Und wann sind sie wieder gegangen?«

Sie zögerte eine Sekunde zu lang. »Ich erinnere mich nicht mehr genau; gegen neun, glaube ich.«

»Anna hat gesagt, um zehn.«

»Könnte sein, dass ich das falsch in Erinnerung habe. Kylie hat sich jedenfalls gefreut, dass sie mal länger aufbleiben durfte als sonst.«

Ich spüre, dass sie sich in die Ecke getrieben fühlt und mich dazu bringen will, mich auf etwas anderes zu konzentrieren.

»Ich weiß, dass Eddie sie schon wegen der RNLI-Anstecker gefragt hat, die einige aus der Crew mit der Post bekommen haben. Können Sie sich jemanden vorstellen, der sie aus Ihrer Wohnung geklaut haben könnte?«

»Ich hab schon alle im Festival-Ausschuss gefragt, aber es hat sich niemand gemeldet.«

»Wir haben die Poststempel überprüft. Die Briefe sind alle in den Briefkasten draußen vor dem Postamt von Hugh Town eingeworfen worden. Da kann sie jeder unbemerkt nachts reingesteckt haben. Wer ist denn alles in dem Ausschuss?«

»Father Mike, Maggie und die Cardews. Debbie und Tommy Brookes sind letztes Jahr dazugekommen.«

Sie zählt noch mehr Namen auf, aber das sind alles Rentner, die wahrscheinlich keiner Fliege was zuleide tun können. Ich kann mir auch nicht vorstellen, dass ein katholischer Priester wie Father Mike einen Mord begeht. Meine Patentante und die Brookes sind Kneipenwirte ohne irgendwelche Vorstrafen, und die Cardews würden ihrem eigenen Sohn niemals was antun. Janet ist schon wieder auf den Beinen und geht zu ihrem Besen. Das alles erinnert mich daran, dass auf den Scilly-Inseln jeder vom Meer beeinflusst wird. An den meisten Tagen haben wir ein sorgloses Verhältnis zu ihm, aber häufig macht uns der Ozean durch seine Botschaften klar, dass er die Kontrolle hat. Ich bitte Janet, nach Hause zu gehen und sich auszuruhen, doch sie fegt schon wieder und beharrt darauf, dass es ihr gut geht.

Eddie plaudert noch mit den Gaffern. Normalerweise liebt er den direkten Kontakt zur Bevölkerung und ist immer gut gelaunt und höflich, aber jetzt scheint er es eilig zu haben, von dort wegzukommen. Während wir zusammen zum Kai laufen, erzählt er mir, dass er keine neuen Informationen erhalten hat, und als wir an Bord der Polizeibarkasse gehen, verfällt er in Schweigen. Eddies übliche Höflichkeit ist zurückgekehrt, doch er wirkt bekümmert.

Ich lenke das Boot, und er kauert sich trotz der Sommerwärme in den Bug. Auf unserer Fahrt nach Westen kommen wir am Garrison Point vorbei. Oben auf dem Hügel thront das Star Castle, das die Insel auch nach vier Jahrhunderten noch bewacht. Aus der Luft betrachtet ist es sogar noch beeindruckender: Die umlaufenden Mauern der sternförmigen Festung wurden in spitzen Winkeln errichtet, damit die Wachen von einem einzigen Gebäude aus alle vier Himmelsrichtungen im Blick behalten konnten.

Im St.-Mary's-Sund ist einiges los, zahlreiche Jollen und Skiffs treiben dort auf den Wellen. Ein Schnellboot zieht einen Wasserskiläufer in einem irren Tempo hinter sich her. Die meisten Leute auf den Scillys lieben und hassen das Meer gleichermaßen. Heute ist es blass türkisfarben und glitzert im Sonnenlicht, als könnte hier nie irgendetwas schiefgehen. Als Nächstes kommen wir an Gugh vorbei, der kleinen Satelliteninsel von St. Agnes. Sie ist durch eine Sandbank, die bei Flut verschwindet, mit der Hauptinsel verbunden. Auf Gugh gibt es nur ein Dutzend Gebäude, und die Bewohner schätzen die Ruhe und die Stille so sehr, dass es sie nicht stört, zweimal täglich vom Rest der Menschheit abgeschnitten zu werden. Die Häuser, die in der Nähe des höchsten Punktes von Gugh stehen, haben einen direkten Blick auf das *Turk's Head*.

Wir werden alle Bewohner von Gugh befragen müssen, aber Denzel Jory führt trotz seiner Weigerung, uns zu empfangen, meine Liste an. Am liebsten würde ich direkt dorthin fahren, aber um zu verhindern, dass unser Boot am Ende auf der Sandbank festhängt und wir stundenlang nicht mehr wegkommen, mache ich an dem Anleger unterhalb des *Turk's Head* fest. Wir müssen ohnehin noch überprüfen, was es mit Paul Keasts Geschichte über den Streit zwischen dem Gastwirt und Jez auf sich hat.

Im Licht der Spätnachmittagssonne wirkt der Pub makellos. Die strahlend weißen Wände beweisen, dass Tommy und Debbie stolz auf ihre Kneipe sind. Der Rasen im Terrassengarten ist ordentlich gemäht, und Sonnenschirme schützen die aufgestellten Picknicktische. Wir gehen bereits auf das Gebäude zu, als eine vertraute Gestalt herauskommt. Damian Cosgrove ist an seiner gedrungenen Statur leicht wiederzuerkennen; er hat einen derart aufgepumpten Oberkörper, dass er seine Freizeit mit Gewichtheben verbringen muss. Er schaut mich finster an, scheut aber eine erneute Konfrontation. Ich würde gern wissen, warum er allein in dem Pub war, und das in der ruhigsten Zeit des Tages. Seine Laune scheint der Besuch jedenfalls nicht aufgehellt zu haben. Cosgrove wirft mir einen wütenden Blick zu, bevor er abzieht. Dieser Typ trägt so viel Aggression in sich, dass ich mich immer noch frage, ob er seine Frau nicht doch für untreu hält und glaubt, bald das Kind eines anderen großziehen zu müssen. Eine kurze Lunte zu haben, das macht einen noch nicht zum Mörder, aber sein Benehmen sorgt dafür, dass ich ihn im Kopf behalte.

32

Im Pub ist es still, als wir, Shadow auf den Fersen, eintreten. Ich sehe nur einen einsamen Kellner, der Biergläser von leeren Tischen einsammelt. Auf meine Frage nach Tommy zeigt er zum hinteren Flur, also gehe ich den Wirt suchen, während Eddie den Mann zu Jez Cardews letztem Besuch befragt. Shadow bleibt bei ihnen, er ist offensichtlich in seinem Element, denn er schnüffelt auf der Suche nach Futter überall herum.

Ich finde eine angelehnte Tür und spähe durch den Spalt. Tommy Brookes sitzt, die Hände in seinen ergrauenden Haaren vergraben, an seinem Computer. Als ich anklopfe, fährt er erschrocken zusammen, sein Lächeln ist diesmal verhalten.

»Ben, kommen Sie doch rein. Ich kann Ablenkung gebrauchen; diese ganzen Rechnungen machen mich fertig.«

»Sagen Sie bloß, Sie mögen keine Buchhaltung?«

Er bietet mir einen Stuhl an. »Um ehrlich zu sein, hasse ich das. Ich kann besser mit Leuten umgehen als mit Zahlen. Ich hatte gehofft, wir hätten zwischendurch mal Zeit, mit dem Boot rauszufahren, aber seit der Wiedereröffnung haben wir das noch kein einziges Mal geschafft. Immer nur Gäste zum Sightseeing rumzufahren wie ein Taxiunternehmer, das ist doch echt Mist. Ich sollte einen Buchhalter bezahlen, aber so ist es billiger.«

»Wollen Sie Geld sparen?«

»Im Winter kommt ja keiner her.« Er zuckt mit den Schultern. »Den Laden am Laufen zu halten ist echt ein Balanceakt.«

»Tut mir leid, das zu hören. Kann ich Ihnen ein paar Fragen zu Jez Cardew stellen?«

»Klar, nur zu.«

»Wie haben Sie beide sich verstanden?

»Meistens gut.« Er rückt mit nachdenklicher Miene auf seinem Stuhl herum. »Er war ein netter Kerl und beliebt noch dazu, aber er hat nie so richtig sein Ding gefunden.«

»Wieso? Was meinen Sie damit?«

»Jez war gut aussehend, jung, charismatisch, aber er wollte mehr vom Leben, als die Inseln ihm bieten konnten.« Die Traurigkeit in Tommys Miene wirkt echt.

»Worüber haben Sie am Abend seines Verschwindens mit ihm gestritten?«

Er lehnt sich auf seinem Stuhl zurück. »Wer hat das denn schon wieder weitergetratscht?«

»Sie wissen doch, wie das ist. Unbeobachtet ist man hier nie.«

»Debbie und ich lassen unsere Stammgäste anschreiben, vorausgesetzt, sie zahlen regelmäßig ihren Zettel. Das erspart uns das ganze Kreditkarten-Klimbim, aber es funktioniert nur auf der Basis von Vertrauen. Jez schuldete uns dreihundert Pfund, und ich hatte keinen Bock mehr, mir seine Ausreden anzuhören.«

»Warum hat er Sie einen Lügner genannt?«

Brookes Stimme bebt. »Wir haben an dem Abend beide

Sachen gesagt, die wir nicht so gemeint haben. Ich hab schon die ganze Zeit Albträume deswegen. Was, wenn meine Vorwürfe das Letzte waren, was er gehört hat?«

»Das konnten Sie ja nicht ahnen, Tommy. Warum war er so knapp bei Kasse?«

»Kann ich Ihnen nicht sagen. Es ist immer ein Fehler, sich in die finanziellen Angelegenheiten der Gäste einzumischen. Gott weiß, wie Maggie sich über Wasser hält.«

Die Gastronomen auf den Scilly-Inseln kommen gut miteinander aus, weil jeder seine eigenen Stammgäste hat, aber nur meine Patentante Maggie fungiert gewissermaßen als Bank. Sie ist die Handelsvertreterin für die Fischer auf Bryher und feilscht für sie um jeden Cent, wenn sie deren Fang verkauft. Und sollten irgendwelche Familien im Winter finanzielle Engpässe haben, hilft sie ihnen bereitwillig aus.

»Ich muss genau wissen, was im Vorfeld seiner Ermordung passiert ist. Bitte erzählen Sie mir alles, woran Sie sich noch erinnern, Tommy.«

»Jez hat dauernd behauptet, er wäre pleite, und irgendwann reichte es mir.« An der Trauer in Brookes' Miene ist deutlich zu erkennen, dass er das Gespräch in der Erinnerung noch einmal durchgeht. »Ich hatte das alles schon sooft gehört. Er hat mich dann beschimpft, aber ich hätte nicht drauf einsteigen sollen.«

Brookes ist in meinen Augen ein anständiger Kerl, und dieses Gespräch bestätigt mir das erneut. Man merkt ihm an, wie sehr es ihm zusetzt, dass er einen jungen Mann nur wenige Stunden vor dessen Tod aggressiv angegangen hat.

»Wie teilen Sie sich mit Debbie die Arbeit in der Kneipe auf?«

»Früher hab ich mich hinter den Tresen gestellt, während sie in der Küche war, aber wir mussten ein paar Dinge ändern«, sagt er und senkt den Blick. »Debbie leidet unter chronischer Fatigue, aber das haben wir noch niemandem erzählt, also behalten Sie es bitte für sich. Sie ist dauernd erschöpft, sowohl körperlich als auch mental. Und sie macht sich Sorgen über Sachen, über die sie früher nie nachgedacht hat.«

»Tut mir leid, das zu hören. Weiß sie denn, dass Jez Ihnen Geld schuldete?«

Er schüttelt energisch den Kopf. »Negatives halte ich von ihr fern. Wenn sie gestresst ist, wird die Fatigue sofort schlimmer.«

»Ich bin nicht hier, um Ihr Privatleben zu durchleuchten, Tommy. Haben Sie irgendeine Ahnung, mit wem Jez hier auf St. Agnes geflirtet hat?«

Er sieht mich erstaunt an. »Sie kennen doch die Leute, die hier wohnen. Das sind alles Paare, die schon ewig zusammen sind, und Familien. Jez ist ein paarmal mit Molly Bligh hier gewesen, aber die beiden sind nur Freunde. Die einzige Freundin, die er je mit hergebracht hat, war Anna Dawlish, letztes Jahr.«

»Und es gab keine verheirateten Frauen, die an ihm interessiert waren?«

»Ich hab ihn mit niemandem flirten sehen. Auf einer Insel, auf der dich jeder kennt, sind Affären ja auch eher schwierig.«

»Haben Sie sich je gefragt, ob Jez hinter Ihrer Frau her war? Ich weiß, dass er sich Debbie manchmal anvertraut hat.«

Tommy bricht in schallendes Gelächter aus. »Sie ist zu jedem nett, sie kann gar nicht anders. Sie war wahrscheinlich eine Art zweite Mutter für ihn.«

»Sie ist immer noch eine attraktive Frau.«

»Debbie ist treue Kirchgängerin, ich glaube nicht, dass sie fremdgeht.«

»Also hatte Ihr Streit nichts mit Eifersucht zu tun?«

»O Gott, nein, es ging ausschließlich um schnöden Mammon. Wenn wir weniger Einkünfte haben, kriegen wir mächtig Probleme. Jez war in dieser Hinsicht ein Gast wie jeder andere auch. Er kam nach der Arbeit auf ein Bier her, um sich zu entspannen. Und manchmal hab ich ihn spätnachts vom Kai wegfahren sehen, wenn ich hier alles dichtgemacht hab.«

»Und wo war er zwischendurch?«

»Bei einem Freund, nehme ich an. Lewis Marling, zum Beispiel. Die beiden haben hin und wieder zusammen Pool gespielt. Lewis ist ein ziemlicher Einzelgänger, aber Jez hat jeden geknackt.« Sein Lächeln verschwindet. »Ich werde mich weiter umhören. Die ganze Insel kommt hierher, um einen zu trinken. Und hin und wieder plaudert dabei auch mal jemand ein Geheimnis aus.«

»Debbie hat erwähnt, dass Sie im Sommer manchmal spät noch mit dem Boot rausfahren. Warum?«

»Um das Gefühl von Freiheit zu genießen. Wir arbeiten den ganzen Tag hier drinnen. Da nutze ich jede Gelegenheit, um zu schwimmen oder rauszufahren.« Er betrachtet den Stapel Rechnungen vor ihm auf dem Tisch. »Kann ich sonst noch was für Sie tun?«

»Wir verlegen unsere Ermittlungen nach St. Agnes. Haben Sie vielleicht einen Raum, den Sie nicht brauchen?«

Tommy nickt sofort. »Der Snooker-Raum oben ist frei.«

Er kramt in seiner Schreibtischschublade und holt einen Schlüssel heraus. »Bitte sehr, bedienen Sie sich. Eigentlich wollte ich den Raum längst schon mal auf Vordermann gebracht haben, aber ich hab einfach nie Zeit.«

»Danke, das weiß ich zu schätzen.«

Ich verabschiede mich, den Schlüssel in der Tasche, und blicke nur noch einmal zurück, bevor ich die Tür schließe. Tommy Brookes sieht schockiert aus, so als könnte er nicht akzeptieren, dass einer seiner jüngsten Stammgäste nicht mehr lebt. Was die Treue seiner Ehefrau angeht, mag er recht haben, aber es sind schon seltsamere Dinge passiert, als dass ein junger Mann sich in eine hübsche ältere Frau verguckt hat. Als ich in den Gastraum zurückkomme, sehe ich sofort, dass Shadow genauso erfolglos war wie ich. Er liegt mit der Schnauze auf den Vorderpfoten in der Ecke und schmollt, weil keiner ihn beachtet.

33

Sam ist genervt, obwohl sein Boss bester Laune ist, als sie von der Arbeit nach Hause kommen. Moyle bietet ihm ein Bier an, das er ablehnt.

»Du rührst das Zeug wirklich nicht mehr an, was?«, fragt Callum lachend.

»Hab ich nicht vor.«

»Viel Glück, Kumpel. Das hab ich auch schon versucht, aber das hält nie lange.«

»Es wird leichter. Komm mit zu den Anonymen Alkoholikern, wenn du willst.«

»Auf keinen Fall. Ich hab ja kein Problem damit.«

»Stimmt das denn?« Sam betrachtet die Miene seines Vermieters. »Koksen ist ganz schön riskant.«

»Ich bin nur süchtig nach Arbeit.« Moyle trinkt einen großen Schluck von seinem Bier. »Meine Schwester hat eine Villa in Kalifornien mit Eternity-Pool und Sonnenschein das ganze Jahr. Ich will auch raus aus dem Scheißnest hier, aber dafür braucht man gutes Geld.«

Sam schaut aus dem Fenster. Es wird Nacht über dem Hafen von Hugh Town. Während die Gezeiten wechseln, leuchten Lichter in den Fenstern der Cottages. Er kann sich nicht vorstellen, wo es schöner sein sollte als hier. Die Erinnerung an diese Landschaft hat ihn im Gefängnis davor be-

wahrt, den Verstand zu verlieren. Sie hat ihm geholfen, das Geschrei der Zellennachbarn auszublenden und einfach die Augen zu schließen und zu träumen. Er hat sich die weißen Strände der Inseln vorgestellt und die Steinhaufen und Hügel aus Granit und sich mit diesen Erinnerungen beruhigt, bis er eingeschlafen ist.

»Kann ich mir heute Abend dein Boot leihen, Callum?«

Sein Vermieter sieht ihn scharf an. »Wieso?«

»Ich muss mal nach St. Agnes rüber.«

»Geschäftlich oder privat?«

»Einfach um einen Freund zu treffen.«

»Wie heißt sie denn?«

»Vergiss es, ich frag jemand anders.«

»Gott, bist du empfindlich. Du kannst das Boot haben, aber pünktlich um elf bringst du es zurück.«

»Mach ich, danke.«

Sam geht in die Küche, wo der Bootsschlüssel an einem Haken an der Wand hängt. Er steckt ihn gerade ein, als Moyle in der Tür erscheint. Als er erneut etwas sagt, hat sein Ton sich verändert, plötzlich klingt er feindselig.

»Du weißt, dass ich spielend leicht dafür sorgen könnte, dass du wieder in den Knast wanderst, oder?«

»Wie meinst du das?«

»Ach nichts, ich wollt's bloß gesagt haben. Weil's nämlich Fakt ist.«

Sam hat keine Lust auf Spielchen und erwidert lieber nichts. Jetzt, wo Moyle wieder die Oberhand hat, kehrt sein Lächeln zurück. Das Misstrauen zwischen den beiden ist mit Händen zu greifen.

34

Einzig sture Beharrlichkeit wird uns zu Jez' Mörder führen. Wenn wir rund um die Uhr auf St. Agnes bleiben, wird klarwerden, in welche Richtung wir gehen müssen. Möglicherweise übersehen wir ja etwas, was eigentlich offen daliegt, aber Liebe und Geld sind meines Erachtens die Hauptgründe, warum ein junger Mann einen Ort so häufig aufsucht. Vielleicht war er verknallt oder hat versucht, Geld aufzutreiben, um einen Kredit abzuzahlen, oder er hat einem Freund geholfen. Es ist schon sieben Uhr, wir haben den ganzen Tag damit verbracht, Schriftproben zu sammeln und Crewmitglieder anzurufen, um sicherzugehen, dass jeder auf sich aufpasst. Bevor wir für heute Schluss machen, müssen wir noch jemandem einen Hausbesuch abstatten, und der bietet wenig Anlass zur Vorfreude, denn der Nächste auf unserer Liste ist der größte Griesgram der Insel – der Großvater von Jez.

»Es wird Zeit, dass wir Denzel Jory aufsuchen, Eddie.«

»Er behauptet, immer noch krank zu sein.«

»Pech, er hält uns schon seit Tagen hin. Wir gehen trotzdem zu ihm. Wenn er in Plauderstimmung gerät, kann es zwar sein, dass wir stundenlang auf Gugh festhängen. Aber was soll's? Solange es uns weiterbringt.«

Mein Deputy legt einen ziemlichen Zahn vor, als wir

das *Turk's Head* verlassen und die Sandbank überqueren. Shadow flitzt, wie immer, voraus. Der Fußweg nach Gugh rüber liegt momentan noch fast einen halben Meter über dem Wasserspiegel, aber in ein paar Stunden wird er überschwemmt und die Rückkehr bis zum Zurückweichen der Flut unmöglich sein. Denzels zweihundert Jahre altes Haus steht am Ufer, direkt gegenüber vom Pub. Ähnliche Cottages werden heute für ein Vermögen verkauft. Seines hat niedrige Fenster und sieht nicht so aus, als wäre es mal modernisiert worden. Der Name »West View Cottage« ist in eine Schiefertafel neben der Klingel gehauen, aber Jory hat seinen Beruf als Steinmetz schon vor langer Zeit an den Nagel gehängt.

Die Haustür ist nur angelehnt, ein Stück Treibholz sorgt dafür, dass sie nicht zuschlägt. Ich muss beim Eintreten den Kopf einziehen. Eddie ruft etwas in den Raum hinein, um auf uns aufmerksam zu machen, doch es kommt keine Antwort. Denzel sitzt mit einer Decke über den Beinen in einem Schaukelstuhl im hinteren Zimmer und hört den Radiobericht über das laufende Cricket-Testspiel. Trotz der Hitze sind alle Fenster geschlossen, und es ist extrem stickig. Die Insulaner versorgen Denzel Jory aus reinem Anstandsgefühl mit Essen und nicht, weil sie ihm gern Gesellschaft leisten. Er ist der rechthaberischste Mensch der Scilly-Inseln und begrüßt seine Besucher mit einem verächtlichen Blick aus seinen trüben Augen.

»Ich empfange keinen Besuch, ich hab's am Magen.« Seine Gesichtszüge sind so kantig, als wären sie aus dem Granit gehauen, aus denen er früher Grabsteine hergestellt hat. »Macht, dass ihr wegkommt, und nehmt den verdammten Köter mit! Ich bin allergisch gegen die Viecher.«

»Er wird draußen warten. Wir brauchen nur schnell ein paar Informationen, Denzel.«

»Ich hab nichts zu sagen, außer dass das Spiel schon wieder ein totales Desaster ist«, verkündet er. »Die Schlagmänner kann man doch alle in der Pfeife rauchen.«

»Noch schlimmer sind die Werfer«, erwidert Eddie.

Denzel motzt über die Nationalmannschaft, während im Radio weiter über die aktuellen Spielrunden berichtet wird. Ich hab in meiner Schulzeit gern Rugby gespielt oder geboxt. Warum jemand ein Spiel spielt, das sich über fünf Tage hinzieht, habe ich noch nie verstanden.

Jory trägt eine blaue Chino und ein kurzärmeliges Hemd, sein schütteres weißes Haar ist ordentlich gekämmt, aber seine Haut verrät sein Alter. Sie ist so dünn wie Pauspapier, die Adern in seinen Händen treten dunkelblau hervor. Wenn der Tod seines Enkels ihm nahegeht, ist er zu sehr Macho, um es zu zeigen.

»Herzliches Beileid zu Ihrem Verlust, Denzel. Könnten Sie uns von Jez' letzten Besuchen erzählen?«

Endlich schaltet er das Radio aus. »Der Junge war eine einzige Enttäuschung. Er kam nur alle Jubeljahre mal her.«

»Unsinn, Denzel«, sagt Eddie. »Alle wissen, dass er einmal die Woche hier war.«

»Na, hör mal, willst du etwa behaupten, dass ich lüge?«

In den Augen des Alten blitzt Wut auf. Ich bin mir sicher, dass er uns gern rauswerfen würde, aber er hat kaum genug Kraft, um sich aufrecht zu halten. Ich weiß noch, dass ich ihn als Schüler immer bewundert habe, nachdem er meiner Klasse einmal von seinem Leben als Steinmetz erzählt hatte. Damals hat er gut gelaunt Witzchen gerissen, doch sein Humor ist schon vor Jahren auf der Strecke geblieben.

»Seine Liebe zum Meer hatte Jez von mir, aber er war nicht loyal.« Sein Blick wandert zu einem ausgebleichten alten Foto auf dem Kaminsims, das ihn selbst in seiner Montur der RNLI zeigt. »Ich hab fünfzig Jahre Dienst getan auf dem Rettungsboot und dachte, das würde aus ihm einen richtigen Mann machen, aber nichts da.«

»Wie meinen Sie das?«

Plötzlich sieht er verwirrt aus. »Zu meiner Zeit war's leicht zu schmuggeln, wenn einem das Geld ausging. Sind Sie hier, um mich festzunehmen?«

»Noch nicht, Denzel. Was haben Sie denn damals geschmuggelt?« Ich weiß aus Erfahrung, dass man geduldig sein muss mit dem Alten.

»Alkohol, Zigaretten, Seide. Alles, was die Leute wollten.«

»Ich könnte Sie auch jetzt noch einbuchten deswegen.«

»Es gibt schon lange keine Beweise mehr gegen mich.« Sein Lachen klingt heiser und schnarrend, fast wie ein quietschendes Tor, das geölt werden müsste.

»Hat Jez Ihnen gegenüber mal eine neue Freundin erwähnt?«

»Er hat schlechte Entscheidungen getroffen.« Jory zeigt mit einer zitternden Hand aus dem Fenster. »Ich hab sein Boot kommen und gehen sehen, andauernd. Warum kam er sooft her, wenn nicht wegen einer Frau oder wegen Kohle?«

»Glauben Sie, er hat geschmuggelt?«

Er wedelt mit seiner Hand durch die Luft. »Zu meiner Zeit hat man Männer wie ihn hart bestraft; wenn es jemand erfuhr, wurde man über Bord geworfen. Und ob man untergegangen oder geschwommen ist, hat keinen interessiert.«

Was er sagt, ist nicht ganz aus der Luft gegriffen. Sollte

Jez Cardew für Schmuggler in der keltischen See Drogen transportiert haben, könnte sein Tod eine Warnung an andere kleine Gauner gewesen sein, sich zu fügen. Vielleicht hat der Liebesbrief, den wir bei ihm gefunden haben, gar nichts mit seinem Tod zu tun.

»Wissen Sie, ob Jez Feinde hatte, Denzel?«

»Das ist mehr als wahrscheinlich.«

»Warum?«

»Na ja, zum einen hat seine Ex ihn gehasst.« Er beugt sich vor und wackelt mit einem Finger. »Die war mal hier. Anfangs hielt ich sie noch für ein hübsches junges Ding, bis dann der Damm gebrochen ist. Sie hat über Jez geschimpft, als würde sie ihm nach dem Leben trachten.«

»Anna ist ein starker Charakter. Was hat sie denn so wütend gemacht?«

»Er hatte sie sitzenlassen, und sie hat rumgeschrien, wie verletzend er sich verhalten würde. Aber das spielt jetzt alles keine Rolle mehr.« Die Stimme des Alten bricht, doch er überspielt seinen Schmerz sofort wieder. Er verliert das Interesse an uns und fummelt an der Radioantenne herum. »Ihr könnt mir noch einen Tee bringen, bevor ihr geht, Jungs. Mehr verträgt mein Magen noch nicht.«

»Erzählen Sie uns erst was über Damian Cosgrove. Er war am Freitagabend bei Ihnen, oder?«

»Das ist die Sorte Mann, die ich bewundere. Damian arbeitet hart, das hat er auf der Bohrinsel gelernt. Weit weg von zu Hause und unter miesen Bedingungen hat er da sein Geld verdient.«

»Wann ist er wieder gegangen?«

»Geh mir nicht auf den Wecker, Benesek Kitto. Wir haben Schach gespielt. Mehr weiß ich nicht mehr.«

»Eddie bringt Ihnen den Tee, dann gehen wir, um der Flut zuvorzukommen.«

»Was interessiert mich das? Ich hab euch nicht eingeladen.«

Als ich die Küche betrete, schaut Eddie mich triumphierend an.

»Anna Dawlish hat dir nie erzählt, dass sie Jez Vorhaltungen gemacht hat, oder? Sie hatte genug Zeit, um vor ihrem Treffen mit Keast hierherzufahren. Vielleicht lügt der auch, um sie zu schützen.«

»Jez hat sie urplötzlich abserviert, und ihre Tochter war untröstlich. Das macht sie noch nicht zur Mörderin.«

Mein Instinkt sagt mir, dass Anna unschuldig ist, aber niemand wird vergessen, dass sie die Trennung nicht akzeptieren konnte. Allerdings interessiert mich mehr, warum Jory mit so viel Verachtung über seinen Enkel spricht. Im Augenblick sieht er so aus, als würde er einnicken, doch als ich den Asservatenbeutel mit der RNLI-Medaille aus der Tasche ziehe, ist er schlagartig wieder wach.

»Kennen Sie die, Denzel?«

Er beäugt sie. »So eine hab ich als junger Kerl mal bekommen. Die liegt in einer Schale auf der Kommode.«

»Warum hat man Ihnen eine Medaille verliehen?«

»Hab einen Surfer aus einem Sturm gerettet.«

»Dann liegt der Heldenmut also in der Familie?«

»Hör um Himmels willen auf, mir Honig um den Bart zu schmieren«, schimpft er.

Ich blicke in besagte Schale blicke und finde eine Medaille, die anders aussieht als die, die wir an Jez' Leichnam gefunden haben. Die Wörter »Royal Life Saving Society« sind auf eine Seite geprägt.

»Die Sorte hab ich noch nie gesehen«, sage ich und reiche sie ihm.

»In dem Sommer vor meiner Lehre war ich Rettungsschwimmer. Und ich war erst eine Woche an der Blanket Bay, als ein Junge abgetrieben ist. Die Ebbe hatte eingesetzt, und um ihn zurückzubringen, musste ich gegen die Strömung anschwimmen. Damals wurde mir sogar die Reise nach London spendiert, wo ich die Medaille verliehen bekam.«

Er schaut mich stolz an, und plötzlich scheint in seinen Gesichtszügen der alte Denzel durch. Ich weiß nicht, ob er so verbittert wurde, weil er durch das Alter seinen Heldenstatus eingebüßt hat oder weil seine Frau gestorben ist. Was auch immer, seine miese Laune kehrt schon bald zurück. Er fährt mit den Fingerspitzen über die erhabenen Worte auf der Medaille. »›*Quemcunque miserum videris, hominem scias.*‹ Wisst ihr, was das heißt?«

»Ich hatte nie Latein in der Schule.«

»Das bedeutet, dass man jeden Menschen, der in Not ist, als seinen Mitmenschen betrachten und sich um ihn kümmern soll.«

Ich gebe mir Mühe, während meines Gesprächs mit Jory nach diesem Motto zu handeln. Seine ätzende Art resultiert aus Einsamkeit, da bin ich sicher. Es war ein langer Weg von dem jungen Mann, der Leben gerettet hat, bis zu diesem alten Griesgram. Ich sehe noch einmal in der Schale nach, aber seine Tapferkeitsmedaille von der RNLI liegt nicht darin.

»Wo ist denn Ihre andere Medaille?«

Er schaut mich verwirrt an. »Woher soll ich das wissen? Hier kommen so viele Leute rein, die mir auf die Nerven gehen.«

»Haben Sie sie in der letzten Zeit irgendwem gezeigt?«

»Nur diesem Damian. Weil er immer höflich ist, hab ich sie ihm gezeigt.«

»Danke für Ihre Hilfe.«

Plötzlich sieht der Alte mich mit völlig klarem Blick an. »Denk dran, dass dich niemand retten wird, wenn du ins Wasser fällst, Benesek. Zu ertrinken ist das Leichteste auf der Welt.«

»Soll das eine Prophezeiung sein?«

»Das Meer hat doch deinen Vater geholt, oder? Dann holt es dich wahrscheinlich auch.«

»Das ist, Gott sei Dank, nicht erblich.« Ich verspüre ein Kribbeln im Nacken bei der Vorstellung.

»Gegen sein Schicksal kann niemand anrennen, junger Mann.«

Jory beendet das Gespräch abrupt, indem er sein Radio laut aufdreht. Ich hab das Gefühl, dass mir irgendwas entgangen ist, aber der Alte will keine Fragen mehr hören.

Das Wasser ist schon deutlich gestiegen, als Eddie und ich die Sandbank erneut überqueren. Sicherheitshalber trage ich Shadow auf die andere Seite. Er protestiert zwar lautstark, weil er lieber selbst laufen will, aber manchmal steigt die Flut so schnell, dass ich Angst habe, er könnte abgetrieben werden. Ich wate vorsichtig durchs Wasser und bin froh, dass es bislang nur knöcheltief ist. Es sind schon Menschen bei dem Versuch, nach St. Agnes zurückzuschwimmen, ertrunken, weil sie von der Strömung erfasst wurden. Ich bin erleichtert, als wir bei Einbruch der Dunkelheit wieder auf St. Agnes stehen.

Gerade will ich Eddie anbieten, ihn nach Tresco zu bringen, da ruft uns jemand. Len Bligh gibt eine komische Figur ab, als er auf uns zugelaufen kommt. Seine roten Haare sind zerzaust, und er trägt gelbe Shorts zu einem T-Shirt mit dem Aufdruck der kornischen Flagge. Mein Hund spürt seine Anspannung und jault besorgt auf.

»Meine Schwester …«, stammelt Bligh. »Sie geht nicht an ihr Handy.«

»Hol erst mal Luft und erzähl dann der Reihe nach, was los ist.«

»Molly ist gegen zwei mit unserem Boot los. Sie wollte hier nach den Ponys gucken, um die wir uns kümmern. Eigentlich hätte sie schon längst zurück auf St. Mary's sein sollen wegen einer Reitstunde. Darum bin ich mit der Fähre rübergekommen, um sie zu suchen.« Sein ängstlicher Blick gleitet über unsere Gesichter. »Es ist was Schlimmes passiert, das weiß ich.«

»Wahrscheinlich besucht sie nur eine Freundin«, sagt Eddie in einem besänftigenden Ton.

Len wendet sich mir zu. »Hört auf mich, bitte! Molly lässt andere nie warten.«

Die fortgeschrittene Uhrzeit wird uns die Suche erschweren. Ein Blick aufs Meer zeigt mir, dass es sich seit unserem Besuch bei Jory verändert hat. Es ist zu einer endlosen schwarzen Fläche geworden, glatt wie Onyx und ohne ein Licht, das uns den Weg weist.

35

Sam ist früh am Hafen. Callums Schnellboot ist ziemlich verdreckt, im Inneren liegen überall leere Verpackungen und Getränkedosen herum. Sam wirft den Kram in eine Mülltonne auf dem Kai und schüttet dann Wasser übers Deck, bis der gröbste Schmutz verschwunden ist. Er hätte zu gern ein eigenes Boot, und Moyle lässt seines verwahrlosen.

Als er wieder auf die Uhr schaut, kommen ihm Zweifel. Es ist acht Uhr, aber niemand in Sicht. Vielleicht hat Danielle kalte Füße bekommen. Als er sie schließlich erspäht, rennt sie, so schnell sie kann. Schließlich erreicht sie völlig atemlos das Ende des Kais.

»Tut mir leid, Sam, ich wurde aufgehalten. Ich hätte dir eine Nachricht schicken sollen.«

Der graziöse Sprung, mit dem sie an Bord hüpft, beweist, dass sie schon ihr Leben lang mit Booten vertraut ist. Sam will gerade ablegen, als jemand mit schroffer Stimme seinen Namen ruft.

Callum Moyle tritt aus dem Schatten.

»Ich wollte nur sichergehen, dass du auch in der Lage bist, den Motor anzuwerfen«, sagt er verächtlich und wendet sich dann Danielle zu. »Mit dem ungehobelten Bürschchen treibst du dich rum? Da könntest du aber was Besseres finden.«

Sam hätte Lust, ihn ins Wasser zu schubsen, damit er Ruhe gibt, doch Danielle lächelt, als wäre nichts.

»Danke, dass du uns dein Boot leihst, Callum, aber wir sind spät dran. Schönen Abend noch!«

Moyle wirkt verärgert darüber, dass er seinen Mitbewohner nicht stärker in Verlegenheit bringen konnte. Sam triumphiert innerlich, als sie davonbrausen, doch dann fällt ihm der Grund ihrer Fahrt wieder ein, und das Gefühl ist wie weggeblasen. Unterwegs weht nur eine leichte Brise, die sanft über ihre Haut streicht. Als Sam an dem Anleger unterhalb des Turk's Head die Polizeibarkasse sieht, hätte er am liebsten wieder umgedreht. Seine Haftstrafe ist ein Teil seines Lebens, den er gern vergessen würde.

Danielle schaut ihn erwartungsvoll an. »Lass uns was trinken gehen und ein bisschen mit den Leuten plaudern. Irgendwer muss was über Jez wissen.«

»Ich rühre keinen Alkohol mehr an, das sage ich dir gleich.«

Sie zuckt mit den Schultern. »Schmeckt mir auch nicht besonders.«

Der Pub ist nur halb voll. Die meisten Gesichter kennt Sam, die anderen müssen Touristen sein, die die Gästezimmer im oberen Stock gemietet haben oder eines der paar Ferienhäuser auf der Insel. Ihr Erscheinen ruft wenig Begeisterung hervor. Danielle wird zwar von einigen freundlich gegrüßt, aber die meisten verfallen in Schweigen. Selbst Debbie Brookes braucht ewig, um sich von ihrem Hocker hinter dem Tresen zu erheben. Sie sieht erschöpft aus.

»Was kann ich euch beiden bringen?«

»Für mich Orangensaft, bitte«, sagt Sam.

Danielle plaudert mit einem alten Fischer und fragt ihn, wann er Jez zuletzt gesehen hat, doch als Sam sich zu ihnen gesellt, versiegt das Gespräch, als hätte der alte Herr ein Schweigegelübde abgelegt.

36

Ich gehe voraus, als wir landeinwärts laufen, um Molly Bligh zu suchen. Len sieht noch immer panisch aus, reißt sich aber zusammen, während wir Mollys Schritte auf der Insel nachvollziehen. Sie hat ihren Bruder nachmittags um drei Uhr noch angerufen und ihm gesagt, dass sie sich gleich von St. Agnes aus auf den Weg machen würde. Und Len betont immer wieder, dass sie nie eine Reitstunde ausfallen lässt. Eddie macht auch schon einen nervösen Eindruck. Wir folgen dem Reitweg, der an der Lowertown Farm vorbeiführt. Ich bemühe mich, unvoreingenommen zu bleiben. Shadow hat sich beruhigt, wacht jedoch über Len, als wäre es seine Pflicht, die Verletzlichen zu schützen.

»Hier stehen die Ponys«, sagt Len. »Sie sind gefüttert worden, aber wo ist Molly?«

Blighs Stottern wird mit jedem Wort schlimmer. Wir gehen an der Weide vorbei und suchen nach Anzeichen für die Anwesenheit seiner Schwester. Die Tiere scheinen sich über unseren Besuch zu freuen und kommen angetrottet, als hofften sie auf eine erneute Fütterung. Bligh wird etwas ruhiger, während er sich vorbeugt, um ihre Nüstern zu streicheln.

»Gibt es auf St. Agnes irgendwen, den Molly besuchen würde, Len?«

Er hebt ratlos die Hände. »Sie kennt hier jeden, aber wenn, dann hätte sie mich angerufen, um die Reitstunde abzusagen.«

»Gut, suchen wir ihr Boot. Wo macht sie es normalerweise fest?«

»Entweder am *Turk's Head* oder, bei Ebbe, auch in der Blanket Bay.«

»Dann sehen wir zuerst in der Bucht nach, in Ordnung?«

Wir drei traben den Hang zur Westküste der Insel hinunter, was nur fünf Minuten dauert. Dort ist es auch nachts schön. Sterne erhellen die Bucht, Häuser gibt es hier nicht. Der Burnt Hill bewacht die schmale Bucht, auf dessen Strand faustgroße Kieselsteine verstreut sind. Zwischen den Fischkuttern, die an langen Halteleinen auf dem Wasser treiben, ist das Boot der Blighs nirgends zu sehen. Ich würde den alten Trawler, dessen Schiffsraum sie in zwei Pferdeboxen umgewandelt haben, sofort erkennen. Ich hatte gehofft, Molly hätte dort festgemacht, um ihre Pflichten ausnahmsweise einmal Pflichten sein zu lassen, doch nun wächst auch bei mir die Sorge.

»Ruf sie noch mal an, Len. Wenn sie wieder nicht drangeht, alarmieren wir die Seenotrettung.«

Len presst sein Telefon ans Ohr. Es ist so still um uns herum, dass ich den Klingelton hören kann. Molly ist entweder nicht willens oder in der Lage, das Gespräch anzunehmen. Ihr Bruder hält immer noch sein Handy umklammert, als ich bei Liam Quick anrufe. Der Bootsführer spricht mit gedämpfter Stimme, nachdem ich ihm berichtet habe, dass das Boot der Blighs vermisst wird. Dann löst er im Bootschuppen den Alarm aus. Der schrille, über Lautsprecher verbreitete Ton ist in ganz Hugh Town zu hören. Auch unsere RNLI-Pager melden sich, aber heute Nacht werden andere Freiwillige von St. Mary's unsere Plätze einnehmen müssen.

Bei unserer Rückkehr zu Polizeibarkasse ist es bereits nach neun Uhr. Len ist in Schweigen verfallen, und ich möchte ihn so schnell wie möglich nach St. Mary's zurückbringen, wo Freunde und Familienmitglieder sich um ihn kümmern können. Eddie sitzt neben ihm im Steuerhaus, während ich das Boot lenke und Shadow am Bug den Kopf in den Wind streckt. Der Anblick des vorbeirasenden Seenotrettungsboots hellt meine Stimmung kurzzeitig auf. Liam wird einmal um St. Agnes herumfahren und die Suche dann gemäß seinen Kenntnissen der Gezeiten ausweiten. Aber dann wird mir plötzlich die Wahrheit bewusst, die niemand auszusprechen wagt: Die heutigen Vorkommisse erinnern allzu sehr an die vorangegangene Suche vor dem Fund von Jez' Leiche.

Bei unserer Ankunft in Hugh Town steht an der Slipanlage eine kleine Gruppe von Leuten, die sich um Len kümmern wird, während die Suche nach Molly Fahrt aufnimmt. Als ich die Barkasse festmache, kommt Janet Fearnley angelaufen und nimmt Len unter ihre Fittiche. Im Bootschuppen herrscht eine angespannte Atmosphäre. Bei einem Einsatz spielt sich hier immer dasselbe ab: Diejenigen, die an Land bleiben, sind machtlos, während aus dem Funkgerät nur lautes Rauschen dringt, das wie eine Meeresimitation klingt. Ein halbes Dutzend Freiwillige, mich eingeschlossen, werden Len Bligh in den nächsten Stunden Gesellschaft leisten. Bis das Boot zurückkehrt, wird an Schlaf nicht zu denken sein.

Ich versuche gerade, es mir mit Shadow, der über meinen Füßen liegt, auf einem Sessel bequem zu machen, als eine vertraute Gestalt am Eingang erscheint. Meinen Boss erkennt man sofort. Statt der Shorts, in denen jeder normale Mensch an einem heißen Sommerabend herumlaufen würde, trägt er Chino und Blazer. Dass er Segelschuhe gewählt hat und nicht seine auf Hochglanz polierten Oxfordschuhe, ist das einzige Anzeichen von Ungezwungenheit. Ich weiß es immer schon im Voraus, wenn er mich wieder belehren will. Mit einem Nicken beordert er mich vor die Tür, als hätte ich meine Hausaufgaben nicht gemacht. Seine Miene ist ernst und wie versteinert.

»Ich bin überrascht, Sie hier zu sehen, Sir. Wir sind gerade erst zurückgekommen.«

»Die Suche kann die ganze Nacht dauern, Kitto. Fahren Sie nach Hause, jetzt sofort, und nehmen Sie Shadow mit. Warum befolgen Sie nie meine Anweisungen? Er soll Sie bei der Polizeiarbeit nicht begleiten.«

»Das ist jetzt nicht von Belang, Sir. Molly Bligh ist schon seit Stunden nicht gesehen worden. Es muss einen Zusammenhang zu unserem Mordfall geben, wenn ein weiteres Mitglied unserer Rettungscrew auf See vermisst wird. Wir müssen sie finden, bevor es zu spät ist.«

Er schnalzt laut mit der Zunge. »Sie erfüllen Ihre Pflicht, wie ich bereits sagte, an Land, nicht auf See. Bis ihr Boot gefunden ist, kann niemand ermitteln, was passiert ist. Sorgen Sie dafür, dass Sie ein bisschen schlafen, damit Sie morgen voll einsatzfähig sind.«

»Ich kann nicht einfach …«

»Ruhen Sie sich jetzt aus, damit Sie morgen Ihre Pflichten ordentlich erfüllen können. Für Eddie gilt dasselbe.«

»Wenn Sie darauf bestehen, Sir. Geben Sie mir einen Augenblick Zeit, meine Sachen zusammenzusuchen.«

Seine grauen Augen verengen sich zu Schlitzen. »Ich gehe erst weg, wenn Sie diesen Ort verlassen haben.«

Ich beiße die Zähne zusammen, schaffe es aber, ihn nicht anzugiften. Der Mann hat ja nicht unrecht; bis Mollys Boot sichergestellt ist, können wir wenig tun. Die Crew ist wie eine erweiterte Familie. Es fühlt sich falsch an, sie zu verlassen, doch es hat keinen Sinn, gegen Madrons Entscheidung anzugehen. Ich gebe Eddie Bescheid, dass der DCI uns nach Hause schickt. Er sieht mich ungläubig an, aber er kann sich selbst mit ihm anlegen, wenn er will. Wenn Madron sich einmal etwas in den Kopf gesetzt hat, ist er nicht mehr davon abzubringen. Ich raffe meine Sachen zusammen und gehe wieder nach draußen.

»Gute Nacht, Sir«, murmele ich.

Madron nickt mir kurz zu. »Bis morgen, Kitto.«

Als ich nach Bryher übersetze, bin ich noch immer angespannt. Jetzt ist keine Spur von der Rettungsmission zu sehen, nur die Lichter von Tresco schweben wie ein Schwarm Glühwürmchen in der Ferne. Lediglich das leise Dröhnen meines Bootsmotors ist zu hören. Mein Magen fühlt sich fest zusammengeschnürt an, so als läge darum eine Fessel wie die, die Jez Cardews Hand abgetrennt hat.

Ich würde mich besser fühlen, wenn ich die Verbindung zwischen den beiden RNLI-Mitgliedern verstehen könnte, die innerhalb weniger Tage plötzlich verschwunden sind. Vielleicht spielt es ja eine Rolle, dass sich beide Fälle während des Festivals ereignen. Die vielen Events, die gerade auf den fünf bewohnten Inseln stattfinden, erinnern an die zentrale Rolle der Seenotrettung in unser aller Leben.

Shadow läuft sofort, nachdem ich angelegt habe, den Anleger hinunter und ist offensichtlich überglücklich, wieder auf heimatlichem Boden zu sein. Ich brauche länger, um mich zu entspannen. Der Frust hält mich gefangen. Ich überlege kurz, mich bis auf die Boxershorts auszuziehen und ein Stück zu schwimmen, aber stattdessen gehe ich nach Hause. Als ich mich dem Cottage nähere, begrüßt mich lautes Gelächter. Das Haus steht, durch einen schmalen Streifen Garten ein Stück zurückversetzt, an der Hell Bay, der Rasen geht in Sand über. Ich bleibe an der Stelle stehen, wo Küste und Land aufeinandertreffen, da mir noch nicht danach ist, hineinzugehen, obwohl sich dort meine drei Lieblingsmenschen aufhalten. Durchs Fenster sehe ich Nina und Zoe mit Weingläsern in der Hand entspannt auf dem Sofa sitzen. Zoe wirkt etwas fröhlicher, so als hätte die Gemütsruhe meiner Verlobten auf sie abgefärbt, und Noah schläft wahrscheinlich schon seit Stunden.

Ich will gerade die Tür öffnen, um Shadow hineinzulassen, als auf einmal Lärm die Stille durchbricht. Es ist das mechanische Rattern des Helikopters der Küstenwache. Sein starker Abwind bläst mir kalt in den Nacken, da er Bryher in niedriger Höhe überfliegt, um die Küste abzusuchen. Frustriert und beschämt presse ich die Zähne aufeinander; plötzlich verstehe ich Liam Quicks Denkweise. Es gibt nichts Schlimmeres, als nicht helfen zu können. Ich sollte auf dem Rettungsboot sein und mich nicht an Land verstecken, während andere Crewmitglieder um Mollys Leben kämpfen.

37

Sam und Danielle kommen um elf Uhr wieder im Hafen von Hugh Town an. Ihre Pager haben beide gepiept, als sie noch auf St. Agnes waren, doch sie hätten nicht mehr rechtzeitig für die Mission zurück sein können.

»Ich hoffe, es ist nichts Ernstes«, sagt Danielle. »Mein armer Dad ist ohnehin mega erschöpft. Er ist schon seit Monaten nicht mehr er selbst.«

»Wie meinst du das?«

»Er macht sich Sorgen um die Seenotrettung. Bootsführer zu sein ist mit einer Riesenverantwortung verbunden, und seit Mum nicht mehr da ist, lastet sie noch schwerer auf seinen Schultern. Ich hab Angst, dass er eines Tages daran zerbricht.«

»Das wird nicht passieren. Liam ist total tough.«

»Hoffentlich hast du recht, ich hab ihn nämlich sehr lieb.«

»Danke, dass du heute Abend mitgekommen bist, Danielle. Tut mir leid, dass es Zeitverschwendung war.«

»Ich erwarte keine schnellen Antworten, und das solltest du auch nicht tun. Insulaner hüten nun mal ihre Geheimnisse.«

»Im Pub ist es sofort still geworden, als wir reinkamen. Ich fühle mich wie ein Aussätziger.«

»Es wird einfacher werden.« Als ihr Handy in der Tasche

vibriert, liest sie die Nachricht. »O Gott, Sam, Molly Bligh wird vermisst.«

Sam starrt sie an. »Das darf sich nicht wiederholen.«

»Ich hoffe nicht. Ich bin schon seit der Schule mit ihr befreundet.«

»Ich kann noch immer nicht glauben, dass Jez nicht mehr da ist.«

»Ich auch nicht.« Danielle blickt zu ihm hoch, ihr Gesicht sieht hübsch aus im Halbdunkel. »Hast du irgendjemanden in Verdacht, Sam? Ihr zwei wart so gut befreundet, du musst doch wissen, ob er irgendwen gegen sich aufgebracht hat.«

»Nur Callum Moyle, aber der wäre ja verrückt, wenn er seinen eigenen Mieter umbringen würde. Die Antwort muss auf St. Agnes liegen. Irgendwas hat Jez dort hingezogen wie ein Magnet.«

»Vielleicht ist er da hingefahren, um Anna aus dem Weg zu gehen.«

»Nein, dazu bestand keine Notwendigkeit. Sie ist abends meistens zu Hause bei ihrer Tochter.«

Danielle legt ihm eine Hand auf den Arm. »Meinst du, Callum könnte irgendwas damit zu tun haben? Es ging nicht nur um Jez, er kann die ganze Rettungscrew nicht sonderlich gut leiden.«

»Woher willst du das wissen?«

»Dad würde bestimmt nicht wollen, dass ich dir das erzähle, aber er hat sich letztes Jahr bei uns beworben. Das Auswahlkomitee der RNLI hat ihn aber als charakterlich ungefestigt beurteilt, und darum wurde er abgelehnt. Callum hat die Entscheidung offenbar angefochten, aber letztlich blieben sie bei ihrem Nein.«

Sam starrt sie an. »Das erklärt seine Verbitterung, aber das ist doch kein Grund zu töten, oder?« Als er den Kai hinunterschaut, ist von Moyle keine Spur zu sehen. »Komm, ich bring dich nach Hause.«

»Ich finde den Weg auch allein, keine Sorge.«

»Der Täter hat es offensichtlich besonders auf die Mitglieder der Crew abgesehen, Danielle. Die Polizei hat uns angehalten, nirgendwo allein hinzugehen, vor allem dann nicht, wenn wir eines dieser Pakete mit Ansteckern bekommen haben.«

»Wie Dad und ich.« Ihr Lächeln kehrt langsam zurück. »Na, dann los, Sir Galahad.«

Während sie zusammen den Hügel hochgehen, denkt Sam an die Vergangenheit. Er hat schon damals davon geträumt, Danielle Quick von der Schule nach Hause zu begleiten, hatte aber nie den Mut, sie anzusprechen. Sie plaudert unterwegs über ihren neuen Job, und erst als sie sich dem Haus unweit von Carn Gwaval nähern, das Danielle sich mit ihrem Vater teilt, wird ihre Miene wieder ernst.

»Sam, wenn ich dir eine persönliche Frage stelle, bekomme ich dann eine ehrliche Antwort von dir?«

»Kommt drauf an.«

»Hast du mir in der neunten Klasse eine Valentinskarte geschickt?«

»Wieso fragst du?« Er ist zu verlegen, um es zuzugeben.

»Du hast mich manchmal so angesehen, aber nie ein Wort gesagt. Ich hab die ganze Zeit gehofft, dass sie von dir war.«

»Das kann ich nur schwer glauben, aber du hast richtig getippt. Ich bin morgens extra ganz früh zu Mumford's gegangen, damit mich niemand sehen konnte.«

»Ich hab mir alle deine Fußballspiele angeguckt.« Sie grinst ihn an. »Ich war damals so in dich verknallt. Du warst ja auch in dieser Band, den Treasure Seekers. Du warst der Bass-Gitarrist mit der finsteren Miene. Die Mädchen in meiner Klasse hatten deinen Namen alle auf ihre Aufgabenhefte geschrieben.«

»Jetzt veräppelst du mich aber.« Er bleibt abrupt stehen. »Warum gibst du dich mit einem ab, der mal im Knast saß? Du könntest jeden haben.«

»In dir steckt so viel Gutes, Sam. Dass du nach Jez' Mörder suchst, beweist das. Außerdem bist du noch genauso wie früher, verschlossen und tiefgründig.«

»Für alle anderen bin ich Abschaum.«

»Callum ist das, nicht du. Ich glaube immer noch, dass er was mit der Sache zu tun hat.«

»Wir können es nicht beweisen, aber ich werde ihn nicht aus den Augen lassen, keine Sorge.«

»Jetzt sei still und küss mich endlich.«

Sam zögert, weil er so lange auf diesen Moment gewartet hat. Dann legt er seine Hände an ihr Gesicht und küsst sie ganz sanft. Als sie seinen Kuss erwidert, scheinen all die Fehler der Vergangenheit von ihm abzufallen. »Ich verspreche dir, dass wir die Wahrheit rausfinden, Danielle. Ich werde nicht aufhören zu suchen.«

Als sie ihm eine gute Nacht wünscht, hat er heftiges Herzklopfen. Es erscheint ihm treulos, so glücklich zu sein, da er seinen besten Freund verloren hat und Molly vermisst wird, aber seine Prioritäten verschieben sich. Wenn Danielle an ihn glaubt, ist es vielleicht an der Zeit, dass er auch sich selbst vergibt.

38

Mittwoch, 30. August

Ich erwache früh aus einem finsteren Traum. Das Meer tost um mich herum, und Donnerschläge hallen durch den Himmel. Als ich die Augen aufschlage, ist es nur Shadow, der laut bellend vor unserer Schlafzimmertür steht. Er stößt ein wildes wehklagendes Geheul aus wie ein Wolf, der nach seiner Gefährtin ruft. Nina wird ebenfalls wach, von Noah nebenan dringt kein Laut herüber; unser Sohn würde auch von einem Erdbeben nichts mitbekommen. Ich ziehe meine Boxershorts an, um herauszufinden, warum Shadow so aufgeregt ist.

»Sei still, du Monster«, zische ich. »Was soll der Lärm in dieser Herrgottsfrühe?«

Er heult noch einmal markerschütternd. Als ich die Haustür öffne, stürzt er hinaus und kommt dann laut bellend zu mir zurück. Er wird keine Ruhe geben, bis ich ihm dorthin folge, wohin auch immer er will. Meine Neugier wächst. Shadow hat ein unheimliches Gespür für Gefahr, und er hat mir in der Vergangenheit schon zu häufig geholfen, als dass ich sein Verhalten jetzt einfach ignorieren könnte. Ich ziehe Jeans und T-Shirt an, schlüpfe in meine Joggingschuhe und renne los. Shadow läuft landeinwärts und hält zwischendurch immer wieder an, um sich zu vergewissern, dass ich ihm noch folge. Als ich über den Shipman Head Down sprinte, zeichnet sich vor dem Morgenhimmel die Daymark, diese spezielle Tages-Navigationshilfe, auf dem Watch Hill ab. Wie so vieles vom Inselleben ist auch sie heute nicht mehr in Gebrauch, aber früher diente sie als Orientierung für Seeleute, die im Nebel auf dem New-Grimsby-Sund feststeckten. Ich atme keuchend, als Shadow endlich am Ufer vor Maggies Pub, dem *The Rock*, stehen bleibt. Wenn er mich nur zum Spaß eine halbe Meile hat rennen lassen, finde ich das nicht lustig. Er setzt sich hin und starrt zu Hangman Island hinüber. »Was, zur Hölle, ist los?«

Er knurrt mich erneut ohne erkennbaren Grund an. Ich will ihn schon dort sitzen lassen und zurücklaufen, als er mich anspringt und die Zähne fletscht.

»Herrgott nochmal, Shadow! Zeig mir, was los ist, oder geh nach Hause.«

Er flitzt auf die Insel zu, und plötzlich sehe ich auf den Felsen etwas Helles liegen, aber es ist zu weit weg, als dass ich es klar erkennen könnte. Mein Magen krampft sich zusammen. Das ist exakt dieselbe Stelle, wo wir Jez gefunden haben. Es ist noch Ebbe, so dass ich über die vorübergehend freiliegenden Felsen zu der Insel klettern kann.

»Du bleibst hier!«, rufe ich Shadow zu. »Sonst wirst du weggeschwemmt.«

Ich bin zehn Meter vom Ufer entfernt, als er an mir vorbeirennt. Seine Pfoten rutschen immer wieder von dem glitschigen Gestein ab. Der Hund hört nie auf mich, aber es ist schwer, wütend auf ihn zu sein, auch wenn sein Verhalten leichtsinnig ist.

Ich stolpere über die zerklüfteten Felsen. Sie sind mit Blasentang bedeckt, der sich an meine Schuhe heftet, und stinken nach Ammoniak. Im Winter könnte ich hier unmöglich entlanggehen, aber im Sommer zieht das Meer sich stärker zurück, was in diesem Fall ein Segen ist. Obwohl die Luft warm ist, habe ich eine Gänsehaut, vielleicht, weil ich an Jez Cardews zerschundene Leiche denken muss, aber vielleicht auch wegen der gruseligen Vorstellung, dass auf dieser Insel früher hunderte Menschen exekutiert worden waren. Es sieht so aus, als hätte ich meine Zeit verschwendet. Der helle Umriss ist keine Leiche, sondern bloß ein Stück Stoff, das die Wellen hier angeschwemmt haben. Plötzlich höre ich Schritte. Es klingt, als würde jemand auf mich zukommen, bis ich kapiere, dass das Geräusch von dem Holzmast herrührt, der im Wind hin und her wackelt.

Erst als ich das Stück Stoff aufhebe, erkenne ich, dass es das Kleid ist, das Molly bei unserer letzten Begegnung getragen hat. Es ist völlig zerfetzt, aber ich erinnere mich genau an diesen blassgrünen Farbton. Meine Sorge wächst, als mein Blick auf eine Medaille fällt, die am Saum des Kleides befestigt ist. Es handelt sich um eine Auszeichnung für Rettungsschwimmer wie die, die ich in Denzel Jorys Haus gesehen habe, und wieder ist der Name auf der Rückseite herausgekratzt.

Mein Instinkt befiehlt mir, die Felsen abzusuchen, und ich klettere auf der Suche nach Mollys Leiche einmal um die Insel herum, während der Mast noch lauter knarzt als zuvor.

»Wer, zur Hölle, steckt hinter all dem?«, zische ich leise.

Molly Bligh könnte dasselbe Schicksal ereilt haben wie Jez Cardew, auch wenn ihr zerrissenes Kleid bislang der einzige Beweis dafür ist. Ihre Leiche könnte bereits weit auf den Atlantik hinausgetrieben worden sein. Aber warum sollte es jemand auf eine beliebte junge Frau abgesehen haben? Der Frust hinterlässt einen sauren Geschmack in meinem Mund. Ich kehre mit dem Kleid in der Hand aufs Land zurück. Shadow benimmt sich jetzt wieder normal. Er spielt am Ufer Spielchen und wälzt sich in fauligem stinkendem Seegras, was bedeutet, dass ich ihn abspritzen muss, sobald wir nach Hause kommen. Ich habe keine Ahnung, woher er wusste, dass es richtig war, mich hierherzuführen. Er muss einen unvorstellbar guten Geruchssinn haben, wenn er seine Lieblingsinsulanerin gewittert hat. Entweder das, oder das Geräusch eines Bootsmotors hat ihn geweckt.

Ich melde meinen Fund im Revier, indem ich eine Nachricht auf dem Anrufbeantworter hinterlasse. Da das Kleid kein eindeutiger Beweis dafür ist, dass Molly ertrunken ist, macht es keinen Sinn, Eddie deswegen zu wecken. Als Nächstes rufe ich bei der Küstenwache an. Die Neuigkeiten sind ernüchternd. Ein Fischer hat gemeldet, die Überreste eines umgebauten Trawlers, der den Beschreibungen des Bootes der Blighs entspricht, auf der Schifffahrtsroute der Überseefrachter gesichtet zu haben. Erst wenn sie in den Hafen geschleppt worden sind, werden wir Gewissheit haben, aber ich möchte wetten, dass Molly auf ein anderes Boot verschleppt und ihres führerlos den Wellen überlassen wurde, bis einer der riesigen Frachter es auf seinem Weg zerstört hat.

Da ich vor meiner Frühstücksverabredung mit Liz Gannick noch Zeit totzuschlagen habe, beschließe ich, die Werft meines Onkels aufzusuchen. Mein kurzer Weg dorthin führt an einer Landzunge vorbei, wo die Norrard Rocks wie rostige Speere aus dem Wasser ragen. Ray sitzt in der Nähe des Anlegers auf einer Bank und trinkt aus einem alten Zinnbecher seinen Morgenkaffee; er steht immer unglaublich früh auf. Er sagt nichts, als ich eintreffe, aber auf sein leises Pfeifen hin lässt Shadow sich zu seinen Füßen nieder. Mein Onkel ist der einzige Mensch, dem mein Hund fast immer gehorcht und das sogar ohne eine Spur von Unmut.

»Es steht noch Kaffee auf der Kochplatte«, sagt Ray.

Ich gieße mir einen halben Becher von dem üblen Gebräu ein. Rays Kaffee ist schwarz wie Teer und schmeckt wie Raketentreibstoff, ist aber immer noch besser als nichts. Danach setze ich mich neben ihn auf die Bank, in der Hoffnung, dass sich ein bisschen was von seiner Ruhe auf mich überträgt. Ray kann stundenlang reglos irgendwo sitzen und aufs Meer starren. Auch als er den Stoff in meiner Hand betrachtet, sagt er erst einmal nichts.

»Das hat Molly Bligh gestern getragen«, erkläre ich. »Ich hab's gerade auf Hangman Island gefunden. Diese Medaille sieht aus wie die, die Denzel Jory mal von der Royal Life Saving Society bekommen hat, aber der Name, der hinten drauf stand, ist rausgekratzt.«

»Könnte ihre sein.«

»Tatsächlich?«

»Sie hat vor sechs oder sieben Jahren so eine Medaille verliehen bekommen, damals warst du noch in London. Ein junger Typ hatte im Wasser einen Asthmaanfall, und sie ist ohne jede Hilfe gegen die Brandungsrückströmung angeschwommen, um ihn da rauszuholen.«

»Dann ist sie also auch eine Heldin?«

»Ohne jeden Zweifel«, sagt Ray.

»Wie es klingt, hat die Küstenwache die Überreste ihres Trawlers gefunden.«

Seine Miene verrät nur wenig. »Erinnerst du dich, dass ich dir gesagt habe, das Wasser würde wegen der Gegenströmung am Kettle Point um diese Jahreszeit hierher zurückfließen? Darum landen alle möglichen Dinge im New-Grimsby-Sund.«

»Das war schon immer die beste Zeit, um Strandgut zu sammeln, aber ich suche eine Leiche und keine Austernschalen.«

»Das arme Ding könnte auf Tean oder North Wethel angetrieben worden sein.«

»Ich werde später mal nachschauen. Hast du vielleicht ein bisschen saubere Plastikfolie, in die ich das Kleid einwickeln kann?«

Er steht auf. »Ich hol sie dir. Soll ich heute Morgen mal nach Tean rüberfahren und nach ihr suchen?«

»Das wäre eine große Hilfe.«

»Für eine Frau wie sie tu ich das gern.«

Ray klingt traurig, aber sein Gesicht zeigt keinerlei Anzeichen von Kummer. Früher hat mich seine Verschlossenheit zeitweise genervt, bis ich begriffen habe, dass er sich auf diese Weise vor schlimmen Verletzungen schützt. Ich habe geglaubt, er wäre gefühllos, bis ich beobachtet habe, wie er Noah an seine Brust drückt und ihn hütet wie seinen Augapfel. Also müssen irgendwo hinter seiner harten Schale auch Emotionen verborgen sein.

Ich will schon aufbrechen, als Ray die Hand über die Augen legt, um sich vor den Sonnenstrahlen zu schützen.

»Lass Shadow heute bei mir. Ich weiß, dass er dich bei der Arbeit stört.«

»Heute Morgen hat er mir geholfen, aber danke, gern.«

Da ich aus Erfahrung weiß, dass jeder, der Liz Gannick blöd kommt, in Schwierigkeiten gerät, steige ich in mein Boot und flitze los, bevor Shadow mir folgen kann. Sein wütendes Gebell hallt übers Wasser; er beschwert sich, dass er zurückgelassen wird, wo er doch gerade bewiesen hat, dass er besser ist als die gesamte Rettungshunde-Suchstaffel.

Das Meer ist immer noch so ruhig, dass ich auf dem Weg nach St. Mary's nur eine Hand zum Steuern brauche und mit der anderen auf dem Handy Eddie anrufen kann. Es überrascht mich, zu hören, dass er sich gestern Abend Madrons Anordnung, nach Hause zu gehen, widersetzt hat. Das ist ein weiterer Schritt zum Erwachsenwerden, denn bislang hat er jede Weisung des DCI widerspruchslos befolgt.

Die Suche nach Molly ist ohne Ergebnis geblieben. Eddie flucht laut, als er hört, dass ich ihr Kleid gefunden habe und ihr Boot sehr wahrscheinlich zerstört wurde. Seit Jahren kenne ich ihn nur freundlich und zurückhaltend, aber jetzt benimmt er sich wie eine scharfgemachte Handgranate.

»Ray sucht heute Morgen die Gewässer im Norden ab. Kannst du die Fähre nach St. Agnes nehmen? Wir brauchen heute Resultate von der Staatsanwaltschaft, und treib die Graphologin noch mal zur Eile an. Wir benötigen dringend ihren Bericht über die Schriftproben. Ich treffe jetzt Liz, um zu hören, was sie rausgefunden hat, dann gehe ich zum Krankenhaus.«

Ich werde am späteren Vormittag der Obduktion von Jez beiwohnen, aber wenn ich das erwähnen würde, würde das Eddies Stresslevel nur noch weiter erhöhen.

Als ich am Garrison Point vorbeifahre und in den Hafen einlaufe, stecke ich mein Handy wieder in die Tasche. Die Hummer- und Krebsfischer haben ihre Körbe schon vor Stunden entladen. Ein halbes Dutzend Fischer verkauft noch am Kai seinen Fang aus mit Eis gefüllten Kisten heraus an jeden, der sich in die Schlange einreiht. Die Insulaner stehen gern früh auf, um den frischesten Fisch zu ergattern, doch ich bin sicher, dass die Nachricht von Mollys Verschwinden ihnen ihr Lächeln aus dem Gesicht wischen würde.

Liz Gannick sitzt allein im Speisesaal des *Tregarthen Hotel.* Für jeden halbwegs normalen Urlauber ist es noch zu früh zum Frühstücken. Das Hotel befindet sich seit fast zweihundert Jahren am Ende des Kais, als ein Schiffskapitän, der keine Lust mehr hatte, die Welt zu umsegeln, sein Haus für zahlende Gäste geöffnet hat. Seitdem hat es sich auf mehrere angrenzende Cottages ausgedehnt; der gesamte Gebäudekomplex ist in einem strahlenden Weiß gestrichen. Im Speisesaal finden problemlos hundert Gäste Platz. Man hat einen direkten Blick auf den Hafen und dahinter auf Tresco, und auch die Umrisse von St. Martin's sind in der Ferne schwach zu erkennen. Gannick tippt gerade eine Nachricht in ihr Handy und ist zu beschäftigt, um die Landschaft zu genießen. Aus der Entfernung sieht sie aus wie eine Teenagerin mit ihren pinkfarbenen Haarsträhnen. Als ich mich auf den Platz ihr gegenüber fallenlasse, schaut sie nicht von ihrem Handy auf.

»Sie sind zu spät, wie jedes verdammte Mal«, grummelt sie.

»Ich hab Ihnen was mitgebracht. Dieses Kleid trug das zweite Opfer. Es wurde auf Hangman Island angespült.«

»Da, wo Sie die erste Leiche gefunden haben? Geben Sie mal her.«

Gannicks Augen funkeln, als sie den Stoff durch die transparente Plastikhülle betrachtet. »Salzwasser löst die meisten Substanzen schnell auf, aber es gibt eine minimale Chance, dass ich noch Blutspuren finde.«

»Diesmal ist der Fall ein bisschen anders gelagert. Jez' Kabinenkreuzer hat der Mörder zurückgelassen, damit wir ihn finden. Aber jetzt wette ich, dass er das Boot extra auf die keltische See rausgeschleppt hat. Wie es scheint, wurde es letzte Nacht von einem Frachter zerstört.«

Sie verzieht das Gesicht. »Die Einzelteile werden uns nicht viel nützen; Salzwasser eignet sich perfekt zum Abwaschen von Spuren. Haben Sie endlich die Erlaubnis zur Durchsuchung von Jez Cardews Zimmer bekommen?«

»Die Staatsanwaltschaft lässt uns warten.«

»Verdammt nochmal!«, zischt sie. »Sie müssen denen mal klarmachen, wo der Hammer hängt. Das fühlt sich an, als würde ich ohne jede Unterstützung einen verfluchten Marathon laufen.«

Eine Kellnerin, die gerade dabei ist, die Tische einzudecken, dreht sich neugierig um, weil sie glaubt, dass sie uns beim Streiten erwischt hat.

»Sprechen Sie leiser, Liz. Beide Opfer waren Freunde von mir aus der Crew der Seenotrettung. Wir reißen uns hier alle den Arsch auf. Beschimpfen Sie die Staatsanwaltschaft, nicht mich. Die zeigen einem leider gern, wer am längeren Hebel sitzt.«

»Dann lassen Sie mich das klären, verdammt.«

Ich warte schweigend ab, während sie ein paar Anrufe tätigt. Ihre Stimme klingt so giftig, dass der arme Mensch am anderen Ende der Leitung völlig verschreckt sein muss. Dann legt Gannick mit einem triumphierenden Lächeln ihr Handy weg.

»Er schickt den Durchsuchungsbeschluss per E-Mail. Also gehe ich als Nächstes zum Haus.«

»Gibt es eigentlich auch Leute, die nicht tun, was Sie sagen, Liz?«

»Das trauen sich nur die Mutigen.«

»Nicht mal Ihr Mann?«

Sie schaut mich amüsiert an. »Glauben Sie ernsthaft, ich würde jemanden heiraten, der gern die Oberhand behält?«

»Eher nicht.«

»Und da liegen Sie verdammt richtig.« Sie beugt sich in meine Richtung, sie wirkt jetzt ruhiger. »Finden Sie raus, was Ihre beiden Opfer verbindet. Da muss mehr dahinterstecken als die Seenotrettung; irgendwer auf dieser Insel muss so schlimm verletzt worden sein, dass er nicht darüber hinwegkommt.«

»So schlau bin ich auch, Liz.«

»Dann handeln Sie danach«, fordert sie in einem herrischen Ton. »Hinter ritualisierten Morden stecken doch immer große Gefühle, oder? Es war viel Arbeit, dieses Boot mit Paraffin zu reinigen und die Namen von den Medaillen zu kratzen.«

»Wenn ich eine Stütze der hiesigen Gesellschaft wäre, würde ich alles tun, um nicht ins Gefängnis zu müssen. Der Täter zeigt uns, wie clever er ist, indem er Zitate über das Meer aus einem Shakespeare-Stück verschickt, das nur wenige Leute gelesen haben. Sie könnten ein Schlüssel zur Lösung des Falls sein, aber lassen Sie uns erst mal bei den Beweisen bleiben. Was haben Sie bislang gefunden, Liz?«

»Auf dem Zettel, den Sie auf Cardews Boot entdeckt haben, waren leider keine Fingerabdrücke. Aber er ist mit Tonstaub bedeckt, und zwar von einer Sorte Ton, die importiert sein muss. Diese Inseln bestehen ja nur aus Kalkstein und Granit.«

Mir fällt sofort Lewis Marling ein, der einzige Töpfer, der auf St. Agnes arbeitet. Ich schicke Eddie schnell eine Nachricht. »Das könnte der Durchbruch sein, Liz.«

»Das hoffe ich aber auch, nach all der Arbeit, die ich mir gemacht hab. Was wollen Sie frühstücken?«

»Kaffee ohne Milch.«

»Sonst vertilgen Sie doch alles, was die Speisekarte hergibt.«

»Heute nicht. Durch die Pforte zur Hölle tritt man besser mit leerem Magen.«

»Sie meinen Cardews Obduktion? Sie Armer.« Für die Kellnerin setzt Gannick ein dünnes Lächeln auf.

»Ein Toast mit Spiegelei und zwei doppelte Espressos, bitte.«

Als die Bestellung gebracht wird und ich das Essen rieche, dreht sich mir der Magen um. Der Kaffee hinterlässt einen sauren Geschmack auf meiner Zunge, aber wenigstens habe ich eine neue Spur, der ich folgen kann.

39

Gareth Keillor, unser Gerichtsmediziner, legt sich seine Instrumente in der Leichenhalle des Krankenhauses zurecht. Er trägt OP-Kleidung und -Handschuhe, auf seinem schütteren grauen Haar sitzt eine OP-Haube. Er begrüßt mich gut gelaunt, als ich nach meinem Overall greife. Beim Anblick seines Aufgebots an Meißeln, Sägen und Bohrern wird mir schwummrig. Ich habe erst wenigen Obduktionen von Opfern beigewohnt, die ich persönlich kannte, und diese wird die schlimmste. Mit Jez und den anderen aus der Crew, Molly Bligh eingeschlossen, habe ich viele Abende im *Atlantic* verbracht. Dass Molly möglicherweise auf die gleiche Art gestorben ist, ist bei mir noch gar nicht richtig angekommen. Im grellen Licht der Leuchte über dem Seziertisch kann ich mich nirgends verstecken. Ich will und muss diesen Fall unbedingt lösen, bevor noch weitere Mitglieder der Seenotrettung zu Schaden kommen.

Keillor tritt an den Tisch, um mit der Arbeit anzufangen, doch irgendetwas lässt ihn zögern.

»Jez war ein Freund von Ihnen, oder, Ben?«

»Ich kannte ihn nicht allzu gut, aber ich mochte ihn. Er hat mich bei meinen ersten Einsätzen bei der Seenotrettung sehr unterstützt.«

»Dann sollten Sie nicht hier sein. Aber der DCI hat sich

geweigert, mir einen Ersatz zu schicken. Offen gesagt wundert es mich, dass er sich nicht angeboten hat, an Ihrer Stelle zu kommen.«

»Das ist nett, dass Sie das sagen, Gareth, aber Madron verlässt nie seinen Schreibtisch.«

»Ich kann das hier leider nicht beschleunigen. Und es ist keine Schande, wenn Sie sich lieber hinsetzen möchten.«

»Danke, aber ich bleibe stehen.«

Keillor legt einen Mundschutz an und schlägt dann das Tuch zurück. Ich hole tief Luft, bevor ich Jez' Leiche betrachte. Sie sieht anders aus als beim Auffinden auf Hangman Island, da es noch halb dunkel und Jez mit Tang und Teer bedeckt war. Jetzt, wo die Wunden gereinigt sind und sein geschundener Körper entblößt vor uns liegt, wirken die Verletzungen noch schlimmer. Der Gerichtsmediziner umkreist den Tisch und betrachtet den Leichnam konzentriert, meine Anwesenheit hat er bereits vergessen. Er geht seinem Beruf mit derselben Akribie nach wie Gannick, aber er ist kein Workaholic. Er spielt leidenschaftlich gern Golf, und das auf hohem Niveau, außerdem verbringt er mehrere Wochen im Jahr bei seinen erwachsenen Kindern auf dem Festland. Heute Morgen ist er offensichtlich in seinem Element. Er spricht bereits erste Beobachtungen in das Mikrofon, das von der Decke hängt: Hypoxie, thorakale Schürfwunden, Pulmonalödem. Ich kann nur hoffen, dass er mir das am Ende alles übersetzt.

»Sind Sie noch auf den Beinen?«, fragt er.

»Mehr oder weniger.«

»Nach dem Y-Schnitt wird es leichter.«

»Das sage ich mir auch die ganze Zeit.«

Ich lehne mich gegen die Wand, als Keillor die Brust nach

einem langen Schnitt mit einer Säge öffnet. Im ersten Moment ist mir übel, aber er hat recht, dass es danach leichter wird. Jetzt hat die Leiche auf dem Seziertisch keine Ähnlichkeit mehr mit dem von mir bewunderten jungen Seenotretter. Als ich die Augen wieder aufschlage, hat Keillor dessen Herz, Lunge und Leber bereits entnommen. Die Organe liegen ein paar Meter entfernt in Metallschalen auf einem Trolley. Ich betrachte den Linoleumboden zu meinen Füßen. In mir steigt eine unbändige Wut auf. Jez Cardew wurde zu reiner Materie reduziert. Seine lebenswichtigen Organe werden nun bald in der Kühlanlage des Krankenhauses aufbewahrt und Proben daraus ans Labor geschickt, während der Mörder Sonnenbäder an den Insel-Stränden nimmt und es sich gut gehen lässt.

»Dauert nicht mehr lange«, sagt Keillor. »Fast fertig.«

Er braucht weitere fünfzehn Minuten, um die Leiche wieder zuzunähen und dann ein frisches Tuch über den Körper zu breiten. Als er am Waschbecken steht und seine Hände mit Karbolseife schrubbt, wirkt er sehr ernst.

»Heutzutage ermüdet mich dieses Gewerbe nur noch.«

»Das sagen Sie immer, aber Sie hören trotzdem nicht auf.«

»Seien Sie sich da nicht so sicher. Meine Frau will nach Portsmouth umziehen, um näher bei den Kindern zu sein, und vielleicht hat sie recht. Früher war der Job easy, Ben. Meine einzige Aufgabe bestand darin, die Todesursache zu ermitteln. Ich hab jeden Nachmittag zwei Obduktionen durchgeführt und trotzdem geschlafen wie ein Baby. Heute hält mich der Frust über all das verschwendete Potenzial nächtelang wach.«

»Dann lassen Sie uns hinschmeißen und eine Golfreise nach Florida machen.«

»Klingt verlockend.« Langsam kehrt sein Lächeln zurück. »Was wollen Sie wissen?«

»Idealerweise die Todesursache.«

»Hypoxisches Ödem. Das ist eine elegante Umschreibung für Ertrinken. Jez lebte noch, als er ins Wasser fiel, und Gannicks Theorie, dass er hinter einem Boot hergeschleift wurde, ist in meinen Augen zutreffend. Durch den Druck wurde seine linke Schulter ausgekugelt.« Keillor blickt auf sein Klemmbrett mit den handschriftlichen Notizen. »Man kann auf unterschiedliche Art ertrinken. Beim trockenen Ertrinken führt das eingeatmete kalte Wasser zu einem Krampf der Stimmritze des Kehlkopfes und damit zu einem Verschluss der Atemwege. Beim sekundären Ertrinken löst sich der Krampf wieder, und das eingeatmete Meerwasser gelangt in die Lunge. Jez ist schnell gestorben, seine Lunge war vollgesogen mit Wasser.«

»Was für eine schreckliche Art zu sterben.«

»Ich kann mir Schlimmeres vorstellen. Leute, die nur beinahe ertrunken sind, beschreiben manchmal, dass sie in einen Zustand der Euphorie geraten sind, bevor sie das Bewusstsein verloren. Die Amygdala im Gehirn wird durch die Panik derart überstimuliert, dass es zu einer Ausschüttung von Serotonin kommt, dem Hormon, das Glücksgefühle auslöst.«

»An die Stelle der Angst treten Glücksgefühle?«

»Das ist ein gut dokumentiertes Phänomen.«

»Ich hoffe, er musste nicht lange leiden. Wir wissen noch nicht, ob er auf ein anderes Boot gelockt wurde. Wer auch immer ihn ermordet hat, könnte zu ihm an Bord gekommen sein, ihn überwältigt und dann mit hoher Geschwindigkeit durchs Wasser geschleift haben. Haben Sie irgendwelche Hinweise dafür gefunden, dass er sich verteidigt hat?«

»Er bekam möglicherweise eins über den Schädel gezogen. An seinem Hinterkopf klafft eine tiefe Wunde, aber die kann auch durch den Aufprall auf einen Felsen entstanden sein. Ich kann nicht feststellen, was als Erstes passiert ist. Es kann auch sein, dass er ein Beruhigungsmittel eingenommen oder injiziert bekommen hat, aber der toxikologische Bericht wird nichts Eindeutiges ergeben. Dazu wurde seine Leiche zu spät gefunden.«

»Danke für den Versuch, Gareth.«

Als ich hinausstolpere, versengt das Sonnenlicht mir fast die Netzhäute. Die komplette Abwesenheit jedweder Empathie bei dem Mörder macht mir am meisten zu schaffen. Womöglich hat ihm der erste Mord so viel Befriedigung verschafft, dass Molly ihr Leben bereits ebenfalls verloren hat.

40

Es ist halb zehn, als Sam sich fertig macht, um mit Moyle das Haus zu verlassen. Sein Vermieter hat die letzte halbe Stunde damit verbracht, Großhändler wegen ausgebliebener Lieferungen von Farbe, Gipsputz und Holz am Telefon zu beschimpfen. Noch bevor Sam nur ein Wort an ihn gerichtet hat, weiß er schon, dass Moyles Laune unterirdisch ist.

»Ich zahl dir diese Woche weniger Stundenlohn. Es war ein Fehler, einen Anfänger zu nehmen, du bist viel zu langsam.«

»Das kannst du nicht machen, ich krieg doch eh nur den Mindestlohn!«

»Und ob ich das kann. Schließlich bekomme ich einen Scheiß als Gegenleistung, und denk dran, wer dir ein Dach über dem Kopf gibt.«

Sam platzt der Kragen. »Dann behalt deinen Scheißjob! Ich zieh aus!«

Sein Vermieter läuft rot an vor Wut. »Was sagst du?«

»Ich brauch mir nicht alles von dir gefallen zu lassen.«

»Ach, nein?« Moyle hat die Hände zu Fäusten geballt, er könnte jeden Moment zuschlagen. »Wer will sich denn sonst mit dir abgeben?«

»Wahrscheinlich niemand, aber das Risiko geh ich ein.«

Sam richtet sich kerzengerade auf. »Ich lass mir keinen Unsinn mehr verzapfen. Die ganze Zeit tust du so, als wär dir die Seenotrettung egal, dabei würdest du eigentlich zu gern selbst mitmachen. Bildest du dir etwa ein, du hättest auch das Zeug zum Helden wie Jez?«

»Halt's Maul«, zischt Callum. »Pack deine Sachen und verschwinde.«

»Du bist einfach ein armseliger, einsamer Mistkerl. Ich wette, dass Jez die Medaille bekommen hat, war für dich schlimmer, als dass er mit Anna zusammen war. Und was ist mit Molly Bligh? Warst du auf die auch scharf?«

»Du redest ja völliges Blech. Sieh zu, dass du deinen Kram hier rausschaffst, und zwar noch heute, sonst landet er im Müll.«

Die beiden Männer starren einander an, die Atmosphäre ist äußerst angespannt, da klopft es plötzlich an der Tür. Moyle lässt sich Zeit beim Öffnen. Draußen wartet Sergeant Lawrie Deane, und mit ihm eine Frau, die auf Krücken balanciert. Sie hat die zierliche Figur eines Kindes, aber aus der Nähe betrachtet wirkt ihr Gesicht müde und faltig.

»Callum Moyle?«, fragt sie. »Ich hab hier die Genehmigung, im Zusammenhang mit dem Tod von Jez Cardew eine kriminaltechnische Untersuchung auf Ihrem Grundstück durchzuführen.«

Auf einmal klingt Moyle höflich. »Dauert das lange?«

»Kann ich nicht sagen. Bitte verlassen Sie jetzt das Haus und bleiben Sie weg, bis wir Ihnen eine Nachricht schicken.«

»Ich hol nur oben meine Jacke, dann gehört das Haus Ihnen. Mein Untermieter will eh ausziehen.«

Sam nimmt seine Geldbörse und sein Handy von dem Tisch im Flur. Sein Vermieter schubst ihn zur Seite.

»Lass dich bei der Arbeit bloß nicht mehr blicken«, sagt Moyle. »Ich hab dich eh nur aus Mitleid beschäftigt.«

Er marschiert davon und lässt Sam aufgewühlt zurück. Sams Blick wandert zu der Kirche von Father Mike auf der anderen Straßenseite, Our Lady Star of the Sea. Mit seinen geweißten Mauern sieht das Gebäude eher aus wie ein Fischercottage, aber als er eintritt, herrscht im Innern ein intensiver Weihrauchgeruch. Jetzt muss er umso dringender herausfinden, wie Jez gestorben ist, doch er wird jemanden um Hilfe bitten, dem er vertraut.

41

Als ich zum *Turk's Head* komme, hat Eddie in unserem Raum schon einiges umgestellt. Trotz der geöffneten Fenster riecht es nach abgestandenem Bier, an der Wand sind alte Barhocker aufgestapelt, und im Sonnenlicht sieht man die in der Luft herumschwebenden Staubpartikel, doch mein Deputy scheint all das gar nicht mitzubekommen. Er hat den Snookertisch in die Ecke geschoben und an seiner Stelle einen Tapeziertisch für seinen Drucker und Laptop aufgestellt. Um ihn herum liegen schon mehrere ordentliche Papierstapel.

»Es gab ein paar technische Probleme, Ben.« Er klingt noch immer schwer gestresst. »Aber die Graphologin hat uns ihren neuen Bericht geschickt.«

»Und was steht drin?«

»Die Nachrichten an die Rettungsboot-Crew stammen alle von derselben Person. Wahrscheinlich hat sie sie zur Tarnung mit der linken Hand geschrieben, obwohl sie eigentlich Rechtshänder ist. Der Liebesbrief, den wir auf Jez' Boot gefunden haben, ist aber definitiv von jemand anders.«

»Und was ist mit Jez' Mobilfunkdaten?«

»Die hab ich jetzt endlich auch bekommen.«

Er reicht mir eine lange Liste mit Nummern. Die Dauer

jedes einzelnen Anrufs und die Anzahl der geschriebenen und eingegangenen Textnachrichten ist darauf verzeichnet. Neben den meisten Telefonnummern hat Eddie bereits Namen notiert. Jez stand regelmäßig in Kontakt mit einigen Freunden von der Rettungscrew. Und er hat häufig Molly Bligh angerufen, in der letzten Zeit allerdings etwas weniger. Die Liste zeigt auch, dass Anna Dawlish ihm noch bis zu seinem Tod Nachrichten geschickt hat, obwohl er nie geantwortet hat.

»Wie oft hat Anna ihn in den letzten beiden Wochen angerufen, Eddie?«

»Fast jeden Tag, aber das ist noch gar nichts. An dem Tag, an dem Jez mit ihr Schluss gemacht hat, hat sie ihm hundert Textnachrichten geschrieben. Das macht sie doch zum Stalker, oder? Anna könnte Janet Fearnleys Boot benutzt haben. Ich glaube, wir sollten noch mal mit ihr reden und herausfinden, was in all diesen Nachrichten stand.«

»Ach, komm, Eddie. Anna hat einen neuen Freund, sie lässt das alles jetzt hinter sich.«

»Das könnte bloß eine Tarnung sein.«

Mir ist klar, dass er erst Ruhe geben wird, wenn wir noch einmal mit Anna gesprochen haben. »In Ordnung, vereinbare eine weitere Befragung mit ihr, nur um sicherzugehen. Und ich möchte Jez' Kumpel besuchen, diesen Töpfer auf St. Agnes. Er muss etwas über Jez' Beziehung gewusst haben.«

»Ich hab Lewis Marling schon ein halbes Dutzend Nachrichten hinterlassen, aber er meldet sich nicht. Seine Nummer taucht auch in Jez' Liste auf. In manchen Wochen haben sie zwei- oder dreimal telefoniert.«

»Der Tonstaub, den Gannick auf diesem Brief gefunden hat, muss irgendwas zu bedeuten haben, Eddie.«

Jetzt schaut Eddie mich zum ersten Mal richtig an.

»Glaubst du, dass Molly auf dieselbe Art angegriffen wurde wie Jez?«

»Bislang wissen wir nur, dass ihr Kleid da gelandet ist, wo seine Leiche angeschwemmt wurde. Das ist allerdings noch kein eindeutiger Beweis dafür, dass sie tot ist.«

»Der Täter scheint's irgendwie mit Hangman Island zu haben, oder? Darum findet sich das Galgen-Symbol ja auch auf all unseren Botschaften.«

»Wenn er wütend ist, verstehe ich, warum er Mollys Kleid da platziert. Zu Cromwells Zeiten wurden auf der Insel dutzende Verräter hingerichtet. Ihre Leichen ließ man als Warnung hängen. Vielleicht fühlt der Täter sich ja verraten.«

Eddie holt Luft, um noch etwas hinzuzufügen, als sein Telefon klingelt. »Das wird Madron sein, der hat's schon häufiger versucht.«

»Dann findest du besser mal raus, was er will.«

Eddie zieht eine Grimasse, als er das Gespräch annimmt. Ich beobachte ihn, während er schweigend zuhört.

»Ein Fischer hat was auf Annet liegen sehen, was wohl wie eine Leiche aussieht. Die Rettung ist schon unterwegs.«

»Wenn wir mein Boot nehmen, sind wir vor den anderen da.«

Wir rennen die Treppe hinunter und an Debbie Brookes vorbei. Sie hat womöglich gelauscht, um Neues über den Fall zu erfahren, aber im Augenblick ist das egal. Eddie springt bereits in meinen Bowrider und startet den Außenbordmotor, der Schlüssel steckt. Ich setze mich auf die Bank und überlasse ihm das Steuer.

Da die Insel genau westlich von St. Agnes liegt, werden wir Annet eine Viertelstunde vor dem Boot der Seenotrettung erreichen. Sie ist eine der größten unbewohnten Inseln der Scillys und fast einen Kilometer lang. Als Kind hat sie mich immer fasziniert, weil man dort nicht hindurfte, denn die Insel ist ein Gebiet von besonderem wissenschaftlichem Interesse. Ich hätte als Junge gern die Kolonie der grauen Seehunde und die in Erdhöhlen liegenden Nester von Sturmtauchern und Sturmschwalben ausgekundschaftet, doch das Ufer ist zu zerklüftet, als dass man einfach an Land gehen könnte. Wir durchpflügen die flachen Wellen, das Licht auf dem Meer blendet uns. Wir fahren mit Höchstgeschwindigkeit, der Motor gibt alles. Ich würde es schrecklich finden, Molly Blighs Leiche in einem ähnlichen Zustand aufzufinden wie Jez' – ich möchte ihre Leiche überhaupt nicht finden, ganz gleich, in welchem Zustand –, halte den Blick aber dennoch angestrengt auf das Ufer der Insel gerichtet.

Zuerst entdecke ich die Seehunde. Sie sonnen sich auf Felsnasen, die über dem Wasser aufragen, und wirken völlig unbesorgt. Ich zähle mindestens ein Dutzend von ihnen, und ihre glänzenden grauen Samtfelle lassen darauf schließen, dass sie vor Gesundheit strotzen. Ein paar von ihnen kommen sogar neugierig angeschwommen, um diese fremde Spezies genauer in Augenschein zu nehmen.

Eddie ist gezwungen, das Boot zum Stillstand zu bringen. Der Motor könnte wegen der vielen unterirdischen Klippen und Felsblöcke, die es hier gibt, leicht beschädigt werden.

»Kannst du was sehen?«, fragt er, zu sehr damit beschäftigt, nach Hindernissen im Wasser zu suchen, um den Blick zu heben.

»Nein, noch nicht. Könntest du näher ranfahren?«

»Dann laufen wir auf Grund.«

»Also wate ich an Land.« Ich werfe meine Geldbörse und mein Handy aufs Deck und schwinge meine Beine über das Dollbord.

»Hier ist es zu felsig, um Anker zu werfen, Ben. Ich muss in tieferem Wasser warten.«

Ich finde keinen Halt und fluche laut, als ich hüfttief im Wasser lande. Die Uferlinie besteht aus Felsblöcken mit nur wenig Sand dazwischen, und es ist eine Herausforderung, darüber zu laufen, ohne auf den Algen auszurutschen. Die angestammte Inselbevölkerung scheint über meine Ankunft verärgert zu sein. Mantelmöwen greifen mich im Sturzflug an, und gleich danach flattert mir ein Sturmtaucherweibchen, um seinen Brutplatz zu schützen, direkt ins Gesicht. Mir ist bewusst, welchen Schaden ich in ihrem Habitat anrichte, indem ich auf die unter der Erdoberfläche liegende Nester trete, aber heute habe ich keine andere Wahl. Von einer Leiche ist weit und breit nichts zu sehen. Ich klettere auf den größten Felsen in Sichtweite, um das östliche Ufer von Annet absuchen zu können.

Dort stehe ich noch und halte Ausschau, als mich mehrere Möwen gleichzeitig attackieren und mir ihre Flügel ins Gesicht schlagen. Ihre Schreie klingen wie Noahs Weinen in der Nacht. Ich scheuche die Vögel weg und schaue weiter geradeaus, bis ich in der Ferne einen kleinen orangefarbenen Punkt entdecke. Ich bin mir fast sicher, dass das Molly

Blighs rotes Haar ist. Also klettere ich, geblendet vom Sonnenlicht, am Ufer entlang, die schrillen Warnschreie der Vögel in den Ohren.

42

Sam wartet in der kleinen Kirche auf Father Mike. Er war noch nie gläubig, aber das klare Licht, das oben durch das bunte Kirchenfensterglas fällt, zwingt ihn, sein Gewissen zu überprüfen. War er gut genug als Freund? Vielleicht steckte Jez in Schwierigkeiten, und er hat es nicht bemerkt. Wenn er es gewusst hätte, hätte er ihn verteidigen können. Es ist eine Erleichterung, als der Priester schließlich kommt.

Sam erläutert Father Mike seine Situation, der Priester hört aufmerksam zu.

»Wo willst du denn jetzt arbeiten, Sam?«

»Egal, Father Mike. Ich bin nicht wählerisch, Hauptsache, ich kann auf den Inseln bleiben.«

»Ich höre mich mal um. Willst du bei Rose wohnen?«

»Mums Hütte ist zu klein. Ich würde zwar gern wieder mehr auf Bryher sein, aber bei ihr ist nicht genug Platz für uns beide.«

»Wie kommt's denn, dass du ausgerechnet heute hingeworfen hast?«

»Callum hat mich wie Dreck behandelt.«

Der Priester nickt. »Dann hast du das Richtige getan. Wir verdienen alle Respekt.«

»Er hat auch dauernd mit Jez gestritten. Ich glaube, er

war neidisch auf ihn, weil die Auswahlkommission der Seenotrettung ihn nicht genommen hat.«

»Was willst du damit sagen, Sam?«

»Vielleicht hat Callum ihn ja umgebracht, aber Stuart Cardew ist davon überzeugt, dass ich es war. Die Polizei würde mir niemals glauben. Bitte reden Sie mit denen, Father. Ich muss meinen Namen reinwaschen.«

»Komm mit nach nebenan, da können wir ungestört sprechen. Du kannst gern in meinem Gästezimmer wohnen, bis du was Neues gefunden hast.«

Die Last, die Sam auf seinen Schultern getragen hat, wird sofort leichter. Das Haus des Priesters ist zwar klein und die Ausstattung sehr einfach, aber dennoch kann Sam sich zum ersten Mal seit Tagen entspannen. Father Mikes Gästezimmer mit dem schmalen Bett, dem Stuhl und dem kleinen Schrank erinnert ihn an seine ehemalige Gefängniszelle.

»Das Zimmer ist allerdings sehr einfach«, sagt Father Mike. »Ich fürchte, die Diözese ist nicht für Luxus zu haben.«

»Ich bin dankbar für den Schlafplatz.«

Der Priester schaut ihn an. »Hast du je darüber nachgedacht, einen Neustart auf dem Festland zu versuchen? Ich würde dich zwar vermissen, und deine Mutter sicher auch, aber vielleicht ist das Leben dort einfacher für dich.«

»Ich kann Mum nicht im Stich lassen, außerdem gibt es hier ein Mädchen, das ich gernhabe. Sie ist was ganz Besonderes, und ich möchte sehen, wo das hinführt.«

»Das sind gute Gründe, hierzubleiben. Versprich mir nur, dass du weiter zu den Treffen der Anonymen Alkoholikern gehst.«

»Sie wissen, dass ich das tun werde, Father.«

»Gut, jetzt erzähl mir, warum du glaubst, dass Callum Jez was angetan hat.«

Sam berichtet ihm jedes Detail, von den Streitereien, die er mitangehört hat, bis zu den Lügen, die Callum über Jez' angebliche Frauengeschichten verbreitet, und auch, dass er ihm Sachen geklaut hat. Er ist sich sicher, dass Callum drogensüchtig und deshalb ständig abgebrannt ist. Und dass er aus diesem Grund spätabends mit seinem Boot rausfährt.

»Das sind schwerwiegende Anschuldigungen. Glaubst du wirklich, dass er gewalttätig ist?«

»Ich hab schon mehrfach gesehen, wie er völlig grundlos auf andere losgegangen ist. Zuerst war er noch freundlich zu Jez, aber dann wurde er immer feindseliger. Dieser Typ ist ein wandelndes Pulverfass, wenn er in Rage ist.«

»Ich werde mit Ben Kitto sprechen. Brauchst du sonst noch irgendwas?«

Sam zögert. »Heute Abend bräuchte ich ein Boot, wenn ich eines kriegen kann.«

»Wenn es wichtig ist, kannst du dir meins nehmen. Der Schlüssel liegt in der Küchenschublade, aber sieh zu, dass du um zehn wieder zurück bist. Und halt dich aus den Ermittlungen raus, Sam. Überlass es der Polizei, den Mörder zu finden.«

Father Mike eilt nach unten. Sam ist in dem kleinen Zimmer allein. Als er durchs Fenster schaut, steht Sergeant Lawrie Deane draußen vor Callum Moyles Haus Wache, während die Kriminaltechnikerin es durchsucht. Wie gut, dass er nichts zu verbergen hat.

43

Ich rufe Eddie zu, dass er ein Stück weiter die Küste hochfahren soll, während ich selbst über die glitschigen Felsen nur langsam vorankomme. Weil außer dem Vogelschutzbund, der RSPB, der hier gelegentlich Untersuchungen durchführt, nur sehr wenige Menschen Annet besuchen, gibt es auch keine erkennbaren Pfade. Ich schlage mich ein Stück weit durch Riedgras und Dornengestrüpp und kehre dann zum Ufer zurück. Allmählich frage ich mich, ob dieses rote Etwas nur eine optische Täuschung war, doch als ich die nächsten Felsblöcke überwunden habe, sehe ich es wieder. Molly liegt mit dem Gesicht nach unten auf einem schmalen Streifen Sand. Sie rührt sich nicht, aber ich sprinte trotzdem durch die schmale Bucht zu ihr hin.

Schwer atmend sinke ich neben ihr auf die Knie, um nach einem Puls zu tasten, obwohl ich weiß, dass wir zu spät kommen. Das gelbe Ölzeug der jungen Frau ist zerfetzt, ihre Haut dort, wo sie der Sonne ausgesetzt ist, dunkelrot verbrannt. Ihre Leiche ist in einem besseren Zustand als die von Jez Cardew, doch auch ihre Wunden sehen zum Teil übel aus. Um ihr Handgelenk wurde ein Draht befestigt, der eine tiefe Schnittwunde hinterlassen hat. Die Leine muss gerissen sein, als sie hinter dem Boot ihres Mörders hergeschleift wurde.

»Was willst du bloß, du Mistkerl?«, zische ich frustriert, auch wenn mich niemand hören kann.

Als ich Molly auf den Rücken drehe, sehe ich, dass ihr eine Medaille der Royal Life Saving Society um den Hals gebunden wurde. Dann strömt ein Schwall Wasser aus ihrem Mund, und plötzlich flattern ihre Augenlider. Als ich zwei Finger an ihren Hals drücke, spüre ich ganz schwach einen Puls. Es ist nicht auszuschließen, dass sie mich hören kann, auch wenn sie nicht reagiert.

»Ist okay, ich hab dich gefunden. Wer hat dir das angetan, Molly?«

Ihre Augen öffnen sich ein Stückchen. Ich sehe, dass sie Angst hat, aber zu schwach ist, um einen Laut von sich zu geben. Es ist riskant, aber sie hat nur dann eine Überlebenschance, wenn wir sie ins Krankenhaus schaffen, bevor ihre Kräfte sie ganz verlassen. Ich hebe sie in meine Arme und achte darauf, dass ihr Kopf nicht hin und her schwingen kann, dann wate ich zum Boot.

»Sie lebt!«, schreie ich Eddie so laut zu, wie ich kann. »Kümmer dich um sie, ich übernehme das Steuer.«

Es ist besser, wenn er sie versorgt, denn er hat letzten Monat eine Sanitäterausbildung bei den Johannitern abgeschlossen. Er bringt sie auch gleich in die stabile Seitenlage, während ich das Boot wende. Als Nächstes breitet er die Handtücher über sie, die ich am Bug in einer Kiste aufbewahre. Ich nehme Kurs auf St. Mary's und beschleunige auf Höchstgeschwindigkeit. Sie muss ins örtliche Krankenhaus, denn der Transport mit dem Rettungshubschrauber würde zu lange dauern.

Das Rettungsboot rast auf uns zu, und wir haben Glück, dass weiterhin kein starker Seegang herrscht. Als es neben uns hält, heben Eddie und ich sie an Bord. Liam Quick ist die Erleichterung anzusehen. Er dankt uns für unsere Arbeit, dann ist Molly auf dem Weg in die Sicherheit des Krankenhauses. Mein Bowrider wird vom Kielwasser des Rettungsbootes, das hohen Wellen produziert, fast umgeworfen, aber obwohl ich deshalb noch nasser werde, könnte es mir gar nicht egaler sein. Eddie sieht ebenfalls freudig erregt aus, jedenfalls habe ich ihn seit dem Tod seines Cousins nicht mehr so breit lächeln sehen.

»Wir kamen gerade noch rechtzeitig«, sagt er. »Gott sei Dank, Len wäre verloren ohne sie.«

Ich könnte ihn darauf hinweisen, dass Molly noch nicht außer Gefahr ist, aber unsere wichtigste Aufgabe ist es, herauszufinden, wer ihr das angetan hat und warum. Der Modus Operandi des Täters hat noch eine Steigerung erfahren, denn er hat Mollys Kleid durch das wasserfeste Ölzeug der RNLI ersetzt, das die Crew bei jedem Einsatz trägt. Und wieder wurde eine Medaille an ihrer Hand befestigt, bevor sie durchs Wasser gezogen wurde. Ich muss dahinterkommen, warum jemand die Rettungscrew mit solcher Inbrunst hasst, aber solange ich auf dem offenen Meer treibe, komme ich nicht weiter. Also wende ich erneut und fahre zurück nach St. Agnes.

Sobald wir wieder an Land sind, rufe ich DCI Madron an. Seine Gratulation klingt gedämpft, aber ich weiß, dass er erleichtert ist. Die gesamte Inselbevölkerung verlässt sich darauf, dass wir den brutalen Angriffen auf ihre tapfersten Mitglieder ein Ende bereiten. Madron berichtet mir, dass Father Mike auf dem Revier war und behauptet, dass Callum Moyle mit den Morden in Verbindung stehen könnte. Lawrie Deane wird Moyle für eine Befragung aufs Revier bringen und sein Alibi für gestern Nachmittag in der Zeit überprüfen, in der Molly entführt wurde. Ich mag Callum Moyle zwar nicht, aber würde jemand nur deshalb eine Mordserie starten, weil er sich aus einem Team ausgeschlossen fühlt, dem er angehören möchte?

Als ich Eddie davon erzähle, scheint er dasselbe zu denken. Wenn unser Täter innerhalb von drei Tagen zweimal zuschlägt, wissen wir beide, dass wir es mit einer zu allem entschlossenen, grausamen Person zu tun haben. Und aller Wahrscheinlichkeit nach wird sie auch wieder zuschlagen, wenn wir nicht bald Fortschritte erzielen.

»Ziehen wir gleich weiter, Eddie. Lewis Marling könnte was wissen.«

Dass wir unsere Crew-Kollegin lebend gefunden haben, gibt uns neuen Auftrieb, und wir marschieren schnellen Schrittes los. Ich weiß, wo Marling wohnt, obwohl ich ihn kaum kenne. Sein Haus liegt am Rand der Garabeara Rocks an der Westküste von St. Agnes. In der Gegend gibt es viele kleine, von zerbröselnden Bruchsteinmauern umgebene Wiesen, auf denen Ziegenherden leben. Der hier heimische Agapanthus steht um diese Zeit in voller Blüte und wächst wild am Rand des Weges, über den wir in die Mitte der Insel laufen. Die Blumen reichen mir bis zur Hüfte, ihre kugelrunden Köpfe sind dicht mit glockenähnlichen blauen Blüten besetzt, deren Schönheit ich in diesem Moment nicht würdigen kann. Mir gehen andere Gedanken durch den Kopf. Über Marling weiß ich nur, dass er als Töpfer arbeitet und seine Ware in den Souvenirläden auf St. Mary's und anderen Inseln verkauft.

»Kennst du Marling überhaupt, Eddie?«

»Niemand kennt ihn«, erwidert er. »Er bleibt lieber für

sich. Jez ist der Einzige, der es über seine Schwelle geschafft hat.«

Wir brauchen zehn Minuten, um die Insel zu überqueren, und meine Neugierde wächst, als wir einem Kiesweg zu Marlings Grundstück folgen. Sein Haus ist eine zweistöckige Version von meinem. Es ist aus grob behauenen Granitsteinen erbaut, und aus den Fenstern blickt man über die St.-Warna's-Bucht. Ein idealer Ort für jemanden, der gern allein ist. Der Legende nach lebte die Heilige Warna hier in der Nähe als Eremitin neben einem Brunnen, der auch heute noch eine Pilgerstätte ist. Angeblich hat Warna das Wasser mit ihrem heiligen Wesen gereinigt, aber vor Marlings Haus sind keine Anzeichen von Frömmigkeit zu erkennen. Ich sehe nur einen winzigen Garten mit einem Gewächshaus, einem Rosen- und einem Gemüsebeet. Da auf mein Klingeln hin niemand reagiert, spähe ich durchs Fenster in ein Wohnzimmer, das nur wenig Komfort bietet. Marling hat offenbar weder einen Fernseher noch einen Computer, nur ein großes Sofa, Regale voller Bücher und eine Katze, die sich ein sonniges Fleckchen gesucht hat und schläft.

»Schauen wir mal in seiner Werkstatt nach, Eddie.«

Als wir am Haus vorbei dorthin gehen, hören wir jemanden singen. Der Mann, den ich erblicke, entspricht nicht meinem Bild von einem Eremiten. Er schmettert ein Ed-Sheeran-Lied, während er aus einem Klumpen Lehm auf seiner Töpferscheibe mit den Händen ein Gefäß formt und offensichtlich Spaß dabei hat. Er ist Ende dreißig, wie ich, für die Hitze passend gekleidet und hat sein dunkles Haar zusammengebunden. Marling treibt seine Drehscheibe mit nackten Füßen an, seine abgeschnittene Jeans ist lehmverkrustet.

Er ist so in seine Arbeit vertieft, dass er uns nicht an der

Tür stehen sieht. Ich warte, bis er seinen Krug vollendet hat, bevor ich ihn anspreche, aber der Töpfer erschrickt trotzdem fast zu Tode.

»O mein Gott, wo kommen Sie denn her? Ich hab Sie gar nicht gehört.«

»Wir wollten nicht stören. Ich bin DI Ben Kitto, und das ist Sergeant Eddie Nickell. Wir möchten Sie bitte kurz sprechen.«

»Kann ich das hier zuerst wegräumen, bevor es auf der Scheibe hart wird?«

Die praktischen Belange sorgen dafür, dass er seinen Schreck rasch überwindet, und schon kurze Zeit später hat er den Krug mit einem Draht von der Scheibe gelöst und auf ein Regal gestellt.

Er ist größer, als ich dachte, seine schlanke Gestalt und seine fließenden Bewegungen lassen an einen Tänzer denken. Er führt uns durch einen Garten, der offensichtlich sein ganzer Stolz ist: Der Rasen ist frisch gemäht, die Rosen stehen in voller Blüte. Seine Küche ist ebenso herausgeputzt. Die ordentlich an der Wand aufgestapelten Kartons zeigen, dass er sie auch zu beruflichen Zwecken nutzt.

»Setzen Sie sich, wo Sie Platz finden.«

Er holt einen Krug Wasser aus dem Kühlschrank, füllt Eis in drei Gläser und kommt zu uns an den Tisch. Erst bei genauerem Hinsehen ist zu erkennen, dass unsere Anwesenheit ihm Unbehagen bereitet. Sein Stuhl steht in einigem Abstand vom Tisch, so als wäre er von einem unsichtbaren Kraftfeld umgeben, das Eindringlinge fernhält.

»Wir sind wegen Jez Cardew hier«, sage ich.

»Er hat sich doch wohl nichts zuschulden kommen lassen? Ich hab ihn seit Tagen nicht mehr gesehen.«

»Hören Sie keine Nachrichten?«

Er sieht uns verwirrt an. »Nein, wozu? Normalerweise kommt Jez einmal die Woche vorbei, aber ich weiß, dass er gerade viel Arbeit auf einer Baustelle hat.«

»Das hat er Ihnen erzählt?«

»Natürlich, wir sind seit einer Weile befreundet.« Er trinkt mehrere Schlucke Wasser, so als hätte seine Arbeit ihn durstig gemacht.

»Darf ich fragen, wie Sie sich kennengelernt haben?«

»Er kam ungefragt hier vorbei, weil er sich fürs Töpfern interessiert.«

»Wir haben leider schlechte Nachrichten, Lewis. Ich hatte gedacht, inzwischen wüsste es hier jeder.«

»Wenn ich eine große Bestellung abarbeiten muss, lese ich weder E-Mails noch gehe ich viel raus.« Er schaut mich mit hochgezogenen Augenbrauen an.

»Wir haben Jez' Leiche auf Hangman Island gefunden.«

Marling erstarrt, seine Augen werden glasig. »Das kann nicht sein.«

Ich bin mir nicht sicher, ob er noch zuhört, als ich weiterrede. »Lassen Sie uns ins Wohnzimmer wechseln, da haben Sie es bequemer. Sie stehen unter Schock.«

Marling geht wie ein Schlafwandler durch den Flur. Er fasst sich langsam wieder, wirkt aber trotzdem wie benommen.

»Alles in Ordnung, Lewis?«

Er schaut mich finster an. »Das ergibt doch keinen Sinn.«

»Es stimmt aber leider. Wir glauben, dass er attackiert wurde, als er mit seinem Boot unterwegs war.«

»Er wurde umgebracht?« Marling kneift die Augen zu. »Meine Güte, das wird ja immer schlimmer.«

»Erzählen Sie uns bitte von Ihrer Freundschaft. Wenn es Ihnen nichts ausmacht.«

Er reibt sich mit den Händen übers Gesicht, als würde er Spinnweben wegwischen. »Jez kam im letzten Januar in meine Werkstatt und hat mir völlig fasziniert beim Töpfern zugesehen. Ich hab ihn weggeschickt, aber er kam immer wieder. Dann haben wir uns gegenseitig unsere Lebensgeschichten erzählt, über Wochen. Die Leute haben einen Helden in ihm gesehen, aber er fühlte sich nicht wohl mit diesem Etikett.«

»So offen hat er mit Ihnen gesprochen?«

»Wir haben uns auf Anhieb verstanden und einander vertraut. Es hat ja jetzt auch keinen Sinn mehr, irgendwas zu verheimlichen, oder?«

»Nein.«

»Bis er mich kennenlernte, hatte Jez verschiedene Beziehungen mit Frauen. Er steckte, was sein Weltbild anging, noch im letzten Jahrhundert fest. Er hielt es für unmännlich, sich in einen Mann zu verlieben, aber passiert ist es ihm dann trotzdem, quasi von heute auf morgen. Ich wollte eigentlich keine Beziehung, weil meine letzte im Desaster endete, aber es war schwer, ihm zu widerstehen. Für ihn war es Liebe auf den ersten Blick.«

Auf Marlings Couchtisch liegt ein vollgekritzelter Zettel, und ich brauche keine Graphologin, um zu erkennen, dass die Schrift mit der von dem Liebesbrief auf Jez' Boot übereinstimmt. »Es tut mir leid, Lewis. Das muss schrecklich für Sie sein.«

Ihm läuft eine Träne aus dem Augenwinkel. »Das kommt mir so irreal vor.«

»Warum haben Sie Ihre Beziehung geheim gehalten?«

»Das war seine Entscheidung, nicht meine. Ich musste seinen Wunsch respektieren. Alles fing damit an, dass ich ihm das Töpfern beigebracht habe, und hat sich dann verselbständigt. Er war ein Naturtalent. Als wäre er zum Töpfern geboren.«

»Ich wusste gar nicht, dass er kreativ war.«

»Jez war echt begabt. Viel mehr als die Grundlagen brauchte ich ihm nicht beizubringen. Ich hab ihm auch geholfen, seine Bewerbung auszufüllen.« Ihm ist anzumerken, wie sehr er Jez bewundert hat. »Er hat einen Studienplatz an der Kunsthochschule in Falmouth bekommen. Er wollte Künstlerische Keramik studieren, nächsten Monat sollte es losgehen. Ich hab ihm sogar die Hälfte der Gebühren für das erste Studienjahr geliehen. Er war pleite, weil sein Studiendarlehen nicht angekommen war, er aber die Unterbringung fürs erste Semester im Voraus bezahlen musste.«

»Deshalb hat er sich bei anderen Geld geliehen. Nicht mal Jez' Eltern wussten davon.«

»Seinem Großvater hat er von der Kunsthochschule erzählt, aber nicht von uns. Der alte Mistkerl hat ihn aus seinem Haus verbannt.«

»Die meisten Leute wären stolz gewesen. Die Insulaner sind offener, als Sie glauben.«

»Denzel warf ihm vor, die Rettungsboot-Crew im Stich zu lassen. Ich glaube nicht, dass es Jez gekümmert hat, was andere über unsere Liebe denken. Er hatte vor, seinen Eltern alles zu erzählen und dann aufs Festland zu gehen, damit sie Zeit haben, darüber nachzudenken.« Marling schaut mich direkt an. »Wir fühlten uns stark zueinander hingezogen, und nichts anderes zählte.«

»Ich verstehe immer noch nicht, warum Sie es geheim gehalten haben.«

»Jez war das Anna gegenüber unangenehm. Er konnte sich nicht überwinden, ihr die Wahrheit zu sagen. Er hat sich nur wenige Tage, nachdem wir uns kennengelernt hatten, von ihr getrennt, obwohl sie verliebt gewesen waren. Er brachte es nicht über sich, es ihr zu erklären und sie damit erneut zu verletzen. Wir hatten Streit deswegen. Ich fand, sie verdient es, die Wahrheit zu erfahren, aber ich konnte ihm nie lange böse sein. Ich hatte sogar schon meinen ersten Besuch in Falmouth geplant.«

Marling zögert, aber dann geht er zum Kaminsims und reicht mir die Figurine eines Tümmlers mit einer silbernen Glasur. Sein Körper beschreibt einen Bogen, so als würde er durch die Wellen springen. Die Figur ist toll gemacht und so filigran, dass ich das Gewicht des Tons kaum auf meiner Handfläche spüre.

»Den hat Jez für mich gemacht. Er meinte, ich hätte ihn von einem Leben befreit, das sich für ihn nie wirklich richtig anfühlte.«

In seiner Stimme klingt eine Trauer mit, wie ich sie selten höre. Seine Geschichte wirkt überzeugend, auch wenn er meinem Blick häufig ausweicht. Vielleicht ist er schüchtern, aber vielleicht belügt er uns auch nach Strich und Faden.

»Wie haben Sie es denn geschafft, Ihre Beziehung an einem so überschaubaren Ort zu verbergen?«

»In der ersten Zeit kam er immer hierher, aber irgendwann haben wir angefangen, uns auf dem Wasser zu treffen. Ich bin mit meinem Boot zu seinem rausgefahren, und dann haben wir in einer stillen Bucht festgemacht, wo wir vor fremden Blicken sicher waren. Ich hab ihm am Freitagabend noch eine Nachricht hinterlassen, aber er hat sich nicht gemeldet. Er war ein bisschen paranoid und hat manchmal kalte Füße bekommen.«

»Haben Sie ihn angerufen?«

Er nickt. »Ja, aber nur einmal. Ich wollte ihm keinen Druck machen; unsere Beziehung war so intensiv, ich dachte, er braucht einfach mehr Raum.«

»Wo liegt Ihr Boot, Lewis?«

»Am Strand hinter meinem Haus. Es heißt *Demelza*. Ich ziehe es mit einem Quad runter ans Wasser.«

»Können wir es uns ansehen? Wir werden es morgen kriminaltechnisch untersuchen lassen müssen.«

»Tun Sie das. Aber könnte ich jetzt bitte allein sein?« Als er begriffen hat, dass er für uns ein Verdächtiger ist, kühlt er deutlich ab, seine Haut wird blass.

»Sie sehen nicht gut aus, Lewis. Soll ich jemanden anrufen?«

»Mir geht's besser, wenn ich allein bin.«

»Bevor wir gehen, brauche ich bitte noch Ihre letzte Adresse auf dem Festland.«

Er zögert. »Ich hasse es, wenn Leute in meiner Vergangenheit rumwühlen. Das hinterlässt Spuren, denen andere dann folgen können.«

»Wie meinen Sie das?«

»Ich wurde aus meiner letzten Wohnung verjagt. Niemand weiß, dass ich hier bin.«

»Falls irgend möglich, werden wir dafür sorgen, dass das so bleibt.«

Marling zittert, als er sich erhebt. Wir werden seine Geschichte leicht überprüfen können. Wenn Jez tatsächlich einen Studienplatz an der Kunsthochschule bekommen hat, wird das Zulassungsbüro uns das ja mitteilen. Ich kann nicht beweisen, dass er unschuldig ist, aber er kommt mir nicht vor wie ein Mörder, es sei denn, Jez hat die Beziehung mit ihm genauso schnell beendet wie die mit Anna. Doch selbst dann hat er keinen Grund, Molly Bligh zu attackieren. Und die Graphologin hat in ihrem Bericht betont, dass der Liebesbrief und die Nachrichten an die Crew von zwei verschiedenen Personen verfasst wurden.

Marling sieht erleichtert aus, als wir uns verabschieden. Seine Katze umkreist ihn laut miauend, so als könnte auch sie Eindringlinge nicht leiden. Eddie und ich laufen direkt zum Strand hinunter, wo die *Demelza* auf ihrem Bootsanhänger liegt. Ich merke meinem Deputy an, dass Jez' Pläne, an die Kunsthochschule zu gehen, und seine Beziehung zu Marling ihn stark verunsichert haben. Er scheint völlig perplex zu sein, aber seine Miene hellt sich schon bald wieder auf.

»Ich wusste, dass Jez sich verändern wollte. Er hat sogar mal gesagt, dass ich staunen werde, wenn ich erfahre, was er vorhat. Er wollte immer was Kreatives machen, und ich kann es ihm nicht verübeln, dass er es für sich behalten hat. Einige Jungs aus der Crew hätten ihn ganz schön durch den Kakao gezogen, weil er sich in einen Mann verliebt hat, glaubst du nicht?«

»Ich denke, den meisten wäre das ziemlich egal gewesen.«

»Ach, komm schon, sie hätten sich wochenlang über ihn lustig gemacht. Seine Eltern sind auch ziemlich konservativ. Sie hätten eine Weile gebraucht, um es zu akzeptieren.«

Ich denke weiter über Jez' Geheimnisse nach, während ich Plastikhandschuhe und Überschuhe anziehe und Marlings Kabinenkreuzer durchsuche. Der Schlüssel steckt im Zündschloss, wie bei den meisten Booten auf den Scillys. Jeder hätte sein Quad kurzschließen und das Boot nachts zum Wasser runterbringen können. Der Hänger steht hundert Meter vom Grundstück des Töpfers entfernt; er hätte es nicht gehört, wenn derjenige losgefahren wäre, um Jez' Boot auf dem Meer nachzujagen. Und ich wette, es gibt noch andere Gefährte an den Stränden von St. Agnes, die man sich genauso leicht ausborgen könnte.

Eddie wirkt nachdenklich. »Allerdings könnte Marling auch ein Psychopath scin, Boss. Wenn Jez mit ihm auf dieselbe Art Schluss gemacht hat wie mit Anna, hätte er ganz klar ein Motiv, oder?«

»Marlings Schrift entspricht nicht der auf den Zetteln, die bei den Ansteckern lagen.«

»Vielleicht irrt die Graphologin sich aber auch.«

Ich denke noch darüber nach, ob Marling Jez' Mörder sein könnte, als mein Handy vibriert. Die Nachricht lässt meine Laune in den Keller sinken. Molly ist jetzt im Krankenhaus, aber ihr Leben hängt am seidenen Faden. Sie hat wohl zu sprechen versucht, doch sie ist zu schwach.

44

Die Nachmittagssonne brennt mir im Nacken, als ich Eddie auf St. Agnes zurücklasse und nach St. Mary's fahre. Bei meiner Ankunft ist Hugh Town voll im Ferienmodus. Über den Kai zieht sich eine lange Schlange von Tagestouristen. Mit Andenken und Kaffees zum Mitnehmen in den Händen warten sie darauf, wieder an Bord der *Scillonian* zu gehen und nach Penzance zurückzukehren.

Meine Größe erweist sich immer als nützlich, wenn ich schnell irgendwohin muss. Die meisten Leute machen Platz, wenn sie einen eins fünfundneunzig großen Kerl mit der Statur eines Rugby-Schlussmanns auf sich zustürmen sehen. Das wirkt wie eine Zauberformel auf dem Weg zum Polizeirevier. Ich muss als Nächstes Callum Moyle befragen, aber ich denke noch über das nach, was Lewis Marling behauptet hat. An einem Ort, der der Entwicklung gelegentlich Jahrzehnte hinterherzuhinken scheint, könnte es durchaus sein, dass manche Leute Jez' Heldenstatus in Frage gestellt hätten, nur weil er schwul war.

Denzel Jorys ätzende Kommentare ergeben jetzt jedenfalls mehr Sinn. Der Alte lässt an den meisten Leuten kein gutes Haar, und mit seiner Ankündigung, auf die Kunsthochschule gehen zu wollen, wird Jez bei ihm auf Granit gebissen haben. Denzels Ansichten gehen noch auf die Zeit zurück, in der die Männer auf den Inseln als Fischer oder Farmer harte körperliche Arbeit leisten mussten und es als eine Art Desertation betrachtet wurde, die Scillys zu verlassen.

Lawrie Deane sieht mich genervt an, als ich hereinkomme, so als hätte Callum Moyle seine Geduld bereits arg strapaziert. Eine der beiden auf den Inseln praktizierenden Anwältinnen ist auch schon da. Louise Walbert ist ein Vollprofi und immer auffällig und bunt gekleidet. Heute trägt sie ein grellrotes Kleid, ein gelbes Haarband und eine Kette aus stahlblauen Perlen, aber ihre Miene ist ernst.

»Callum steht nicht unter Arrest, Louise, er soll mir nur ein paar Fragen beantworten.«

»Er bezeichnet das als Schikane und behauptet, Sie hätten ihm keine Begründung für die Durchsuchung seines Hauses genannt.« Sie wirft mir einen mitleidigen Blick zu. »Seiner Ansicht nach hat Ihre Kriminaltechnikerin dort alles auf den Kopf gestellt.«

»Jez ist ermordet worden. Seine Unterkunft könnte wertvolle Hinweise darauf liefern, warum er sterben musste. Ich bin sicher, er kann das nachvollziehen. Können wir ihn jetzt befragen?«

Sie nickt. »Könnte sein, dass er sich querstellt, aber hoffen wir, dass ich mich irre.«

Als Callum Moyle in den Befragungsraum geführt wird, ist an seinem geröteten Gesicht leicht zu erkennen, dass er angefressen ist. Er schaut mich finster an, nachdem ich mich gegenüber von ihm und Louise an den Tisch gesetzt habe. Noch bevor ich den Zweck der Befragung fertig erläutert habe, unterbricht er mich.

»Sam sollten Sie unter die Lupe nehmen, nicht mich!«

»Ich sammele lediglich Informationen, Callum. Es ist

möglich, dass jemand Ihr Haus betreten und Jez' Medaille gestohlen hat, aber Sie können sie auch selbst an sich genommen haben. Sam behauptet, Sie hätten noch in der Nacht von Jez' Verschwinden seine Sachen durchwühlt. Wir wissen, dass sich jemand sein Zimmer systematisch vorgenommen hat, denn es stank nach Bleichmittel, als wir dort waren. Außerdem wurden Sie spätnachts auf dem Wasser gesehen. Also hätten Sie Jez' Boot in der Tatnacht abfangen können.«

»Sam denkt sich gern Geschichten aus. Er ist ein Lügner, aber das wissen Sie ja bereits. Schließlich haben Sie ihn doch für drei Jahre hinter Gitter gebracht, oder? Wenn sich hier einer was hat zuschulden kommen lassen, dann er und nicht ich.«

»Das finden wir schon noch raus, keine Sorge. Jeder Täter hinterlässt Spuren.« Ich schaue auf meine Fallnotizen. »Sie waren hinter Anna Dawlish her, aber Jez hatte mehr Erfolg bei den Frauen, stimmt's? Es muss Sie geärgert haben, dass die beiden ein Paar wurden.«

»Ach Gottchen, ich ärgere mich über vieles, aber darum bin ich noch lange kein Mörder.«

»Es ist interessant, wie schnell Sie das abstreiten.« Er weigert sich, mich anzusehen. »Haben Sie sich dann noch mehr über Jez geärgert, als Ihre Bewerbung für die Rettungsboot-Crew abgelehnt wurde?«

»Nein, letztlich war's sogar ein Segen, weil ich irre viel zu tun hatte in letzter Zeit. Außerdem ist es nichts Besonderes. Die lehnen jedes Jahr einen Haufen Leute ab.«

»Was glauben Sie, warum Ihre Mitbewohner beide ausgewählt wurden, und Sie nicht?«

»Wen kümmert's? Ging mir am Arsch vorbei.«

Ich beuge mich über den Tisch. »Misserfolge tun immer weh, Callum. Dachten Sie, Sie würden schneller eine Freundin finden, wenn Sie in der Crew sind?«

»Saublöde Frage.«

»Finden Sie es schwer, Freunde zu finden auf der Insel?«

»Mein Privatleben steht hier nicht zur Debatte.«

Ich beuge mich noch ein Stück weiter über den Tisch und rücke ihm absichtlich zu nahe. »Wie lange koksen Sie schon? Am Anfang ist das noch spaßig, aber dann verliert man irgendwann die Kontrolle, hab ich recht?«

»Ich hab in meinen ganzen Leben noch nicht gekokst. Ich sollte Sie wegen falscher Anschuldigungen belangen.« Seine Hände zittern.

»Sie besorgen sich die Drogen nachts, oder? Ich könnte mir vorstellen, dass unsere Experten von der Spurensicherung in den Fasern Ihres Teppichs oder auf Ihrem Boot genug Beweise finden werden. Wenn ja, werde ich Sie festnehmen müssen. Viele Drogensüchtige dealen nebenher, damit sie über die Runden kommen.«

Callum wendet sich seiner Anwältin zu. »Das darf er doch nicht einfach so behaupten, oder? Ich hab nichts verbrochen.«

»Ich fürchte, die Polizei darf jeden festnehmen, der in Verdacht steht, zu dealen«, erwidert sie.

»Kennen Sie ein Theaterstück mit dem Titel *Der Sturm*, Callum?«

Er starrt mich an. »Nie gehört.«

»Sind Sie sicher? Wir werden Ihren Laptop und Ihr Handy auf dem Festland auswerten lassen.«

»Das ist ja wohl nicht wahr! Die brauch ich für meine Arbeit.«

»Sie werden auch eine Woche ohne sie überleben. Jetzt sagen Sie mir noch: Wie gut kennen Sie Molly Bligh?«

»Wir unterhalten uns hin und wieder im Pub, mehr nicht. Ich kenn sie von der Schule.«

»Haben Sie bei der auch vergeblich zu landen versucht?«

Sein schnelles Blinzeln verrät ihn. »Sie sind auf dem Holzweg. Ich hab Molly seit Wochen nicht gesehen.«

Meine nächsten Fragen beantwortet Moyle mit einem knappen »Kein Kommentar«, aber gerade wegen seiner starken Abwehrhaltung wird er für uns eine Person von besonderem Interesse bleiben. Es ist nicht auszuschließen, dass Jez ihm wegen seiner großen Beliebtheit ein Dorn im Auge war und er sich dann in einen Hass auf alle Mitglieder der Rettungscrew hineingesteigert hat. Ich bin aber geneigt, ihn gehen zu lassen, obwohl er für den Nachmittag, an dem Molly Bligh entführt wurde, kein Alibi hat und behauptet, allein weitergearbeitet zu haben. Erst als ich die Befragung für beendet erklärt habe, wird er plötzlich gesprächig.

»Ich muss verrückt geworden sein, dass ich einen Ex-Knacki in mein Haus gelassen hab. Ich hab ihm seine rührselige Geschichte abgekauft, aber er ist immer noch genauso wie früher, darum hab ich ihn heute vor die Tür gesetzt.«

»Das kaufe ich Ihnen nicht ab. Sam nimmt jede Woche seine Therapiestunden wahr. Was nehmen Sie, Callum? Kokain oder Ecstasy?«

»Jetzt machen Sie sich mal nicht lächerlich. Wie sollte ich denn mein Unternehmen führen, wenn ich süchtig wäre?«

»Das kriegen eine Menge Leute hin. Wir werden eine Blutprobe nehmen, bevor Sie hier rausgehen. Ist nur ein kleiner Pieks, keine Sorge, aber die toxikologischen Untersuchungen sind sehr genau. Das Labor braucht drei Tage, dann wissen wir Bescheid, selbst wenn es achtundvierzig Stunden her ist, dass Sie zuletzt was genommen haben.«

Moyle wirft mir einen bösen Blick zu, bevor er den Raum verlässt. Ich hoffe noch immer, dass Sam Austell unschuldig ist, aber wenn Liz Gannicks Suche nach belastbaren Beweisen gegen seinen ehemaligen Vermieter ohne Ergebnis bleibt, werde ich zurückrudern müssen, was meine Vorwürfe gegen Moyle angeht. Bevor ich mit Gannick sprechen kann, schaue ich aber erst mal im Krankenhaus vorbei und erkundige mich nach Molly Bligh.

Dr. Ginny Tremayne ist die Erste, die ich am Empfang sehe. Islas Mutter ist die Chefärztin des Krankenhauses und genauso wenig aus der Ruhe zu bringen wie ihre Tochter. Sie ist untersetzt, hat einen weißen Kittel an, der ihr eine Nummer zu klein ist, und trägt ihr graues Haar in einem unordentlichen Pferdeschwanz. Ginny führt mich eilig den Flur hinunter in ihr Behandlungszimmer.

»Es hat wenig Sinn, wenn Sie sich heute an Mollys Krankenbett setzen, Ben.«

»Wie geht es ihr denn?«

»Sie ist sehr schwach, was nicht weiter überraschend ist. Molly wurde an ein Boot gebunden und durchs Wasser gezogen. Durch den Druck ist ihr linkes Handgelenk gebrochen, aber man könnte sagen, dass sie Glück gehabt hat. Das Seil ist gerissen, und sie ist um ihr Leben geschwommen.«

»Hat Sie Ihnen das alles erzählt?«

Die Ärztin nickt. »Sie war im Delirium, bis die Sauerstoffsättigung in ihrem Blut abgefallen ist. Das ist ein typisches Symptom des sekundären Ertrinkens.«

»Erklären Sie mir noch mal schnell, was das war, Ginny.«

»Das kann passieren, wenn ein Unfallopfer zu viel Seewasser eingeatmet hat. Ohne Sauerstoff kann seine Lunge kollabieren. Es ist ein Wunder, dass Sie sie lebend gefunden haben.« Sie schaut auf ihr Klemmbrett.

»Was genau hat Molly gesagt, bevor sie das Bewusstsein verlor?«

»Sie ist stundenlang geschwommen. Ich versorge sie jetzt mit hochkomprimiertem Sauerstoff und über den Tropf mit Glukose, um sie zu stärken, aber sie ringt mit dem Tod.«

»Wie stehen ihre Chancen?«

»Molly ist eine Kämpfernatur, was ihre Chancen erhöht.« Die Ärztin zögert, bevor sie ergänzt: »Wenn sie die Nacht übersteht, wird es besser werden.«

»Wo ist Len?«

»An ihrem Bett. Paul Keast unterstützt die beiden. Ich weiß, dass Sie Antworten brauchen, Ben, aber versprechen Sie mir, sie nicht zu belästigen, bis es ihr besser geht.« Sie schaut mich über den Rand ihres Klemmbretts an.

»Von uns wird sie niemand stören.«

Plötzlich sieht sie müde aus. »Wer tut einer jungen Frau wie Molly so was an? Ich hab gesehen, wie sie und Len sich um ihre Pferde kümmern. Die beiden opfern sich auf für ihre Tiere.«

»Ich werde rausfinden, was passiert ist, das verspreche ich.«

»Sie wirken erschöpft, Ben. Sie machen sich Sorgen. Möchten Sie Molly kurz sehen?«

»Ja, vielleicht hilft mir das, vielen Dank.«

»Geben Sie mir eine Minute. Ich will erst kurz nach den anderen Patienten schauen.«

Ginny eilt davon und lässt mich in ihrem Behandlungszimmer allein, in dem sich nicht viel verändert hat, seit meine Mutter mich als Kind für eine Tetanusimpfung hierhergebracht hat. Ihre Pinnwand hängt immer noch voller Danksagungen, und es riecht nach Desinfektionsmittel und Liebenswürdigkeit. Ich stibitze mir eines der Bonbons, mit denen sie ihre jüngsten Patienten belohnt, während ich mir weiter einen Reim darauf zu machen versuche, warum Jez und Molly angegriffen wurden. Ich kann mir viele Gründe vorstellen, aus denen Callum Moyle seinen Untermieter attackiert haben könnte, und würde jede Wette eingehen, dass Molly ihn ebenso zurückgewiesen hat wie Anna.

Ich spiele im Kopf immer noch verschiedene Möglichkeiten durch, als ich Ginny zu Mollys Zimmer folge. Len sitzt, die Arme vor der Brust verschränkt, am Bett seiner Schwester. Mollys Gesicht ist hinter einer Sauerstoffmaske verborgen, und sie ist an verschiedene Monitore angeschlossen. Während in kurzen Intervallen Sauerstoff abgegeben wird, leuchten auf einem der Bildschirme Zahlen auf. Ich bin wie angewurzelt stehen geblieben. Auch wenn Molly hier in sicheren Händen ist, möchte ich am liebsten hierbleiben, für den Fall, dass das Monster, das meine Teamkollegin durchs Wasser geschleift hat, zurückkommt.

Auf meinem Weg nach draußen begegne ich Paul Keast. Es erstaunt mich, dass er seine Farm Farm sein lässt und sich die Zeit nimmt, die Blighs zu unterstützen. Mein alter Schulfreund steckt voller Überraschungen. Er ist nicht der Typ, der in Ausschüssen sitzt, aber trotzdem war er maßgeblich an der Planung des Festivals der Seenotrettung beteiligt. Er hält eine Tüte vom Feinkostladen in der Hand, und ich wette, er hat etwas zu essen für Len besorgt, damit er seiner Schwester nicht von der Seite weichen muss.

»Ich hab Molly vom Rettungsboot hierhergebracht«, sagt Paul. »Das ist alles so unbegreiflich. Was, zur Hölle, geht hier vor?«

»Irgendwer hat es auf die Crew abgesehen. Die Hälfte von uns hat RNLI-Anstecker und Drohbriefe zugeschickt bekommen. Wenn ich bloß dahinterkäme, aus welchem Grund.«

»Wusstest du, dass Jez und Molly als Teenager mal zusammen waren?«

»Ja, Len erwähnte so was.«

»Ich glaube, sie waren sehr eng damals, obwohl sie ja noch sehr jung waren.«

»Sie sind sich auch von der Persönlichkeit her ähnlich, findest du nicht? Willensstark, mutig und hilfsbereit.« Plötzlich fällt mir Anna Dawlish wieder ein, die Jez nicht verzeihen kann, dass er sie verlassen hat, während ihre Freundin Molly ihn immer noch regelmäßig traf. Als ich Paul wieder ansehe, bemerke ich seine Besorgnis. »Bedrückt dich sonst noch was?«

»Das hat weniger mit Molly zu tun. Sie ist tough, ich weiß, dass sie das durchsteht.«

»Mit was hat es denn zu tun?«

»Sie hat mir ungefähr vor einer Woche erzählt, ihr wäre jemand auf dem Weg vom Pub nach Hause gefolgt. Ich hab das damals nicht so richtig ernst genommen. Sie ist länger als Len im *Atlantic* geblieben und hörte Schritte hinter sich, als sie zur Old Town Bay ging, aber als sie sich umgedreht hat, war da niemand.« Seine Miene wird noch ernster. »Könnte also sein, dass irgendein Mistkerl sie tagelang beobachtet hat.«

»Quäl dich nicht mit Selbstvorwürfen, Paul. Es ist nicht

deine Schuld.« Ich schaue ihn an. »Ist das zwischen dir und Anna was Ernstes?«

»Ich mochte sie schon immer und bin froh, dass sie endlich auf mich aufmerksam geworden ist.«

»Wie meinst du das?«

»Mir steht meine Schüchternheit ganz oft im Weg, aber sie hat sich darüber hinweggesetzt.«

»Hat dich nicht gestört, wie sie sich Jez gegenüber verhalten hat?«

»Ich wusste, dass sie irgendwann darüber hinwegkommt, wenn ich sie gut behandle.«

Ich nicke. »Danke, dass du dich um Molly und Len kümmerst. Halt mich auf dem Laufenden, ja?«

Er richtet sich auf, als wäre ihm eine Last von den Schultern genommen worden, dann eilt er zurück ins Krankenhaus. Pauls Gesichtsausdruck macht mir Sorgen. Ich sehe ihm an, dass er Anna mit Haut und Haar verfallen ist, und bin mir sicher, dass er alles tun würde, worum sie ihn bittet – auch wenn es darum geht, ihr ein falsches Alibi zu geben.

Ich würde gern in der Nähe bleiben, bis Molly Bligh Fragen beantworten kann, aber die Sonne geht schon unter, und Ginny Tremayne winkt mir zum Abschied und scheucht mich weg wie eine streunende Katze. Die Inseln sind in goldenen Sonnenschein getaucht, als ich zurück zum Hafen gehe, doch die Schönheit der Landschaft fühlt sich an wie eine sinnlose Ablenkung. Ich muss unter ihrer Oberfläche graben, um die menschliche Bösartigkeit ans Licht zu zerren, die sie verbirgt.

45

Die Abenddämmerung senkt sich über St. Agnes, als Sam das Boot von Father Mike am Kai festmacht. Er ist dankbar, dass er es sich ausleihen durfte, obwohl das alte Schnellboot aus dem letzten Loch pfeift. Der Motor hat unterwegs laut gedröhnt und gestottert. Die Heimfahrt könnte gefährlich werden. Sam lässt den Schlüssel stecken und geht die Steigung zum Turk's Head hoch. Der Pub wirkt leer. Als er durchs Fenster hineinschaut, sitzt Debbie, die Gastwirtin, allein dort und hält den Kopf gesenkt. Sie sieht todunglücklich aus. Er würde ihr gern einige Fragen stellen, weil Jez sie mochte, und er spürt, dass sie ihm vielleicht helfen könnte, obwohl ihm nur wenige Menschen über den Weg trauen. Aber vielleicht macht sie auch komplett dicht, wenn sie mit ihm allein ist und sich verletzlich fühlt. Besser, er sucht zuerst Sharon Cosgrove auf und kommt noch mal wieder, wenn mehr Stammgäste eingetrudelt sind.

Er eilt den Hügel hinauf Richtung Middle Town. Der Weg führt an dem alten Leuchtturm vorbei, den er als Kind geliebt hat. Er dominiert die Landschaft, wie auch vor dreihundert Jahren schon, aber diesmal konnte er die Gemeinde nicht schützen. Jez wurde ermordet, ohne dass irgendjemand Notiz davon genommen hat, und jetzt ringt auch Molly Bligh mit dem Tod.

Sam weiß, dass der Mörder ihn womöglich beobachtet, und atmet tief ein, um sich zu beruhigen. Es ist seine Pflicht, herauszufinden, warum Jez sterben musste. Sein Freund hat Sharon Cosgrove vertraut. Sein eigenes Leben liegt auf Eis, bis er seinen Namen reingewaschen hat.

Im Postamt sind keine Kunden. Sharon fegt gerade den Fußboden und schaut überrascht auf, als sie ihn entdeckt. Sie stellt den Besen sofort weg und zieht sich hinter den Tresen zurück.

»Wir haben geschlossen«, sagt sie. »Ich wollte gerade zumachen.«

»Ich möchte Sie nur kurz um ein Gespräch bitten, wegen Jez.«

Sie schüttelt den Kopf. »Sie sollten hier nicht rumschnüffeln. Die Insulaner mögen keine Wichtigtuer, die sich in alles einmischen.«

»Jez hat ein paarmal Ihren Namen erwähnt. Er hat sich wirklich gern mit Ihnen unterhalten.«

»Warum belästigen Sie mich?«

»Ich werd's niemandem sagen, versprochen! Bitte helfen Sie mir zu verstehen, was passiert ist.«

»Wir waren Bekannte, sonst nichts. Ich hab in Edinburgh Kunst studiert. Dafür hat er sich interessiert, nicht für mich.« Sie schlägt die Hände vors Gesicht, ihre Stimme klingt plötzlich ganz hoch und mädchenhaft. »Bitte gehen Sie jetzt. Ich hasse es, darüber zu reden.«

»Ich will nur die Fakten, Sharon. Ist Ihnen denn egal, dass Jez tot ist?«

»Natürlich nicht, aber das Reden holt ihn auch nicht zurück. Es bringt mich nur in Gefahr. Bitte gehen Sie jetzt«, sagt sie und zeigt auf die Tür.

Sam verlässt frustriert das Postamt. Draußen ist es mittlerweile dunkel geworden und die Luft kühler. Er zieht die Taschenlampe aus der Tasche, aber weil er Schritte hört, schaltet er sie nicht ein und versteckt sich hinter einigen Büschen. Damian Cosgrove marschiert mit finsterer Miene vorbei. Sam versteht nicht, warum Sharons Ehemann so gereizt ist. Er wird auf der Insel bleiben müssen, bis er Jez' Geheimnisse aufgedeckt hat.

46

Als die Dunkelheit an diesem Spätsommerabend hereinbricht, bin ich wieder bei Eddie auf St. Agnes. Wir sitzen in dem alten Snooker-Zimmer des Pubs und gehen die Aussagen und Beweisstücke noch einmal durch. Der Täter scheint irgendwie auf den Status seiner Opfer als Mitglieder der Seenotrettung fixiert zu sein, doch könnte sich dahinter auch eine privatere Obsession von ihm verbergen. Ich verstehe immer noch nicht ganz, weshalb er Tapferkeitsmedaillen an ihren Körpern befestigt, es sei denn, er will uns verhöhnen. Auch die Zitate aus dem Shakespeare-Stück *Der Sturm* lassen mir keine Ruhe. Vielleicht fühlt der Mörder sich wie Prospero, der zwar über eine Zauberinsel herrscht, aber aus dem Leben, das er sich eigentlich wünscht, verbannt ist.

Eddie wirkt frustriert, er trommelt mit den Fingern auf die Tischplatte, während er die Zeugenaussagen noch einmal durchliest. Jetzt, wo wir Jez Cardews Geheimnis kennen, ist der Fall noch komplizierter geworden. Er schien immer so unbekümmert und lässig, doch es steckte mehr in ihm, als alle dachten. Er hat seine Gefühle für Lewis Marling vor allen verborgen und hatte den Mut, sein altes Leben hinter sich zu lassen. Zudem erfordert es viel Einsatz, eine anspruchsvolle neue Fertigkeit wie das Töpfern zu erlernen.

»Könnte die Freundschaft von Jez und Molly das alles ausgelöst haben?«, fragt Eddie.

»Ich glaube eher, dass den Täter ihr Status ärgert, nicht ihr freundschaftliches Verhältnis. Was sollte dieser ganze Zinnober mit den Medaillen, wenn sie nicht irgendwas zu bedeuten haben? Wir wissen, dass der Täter Zugang zu einem Boot mit genug PS hat, um jemanden durchs Wasser hinter sich herzuschleifen. Und er hat RNLI-Anstecker an die Crewmitglieder verschickt, auch an beide Opfer. Du und ich stehen auch auf seiner Liste, ebenso Isla, Sam Austell und die Quicks. Wir müssen alle gut auf uns aufpassen.«

»Meinst du wirklich, dass der Mörder noch weitere Taten plant?«

»Vielleicht hat er sich das Festival der Seenotrettung ausgesucht, um ein Statement zu setzen, und deshalb mit unseren größten Heldenfiguren angefangen. Aus unserer Crew hat sonst noch niemand eine Medaille verliehen bekommen. Das könnte uns weniger verwundbar machen.«

»Gott sei Dank hat Molly überlebt.« Mein Deputy sieht so fertig aus, dass ich für mich behalte, wie ernst ihr Zustand ist.

»Muss ich mir Sorgen um dich machen, Eddie?«

»Nein, Ben. Mag sein, dass ich scheiße aussehe, aber mir geht's ganz okay.«

»Dann lass uns die Verdächtigen noch einmal durchgehen. Du fängst an.«

»Für mich steht Sam Austell an erster Stelle, dann kommt Callum und dann Anna«, sagt er, erneut durch seine Unterlagen blätternd. »Jez war stabil, bis Sam zurückgekommen ist. Dann fing er plötzlich mit der Geheimnistuerei an und damit, Leute zu verarschen.«

»Vielleicht war Jez aber auch einfach nervös, weil er seine erste Beziehung mit einem Mann öffentlich machen wollte. Ich sag's dir doch schon die ganze Zeit, Sam ist nicht der Mörder. Er ist Stunden, bevor Jez von hier aus nach Westen gefahren ist, von diesem Touristenpaar mit nach St. Mary's genommen worden. Der Bootsführer der Seenotrettung von Penzance hat die Leute ausfindig gemacht und sich das bestätigen lassen.«

»Du hast einen blinden Fleck, was Sam angeht«, sagte Eddie mit monotoner Stimme. »Er könnte sich auch ein anderes Boot ausgeliehen und direkt zurückgefahren sein. Sam ist verkorkst. Sein Vater hat ihn im Stich gelassen, seine Mutter ist eine Hexe, und wegen der ganzen Drogen ist er weich in der Birne. Wenn er noch eine Rechnung mit Jez offenhatte, wollte er es ihm heimzahlen.«

»Ach, komm, Eddie. Rose hat sich gut um Sam gekümmert, als er klein war. Sie waren arm, aber sie hat ihr Bestes gegeben. Ja, Sam ist auf die schiefe Bahn geraten, wie viele Jugendliche, und er hat den Preis dafür bezahlt. Anna Dawlish wurde schlecht behandelt. Sie hatte ein Recht darauf, Antworten von Jez zu fordern. Ich nehme an, sie hätte sich in jener Nacht leicht das Boot von Janet Fearnley ausleihen können. Ich kann mir nur nicht so recht vorstellen, wie sie Jez' Boot geentert haben soll, ihm mit der Brechstange eins übergezogen und ihn dann ertränkt hat.«

»Niemand möchte sich vorstellen, dass seine Ex-Freundin aus Schultagen zu einem Mord fähig ist. Sie hat übrigens eingewilligt, morgen noch mal zu einer Befragung aufs Revier zu kommen.«

»Sie würde Molly niemals etwas tun. Sie sind seit Jahren befreundet.«

»Vielleicht konnte Anna ihr nicht verzeihen, dass sie Jez immer noch nahestand. Und Paul könnte ihr geholfen haben. Wie's klingt, ist er ja Wachs in ihren Händen.«

Mein Instinkt sagt mir, dass dieser Mensch, den ich schon mein Leben lang kenne, sich niemals an einem brutalen Mord beteiligen würde. Ich bin so frustriert darüber, weil wir nicht weiterkommen, dass ich am liebsten ins Meer springen würde, um mich abzukühlen. Aber die Zeit drängt.

»Hast du rausgefunden, warum Lewis Marling nicht wollte, dass wir uns seine Vergangenheit ansehen, Eddie?«

»Nach dem Ende seiner letzten Beziehung ist er mit ein paar gebrochenen Rippen im Krankenhaus von Plymouth gelandet«, sagt Eddie und verzieht das Gesicht. »Und der Dreh an der Sache ist, dass sein Freund ein verheirateter Bulle war, der versucht hat, die Geschichte zu vertuschen.«

»Ach herrje, da hat Marling von Polizisten ja bestimmt die Nase voll, aber er hat sich nichts anmerken lassen. Wir können ihn allerdings noch nicht von der Liste streichen. Es würde doch jedem stinken, eine absolut legitime Beziehung geheim halten zu müssen. Vielleicht hat Jez eine unsichtbare rote Linie überschritten, und er ist ausgerastet.«

»Der Typ ist ein totaler Einzelgänger. Ich wette, der kennt Molly Bligh nicht mal.« Eddie hebt frustriert die Hände. »Wir drehen uns im Kreis.«

»Liz müsste heute neue Erkenntnisse von der kriminaltechnischen Front für uns haben. Das sollte uns weiterbringen. Hattest du schon Glück bei deiner Suche nach demjenigen, der Denzel Jorys Medaille gestohlen haben könnte?«

»Da kommen zu viele in Frage. Den alten Miesepeter mag zwar niemand, aber die halbe Insel besucht ihn, aus

Pflichtgefühl.« Der Kopf meines Deputys hängt inzwischen so tief, dass er fast den Tisch berührt.

»Geh nach Hause, Eddie, das ist ein Befehl. Morgen befragen wir Sam Austell noch mal, versprochen.«

Er ringt sich ein Lächeln ab, bevor er geht, doch es hält nicht länger als eine Mikrosekunde. Die Trauer um seinen Cousin, kombiniert mit dem Frust über den Stand der Ermittlungen, scheint ihn mürbe zu machen, und nur die Entlarvung des Täters wird dagegen etwas ausrichten können.

Meine Beine tun schon weh vom langen Sitzen. Ich kann unmöglich hierbleiben, während der Mörder sein nächstes Ziel ins Visier nimmt. Inzwischen sind weitere Boote auf der Insel eingetroffen. Vom Fenster aus kann ich ein paar umgebaute Fischkutter und einen alten Kabinenkreuzer sehen. Deren Besitzer werden unten im Gastraum sein und etwas trinken, während ich einen Wust von Informationen durchforste. Ich bin überrascht, auch Father Mikes Boot, die *Disciple*, am Kai zu erblicken. Normalerweise benutzt der Priester es nur tagsüber für seine Besuche bei den Alten und Kranken.

Es ist neun Uhr, als ich schließlich nach Bryher zurückfahre. Ich habe meine Heimatinsel erst halb überquert, da höre ich Shadow schon lauthals bellen. Das macht er vor allem, wenn er Möwen jagt. Als er vor mir auf dem Pfad auftaucht, erkenne ich, dass er total aufgedreht ist. Zu meiner Verblüffung bellt er weiter frenetisch. Normalerweise freut er sich riesig, mich zu sehen, aber nicht so heute Abend. Er versucht dauernd, mich dazu zu bringen, umzukehren. Als ich mich an ihm vorbeischieben will, bleckt er die Zähne und knurrt.

»Was ist los, Shadow? Hast du was gefunden?«

Er stößt ein weiteres lautes Knurren aus, lässt mich dann aber vorbei. Während ich den Weg zur Hell Bay hinuntergehe, wo gerade die Flut einläuft, wird er still. Vielleicht will er sich nur beschweren, dass ich zu lange weggewesen bin.

Ich bleibe kurz stehen, um dem angenehmen Geräusch der Kiesel zu lauschen, die das Wasser an Land schiebt. Das hat mich schon als Kind beruhigt, denn es bedeutete, dass sich nichts ändern musste. Die Wellen tragen Steine an Land, die bei der nächsten Flut wieder ausgetauscht werden. Ich atme ein paarmal tief durch, und als ich meine Nachrichten auf dem Handy checke, hellt sich meine Laune sofort auf. Paul Keast hat mir wegen Molly Bligh geschrieben. Sie erholt sich langsam und ist wieder bei vollem Bewusstsein. Der Mörder wird wütend sein. Jetzt, wo das zweite Opfer seinen Fängen entkommen ist, wird er aber vielleicht umso schneller wieder zuschlagen.

Als ich das Haus betrete, rufe ich extra nicht nach Nina, weil ich davon ausgehe, dass Noah schläft. Allerdings ärgert mich, dass sie trotz meiner Ermahnungen, auf ihre Sicherheit zu achten, nicht abgeschlossen hat. Als sie aus dem Gästezimmer kommt, lächelte sie.

»Da darfst du nicht reingehen, Ben. Es bringt Unglück, wenn du das Kleid vor der Hochzeit siehst.«

»Ich wusste gar nicht, dass du abergläubisch bist.«

»Das habe ich meinen italienischen Großeltern zu verdanken. Also tu mir den Gefallen, ja?«

»Ich verspreche, diesen Raum nicht mehr zu betreten.«

»Warte kurz, ich schaue mal schnell nach Noah.«

Als sie über die Holzdielen eilt, schwingt die Tür zum Gästezimmer auf. Ich versuche, nicht hinzugucken, aber bevor ich die Augen zukneifen kann, erhasche ich doch einen kurzen Blick auf eine längliche Stoffbahn aus elfenbeinfarbener Spitze, die außen am Schrank hängt.

Shadow knurrt empört und zieht sich dann in seinen Korb zurück. Ich schließe schnell die Tür, aber es ist zu spät. Wenn an dem Aberglauben was dran ist, habe ich das Unglück soeben mit offenen Armen in unserem Leben willkommen geheißen.

47

Sam verbringt den Abend damit, jeden Winkel von St. Agnes zu erkunden. Nur die Mitte der Insel ist bewohnt, der Norden und der Süden sind unberührt. Das Ufer wirkt gespenstisch, als er außen um Porth Killier herumläuft. Die vertikalen Felsblöcke am Strand könnten in der Dunkelheit auch Skulpturen sein. Als er die Bucht mit der Taschenlampe absucht, sieht es – eine optische Täuschung – kurz so aus, als würde eine Horde von Männern auf ihn zumarschieren, ein Schützenzug aus Stein, der ihn zermalmen will. Er ist froh, dass Danielle ihn diesmal nicht begleitet. Denn wenn er den Mörder findet, wäre auch sie in Gefahr.

Auf dem Weg zurück zum Pub beschleunigt die Panik seine Schritte. Urlauber sitzen noch draußen, um den warmen Abend zu genießen und ihre Exkursionen für den nächsten Tag zu planen. Sie bemerken Sam gar nicht. Er würde zu gern wissen, warum die Gastwirtin vorhin so deprimiert war, doch sie gibt sich schmallippig, als er sich was zu trinken bestellt, und weigert sich, mit ihm zu reden. Aber irgendjemand in Jez' Lieblingskneipe muss doch Antworten auf die Fragen haben, die er sich stellt.

Er wartet noch zehn Minuten, bevor er den Flur zum Notausgang hinuntergeht und dort im Dunkeln verharrt, um den Gastwirt zu beobachten. Tommy geht die Treppe hoch, und Sam hört, wie er an der Tür zu dem Zimmer rüttelt, das die Polizisten für ihre Ermittlungen nutzen. Als er zurückkommt, wirkt er frustriert. Debbie sitzt weiterhin hinter dem Tresen und steht nur auf, um Gäste zu bewirten. Die Eheleute wechseln kaum ein Wort, bevor sie die Plätze tauschen und Debbie sich in die Küche zurückzieht.

Es ist schon spät, als Sam vor das Haus tritt, um Danielle anzurufen. Es erleichtert ihn, zu hören, dass es Molly besser geht. Die beiden vereinbaren, sich früh am nächsten Morgen zu treffen, da Danielles Schicht um zehn Uhr beginnt. Er erzählt ihr von Sharon Cosgroves merkwürdiger Reaktion auf seine Fragen, und sie gratuliert ihm dazu, dass er bei Callum ausgezogen ist. Beim Abschied klingt sie ganz so, als würde sie sich auf das Wiedersehen mit ihm freuen, was Sams Selbstvertrauen beflügelt. Mit ihr zusammen kann er jedes Ziel erreichen.

Er geht den Weg zurück zum Haus der Cosgroves. Weil sie so abgelegen wohnen, ziehen die beiden ihre Vorhänge nie zu. Sie sind gerade im Wohnzimmer, und Sam hört laute Stimmen.

»Während ich auf dem Festland war, hattest du hier Männerbesuch, Sharon. Die Nachbarn haben's mir erzählt. Warum weiß ich davon nichts?«

»Nur Jez Cardew war mal hier. Er wollte was über die Kunsthochschule wissen.«

»Und wieso? Das Studium war doch eh für die Füße. Mit dem Gekritzel hast du nur deine Zeit verschwendet. Dabei hättest du Geld verdienen können.«

»Ich hab jede Minute davon geliebt.«

»Die Leute haben ihn hier gesehen, ein halbes Dutzend Mal.«

»Höchstens dreimal. Das war rein freundschaftlich, es war nichts dabei.«

»Und wie kommt's, dass er gewartet hat, bis ich weg war?«

»Das liegt nur daran, dass du mich nicht gern mit anderen teilst. Zwischen uns war nichts, Damian, das schwör ich dir.«

»Sag die Wahrheit, verdammt nochmal, du lügst doch, du Miststück!«

Cosgrove schlägt Sharon so fest ins Gesicht, dass sie ins Taumeln gerät. Sam hält die Luft an. Sein Instinkt befiehlt ihm, an die Tür zu klopfen und dem Streit ein Ende zu bereiten, aber bevor er irgendwas tun kann, stürmt Cosgrove aus dem Haus und lässt seine Frau allein zurück.

Sie bleibt wie erstarrt stehen und presst sich die Hand auf die Wange. Sie ist blass, aber ruhig, so als wäre dieses Verhalten nicht neu für sie. Sam überlegt, wie er ihr helfen könnte, als er plötzlich ein seltsames schabendes Geräusch hört. Er wird nach vorn geschubst, so schnell, dass er sich nicht schützen kann. Er schlägt mit dem Kopf gegen einen Felsen, und ihm verschwimmt alles vor den Augen. Er schreit auf, doch die Dunkelheit verschluckt seine Stimme; sie ist so undurchdringlich, dass er auch die Sterne nicht mehr sieht.

Teil 3

48

Liz Gannick ruft mich gegen elf Uhr an. Die Untersuchung von Callum Moyles Haus hat wenig neue Informationen zutage gefördert. Ich höre ihr schweigend zu, um Noah nicht zu wecken, und gehe dann, gefolgt von Shadow, hinaus.

»Langsam, ich hab den letzten Satz nicht mitgekriegt.«

»Das Haus ist blitzsauber. Sie hatten recht mit dem Bleichmittel. Ich hab auch Spülmittel gefunden.«

»Und was ist mit Verbindungen zur RNLI?«

»In Jez' Zimmer lag ein Umschlag mit Ansteckern, aber es war kein Zettel drin, und Medaillen hab ich auch nirgendwo entdeckt. Diese Typen lieben Junkfood. Ich hab noch nie so viele Instant-Nudelgerichte in einer Küche gesehen. Eine Rolle kunststoffbeschichteter Bindedraht war das Einzige, was uns weiterbringen könnte. Wenn der zu dem passt, der um Cardews und Mollys Handgelenk gebunden war, sind wir im Geschäft. Ich hab auch Faserproben von seinen Kleidern genommen, um sie mit dem Tonstaub auf dem Boot zu vergleichen.«

»Das ist nicht nötig. Ich hab inzwischen rausgefunden, dass Cardew regelmäßig eine Töpferei besucht hat.«

»Und noch was, Ben. Ich hab in Callums Zimmer ein paar Körnchen Kokain gefunden, auf einem Kissen.«

»Wie haben Sie so was Winziges denn entdeckt?«

»Ich werde nicht umsonst *numero uno* genannt. Außerdem besitze ich eine hervorragende Lupe.«

»Vielen Dank für Ihre Arbeit, Liz. Wir treffen uns morgen früh.«

Ich stecke das Handy ein, aber es hat keinen Sinn, wieder ins Haus zu gehen, da ich ohnehin zu überdreht bin, um schlafen zu können.

Liz' Suche hat mir zumindest einen Grund verschafft, Callum Moyle noch mal zu befragen. Mit seinem zur Schau gestellten Selbstbewusstsein wird es vorbei sein, wenn ich einen eindeutigen Beweis dafür finde, dass er in die Mordfälle verwickelt ist. Ich gehe zum Meer hinunter, in der Hoffnung, dass die Wellen ihre magische Wirkung entfalten und ihr leises Murmeln wie ein natürliches Schlaflied auf mich wirkt. Shadow ist auch am Strand, seine Augen glänzen im Mondlicht. Er steht breitbeinig und mit herausforderndem Blick da, als wäre er der rechtmäßige Anführer eines Wolfsrudels.

»Komm mit rein«, sage ich zu ihm, doch er rührt sich nicht von der Stelle.

Ich will ihn gerade am Halsband packen und ins Haus zerren, als mein Handy in der Tasche vibriert. Wegen des lückenhaften Empfangs kommen Textnachrichten hier häufig erst verspätet an. Die Erste ist von Paul Keast. Er teilt mir mit, Molly behaupte sich noch immer tapfer, und der Sauerstoffgehalt in ihrem Blut steige langsam.

Erst als ich die zweite Nachricht lese, erfahre ich die bittere Wahrheit. Darin berichtet Ginny Tremayne, die Ärztin, mir, Mollys Zustand habe sich nach Pauls Weggang plötzlich verschlechtert und sie sei vor einer halben Stunde im

Beisein ihres Bruders Len gestorben. Ich bin so geschockt und fühle mich so elend, dass mir regelrecht schlecht wird.

Am liebsten würde ich mein Telefon ins Meer werfen, aber stattdessen schicke ich laute Flüche gen Himmel. Das ist wirklich die schlimmstmögliche Nachricht, und sie versetzt mich derart in Aufruhr, dass ich unmöglich wieder nach Hause gehen und mich ins Bett legen kann. Ich muss an Mollys stille, unerschrockene Art bei unseren Einsätzen denken und an die Sanftmut, mit der sie sich um die Pferde gekümmert hat, die sie gerettet hatte. Wie auf Autopilot schleiche ich auf Zehenspitzen ins Haus und hole die Sachen, die ich immer bei mir trage: eine kleine, starke LED-Taschenlampe und das Schweizer Taschenmesser, das mein Vater mir zu meinem zwölften Geburtstag geschenkt hat. Ich betrachte es eher als einen Talisman denn als ein Werkzeug und finde es beruhigend, sein Gewicht in meiner Hosentasche zu spüren.

Shadow wartet draußen auf mich, als hätte er die ganze Zeit schon gewusst, dass nach Hause zu gehen heute Nacht keine Option ist. Wie üblich will er mich unbedingt begleiten, und ich weiß aus Erfahrung, dass er nur umso beharrlicher wird, wenn ich versuche, ihn einzusperren. Es gibt keinen bestimmten Ort, an den es mich zieht, aber mein Instinkt führt mich zum Kai. Jez Cardew und Molly Bligh wurden beide zuletzt auf St. Agnes gesehen. Vielleicht ist der Täter gerade da draußen unterwegs und triumphiert, und womöglich hat er sein nächstes Opfer bereits im Visier.

Ich kann nicht aufhören zu suchen. Vollgepumpt mit Adrenalin werfe ich den Motor meines Bootes an, der stotternd zum Leben erwacht. Shadow steht neben mir und wittert ein Abenteuer, als wir losfahren. Es ist Mitternacht, aber oben in Rays Wohnzimmer über der Werft brennt noch Licht. Ich wette, er ist eingeschlafen, während Clint Eastwood auf seinem Fernsehbildschirm durch eine ausgedörrte Landschaft ritt. Manchmal wünschte ich, auf den Inseln würde auch so eine klare Moral herrschen wie in den alten Western, die Ray so sehr liebt. Dort verteidigt der Held immer die Unschuldigen und tötet dann auf saubere Art den Bösewicht, bevor es zum unvermeidlichen Happy-End kommt. Die Situation heute ist für meinen Geschmack zu verworren.

Das Meer schimmert im Mondlicht metallisch weiß, die feindseligste Umgebung überhaupt. Der Anblick sollte beruhigend sein, aber nach der Nachricht von Mollys Tod kann mich nichts mehr trösten. Kurz vor St. Agnes schalte ich den Motor aus und lausche auf die Geräusche der Nacht. Sollte der Mörder schon das nächste Opfer in seine Gewalt gebracht habe, ist es bereits in höchster Gefahr. Der Täter arbeitet schnell und zieht seine Opfer hinter seinem Boot her, bis sie ertrunken sind oder sich befreien können. Ich horche auf das Brummen eines anderen Bootsmotors, höre aber nur Shadows leises Winseln. Es klingt wie eine Klage darüber, dass ich auf der Stelle trete.

St. Agnes liegt im Dunkeln, die schwache Kontur der Insel füllt den Horizont aus, als ich näher heranfahre. Ihre kleinen Buchten bergen seit jeher Geheimnisse, denn früher haben die Schmuggler dort ihre Ware versteckt. Ich mache mein Boot am Kai fest und spüre, dass ich noch immer äußerst angespannt bin.

So ruhig habe ich die Insel noch nie erlebt. Im Pub brennt kein Licht mehr, und es liegen kaum Boote am Kai. Als ich sehe, dass der Kabinenkreuzer von Father Mike noch dort festgemacht ist, bin ich fast sicher, dass es wieder passiert ist. Shadow rennt vor mir her den Kai entlang, als wüsste er genau, wo sich der Mörder verbirgt. Dann stößt er einen schrillen Heulton aus und verschwindet in die Nacht.

49

Jetzt, in der Dunkelheit, ist Sam wieder ein Kind. Die Vergangenheit steigt an die Oberfläche und lindert die Schrecken der Gegenwart. Er ist erneut in der Hütte, in der er geboren wurde. Die Atmosphäre ist friedlich, bis er seine Mutter weinen hört. Das Geräusch geht ihm durch und durch. Als die Tür zuschlägt, weiß er, dass sein Vater nie zurückkommen wird. Er hat schon oft gedroht zu gehen, aus Gründen, die Sam nicht verstehen kann. Er beklagt sich darüber, dass kein Essen auf dem Tisch steht und kein Geld auf der Bank liegt. Aber wie unerträglich wäre es erst, woanders leben zu müssen. Jedes Mal, wenn seine Mutter ihn mit aufs Festland nimmt, vermisst Sam die Inseln. Er zählt die Tage, bis er zu dem weiten Himmel zurückkehren und am Strand wieder mit Perlmutt ausgekleidete Muschelschalen oder andere Schätze sammeln kann, die von alten Schiffswracks angespült werden.

Plötzlich kommt er schlagartig zu Bewusstsein. Er wird an den Knöcheln über unebenes Gelände geschleift, ist aber zu schwach, um die Augen zu öffnen oder um Hilfe zu schreien. Seine Schulter schmerzt, als sein Körper über Steine gezerrt wird, doch er bringt aber keinen Ton heraus. Er ist jetzt nur noch ein Objekt, das von einem Ort zum nächsten gebracht wird.

»Wohin bringen Sie mich?« Seine Worte sind nicht mehr als ein Flüstern.

Eine Antwort bekommt er nicht. Wer auch immer derjenige ist, der jetzt über sein Schicksal bestimmt, scheint seinen Spaß dabei zu haben; Sam hört, wie dieser Jemand ein altes Seemannslied summt. Doch schon bald verklingt das Geräusch. Sam ist wieder in der Hütte auf Bryher, in der es nach den Kräutern seiner Mutter duftet. Jetzt, wo sein Vater weg ist, ist Frieden eingekehrt. Vielleicht sind es ja die Gerüche von getrocknetem Lavendel und Kamille, die ihn so schläfrig machen? Er ist bewusstlos, als das Geräusch von Meereswellen an sein Ohr dringt. Bilder tauchen auf und verschwinden wieder, seine Gedanken sind zu verworren, um einen Sinn zu ergeben.

50

Donnerstag, 31. August

Es ist schon nach Mitternacht, als ich Father Mike anrufe, um zu hören, ob er in Sicherheit ist. Zuerst klingt der Priester überrascht, dann ärgerlich, weil sein Boot noch im Hafen von St. Agnes liegt.

»Sam wollte es schon längst zurückgebracht haben. Er hatte es sogar versprochen.«

»Warum haben Sie ihm Ihr Boot denn geliehen, Father?«

»Er hatte mich um Hilfe gebeten. Sam braucht Leute, die ihm wieder vertrauen.«

»Ich bin sicher, dass er unbedingt rausfinden will, warum Jez sterben musste. Aber wenn er allein nach dem Täter sucht, bringt er sich in Gefahr.«

»Sam würde keine dummen Risiken eingehen. Er hat ein Mädchen gefunden, das er mag, und scheint sehr glücklich darüber zu sein. Wenn er verschwunden ist, dann muss er in Gefahr sein.«

»Bitte rufen Sie mich sofort an, wenn er sich meldet.«

Nach diesem Gespräch schwirrt mir der Kopf. Ich kann nicht überprüfen, ob Eddie am Ende vielleicht doch recht hat. Sam Austell könnte ein Opfer sein – oder der Mörder, aber mein Instinkt sagt mir, dass er unschuldig ist. Je mehr Zeit vergeht, ohne dass wir Kontakt zu ihm haben, desto größer ist das Risiko, dass er gekidnappt wurde. Ich überlege, Eddie anzurufen, tue es aber nicht, weil er sehr erschöpft war, als er gegangen ist. Wenn ich ihn von Tresco hierherbitte, könnte es sein, dass er mehr Schaden als Gutes anrichtet. Ich brauche jemanden, der die örtlichen Gewässer kennt und einen kühlen Kopf bewahrt. Und da ist klar, auf wen meine Wahl fällt. Liam Quick klingt groggy, als er ans Telefon geht, so als hätte ich ihn aus seinem ersten tiefen Schlaf seit Jez Cardews Tod gerissen. Als er von Mollys Tod hört, schwingt Trauer in seiner Stimme mit.

»Paul Keast hatte doch gesagt, sie würde sich ganz gut schlagen. Ich war sicher, dass sie es schafft.«

»Es tut mir leid, Liam. Sie ist an sekundärem Ertrinken gestorben. Und jetzt ist auch noch Sam Austell verschwunden. Er hätte schon vor Stunden zurück auf St. Mary's sein sollen.«

»O Gott, nimmt das denn nie ein Ende?«

»Ich brauche deine Hilfe, Liam. Niemand kennt die Gewässer hier besser als du.«

»Bin schon unterwegs. Soll ich noch ein paar Leute aus der Crew mitbringen?«

»Nicht nötig, komm nur schnell.«

Nach diesem Gespräch bin ich optimistischer. Liam Quick sinnt, seit er Jez Cardews Leiche gefunden hat, auf Rache, und der Verlust von Molly Bligh wird seine Wut noch weiter angefacht haben. Quick ist bei allem, was er tut, hundertprozentig fokussiert. Mit ihm zusammen habe ich die besten Chancen, den Mörder zu finden, aber es wird noch eine halbe Stunde dauern, bis er da ist. Ich kann nicht untätig hier herumstehen. Sam könnte bereits aufs Meer hinausgebracht worden sein, aber zuerst muss ich mich an Land umschauen, um zu überprüfen, wer hier unterwegs ist.

Im Vorbeigehen blicke ich zum *Turk's Head* hoch. Dort brennt kein Licht mehr; die Feriengäste und das Personal müssen bereits schlafen gegangen sein, aber Tommys Boot liegt nicht im Hafen. Als ich landeinwärts laufe, ragt der alte Leuchtturm wie ein Geist über mir auf. Dann sehe ich ein Licht. Es kommt aus dem Cottage der Cosgroves in Perigilis. Shadow ist vor mir dort. Er hat ein untrügliches Gespür dafür, wo ich hingehe; manchmal scheint er es sogar eher zu wissen als ich. Ich sollte dankbar für seinen sechsten Sinn sein, der uns schon vor so manchen Gefahren bewahrt hat. Mein Hund sieht mich an, als wäre ich der langsamste Schüler der Klasse. Er steht bei Fuß und gibt sich lammfromm, als ich in der Erwartung, dass Damian Cosgrove mir öffnet, an die Haustür klopfe. Es dauert eine Weile, bis die Tür einen kleinen Spalt aufgeht.

»Lassen Sie mich bitte rein, Sharon. Wir müssen reden.«

»Gehen Sie weg. Sie bringen mir nur Ärger ein.«

»Ich fürchte, ich kann nicht gehen, bevor wir gesprochen haben.«

Sharon sieht anders aus als die starke junge Frau, die ich beim letzten Mal hier angetroffen habe. Ihre Haut ist fleckig vom Weinen, und sie wirkt klein und kindlich in ihrem blassblauen Pyjama. Plötzlich reißt sie die Tür auf, wirft sich mir in die Arme und verbirgt ihr Gesicht an meiner Schulter. Das Trösten ist eigentlich Eddies Spezialgebiet, nicht meines, aber ich lege den Arm um sie und warte, bis sie aufhört zu schluchzen. Als sie sich schließlich wieder von mir löst, sieht sie verlegen aus.

»Ich würde Ihnen ja gern helfen. Dazu müssten Sie mir aber erst mal sagen, was los ist«, sage ich.

Als wir in die Küche gehen, öffnet sich das Schleusentor. Sie erklärt mir, Damian habe zuerst nicht den Eindruck gemacht, ein eifersüchtiger Mensch zu sein. Er sei zur Arbeit auf die Bohrinsel geflogen, und die Wochenenden hätten sie zusammen auf den Orkneys verbracht. Am Anfang seien die regelmäßigen Trennungen ihnen noch romantisch erschienen. Erst nach ihrem Umzug nach St. Agnes habe seine Paranoia angefangen. Jetzt kritisiere er alles, angefangen mit den Leuten, mit denen sie sich treffe, bis zu den Klamotten, die sie trage.

»Hat Damian Sie je geschlagen?«

»Eigentlich ist er nicht so«, erwidert sie ein kleines bisschen zu schnell.

»Bis heute Abend?«

Sie zögert. »Er hat mich beschuldigt, mit Jez geschlafen zu haben, aber das ist nicht wahr. Ich war unglücklich, das ist alles. Ich vermisse meine Freunde von der Kunsthochschule. Damian hat mich überredet, mein Studium aufzugeben; er hat so getan, als wäre es ein großes Abenteuer, zu heiraten und achthundert Meilen von zu Hause wegzuziehen.«

»Aber sein Jähzorn wurde schlimmer?«

»Er ist davon überzeugt, dass das Baby nicht von ihm ist.« Über ihr Gesicht huscht ein Ausdruck von Schuldbewusstsein.

»Sie müssen hier einsam sein, wenn Damian nicht da ist.«

Sie ist erneut den Tränen nah. »Ich wollte niemandem weh tun. Ich war schwach, und er war nett zu mir.«

»Wen meinen Sie? Ich weiß, dass es nicht Jez war.«

»Ich kann ihn nicht verraten.«

»Das liegt ganz bei Ihnen. Sagen Sie mir nur, ob Damian sich in der letzten Zeit seltsam verhalten hat.«

»Ich komme gar nicht mehr an ihn ran. Früher auf den Orkneys sind wir oft spätabends noch spazieren gegangen. Damian meinte, er bekäme einen klaren Kopf, wenn er vor dem Schlafengehen noch mal eine letzte Runde dreht. Aber jetzt ist es anders. Er geht allein raus, und er ist wütender denn je.«

»Wegen der Gerüchte?«

»Er meint, ich hätte ihm Schande gemacht.«

Ich überlege kurz, wer auf dieser Insel gerade besonders bedrückt wirkt, und wage einen Schuss ins Blaue. »Hat er rausgefunden, dass Sie mit Tommy Brookes geschlafen haben?«

Ihre Augen weiten sich. »Wer hat Ihnen das gesagt?«

»Sie haben Jez anvertraut, dass es Tommys Kind ist, hab ich recht? Sie haben ihn als Freund betrachtet, und er mochte Sie auch. Jez war sauer, dass Tommy Ihre Lage ausgenutzt hat, bevor Sie hier richtig Wurzeln schlagen konnten. Und er hat ihn an dem Abend, an dem er starb, zur Rede gestellt. Er hat Tommy vorgeworfen, ein Lügner und Betrüger zu sein.«

»Das war alles meine Schuld.« Die Tränen fließen wieder, aber diesmal lautlos. »Unser Generator ist kaputtgegangen, im Februar, als Damian nicht da war. Also bin ich zum *Turk's Head* rüber, um zu fragen, ob sie mir helfen können. Tommy kam dann abends zu mir, nachdem er den Pub zugemacht hatte. Es war so nett von ihm, mir so spät abends noch zu helfen …« Sie wird einen Moment still. »Ich hab ihm erzählt, dass Damian so schrecklich besitzergreifend ist. Wir haben zusammen ein Glas Wein getrunken. Er ist ein guter Zuhörer. Es ist nur dieses eine Mal passiert.«

»Wie hat Damian sich seitdem verhalten?«

»Er hat gespürt, dass irgendwas nicht stimmt. Manchmal fühle ich mich hier nicht mehr sicher.«

»Ich kann Sie und das Baby keinem Risiko aussetzen. Kommen Sie mit, ich bringe Sie zu Ihren Nachbarn. Bleiben Sie über Nacht bei ihnen, dann können Sie sich morgen früh überlegen, wo Sie hingehen wollen.«

Sie schaut mich ängstlich an. »Erzählen Sie das mit Tommy aber nicht Damian, sonst tut er ihm was an. Ich weiß es.«

»Wie es klingt, ist das Verhalten Ihres Mannes das größte Problem. Wir nennen das Zwangskontrolle. Das ist eine Form von häuslicher Gewalt. Sie könnten ihn deswegen anzeigen, und auch für die Tätlichkeit. Was glauben Sie, wo er hingegangen ist?«

»Er streunt einfach allein über die Insel.«

»Aber ein Boot haben Sie nicht, oder?«

»Nur eine kleine Barkasse. Sie liegt in der Blanket Bay, in der Nähe der Slipanlage.«

»Wir bringen das alles in Ordnung, machen Sie sich keine Sorgen, Sharon. Gehen Sie jetzt bitte nach oben und packen Sie ein paar Sachen.«

Ich würde gern mehr über Damian Cosgroves nächtliche Touren herausfinden, aber ich muss mich nach Sharons Tempo richten. Sie wirkt sehr fragil, so als würde sie in sich zusammenklappen, wenn man nur ein scharfes Wort an sie richtet. Ich beobachte, wie Shadow sie nach oben begleitet, und denke zufrieden, dass ich wenigstens eine Inselbewohnerin in Sicherheit bringen kann. Aber der Mörder ist noch immer außer Reichweite. Sam Austell könnte bereits ertrunken sein.

51

Als Sam das nächste Mal zu sich kommt, hört er das Flüstern des Meeres. Der Schmerz in der Schulter hat nachgelassen, aber als er sich bewegen will, bekommt er Panik. Er scheint in eine Kiste eingesperrt worden zu sein, in der es nach Salzwasser und Fischinnereien riecht. Jemand hat ihm einen Knebel umgebunden; der Stoff schmeckt nach Bleichmittel und seine Lippen nach Benzin. Er will schreien, bringt aber nicht mehr als ein leises Fauchen heraus.

Als er seine Hände bewegt, kehrt der Schmerz zurück. Seine Handgelenke sind so fest zusammengebunden, dass jede noch so kleine Bewegung ein Brennen auf seiner Haut auslöst. Sam kehrt in Gedanken in die Vergangenheit zurück, wie um sich vor der gefährlichen Gegenwart zu schützen. Er sieht sich selbst an seinem ersten Schultag, ein dünner Fünfjähriger mit dunklem Haar. Er trägt die Sachen, die seine Mutter bei einem Wohltätigkeitsbasar gefunden hat. Ein paar Jungs lachen über seine schäbigen Kleider, aber Jez hat sich vor ihn gestellt. Er hat ihnen gesagt, sie sollten den Mund halten, sonst würden sie es mit ihm zu tun kriegen. Jez war immer mutiger als die anderen. Sam war an diesem Tag und allen folgenden Tagen dankbar, einen so mächtigen Verbündeten zu haben.

Er ruckelt hin und her, doch sein Bewegungsspielraum beschränkt sich auf wenige Zentimeter. In der Kiste ist es so heiß und stickig, wie es in seiner Gefängniszelle war. Als Nächstes sieht er Danielle vor sich. In der Schule hatte sie noch lange Haare, die sie in einem Pferdeschwanz oder zu Zöpfen geflochten trug. Sie war im Jahrgang unter ihm, und sie sind sich nur auf dem Schulhof begegnet, wo Danielle immer von Freundinnen umringt war. Sie lebten in unterschiedlichen Welten, doch heute vertraut sie ihm. Schon allein um ihretwillen muss er heil wieder nach Hause kommen.

Er reißt die Augen auf und sucht nach Licht in all der Dunkelheit. Er ist wild entschlossen, am Leben zu bleiben. Der starke Motor des Bootes lässt seinen ganzen Körper vibrieren, und sein Instinkt sagt ihm, dass das Boot nach Westen fährt. Warum hat es ausgerechnet ihn getroffen? Jez und Molly waren Heldenfiguren, aber er hat im Gefängnis gesessen, und mit einem Ex-Knacki kann man doch nicht angeben. Endlich ist er wieder hellwach und beißt auf den Knebel. Das Boot durchpflügt unbeirrt die ruhige See.

52

Sharon Cosgroves Nachbarn sind Rentner, früher haben sie den Co-op auf St. Mary's betrieben. Sie kommen verschlafen in Bademänteln und Hausschuhen an die Tür. Die Nachricht, dass Sharon Schutz vor ihrem Mann und ein Bett für die Nacht braucht, scheint sie zu verwirren. Glücklicherweise lassen sie uns jedoch sofort ins Haus und beobachten Sharon voller Mitgefühl. So funktioniert das Leben auf den Scillys. Auf einer kleinen Insel hält sich niemand lange, der nicht bereit ist, einem Nachbarn in Not zu helfen.

Beinahe schaffe ich es sogar, Shadow dazu zu bringen, dass er bei Sharon bleibt, doch im letzten Augenblick überlegt er es sich anders und stürzt hinter mir her. Er ist noch immer aufgeregt und rennt mit halsbrecherischer Geschwindigkeit den Weg entlang. Ich würde am liebsten direkt zur Blanket Bay hinunterlaufen, um Damian Cosgrove zu suchen, aber da Liam bald am Hauptanleger eintreffen muss, gehe ich zurück zum *Turk's Head*. Aus dem Inneren des Pubs dringt ein schwaches Licht, und trotz der vorgerückten Stunde ist die Tür nicht abgeschlossen. Drinnen ist es so schummrig, dass der Gastraum zunächst verlassen wirkt, doch dann erspähe ich Tommy Brookes, der vor einem Glas Whisky sitzt. Die Flasche neben ihm ist halb leer, er müsste seine Sorgen also eigentlich längst ertränkt haben.

»Willkommen, mein Freund. Wir haben geschlossen, aber wen kümmert's?« Er lallt. »Möchten Sie mal diesen exzellenten Single Malt probieren?«

»Ich passe, danke. Wie kommt's, dass Sie allein trinken?«

»Lange Geschichte. Und ich bin der Bösewicht, nicht der Held.«

»Wieso ist Ihre Jacht mitten in der Nacht nicht da?«

Er ignoriert meine Frage, sein Blick ist ungerichtet. »Zuerst haben Debbie und ich diesen Laden geliebt. Jetzt hängt er uns wie ein verdammter Mühlstein um den Hals.«

Ich blicke aus dem Fenster, aber von Liam ist noch immer nichts zu sehen. Ich setze mich gegenüber von Tommy auf einen Barhocker, während er sich noch einen Whisky einschenkt. »Sharon Cosgrove hat mir gerade von Ihrem One-Night-Stand berichtet.«

Er kneift die Augen zusammen. »War ja klar, dass das früher oder später rauskommt.«

»Ist das der Grund, warum Sie und Jez gestritten haben?«

Er starrt auf die verkratzte Oberfläche des Tresens. »Sharon hat ihm davon erzählt. Und weil er auch mit meiner Frau ganz gut konnte, hat er ihr vielleicht bei einem Bier ein paar Andeutungen in der Richtung gemacht. Ich weiß nicht mal, ob Sharons Baby von mir oder von Damian ist.«

»Wo ist Debbie?«

»Oben, in der Wohnung.«

»Sind Sie sicher?«

Tommy nickt langsam. »Ich hab unsere Ehe ruiniert, und sie ist zu krank, um sich darum zu scheren. An dem Tag, an dem Jez verschwunden ist, hab ich sie dabei ertappt, wie sie mein Handy kontrolliert hat. Sie muss also einen Verdacht gehabt haben.«

»Damian Cosgrove glaubt, Sharon hätte mit Jez geschlafen, nicht mit Ihnen.«

Jetzt hebt Brookes den Kopf, seine Augen sind blutunterlaufen. »Ich bin schuld an dem ganzen Chaos. Sie sollten mich wegsperren.«

»Selbstmitleid hilft keinem weiter, Tommy. Sam Austell war heute hier, aber jetzt ist er verschollen, und Ihre Jacht ebenfalls. Haben Sie gesehen, wie Ihr Boot abgelegt hat?«

»Er kann es nicht geklaut haben. Wir haben nur einen Schlüssel.«

»Schauen Sie bitte mal nach, ob Debbie oben ist.«

Er stolpert aus dem Raum. Als er zurückkommt, kann ich an seiner finsteren Miene ablesen, dass seine Frau nicht da ist.«

»Rufen Sie sie an, jetzt sofort. Wenn sie durch den Hinterausgang raus ist und Ihr Boot genommen hat, ist sie in großer Gefahr.«

Tommy blinzelt mich betrunken an, tut aber wenigstens, was ich sage. Als es plötzlich laut klingelt, sehen wir beide, dass das Handy seiner Frau ganz hinten auf dem Tresen liegt.

»Wieso ist es denn hier? Sonst nimmt sie es immer mit«, murmelt er.

»Was hat Debbie heute gemacht?«

»Eine Freundin von ihr kam vorbei. Sie hat sich den Abend freigenommen, und sie haben oben zusammen was gegessen.«

»Und wer ist diese Freundin?«

»Anna Dawlish. Die zwei sind schon seit Jahren eng befreundet.«

Das Bild ergibt sofort Sinn. Wenn Debbie von Tommys

Untreue weiß, könnte sie die gleiche Wut umtreiben, die Anna auf Jez hatte. Beide Frauen könnten sich zusammengetan haben, weil sie über den schmerzlichen Verrat ihrer Männer verbittert sind. Aber irgendwie ist diese Logik verdreht. Dass Anna sich Jez deswegen vornimmt, wäre ja irgendwo noch nachvollziehbar, aber doch nicht Molly Bligh. Es sei denn, sie ist verrückt genug, um Mollys Freundschaft mit Jez als Verrat zu betrachten.

In der Ferne sehe ich die Lichter eines Bootes. Liam Quick kommt endlich angefahren, aber das schmälert meine Sorge um Sam nicht.

»Warten Sie hier, Tommy. Rufen Sie mich an, wenn Debbie zurückkommt, und hören Sie auf zu trinken, um Himmels willen. Ich brauche Sie nüchtern.«

Shadow bekundet seine Zustimmung durch lautes Bellen. Er spürt es sofort, wenn ich sauer auf jemanden bin, und Tommy kann von Glück sagen, dass er hinter dem Tresen steht, sonst würde mein Hund nach seinen Fersen schnappen.

53

Sam spürt, dass das Boot langsamer wird. Es schwankt immer stärker hin und her, und er hat Glück, dass er nicht seekrank wird. Er hält seine Panik in Schach, indem er erneut auszubrechen versucht. Seine Fußgelenke sind zwar gefesselt, aber er kann mit dem Gewicht seines Körpers gegen die Tür neben ihm drücken. Er ist so voller aufgestauter Energie, da wird die Tür doch sicher irgendwann nachgeben, wenn er nicht nachlässt?

Er pausiert, um Atem zu schöpfen. Durch einen Spalt in der Tür fällt ein dünner Lichtstrahl, doch als er sein Gesicht an den Spalt drückt, sieht er erst einmal gar nichts. Dann erkennt er plötzlich etwas Buntes. Auf dem Fußboden im Schiffsraum liegt ein Schuh; es ist einer von Jez' himmelblauen Lieblingsturnschuhen. Die hat er an dem letzten Tag getragen, den sie zusammen verbracht haben. Sam hat ihn noch aufgezogen, weil er in einem Onlineshop einen horrenden Preis dafür bezahlt hatte. Das beweist, dass auch Jez hier gefangen gehalten wurde. Durch das Bullauge erhascht Sam einen kurzen Blick auf den dunklen Ozean, weit und breit ist kein Land in Sicht.

»Warum, zur Hölle, tust du das?« Der Knebel erstickt Sams Worte.

Dann kehrt seine Energie, angetrieben von Wut und

Angst, schlagartig zurück. Es ist egal, wer ihn in diesen engen Schrank eingeschlossen hat. Er will auf keinen Fall ertrinken wie Jez. Sam drückt seine Hüfte mit aller Macht gegen die Tür, doch das Schloss hält.

54

Ich überlasse Tommy Brookes seinem Kummer. Ob er sich an eine neue Inselbewohnerin herangemacht hat, weil sie ein leichtes Opfer war, oder ob er ihr einfach nicht widerstehen konnte, weiß nur er selbst. Die Gründe sind auch unwichtig. Ich muss mich jetzt voll und ganz darauf konzentrieren, seine Frau und Sam Austell zu finden.

Von der Terrasse des Pubs aus lasse ich den Blick auf der Suche nach Lichtern übers Wasser gleiten. Ich kann noch immer nicht genau sagen, wer für die Morde verantwortlich ist. Anna und Debbie könnten zusammen mit der Jacht der Brookes unterwegs sein, aber die Idee, dass sie Mörderinnen sind, erscheint mir etwas weit hergeholt. Außerdem ist Hass auf den Partner wegen Ehebruchs weitaus eher ein Grund dafür, dass Männer gewalttätig werden.

Mein Herz rast, als ich die Slipanlage hinuntergehe. Shadow jedoch genießt das Abenteuer. Er springt laut bellend auf Liam Quicks Boot und begrüßt ihn stürmisch. Liams Boot ist typisch für die Scillys. Hier gibt es Dutzende solcher Kreuzer mit Zweizylindermotor, da sie sich perfekt für die kurzen Fahrten zwischen den Inseln eignen.

»Runter da, Shadow! Du bleibst an Land«, rufe ich.

»Ach, lass ihn doch mitkommen«, sagt Quick. »Vielleicht kann er uns sogar helfen.«

Warum der Bootsführer Adlerauge genannt wird, zeigt sich, als er meinen Erklärungen über Sams und Debbie Brookes' Verschwinden lauscht, denn er blinzelt währenddessen nicht ein einziges Mal. Ein verräterisches kleines Zucken an seinem Kiefer ist das einzige Anzeichen von Angespanntheit bei ihm, als wir den Hafen verlassen.

Ich suche erneut das Wasser ab, dessen Oberfläche der Wind aufraut. Die Luft fühlt sich warm an, aber der Atlantik ist sogar im Sommer unberechenbar. Kleine Wellen schlagen gegen den Bug, während das Boot Fahrt aufnimmt. Shadow bellt noch lauter, als wir den Schutz der Insel verlassen; er ist offensichtlich begeistert von unserem Ausflug. Ich würde mich besser fühlen, wenn wir ein klares Ziel hätten, denn der Atlantik hat noch nie größer ausgesehen. Er erstreckt sich in alle Richtungen, eine endlose Fläche aus schwarzer, vom Wind gekräuselter Seide.

»Wo fahren wir zuerst hin?«, fragt Quick.

»Sie sind wahrscheinlich nach Westen unterwegs, damit sie nicht gesehen werden.«

Er lenkt hart nach Steuerbord. »Wonach suchen wir?«

»Nach der *Seal Watcher*, das ist die Motorjacht der Brookes.«

»Die ist nicht schnell, die haben wir bald eingeholt.« Er greift in sein Ölzeug und reicht mir ein Fernglas. »Halt du schon mal nach Lichtern Ausschau, okay?«

Ich würde lieber steuern, weil Quick das schärfere Auge hat, aber er konzentriert sich darauf, sein Boot mit Höchstgeschwindigkeit zu lenken. Den Blick aufs Wasser geheftet, versuche ich erneut, Sam anzurufen. Er nimmt wieder nicht ab, aber jetzt, wo Liam an der Suche beteiligt ist, ist er so gut wie in Sicherheit. Der Bootsführer kennt die örtlichen

Gewässer noch besser als Ray. Er wirft gelegentlich einen Blick auf seinen GPS-Monitor und folgt den Koordinaten, die er über die Jahre verinnerlicht hat. Shadow wirkt das erste Mal seit Tagen friedlich und liegt trotz des Motorenlärms zusammengerollt unter einer Bank.

Nach zehn Minuten bittet Quick um weitere Informationen über das vermisste Crewmitglied.

»Sam geht nicht ans Telefon«, sage ich. »Anna Dawlish, Damian Cosgrove und Debbie Brookes könnten alle auf diesem Boot sein.«

»Und du glaubst, einer von denen ist der Mörder?«

»Es könnte auch ein Duo sein.«

»Das kann ich mir kaum vorstellen.«

»Mörder bleiben oft jahrelang unbemerkt. Hat denn einer von ihnen einen Grund, die Crew der Seenotrettung zu attackieren?«

»Anna hat Jez gehasst, weil er sie verlassen hat.« Quick denkt nach. »Aber das ist kein Grund, es sei denn, es war eine Zurückweisung zu viel. Aber sie würde Molly niemals ein Haar krümmen.«

»Hast du in letzter Zeit mal mit Anna gesprochen?«

»Ja, letzte Woche, kurz. Sie hat mich gefragt, was ich davon halten würde, wenn sie auch in die Crew kommt. Aber ich gebe allen Alleinerziehenden denselben Rat. Jedes Jahr ertrinken zweitausend Menschen in britischen Gewässern. Du erinnerst dich doch noch an die Penlee-Katastrophe, oder?«

»Bei der so viele Seenotretter starben?«

»Ja, die gesamte Crew.« Er hält den Blick aufs Wasser gerichtet. »Was würde mit Kylie passieren, wenn Anna ertrinken würde?«

»Seit deiner Scheidung bist du auch alleinerziehend, Liam. Wie kommt's, dass du deinen eigenen Ratschlag ignorierst?«

»Danielle war schon dreiundzwanzig, als meine Frau wegging. Und meine Tochter weiß, dass die Seenotrettung mein Leben ist. Sie würde auf keinen Fall wollen, dass ich aufhöre. Außerdem würde unsere gesamte Familie zusammenrücken, wenn mir was passiert. Anna dagegen hat niemanden außer Janet Fearnley.«

Ich suche den Horizont erneut mit dem Fernglas ab, während ich über Quicks Worte nachdenke. Warum sollte Anna ihn fragen, ob sie bei uns mitmachen kann, und dann bösartige Angriffe auf die Mitglieder der Crew starten? Ich überlege noch immer, was das Motiv sein könnte, als ich im Norden plötzlich ein schwaches Licht sehe.

»Da hinten, Liam!«, rufe ich.

Das Boot dreht bereits in die neue Richtung, aber irgendetwas stimmt nicht, als wir näher kommen. Die Motorjacht der Brookes liegt an einer langen Ankerkette und hebt und senkt sich bei jeder Welle, im Inneren brennt nur ein schwaches Licht. Das Boot wirkt seetüchtig, aber verlassen, wie eine *Mary Celeste* von heute.

55

Sam ermüdet allmählich. Der Sauerstoff in dem engen Raum ist fast verbraucht, und er kann sich kaum noch konzentrieren. Er bildet sich ein, auf Deck oben Stimmen zu hören, aber es könnte auch nur das Säuseln des Windes sein. Die Wetterbedingungen ändern sich; das Boot neigt sich jetzt schneller von Steuerbord nach Backbord, und der Motor dröhnt ihm in den Ohren. Als Sam sich erneut mit seinem ganzen Gewicht gegen die Sperrholztür stemmt, gerät das Schloss zwar unter Druck, gibt aber nicht nach.

Während er keuchend auf dem Rücken liegt, erscheint aus dem Nichts plötzlich Jez vor ihm. Diesmal ist er aus Fleisch und Blut, kein flüchtiger Geist. Als er ihn im Gefängnis besucht hat, sah sein Freund auch immer so aus: groß, blonde Surfer-Frisur, ein entspanntes Lächeln auf den Lippen.

»Ich hab dich enttäuscht«, flüstert Sam. »Bitte verzeih mir.«

»Ach, sei still, du Dummkopf, das war doch nicht dein Fehler. Hör zu, du kannst das hier überleben.«

»Wie denn?«

»Du hast nur eine Chance, Sam. Drück weiter gegen die Tür, ganz fest, und dann kämpf um dein Leben.«

Jez verschwindet, aber Sam hört noch seine Stimme, er verspricht, in der Nähe zu bleiben. Sam fällt das Atmen zunehmend schwer, aber er hat einen neuen Energieschub bekommen und stemmt sich noch mal mit aller Kraft gegen die Tür. Beim fünften Versuch springt sie endlich auf. Sam fällt heraus und landet mit dem Gesicht nach unten auf dem Boden. Der Schmerz ist brutal. Sam weiß, dass er sich was gebrochen hat: die Augenhöhle oder den Wangenknochen. Aber wenigstens bekommt er wieder Luft. Er bleibt still liegen, bis der Schmerz ein wenig nachlässt, aber wie kann er um sein Leben kämpfen? Seine Hände sind so fest zusammengebunden, dass die Finger ganz taub sind.

56

»Das ist wie beim ersten Mal, oder?«, sagt Quick.

Auch ich habe ein Déjà-vu-Gefühl, als wir uns der Jacht der Brookes nähern. Es ist niemand an Deck, das Boot treibt führerlos auf den Wellen. St. Mary's ist so weit weg, dass seine Lichter nur noch weiße Pünktchen in der Ferne sind. Mir krampft sich der Magen zusammen. Sam Austells Leiche könnte bereits unter Wasser gezogen worden sein. Quick tutet ein Mal, aber auch nach diesem durchdringend Ton passiert nichts.

»Kannst du näher ranfahren, Liam? Ich schaue mal an Bord nach.«

Ich will gerade über die Reling an Deck steigen, als Debbie Brookes aus dem Schiffsraum auftaucht.

»Bleiben Sie weg!«, ruft sie unwirsch. »Mich braucht keiner zu retten.«

»Wir wollten nur nachschauen, ob alles in Ordnung ist, Debbie.«

»Lassen Sie mich in Ruhe. Sehen Sie nicht, dass ich allein sein will?«

Sie sieht anders aus als bei unserer letzten Begegnung. Ihr professionelles Lächeln fehlt; im Gegensatz zu ihrem Mann ist sie nüchtern, und sie scheint nicht geweint zu haben. Dennoch liegt etwas Verletztes in ihrem Blick. Sie weicht nicht von der Stelle und streckt mir abwehrend beide Hände entgegen.

»Sie hätten nicht auf mein Boot kommen dürfen«, sagt sie. »Sie haben keinen Durchsuchungsbeschluss.«

»Es geht mir nur um Ihr Wohlergeben. Ich werde Ihnen nicht weh tun, das verspreche ich.«

»Das kann ohnehin niemand mehr. Über den Punkt bin ich hinaus.«

Sie steht vor der Tür und blockiert den Eingang zum Schiffsraum. Von unten kommt ein Geräusch, ein dumpfer Schlag von Metall gegen Metall. Debbie packt einen Besen, der an der Wand hing, und schwenkt ihn vor meinem Gesicht hin und her. Ich könnte mich leicht daran vorbeischieben, doch mein Gefühl sagt mir, dass ich mit Bedacht vorgehen sollte. Ihre Komplizin kann von unten zusehen und bringt Sam Austell vielleicht um, wenn ich einen Fehler mache.

»Bitte lassen Sie uns reden, Debbie. Dann gehe ich wieder, versprochen.«

Ich sinke auf eine Bank im Bug, womit ich ihr einen Vorteil mir gegenüber verschaffe. Diesen Trick habe ich während meiner Ausbildung in einem Kurs über Körpersprache gelernt: In einer brisanten Situation kann Unterordnung die beste Form von Verteidigung sein. Tu so, als wärst du schwächer als dein Gegner, damit er unvorsichtig wird. Debbie hält ihren Besen weiterhin umklammert wie ein Jäger sein Gewehr.

»Warum sind Sie hier rausgefahren?«, frage ich.

»Um einen klaren Kopf zu kriegen. Egal, wie übel das Leben dir mitspielt, der Ozean wäscht alles weg.«

»Aber es ist gefährlich hier draußen, vor allem nachts. Ist Anna bei Ihnen?«

»Die ist schon vor Stunden zurück nach St. Mary's. Sie kann nichts dafür, dass ich noch hier bin.« Endlich legt sie den Besen weg. »Ich konnte den Gedanken, nach Hause zu fahren, nicht ertragen.«

»Jez hat Ihnen erzählt, dass er aufs Festland gehen wollte, und ebenso von seiner Beziehung mit Lewis Marling, oder?«

»Er hat mir auch erzählt, dass Tommy mir untreu ist. Ich war ihm dankbar, obwohl es mir das Herz gebrochen hat.«

»Jez wusste, dass Sie ihn nicht verurteilen würden, und er fand, dass Sie es verdienen, die Wahrheit zu kennen.«

Ihr Lächeln kehrt für einen Moment zurück. »Die Leute erzählen mir immer ihre Geheimnisse.«

»Das ist bestimmt auch manchmal belastend.«

»Bitte gehen Sie.« Sie sieht aus, als wäre sie den Tränen nah. »Es ist nicht sicher für Sie hier draußen. Für Sie ist die Situation gefährlicher als für irgendwen sonst.«

»Wieso?«

»Weil Sie ein Held sind, wie Jez und Molly.«

»Unsinn.«

»Wir haben es alle in der Zeitung gelesen. Scotland Yard hat Ihnen die Queen's Police Medal verliehen. Das ist die höchste Auszeichnung, die man im Polizeidienst bekommen kann, oder?«

»Das ist Jahre her, und eigentlich hatte meine Kollegin die meiste Arbeit gemacht.«

»Niemand bekommt eine Medaille verliehen, der sich nicht großen Gefahren ausgesetzt hat.« In ihren Augen glitzern Tränen, deren Ursache ich nicht kenne.

»Lassen Sie mich Ihr Boot durchsuchen, Debbie. Danach sollten Sie nach Hause fahren.«

»Wozu? Was soll ich da? Meine Gesundheit ist im Eimer, und meine Ehe auch.« Sie greift wieder nach dem Besen. »Halten Sie Abstand.«

Ich erhebe mich langsam, damit sie keine Panik bekommt, dann schiebe ich mich an ihr vorbei und gehe die Stufen hinunter, die in den Bootsraum führen. Verglichen mit dem sternenbeschienenen Deck ist es hier unten stockfinster. Ich leuchte mit der Taschenlampe alles ab. Das Adrenalin lässt mir das Herz hart gegen die Rippen schlagen. Ich erwarte, Sam Austelles Leiche irgendwo zu sehen, als meine Augen sich an die Dunkelheit gewöhnt haben, doch der Raum ist, abgesehen von ein paar Möbelstücken, leer. Ich muss mir das Geräusch unter Deck eingebildet haben – vielleicht war es nur die Ankerkette, die gegen den Bug geschlagen hat. Auf dem schmalen Tisch liegen verschiedene beschriebene Blätter, und endlich kapiere ich, warum Debbie Brookes allein hier draußen ist. Sie wollte aufs offene Meer, um sich das Leben zu nehmen. Sie hat einen Abschiedsbrief verfasst, in dem sie ihrem Mann die Schuld gibt, dem sie nicht mehr vertraut.

Ich stürme gerade noch rechtzeitig nach oben, um zu sehen, wie sie über Bord springt. Ich will hinterher und schlüpfe rasch aus meinen Schuhen, doch Liam Quick war schneller. Ich hole mein Handy raus und informiere die Küstenwache. Debbie wirkte so verzweifelt, dass sie wahrscheinlich noch mal springen wird, falls Liam es schafft, sie zurück an Deck zu bringen.

Debbie scheint zum Sterben entschlossen zu sein. Sie lässt keinerlei Anzeichen von Panik erkennen, als sie untergeht. Ich zeige Liam laut schreiend die Stelle, wo sie im Meer verschwunden ist, und er taucht, ohne zu überlegen, nach ihr.

Nach mehreren Versuchen kommt er schließlich mit ihr in den Armen prustend wieder an die Oberfläche. Er fängt die Rettungsleine, die ich ihm zuwerfe, und ich ziehe die beiden nach oben. Als ich Debbie aufs Deck lege, ist sie kaum bei Bewusstsein und zittert am ganzen Leib.

»Sie sind jetzt in Sicherheit«, sage ich, neben ihr knieend. »Aber Sie brauchen einen Arzt. Der Helikopter ist schon unterwegs.«

Der Bootsführer sieht erleichtert aus. Dass er eine Frau aus den Fängen des Meeres gerettet hat, scheint die Schuldgefühle zu lindern, an denen er leidet, weil er andere nicht retten konnte. Er legt eine silberne Rettungsdecke um Debbis Schultern, um sie vor dem Wind zu schützen. Die Wartezeit bis zum Eintreffen des Helikopters erscheint mir endlos. Als er endlich über uns schwebt, fühlt es sich an, als würde mich ein Wirbelsturm bis auf die Haut durchnässen. Während Liam sich um Debbie kümmert, gebe ich dem Windenführer oben ein Daumen-hoch-Zeichen. Der Rettungssanitäter braucht nur fünf Minuten, um sich zu uns herunterzulassen, Debbie ein Geschirr anzulegen und sie in Sicherheit zu bringen. Ich hoffe, sie bekommt die Unterstützung, die sie benötigt, damit sie erkennt, dass sie eine Zukunft hat.

Quick schaut dem Heli ruhig nach, als er nach Osten fliegt, zurück zum Festland. Er wächst noch ein kleines Stück in meinem Ansehen. Man würde niemals darauf kommen, dass er gerade sein Leben für die Rettung eines anderen riskiert hat, bis man ihn von vorn sieht. Seine Augen leuchten vor Erregung, so als hätte das Abenteuer gerade erst begonnen.

57

Sam schaut sich im Schiffsraum um. Abgesehen von einem Dutzend Bullaugen, durch die man die kohlrabenschwarze See sieht, ist da fast nichts. Vom Heck dringt der Motorenlärm zu ihm. Seine Wange schmerzt so sehr, als hätte ihm jemand ein Brandzeichen verpasst. Er hört immer noch Jez' leise Einflüsterungen, trotzdem wird es nicht leicht für ihn werden, sich zu verteidigen. Sein Blick irrt auf der Suche nach einem Gegenstand, mit dem er seine Hände befreien kann, umher, doch hier unten gibt es nichts, was scharf genug wäre. Er kann nur seine Finger einsetzen. Sofort macht er sich daran, den verknoteten Draht um seine Fußgelenke zu lösen. Es dauert mehrere Minuten, bis er seine Füße wieder frei bewegen kann.

»Kämpf um dein Leben!« Sam flüstert Jez' Rat wie ein Mantra vor sich hin.

Er richtet sich auf, um noch einmal etwas zu suchen, was er als Waffe verwenden könnte, findet aber nur einen Karton voller RNLI-Anstecker, eine Rettungsweste und Jez' einzelnen Turnschuh.

Er hört jemanden an Deck herumlaufen, direkt über ihm. Vielleicht steht er seinem Gegner schon bald gegenüber, doch wie soll er sich verteidigen? Dann hat er plötzlich eine Idee. Eine einzelne in die Decke geschraubte Glüh-

birne erhellt den Schiffsraum. Er hebt seine gefesselten Hände über Kopf und schlägt mit der Faust fest dagegen, bis sie zerspringt. Die Leuchte flackert noch einmal kurz auf, dann wird es so stockfinster, dass Sam nicht einmal mehr die Hand vor Augen sieht. Jetzt hat er dem Mörder wenigstens etwas voraus, denn wenn er hereinkommt, werden Sams Augen sich an die Dunkelheit gewöhnt haben. Er wird bereit sein, sich auf jeden zu stürzen, der durch diese Tür tritt. Und um seine Chancen zu verbessern, arbeitet er weiter daran, seine Hände zu befreien. Er hebt sie an den Mund und versucht, den verknoteten Draht mit den Zähnen zu lockern. Das ist seine einzige Hoffnung.

58

»Und was jetzt?«, fragt Quick.

Der Bootsführer ist immer noch tropfnass von der Rettungsaktion, so dass es schwieriger werden dürfte, Sam zu finden. Shadow spürt meine Sorge. Er springt auf den Bug und heult den Mond an, bis ich ihn ermahne. Danach kommt er mit gesenktem Kopf angeschlichen wie ein schmollender Teenager.

»Wir sollten Damian Cosgrove suchen. Er glaubt, Sharon hätte mit Jez Cardew geschlafen. Vielleicht versucht er jetzt, Jez' gesamten Freundeskreis auszulöschen. Er könnte Sam aufgelauert und ihn aufs Meer rausgebracht haben.«

»Was glaubst du denn, wo er hingefahren ist?«

»Auf die keltische See, wie die anderen Male auch. Lass mich ans Steuer, du siehst viel mehr als ich.«

Wir fahren volle Kraft voraus nach Westen. Ich umklammere das Steuerrad so fest, dass meine Fingerknöchel weiß hervortreten. Meinen Blick halte ich starr aufs Wasser gerichtet, sehe jedoch nichts weiter als das reflektierte Sternenlicht und hellerleuchtete Frachter in der Größe von Matchboxautos, die am Horizont wie auf einer Perlenschnur aufgereiht sind.

Liam kniet am Bug und schaut durch sein Fernglas, als könnte ihn niemals irgendetwas ablenken. Endlich entspannen sich die Muskeln in meiner Brust. Ich kann nur beten, dass wir, von der Tide beschleunigt, in die richtige Richtung fahren.

59

Sam wartet in der Dunkelheit. Er kann nicht mehr sagen, ob das Boot auf den Wellen treibt oder durch tiefes Wasser fährt. Der Schmerz in seiner Wange ist schlimmer geworden, und seine Hände sind immer noch gefesselt. Als Mondlicht in die Kabine fällt, erblickt er etwas auf dem Fußboden. Es ist sein Handy; es muss ihm aus der Tasche gefallen sein, als der Mörder ihn hierhergeschleift hat. Er schafft es, bei Danielle anzurufen, und seufzt vor Erleichterung, als sie tatsächlich drangeht.

»Was ist passiert, Sam? Ist alles in Ordnung?«

»Ich bin auf einem Boot gefangen. Jez wurde auch hier festhalten, du musst die Seenotrettung anrufen.«

Sie klingt verängstigt. »Dad ist auf dem Meer. Er sucht schon nach dir, mit Ben Kitto. Ich rufe sie an.«

»Sag ihnen, sie sollen nach einem Kabinenkreuzer mit zwei Kojen und einem starken Motor Ausschau halten. Ich glaube, wir fahren nach Westen. Wir sind schon lange unterwegs, ich kann die Inseln nicht mehr sehen.«

»Mach ich sofort. Pass auf dich auf, Sam. Geh kein Risiko ein.«

Die Verbindung bricht ab, bevor er etwas erwidern kann. Jetzt ist er wieder ganz auf sich gestellt, aber er fühlt sich gestärkt. Wenn die besten Seenotretter der Inseln nach ihm suchen, stehen seine Chancen nicht schlecht. Aber sie müssen sich beeilen. Dieser dunkle Schiffsraum, über dem ein Verrückter herumstampft, ist kein Ort zum Sterben. Sam sucht weiter nach einer Waffe. Seine Finger tasten umher, doch da ist nur der sandige, verdreckte Fußboden.

60

Wir haben schon etliche Meilen ohne Ergebnis zurückgelegt, und unsere Chancen auf Unterstützung aus der Luft stehen schlecht: Der Helikopter muss Debbie erst zum zwanzig Flugminuten entfernten Krankenhaus von St. Ives bringen, bevor er wieder auftanken und zurückfliegen kann. Shadow sitzt schmollend neben mir und knurrt leise vor sich hin.

»Still!«, befehle ich ihm. »Du hättest eben an Land bleiben sollen.«

Shadow schaut, die Augen fahl vom Mondschein, zu mir hoch. Liam kauert noch immer am Bug und blickt, selbst als sein Handy klingelt, unbeirrt weiter durchs Fernglas. Er greift mit der freien Hand zum Telefon und nimmt das Gespräch an, dann ruft er mir zu: »Sam wurde gekidnappt. Er konnte Danielle anrufen – er wird auf einem Boot gefangen gehalten, das nach Westen fährt.«

Nach dieser Nachricht erhöhe ich das Tempo noch einmal. Das Meer sieht leergefegt aus wie eine endlose Zinnplatte, die im Sternenlicht glänzt. Ich bin erleichtert, als Quick schließlich etwas erspäht. Er ruft und zeigt nach Osten.

»Folg den Lichtern da hinten! Kannst du sie sehen? Ungefähr eine halbe Meile von hier.«

Mit meiner Nachtsicht ist es nicht weit her. Ich sehe nur

den pechschwarzen Ozean, als ich, dankbar, dass die Erfahrung des Bootsführers mal wieder Wunder wirkt, die angezeigte Richtung einschlage. Wir fahren nun erneut auf die Inseln zu und haben schon eine Seemeile zurückgelegt, bevor mir auffällt, dass er sich geirrt haben muss. Ein Blick auf die Tankanzeige lässt mich das Tempo drosseln.

»Sind wir zu weit gefahren? Ich sehe kein Licht.«

Die Miene des Bootsführers ist ausdruckslos. »Das liegt daran, dass da auch nichts ist.«

»Und warum sollte ich dann in die Richtung fahren?«

»Na, warum wohl? Kommst du nicht selbst drauf? Ich hab mich mein Leben lang der Gefahr ausgesetzt, Ben. Das hat mich sogar meine Ehe gekostet. Und wer hat es mir je gedankt? Wahrer Heldenmut ist, wenn man sich jeden Tag seinen Dämonen stellt, ohne ihnen jemals den Rücken zuzuwenden.«

Mich überläuft ein Schauder. »Ist das ein Geständnis, Liam?«

»Ganz und gar nicht. Was ich getan habe, war kein Verbrechen.«

»Wie würdest du es denn nennen, wenn du Jez und Molly umgebracht hast?«

Quicks Augen stehen voller Hass, und langsam begreife ich. Seine obsessive Bereitschaft, Leben zu retten, ist in Wahn umgeschlagen. Jetzt beansprucht er die beiden Leben für sich wie Trophäen. Er hält einen großen Schraubenschlüssel in der Hand, während ich mich auf nichts anderes verlassen kann als auf die Grausamkeit des Ozeans. Ich mache einen Schritt zurück und versuche, einen klaren Gedanken zu fassen. Der Helikopter der Küstenwache ist weiterhin nirgends zu sehen.

»Wie konntest du nur Mitglieder deiner eigenen Crew attackieren?«

»Jez und Molly wollten beide aufhören, und trotzdem wurden sie von allen als Helden betrachtet. Abtrünnigen wie denen sollte keiner eine Träne nachweinen.«

»Ist das der Grund, warum ich hier bin? Vermutest du, dass ich auch aufhöre, weil ich Vater geworden bin?«

»Leute wie du ekeln mich an«, sagt er höhnisch. »Alle haben Respekt vor dir, völlig ohne Grund.«

»Ich hatte nicht vor, die Crew zu verlassen. Wo ist Sam Austell?«

»Wen kümmert's?«, sagt Quick und kneift die Augen zusammen. »Ich lasse nicht zu, dass ein kleiner Drogendealer meiner Tochter nachstellt.«

»Jez war, verdammt nochmal, dein bester Mann! Und er hat mehr zu dir aufgeschaut als jeder andere.«

»Erst wollte er unbedingt Vollzeit für die Rettung arbeiten, dann hat er's sich in letzter Minute anders überlegt. Jez war ein Fähnchen im Wind, begreifst du das nicht?«

»Du hast ihn und Molly umgebracht, nur weil sie aus der Crew ausscheiden wollten?«, frage ich ungläubig, aber er ist keinen rationalen Argumenten mehr zugänglich.

»Man ist erst dann ein richtiger Held, wenn man sein Leben lang durchhält, wie ich. Die beiden hatten den Tod verdient.«

Der freudig erregte Gesichtsausdruck, mit dem er sich auf mich stürzt, offenbart seinen Wahnsinn. Ich schlage ihm mit der Faust ins Gesicht, doch er trifft mich mit seinem Schraubenschlüssel erst an der Schulter und dann an der Schläfe. Ich verliere das Bewusstsein, und die Welt um mich wird dunkel. Als ich die Augen wieder öffne, hänge ich über dem Dollbord, zu benommen, um mich wehren zu können.

Ich wappne mich noch für den nächsten Treffer, als ich schon über Bord geworfen werde, gefolgt von Liams manischem Gelächter und Shadows Heulen, das nachhallt wie ein langes Lebewohl. Das Wasser tost laut in meinen Ohren und ist beißend kalt, obwohl wir Sommer haben. Plötzlich geraten die Wellen um mich herum in Aufruhr, und ich spüre einen starken Schmerz im linken Handgelenk. Ich werde hinter dem Boot hergezogen. Während der Motor hochfährt, kämpfe ich verzweifelt darum, den Kopf über Wasser zu halten. Blind von der Gischt hangele ich mich mit all meiner Kraft an dem Seil nach oben, als mir auf einmal Denzel Jorys Prophezeiung durch den Kopf schießt, dass das Meer auch mich holen wird.

Ich drehe mich auf den Rücken, weil ich hoffe, mich so oben halten zu können, werde aber bald wieder unter Wasser gezogen und ringe nach Luft. Den Blick auf das runde Gesicht des Mondes geheftet, denke ich an Nina und unseren Jungen, die zu Hause auf mich warten. Der Helikopter muss bald kommen, aber wahrscheinlich habe ich nur dann eine Chance, wenn ich mich selbst retten kann.

61

Sam steht im Schiffsraum und hört ein schrilles Kreischen wie von einem Kind. Doch bei genauerem Hinhören klingt es wie Wolfsgeheul. Der unheimliche klagende Ton steigert seine Angst. Das angestaute Adrenalin lässt ihn am ganzen Körper zittern. Doch dann verändert sich plötzlich alles. Die Tür wird aufgerissen, und das Licht einer Taschenlampe fällt in den Raum. Er streckt instinktiv sein Bein aus und bringt den Mann zu Fall, der die Stufen heruntergerannt ist. Aber der Angreifer ist blitzschnell wieder auf den Beinen und packt Sam an der Gurgel. Die Taschenlampe rollt über den Boden, so dass Sam das Gesicht seines Angreifers nicht sehen kann. Er drischt auf ihn ein. Als der andere ihn am Oberkörper trifft, kippt er fast um, aber Jez' Stimme hält ihn aufrecht. Er holt aus und schlägt mit voller Wucht zu. Der Kopf seines Widersachers schnellt nach hinten, dann sinkt der Mann bewusstlos zu Boden.

Als Sam sein Gesicht sieht, ist er sich sicher, dass er einen Fehler gemacht hat. Es ist Liam Quick. Danielle wird schockiert sein. Der Bootsführer muss mit Ben Kitto gekommen sein, um ihn zu retten, seinen wahren Entführer wird er bereits unschädlich gemacht haben.

Als er an Deck geht, heult Shadow noch immer, aber Kitto ist nirgends zu sehen. Das Boot fährt mit Höchstge-

schwindigkeit, doch es steht niemand am Steuer. Sam dreht mit seinen gefesselten Händen den Schlüssel im Zündschloss, und der Motor erstirbt. Der Hund spielt trotzdem weiter verrückt. Er packt Sam am Ärmel und zieht ihn zum Bug. Jetzt sieht Sam Kitto zwanzig Meter entfernt auf dem Wasser treiben.

»Halten Sie den Kopf oben, ich hol Sie näher ran!«, schreit er, aber er hat Angst, dass es bereits zu spät ist.

Kitto liegt ausgestreckt im Wasser wie ein Riese, der zu den Sternen hochschaut. Doch er regt sich nicht. Sam wird panisch. Er will ihn an dem Seil zum Boot heranziehen, aber dafür sind seine Hände zu stramm gefesselt. Plötzlich fällt sein Blick auf ein Schweizer Messer, das funkelnd vor ihm auf dem Boden liegt. Er hebt es auf und versucht hektisch, sich mit seiner Hilfe von der Fessel zu befreien.

62

Gareth Keillor hatte recht, was das Ertrinken angeht. Der Gerichtsmediziner hat mir erzählt, unmittelbar vor dem Tod trete man in eine Phase ein, in der man das Ende akzeptiere. Das Meer fühlt sich jetzt wärmer an, die Angst ist auch verschwunden. Mir ist fast so, als hätte ich ein ganzes Bierglas von Zoes bestem Wodka getrunken. Mein Mund ist voll Salzwasser, meine Kräfte haben mich verlassen, und mein Blick ist starr auf den Nachthimmel gerichtet. Nicht mal ein Fitzelchen von einer Wolke ist da oben zu sehen, nur die Milchstraße, hauchzart ausgebreitet wie ein Fischernetz übervoll mit Sternen. Es ist Zeit, loszulassen. Ich bin schon auf dem besten Weg dazu. Meine Gedanken wandern durch meine Kindheit zurück bis ins Säuglingsalter. Als ich das letzte Mal so auf dem Wasser trieb, lag Noah auf meiner Brust. Sein Bild bringt mich schlagartig zurück in die Gegenwart.

Auf Bryher wartet meine Familie auf mich. Jeder ist seines eigenen Glückes Schmied, und Denzel Jory ist kein Wahrsager, sondern einfach nur ein verbitterter alter Mann.

Ich fange wieder an zu schwimmen. Meine einzige Hoffnung ist, zurück aufs Boot zu kommen, und zum Glück gibt's einen, der mich anfeuert. Shadow bellt frenetisch, und da ist auch Sam Austell. Er holt das Seil ein, das vom

Bug hängt. Ich hebe den Kopf, um ihn zu warnen, aber er bemerkt es nicht. Liam nähert sich ihm von hinten, und plötzlich wird das Seil wieder schlaff.

63

Sam wirbelt herum, als ihn jemand bei den Schultern packt. Liam Quick ist wieder auf den Beinen, und in seinem Blick stehen Zorn und Wahnsinn. Er hält einen Bootshaken in der Hand, mit dem er Sam locker die Augen auskratzen könnte. Als er zuschlägt, weicht Sam dem Haken geschickt aus. Aber sein Widersacher lässt nicht locker. Quick hat sein ganzes Leben auf Booten verbracht, was ihm einen großen Vorteil verschafft. Er lacht, als Sam das Gleichgewicht verliert. Jetzt steht er über ihm, und der Haken ist nur wenige Zentimeter von Sams Gesicht entfernt.

»Was bist du nur für eine elende Witzfigur?«, zischt Quick. »Niemals hätte ich zugelassen, dass du mir Danielle wegnimmst!«

»Und was du tust, bricht ihr das Herz, du Monster!«, schreit Sam ihm ins Gesicht.

»Blödsinn. Danielle versteht was von Pflicht und Ehre.« Quick holt aus und trifft Sam an der Schulter.

Dann passiert es. Shadow schlägt seine Zähne in Quicks Knöchel, woraufhin der Bootsführer vor Wut und Schmerz laut aufschreit und Sam kurz Zeit hat, sich zu sammeln. Aber Quick gibt nicht auf. Er tritt den Hund weg und schlägt erneut zu, doch Sam packt den Haken, entringt ihn seinem Gegner und wirft ihn über Bord.

»Jetzt heißt es Mann gegen Mann. Ich wette, du bist viel zu feige, um zu kämpfen.«

»Das wollen wir mal sehen.«

Quick stürzt sich auf ihn, aber er bewegt sich zu schnell. Als Sam zur Seite tritt, fällt er kopfüber über das Dollbord. Er versucht, wieder aufs Boot zu kommen, doch Sam tritt ihn zurück ins Wasser.

»Jetzt siehst du mal, wie das ist!«

Sam läuft zum Bug und zieht Kitto zum Boot. Da er die Hände frei hat, geht es leichter, aber womöglich ist es zu spät. Dann wird ihm plötzlich bewusst, wie still es geworden ist. Er hört nur, wie die Wellen gegen den Bootsrumpf schlagen. Shadow hat aufgehört zu bellen, und als Sam sich an Deck umschaut, ist der Hund verschwunden.

64

Ich kann den Kopf nicht mehr über Wasser halten, als Sam mich an das Boot heranzieht. Es sind noch zehn Meter. Ich sehe, dass auch Liam Quick jetzt im Wasser ist. Er versucht, sich an der Leiter hochzuziehen, die vom Bug hängt, aber Sam tritt ihn zurück ins Meer. Ich möchte jubeln, doch damit würde ich nur den letzten Rest meiner Energie verschwenden. Ich habe Schmerzen in der Brust, und jeder Atemzug ist mühsamer als der davor.

Ich sinke unter Wasser. Irgendwas drückt mich von unten hoch, bis ich wieder die kalte Nachtluft spüre. Es ist Shadow, natürlich. Ich bin überrascht, wie lange er gewartet hat, bis er über Bord gesprungen ist. Normalerweise kennt er keine Hemmungen.

»Du hast dir Zeit gelassen«, flüstere ich.

Ich lege die Arme um seinen Hals, und er schwimmt tapfer immer weiter auf das Boot zu. Als ich das nächste Mal aufblicke, kommt der Helikopter der Küstenwache in Sicht, und die Erleichterung verpasst mir den nötigen letzten Adrenalinkick. Dann zieht Sam mich an Bord. Ich stürze an Deck wie ein Fisch an der Angelschnur, zu schwach, um mich zu rühren, während der Heli einen Gischt-Tornado auslöst.

In Sam Austells Miene steht Abscheu, als er Quick

schließlich doch erlaubt, wieder an Bord zu kommen, und Shadow scheint dasselbe zu empfinden. Trotzdem kann der Mörder nicht akzeptieren, dass das Spiel aus ist. Als er erneut zum Schlag ausholt, verbeißt Shadow sich in seine erhobene Hand und lässt nicht mehr los. Ich könnte ihn zurückpfeifen, habe aber gerade andere Prioritäten, als einem Mörder Schmerzen zu ersparen. Quicks Schreie sind Musik in meinen Ohren, und Sam scheint es nicht anders zu gehen. Von einer Wunde in seinem Gesicht tropft Blut, aber das scheint ihn nicht weiter zu kümmern.

Er packt mich am Arm. »Ihre Atmung gefällt mir nicht. Wir müssen zusehen, dass wir das Wasser aus Ihrer Lunge kriegen.«

Sam zwingt mich, mich über das Dollbord zu beugen, und plötzlich wird mir übel. Ich huste und würge Meerwasser in die Wellen, während Austell mir auf den Rücken schlägt, bis alles raus ist und mein Kopf wieder klarwird.

Als ich mich schließlich umdrehe, sieht er anders aus als der junge Mann, den ich vor Jahren festgenommen habe. Er ist erwachsen geworden und weiß jetzt, dass das Leben anderer ebenso wichtig ist wie unser eigenes. Vielleicht hat er schon allein dafür eine Medaille verdient.

»Alle werden erfahren, was du getan hast, Sam«, sage ich.

»Das ist egal, Hauptsache, Sie atmen weiter. Was haben Sie da am Handgelenk?«

Ich sehe Metall im Sternenlicht funkeln. Quick hat mir eine Medaille um den Arm gebunden, so wie er es bei seinen anderen Opfern gemacht hat. Obwohl er selbst sein ganzes Arbeitsleben hindurch von allen als Held betrachtet wurde, hat ihn der Heldenstatus anderer verbittert. Und jetzt hat das Blatt sich gewendet. Heute Nacht hat der Bootsführer absolut nichts Heroisches an sich. Er sitzt zusammengekauert in der Ecke und hält schützend die Hände vors Gesicht, während Shadow ihm laut bellend die Leviten liest.

»Komm her!«, rufe ich schließlich. »Er kann uns nichts mehr tun.«

Shadow wirkt enttäuscht, lässt sich aber brav neben mir nieder. Quick rührt sich nicht. Vielleicht ist gerade noch so viel von seinem Verstand übrig, dass er das Ausmaß seiner Verbrechen erfassen kann. Auf ihn warten Jahrzehnte hinter Gittern oder in der Psychiatrie. Er sieht sogar deprimierter aus als Debbie Brookes, so als hätte ihn die Scham schließlich doch noch eingeholt.

Auch auf dem Flug zurück nach St. Mary's ändert sich Quicks Körpersprache nicht.

65

Freitag, 1. September

Ginny Tremayne weigert sich, mir Entwarnung zu geben, obwohl ich es nicht erwarten kann, das Krankenhaus zu verlassen.

»Der Sauerstoffgehalt in Ihrem Blut ist zu niedrig, Ben. Sie bleiben bis morgen hier und werden die ganze Nacht diese Maske tragen.«

»Aber Nina dreht bestimmt durch. Wir heiraten übermorgen.«

»Ihre Verlobte ist eine vernünftige Frau. Ich hab sie vor einer Stunde angerufen, um ihr zu sagen, dass alles in Ordnung kommt, wenn Sie sich ausruhen. Nina kann Sie morgen früh abholen.«

Als mein Boss plötzlich in der Tür steht, weiß ich, dass es keinen Sinn hat, weiter zu argumentieren. Draußen vor dem Fenster ist es immer noch stockdunkel, und DCI Madron wäre im Bett geblieben, wenn er die Situation nicht für ernst hielte. Er sieht geschniegelt aus wie immer, sein Haar ist ordentlich gekämmt und sein Hemd gebügelt. Als ich etwas sagen will, kommt nicht viel mehr als ein Krächzen heraus.

»Ruhen Sie sich aus, Kitto. Sie brauchen nichts zu sagen. Wie ich höre, sind Sie und Sam Austell die Helden der Stunde.«

»Bitte nicht dieses Wort, Sir.«

»Sind Sie fit genug, um sich selbst anzuhören, was Quick zu sagen hat? Er will reden, aber nur, wenn Sie dabei sind. Er behauptet, dass es ihm leidtut, Sie attackiert zu haben.«

Ginny Tremayne kommt einen Schritt näher und hält mahnend ihr Klemmbrett hoch. »Zehn Minuten, höchstens!«

Madron lächelt süßlich und signalisiert mir dann, zu bleiben, wo ich bin, während Stühle in den Raum gebracht werden. Es erleichtert mich, dass ich nicht aufstehen muss. Ich fühle mich kraftlos, aber Liam Quick sieht schlimmer aus.

Der Bootsführer ist nur noch ein Schatten seiner selbst, als Lawrie Deane ihn hereinführt. Sein Unterarm ist bandagiert, und er ist mit Handschellen an Deane gefesselt. Ich hatte nicht erwartet, ihn so bald wiederzusehen. Mir fällt auf, dass seine Hände verbunden sind. Ich bin Shadow noch immer dankbar; er liegt zusammengerollt in der Ecke und schläft, nachdem er sich heute Nacht selbst übertroffen hat.

Der DCI liest Quick ruhig seine Rechte vor, doch der reagiert kaum, als Madron ihm erklärt, dass sein Geständnis nicht aufgezeichnet wird. Quick wird morgen Vormittag in Anwesenheit eines Anwalts erneut vernommen, und erst dann ist seine Aussage rechtlich bindend. Er ist nicht verpflichtet, jetzt zu reden, aber er scheint Wert darauf zu legen.

»Dann reden Sie es sich mal von der Seele, Liam«, sagt Madron ernst. »Erzählen Sie uns, wie das alles anfing.«

»Ich bin für Trevor Fearnleys Tod verantwortlich. Ich

wollte seinen Tod nicht, aber er war zweckdienlich für mich.«

»Wie meinen Sie das? Er hatte einen Herzinfarkt, als er mit seinem Boot unterwegs war.«

»Er hätte vielleicht überlebt.« Quick wirkt nicht mehr wütend, sondern nur noch kümmerlich. »Als ich bei der Seenotrettung anfing, war Trevor wie ein Mentor für mich. Janet und er haben das Festival ins Leben gerufen, aber er hat das Vertrauen in mich verloren. Er meinte, ich hätte nicht die Nerven für den Job, und hat mich zum Therapeuten geschickt, damit ich besser mit dem Druck umzugehen lerne. Wenn nicht, wollte er bei der RNLI anrufen und dafür sorgen, dass sie mich von meinen Pflichten entbinden.«

»Und was haben Sie gemacht?«

»Ich durfte meinen Job nicht verlieren, schließlich bin ich der Einzige mit genügend Engagement und Kenntnissen, um das Boot zu führen. Also hab ich den Einsatz verzögert, als sein Notruf reinkam. Ich hab mir schon gedacht, dass es ein Herzinfarkt oder ein Schlaganfall war, und hab wohl wissend, dass seine Überlebenschancen mit jeder Minute schwinden, den Motor manipuliert. Danach hab ich ihn dann auch wieder in Gang gesetzt, aber erst, nachdem für mich keine Gefahr mehr bestand. Als wir bei Trevor ankamen, atmete er schon nicht mehr.«

»Dann hatte Janet also recht mit den Beschwerden über dich«, murmele ich.

»Trevor hatte sich das selbst zuzuschreiben, weil er an mir gezweifelt hat, aber Jez und Molly waren noch schlimmer. Ich hab tagelang auf die RNLI eingewirkt, um eine weitere bezahlte Stelle auf dem Boot durchzusetzen. Und als sie sie dann vor zehn Tagen endlich bewilligt hatten, erzählte Jez mir plötzlich, dass er aufs Festland ziehen wollte. Er hat sich nicht mal entschuldigt. Das Einzige, was ihm wichtig war, war dieser bescheuerte Traum, Kunst zu studieren.«

»Und darum haben Sie geplant, ihn zu töten?«, fragt Madron.

»Er hat mich verraten. Ich hab die Anstecker an alle aus der Rettungsboot-Crew und alle Rettungsschwimmer verschickt, um jeden Einzelnen daran zu erinnern, dass es unsere moralische Pflicht ist, die Inselbevölkerung vor dem Ozean zu beschützen. Ich erkenne immer sofort, wenn einer nicht voll und ganz hinter der Sache steht.«

»Und warum die Zitate aus dem Theaterstück *Der Sturm*?«

Er verzieht die Lippen zu einem hässlichen Grinsen. »Danielle hat das Stück in der Schule durchgenommen. Ich hab's erst letztes Jahr gelesen, aber alles, was da stand, ergab Sinn. Prospero ist die einzige integre Gestalt auf seiner Insel. Ich hatte vorher noch nie was von Shakespeare gelesen, aber es ist, als hätte er das Stück nur für mich geschrieben. Der Sturm am Anfang ist wie die, gegen die ich jeden Winter zu kämpfen habe. Und Prospero will das Beste für seine Tochter, so wie ich für Danielle.«

»Von jetzt an kann sie dich im Gefängnis besuchen. Außerdem hat jedes Mitglied der Rettungsboot-Crew selbstverständlich das Recht, aus dem Dienst auszuscheiden, wann immer es das will«, sage ich krächzend. »Nur zur Erinnerung: Wir sind Freiwillige. Du bist der Einzige, der ein Gehalt von der RNLI bezieht.«

Quick ignoriert meine Worte. »Jez' Boot abzufangen war easy. Er war so unfassbar naiv. Ich hab ihm gesagt, dass er den Anker auswerfen und mir helfen soll, einen Mann zu suchen, der über Bord gegangen ist. Dann hab ich ihm eins mit dem Bootshaken übergezogen und ihn hinter meinem Boot her in die keltische See rausgezogen. Ich bin einfach immer weitergefahren, bis nur noch seine Hand am Boot hing. Die hab ich dann ins Wasser geworfen, damit ihr sie findet. Dass seine Leiche auf Hangman Island angespült wurde, war nach seinem Verrat wie ausgleichende Gerechtigkeit für mich.«

»Das ist eine furchtbare Strafe für einen unschuldigen Menschen.«

»Seine Vergehen waren schlimmer als meine. Jez hätte hier bleiben und Menschenleben retten können, aber er wollte weg. Er hatte es verdient, die linke Hand abgerissen zu kriegen.« Quick beugt sich vor, seine Augen sind weit aufgerissen. »Judas hat mit der Linken auf Jesus gezeigt und ihn so verraten und dem Tod ausgeliefert. Darum habe ich Molly Blighs Kleid auch auf Hangman Island abgelegt. Das war schon immer der Ort, an dem Verräter ihre gerechte Strafe bekamen.«

»Wenn du wirklich Gott auf deiner Seite wähnst, hast du den Verstand verloren. Warum hast du die Medaillen verwendet, Liam?« Ich bringe nach wie vor nicht mehr als ein Krächzen heraus.

Quick dreht sich mir zu, in seinem Blick liegt Hass. »Euch alle hat man dafür ausgezeichnet, dass ihr Leben gerettet habt. Alle verehren euch, obwohl ihr keine Loyalität kennt. In deinem Fall hab ich mich allerdings geirrt, Ben. Du hast gar nicht vor, wieder aus der Seenotrettung auszuscheiden, egal, was deine Frau dazu sagt, weil die See dir den Vater genommen hat.«

Ich antworte nicht, meine Entscheidung steht noch nicht fest.

Schließlich sackt Quick in sich zusammen. Als er wieder etwas sagt, redet er eher zu sich selbst. »Der Ozean raubt uns alles, was wertvoll ist. Unsern Verstand und unser Leben. Ich hab von den Insulanern oder meiner Frau nie eine Anerkennung dafür bekommen, dass ich mich ihm täglich ausgesetzt habe. Nur Danielle versteht, welches Opfer ich bringe. Das ist grotesk, siehst du das denn nicht?«

»Unsinn, du warst bei allen Insulanern sehr hoch angesehen«, sage ich zu ihm. »War es die Trennung von deiner Frau, die dir den Rest gegeben hat?«

Er schaut weg. »Sie wollte, dass ich mir einen neuen Job suche, dass ich weit weg vom Meer lebe und arbeite. Sie war eifersüchtig, weil das Meer so eine Macht über mich hat. Dabei ist das meine Berufung. Aber die dumme Kuh hat mir nie richtig zugehört. Sie hat sogar versucht, mir Danielle wegzunehmen.«

»Molly Bligh hat dir nie was getan.«

»Ich hab ihr eine Chance gegeben, ihre Entscheidung, aufzuhören, noch mal zu überdenken, aber sie hat sich geweigert. Die hat sich ganz schön gewehrt, bevor ich sie ins Wasser geworfen hab. Als dann das Seil gerissen ist, war ich richtig sauer, aber ich wusste eh, dass sie ertrinken würde. Das Meer bestraft Untreue. Es weiß sehr genau, was richtig ist und was falsch.«

»Und wie kam es, dass du Sam attackiert hast? Er hatte nicht vor, die Crew zu verlassen.«

»Das nicht, aber er wollte mir Danielle stehlen. Das hätte Prospero nie zugelassen.«

»Du verlierst sie so oder so.«

»Sie wird verstehen, dass ich keine andere Wahl hatte.«

Das Gespräch geht noch ein paar Minuten so weiter, ohne dass Quick seine Argumentation ändert. Jedes Mitglied der Rettung, das Anstalten machte, aufhören zu wollen, sollte das mit dem Leben bezahlen. Ich bin sicher, dass seine Verbitterung darüber, nie eine Tapferkeitsmedaille bekommen zu haben, in dem Ganzen eine Rolle spielt, aber der Weggang seiner Frau könnte das Fass zum Überlaufen gebracht haben. Danach konnte er es nicht mehr ertragen, wenn irgendjemand anders als Held betrachtet wurde. Er fühlte sich nicht genügend wertgeschätzt, und jede Zurückweisung verschlimmerte das Problem. Nur Danielle konnte nichts passieren. Sie hat die Obsession, mit der ihr Vater seinen Dienst bei der Seenotrettung versah, nie in Frage gestellt, und auch ich hab das nie getan. Mir erschien er stets wie ein echter Held, weil er es auch unter den gefährlichsten Bedingungen, ohne zu zögern, immer mit dem Meer aufnahm.

Ich bin erleichtert, als Ginny Tremayne mir schließlich Ruhe verordnet. Gegen die Sauerstoffmaske zu protestieren, die sie mir anlegt, hat keinen Sinn. Sie zu tragen fühlt sich an, als würde ich durch einen Sturm der Windstärke neun geschleift. Trotzdem schlafe ich ein und träume von hohen Wellen, die gegen felsige Inselküsten krachen.

Als ich früh am nächsten Morgen erwache, hat sich meine Atmung beruhigt. Die Ereignisse der vergangenen Nacht kommen mir vor wie ein bizarres Hirngespinst. Was hat dazu geführt, dass Liam Quick den Verstand verloren hat? Die permanente Gefahr, der er ausgesetzt war, sein zwanghaftes Wesen oder die Untreue seiner Frau? Vielleicht die Kombination aus allen drei Faktoren. Er wird heute aufs Festland geflogen, wo er wegen Doppelmordes und zweifachen versuchten Mordes vor Gericht gestellt wird. Die Bettdecke zu meinen Füßen bewegt sich, und als ich nach unten schaue, lugt Shadow darunter hervor und gähnt herzhaft.

»Du hast eine Medaille verdient«, flüstere ich.

Er antwortet mit einem leisen Winseln, dann macht er wieder die Augen zu. Ich will dasselbe tun, als ich plötzlich noch ein anderes Geräusch höre und Sam Austell in einem Sessel erblicke. Er hat einen Verband an der Wange, und sein rechtes Auge ist zugeschwollen.

»Ist der Wangenknochen gebrochen, Sam?«

»Ist nur ein Haarriss – sieht schlimmer aus, als es ist. Aber sie haben mich auch über Nacht dabehalten.«

»Ich wäre nicht hier, wenn du mich nicht aus dem Wasser gezogen hättest. Wann hast du Quick durchschaut?«

»Erst ganz am Ende. Ich hab sein Gesicht nicht sehen können, als er mich auf St. Agnes aus dem Hinterhalt überfallen hat.«

»Der Mann ist völlig verrückt geworden.«

»Danielle tut mir leid. Ach, und übrigens, ich hab noch was, was Ihnen gehört.« Er reicht mir das Schweizer Messer von meinem Vater. »Das hat mich letzte Nacht gerettet.«

»Danke, es muss mir aus der Tasche gefallen sein.« Ich setze mich auf, um ihn genauer zu betrachten. »Eine Weile dachte ich ja, dein Vermieter wäre der Täter. Warum ist Callum eigentlich so verbittert?«

Sam zuckt mit den Schultern. »Irgendwie ist nichts so gelaufen, wie er es sich vorgestellt hat, seit seine Familie St. Mary's verlassen hat. Er wollte Anna Dawlish, aber sie hat sich für Jez entschieden, und die Drogen sind auch nicht gerade hilfreich. Ich würde ihn mit in meine Selbsthilfegruppe nehmen, aber vorher muss er sich erst mal eingestehen, dass er ein Problem hat.«

»Womit kann ich mich denn für letzte Nacht revanchieren?«

Er blickt auf seine Hände. »Ich möchte einfach nur auf den Inseln bleiben.«

»Die Leute werden dich ganz bestimmt akzeptieren, wenn sie hören, was du für Heldentaten vollbracht hast.«

Austells Lächeln verschwindet rasch wieder. »Kann sein, dass ich trotzdem aufs Festland zurückmuss. Stuart Cardew ist davon überzeugt, dass ich Jez auf dem Gewissen habe.«

»Das ändert doch alles, Sam, siehst du das nicht? Du warst der Held der letzten Nacht, und du hast nie jemandem was getan. Du kannst noch mal ganz neu anfangen.«

»Hoffentlich haben Sie recht, aber ich brauche auch einen neuen Job«, sagt er und steht auf.

»Ruh dich erst mal ein paar Tage bei Father Mike aus.«

»Ich muss mir überlegen, wie meine Zukunft aussehen soll.«

»Wegen Danielle?«

»Ja, auch. Wenn sie überhaupt noch mit mir redet.«

Plötzlich habe ich eine Idee. »Hast du schon mal überlegt, Bootsbauer zu werden? Mein Onkel sucht einen Auszubildenden, und du hast genau die richtigen Fertigkeiten.«

Seine Miene hellt sich auf. »Meinen Sie echt?«

»Hören wir gleich mal, was er sagt.«

Ich rufe Ray an und frage ihn. Es entsteht eine Pause, bevor er antwortet. Ich höre ihm schweigend zu und lege dann auf.

»Du kannst am Montag anfangen und einen Monat zur

Probe bei ihm arbeiten. Meine Patentante wird dir ein Zimmer auf Bryher zur Verfügung stellen, bis du wieder auf die Beine gekommen bist.«

Sam grinst ungläubig und zuckt sofort zusammen vor Schmerz, aber er klingt erleichtert, als er sich verabschiedet. Er salutiert mir zum Spaß und eilt dann davon. Shadow schnarcht zu meinen Füßen. Er scheint komplett entspannt zu sein, während ich noch ziemlich aufgewühlt bin von den dramatischen Ereignissen der letzten Nacht. Das Taschenmesser meines Vaters liegt auf meinem Nachttisch, das gestrige Abenteuer hat einen neuen Kratzer darauf hinterlassen. Ich finde es irgendwie passend, dass sein Lieblingswerkzeug geholfen hat, mir das Leben zu retten.

Ich nehme die Sauerstoffmaske ab und hole zum ersten Mal ohne ihre Hilfe tief Luft. Durch die dünnen Krankenhausvorhänge fällt Sonnenschein ins Zimmer, und ich kann es kaum erwarten, nach Hause zu kommen. Ich brauche jetzt dringend einen Tag am Strand mit Nina und Noah, an dem ich nichts anderes tun muss, als Sandburgen zu bauen, während die Sonne vom Himmel brennt.

66

Sam trägt noch die salzverkrusteten Kleider von gestern. Vor dem schicken Bungalow, in dem Danielle mit ihrem Vater gewohnt hat, bleibt er stehen. An allen Fenstern sind die Vorhänge zugezogen, und Liam Quicks Volvo mit dem RNLI-Aufkleber auf der Heckscheibe steht in der Einfahrt.

Sam würde am liebsten weglaufen, aber das hat ihm in der Vergangenheit auch nie geholfen. Möglicherweise hasst Danielle ihn jetzt dafür, dass er ihren Vater verletzt und die Wahrheit ans Licht gebracht hat. Genau das muss er herausfinden.

Nachdem er geklingelt hat, ist er so angespannt, dass seine Hände sich zu Fäusten ballen. Danielles Miene ist undurchdringlich, als sie schließlich an die Tür kommt. Ihre Augen sind verweint, aber sie sieht trotzdem noch schön aus. Er möchte sich entschuldigen, doch es gibt keine Worte, die zu der traurigen Stimme passen, mit der sie ihn begrüßt. Zu seiner Überraschung umarmt sie ihn und führt ihn dann ins Haus. Eine ihrer Tanten tritt aus dem Wohnzimmer, um nachzusehen, wer gekommen ist, zieht sich jedoch gleich wieder zurück, damit sie allein sein können.

Sam fühlt sich unbehaglich, während er neben der wei-

nenden Danielle in der Küche steht. Er rührt sich nicht vom Fleck, da er sich fast sicher ist, dass sie ihn wegschicken wird.

»Inspector Madron hat uns erzählt, wie du Ben Kitto das Leben gerettet hast. Ich hätte längst was unternehmen müssen. Ich wusste, dass mit Daddy was nicht stimmte. Wie kann man auf die Idee kommen, Jez und Molly was anzutun? Das ergibt überhaupt keinen Sinn.« Ihre Miene signalisiert ihm, dass sie verwirrt ist, ihm aber keinen Vorwurf macht, weil er ihren Vater der Justiz ausgeliefert hat. »Ich hab all die Jahre mit ihm zusammengewohnt, Sam. Wieso hab ich nicht mitbekommen, dass er derart abgedreht ist?«

»Wir haben ihm alle vertraut, nicht nur du. Ich hab ihn immer sehr bewundert.«

Sie blickt, Tränen in den Augen, zu ihm hoch. »Erzähl mir bitte noch was Gutes. Ich muss glauben können, dass das alles irgendwie vorbeigeht.«

»Du wirst das alles überstehen und gestärkt daraus hervorgehen. Ich bleibe hier, Danielle, wenn das hilft. Ich kann ab Montag einen Probemonat als Auszubildender in Ray Kittos Werft machen und werde alles daransetzen, dass er mir am Ende einen Vollzeitjob gibt.«

»Das ist genau das Richtige für dich!« Sie legt ihm die Hand auf den Arm. »Ich hoffe, du willst dich nach dieser Geschichte überhaupt noch mit mir treffen.«

»War die Valentinskarte denn nicht Beweis genug, dass ich es ernst meine?«

Endlich kann sie sich ein Lächeln abringen. Sie sitzen am Küchentisch und halten einander an den Händen. Sam merkt ihr an, wie geschockt sie ist. Danielle wird sicher Jahre brauchen, um diese Geschichte zu verarbeiten. Jetzt, wo er die Richtige gefunden hat, wird Sam auf keinen Fall aufgeben. Sie ist die Rettungsleine, von der er geträumt hat, und wird ihm helfen, sich über Wasser zu halten.

67

Samstag, 2. September

Ich stehe mit Eddie an meiner Seite in meinem schicken neuen Anzug in der Kirche auf Bryher. Zoe spielt eine langsame Version von »Summertime« auf dem Klavier, und trotzdem bin ich bedrückt. Obwohl ich mich einen ganzen Tag erholen konnte, habe ich noch immer das Gefühl, nicht genug Luft zu kriegen. Heute ist allerdings nicht das Meerwasser schuld, sondern meine Nervosität. Die Kirche ist gestopft voll mit Insulanern in bequemen Sommerkleidern, und draußen steht die strahlende Sonne hoch am Himmel. Ich kann nicht erklären, warum ich so angespannt bin. Vielleicht weil das hier so wichtig ist. Früher erschien mir die Ehe wie ein langer Weg voller Hindernisse. Als die Musik wechselt, ändert sich schlagartig auch meine Stimmung. Zoe spielt die ersten Takte von »Here Comes the Bride«, und es wird mucksmäuschenstill in der Kirche.

Ich werfe einen Blick zurück, nur einmal. Die lange Stoffbahn aus elfenbeinfarbener Spitze sieht jetzt, an Nina, hundertmal besser aus. Meine Braut ist groß und elegant, und das durch die Kirchenfenster gefilterte Sonnenlicht verleiht ihr eine Sepiatönung. Sie geht am Arm ihres Vaters, und das einzige Ungewöhnliche, was ich sehe, ist Shadow, der mit einem weißen Halsband ausstaffiert neben ihr herläuft. Für uns beide stand fest, dass er bei der Zeremonie dabei sein muss. Wenn wir ihn zu Hause gelassen hätten, hätte er stundenlang geheult und uns die Möbel ruiniert.

Nina bleibt neben mir stehen. Mein Unbehagen ist sofort wie weggeblasen, und die schrecklichen Verluste der letzten Woche verblassen. Als ich ihren Schleier lüpfe und sie mich mit ihren bernsteinfarbenen Augen ruhig anschaut, habe ich das Gefühl, nach Hause zu kommen. Es herrscht absolute Stille. Es gibt nur noch uns, in einer alten Kirche auf einer kleinen, vom Meer umschlossenen Insel. Ich blicke mich noch ein letztes Mal um, zu Noah. Er schläft auf Maggies Schoß und verpasst so den wichtigsten Moment in unserem Leben. Shadow lässt sich freudig zu unseren Füßen nieder; er ist in seinem Element, sein frisch gebürstetes Fell glänzt.

Unsere Hochzeit vergeht wie im Flug mit Liedern und Versprechen, und als wir, gefolgt von all unseren Gästen, über die Insel zum Strand laufen, kann ich wieder frei atmen. Bis alle eingetrudelt sind, haben wir uns schon weiße Shorts und T-Shirts angezogen, damit wir in der Menge leicht zu erkennen sind, und laufen barfuß über den Sand. In der Luft liegt der Geruch von gegrilltem Hähnchenfleisch und Wein. Irgendwo in diesem Getümmel steht auch mein Bruder mit Frau und Tochter, meine auseinandergerissene Familie ist ausnahmsweise einmal vereint.

Am allermeisten überrascht mich Ray. Als er das Rednerpodest betritt, sieht er in seinem blauen Anzug wie ein altgedienter Filmstar aus. Er ist vollkommen entspannt, seine weiße Mähne heute mal gebändigt. Dann hält er eine perfekt getimte, zehnminütige Rede voller witziger Sprüche, in der er Nina davon zu überzeugen versucht, sich von mir scheiden zu lassen und stattdessen ihn zu heiraten. Er muss nicht einmal auf seinen Zettel schauen, und ich komme aus dem Staunen nicht mehr heraus, während die Zuhörer lachen und am Ende frenetisch applaudieren.

Die Sonne steht noch immer hoch am Himmel, und ausnahmsweise stelle ich einmal weder Fragen, noch suche ich nach Antworten. Aus der Anlage dringt laute Musik, und kurz darauf tanzen wir, die Arme um die Schultern unserer Freunde und Nachbarn gelegt, betrunken über den Strand, bis sich die Dunkelheit über die Inseln herabsenkt und das Freudenfeuer entfacht wird.

Es ist blöd, sich zu wünschen, die Zeit möge schneller vergehen, wenn sie so kostbar ist, ich weiß. Und doch tue ich es. Der Sommer verabschiedet sich mit schönstem Wetter, und ich habe während meines gesamten Hochzeitstags nur Wohlwollen erfahren. Aber am glücklichsten werde ich sein, wenn wir uns zurückziehen und Noah schlafen legen können. Bei einem letzten Glas Wein werden wir die Ereignisse noch mal Revue passieren lassen und dann ins Bett gehen. Während das Meer bei Ebbe langsam zurückweicht, werde ich mit meiner Frau neben mir und Shadow vor der Zimmertür wohlig in den Schlaf sinken.

DANK

Mein Dank gilt, wie immer, meinem langmütigen Mann Dave. Ich schulde ihm eine Million Tassen Tee und viele aufmunternde Worte. Meine ganze Familie hält mich aufrecht, wann immer meine Zuversicht schwindet. Herzlichen Dank auch meiner Schwester Honor und den Stiefsöhnen Jack, Matt und Frankie sowie Jess, Harriet, Freddie, Ruby, Florence und Minnie. Ihr bringt so viel Glück in mein Leben, dass es mir die Energie verleiht, weiter zu schreiben! Meine Freundinnen Judy Logan, Penny Hancock, Michelle Spring und Louise Millar haben mich im Verlauf der Entstehung dieser Geschichte immer wieder aufgemuntert. Meine liebe Freundin Amanda Grunfeld hat ihren Kampf gegen den Krebs verloren, kurz nachdem wir uns über meinen neuen Plot unterhalten hatten. Die Erinnerung an sie und ihr Vertrauen in meine Fähigkeiten werden mich immer begleiten.

Danke, Teresa Chris, dass du seit zwölf Jahren meine fabelhafte Agentin bist und mir sagst, dass du meine Art zu schreiben liebst. Deine Ermutigung bedeutet mir sehr viel. Dieses Buch markiert den Beginn meiner Arbeitsbeziehung mit Clare Hey, einer großartigen Lektorin, die mit so viel Leichtigkeit und Sanftheit an die Sache herangeht, dass sich der Prozess ganz mühelos anfühlt. Ich danke Jess Barratt, die sich immer in der Öffentlichkeitsarbeit für mich starkmacht. Vielen Dank dafür! Vielen Dank auch an die Vertriebs- und Marketingteams bei Simon and Schuster. Ich bin mir bewusst, dass ihr viele Stunden am Telefon, per E-Mail und auf Reisen für mich getrommelt habt. Ich weiß das alles sehr zu schätzen.

Twitter mag zwar ein zweischneidiges Schwert sein, weil einige Leute dort dumme Dinge sagen, aber diese Plattform hat mich im Laufe der Jahre mit vielen großartigen Bücherliebhabern in Verbindung gebracht. Ihr seid eine zu große Gruppe, als dass ich euch einzeln erwähnen könnte, was schade ist, aber vielen Dank an alle, die mein Ego mit ihren netten Tweets beflügeln: Janet Fearnley, Scott McKenzie, Jennie Blackwell, Jane McParkes, Caroline Casson, Ian Dixon, Jennifer Ashton, Louise Marley, Helen @Dogearedtatty, Allan B, Clive, Mary Lay, Theresa McCormick, Cressida Downing, Alain Marciano, Geoff McGiven, Nadine Brokas, Peggy Breckin, Polly Dymock, Peter Fleming, Marni Graff, Nikki reads books, Mike Rodgers, Julie Caton, Hazel Wright, Helen Jones, Julie Boon, Angela Barnes, Anna Tink, Elaine Simpson-Long, Susan Johnston.

Der Prison Reform Trust hat mich erneut beim Schreiben dieses Buches unterstützt. Vielen Dank für die Bereitstellung von Angaben über die Rückfallquote von Häftlingen, die sogar jemand mit Dyskalkulie wie ich verstehen konnte.

Und schließlich wäre dieses Buch ohne die Hilfe von Mr. Peter Hicks, dem amtierenden RNLI-Rettungsboot-Bootsführer für die Scilly-Inseln, nicht zustande gekommen. Vielen Dank, dass Sie mir Ihre Boote und den Rettungsbootschuppen gezeigt und mir einen realistischen Einblick in die Gefahren gegeben haben, denen alle Mitglieder der

RNLI ausgesetzt sind. Ich bewundere Ihren Mut. Mir macht das Meer Angst, aber Sie setzen sich alle freiwillig und ohne mit der Wimper zu zucken gefährlichen Unwettern aus. Es versteht sich von selbst, dass keines der in diesem Buch vorgestellten Mitglieder der Rettungsboot-Crew einer lebenden Person auf den Scilly-Inseln oder anderswo nachempfunden ist.

Kate Penrose
Nachts schweigt das Meer
Ein Krimi vor der Küste Cornwalls

Detective Inspector Ben Kitto wollte bei seiner Rückkehr auf die Scilly-Inseln eigentlich nur eines: zur Ruhe kommen. Seinem Onkel beim Bootsbau helfen, sich vom Inselwind den Kopf freipusten und London hinter sich lassen. Soweit der Plan. Doch bereits bei der Ankunft auf seiner Heimatinsel Bryher wird die 16-jährige Laura vermisst und kurz darauf ermordet aufgefunden. Ben meldet sich freiwillig, die Ermittlungen zu übernehmen, aber bald hat er mehr Verdächtige, als ihm lieb ist. Darunter auch Menschen, die er sein Leben lang kennt und die ihm viel bedeuten. Denn in der kleinen Inselgemeinschaft auf Bryher gibt es dunkle Geheimnisse. Und der Täter kann jederzeit erneut zuschlagen.

Aus dem Englischen
von Birgit Schmitz
464 Seiten, Klappenbroschur

Weitere Informationen finden Sie auf
www.fischerverlage.de

AZ 596-70349/1

Kate Penrose
Leise steigt die Flut
Ein Krimi auf den Scilly-Inseln

Kurz vor der alljährlichen Narzissenernte schleicht sich die elfjährige Jade Minear mit ihrem Zwillingsbruder Ethan nachts aus dem Haus und verschwindet spurlos. Ethan ist seither so traumatisiert, dass er nicht mehr spricht. Detective Inspector Ben Kitto sucht jeden Winkel der kleinen Insel St. Martin's nach Jade ab, doch vergebens. Aber eines wird ihm bei den Gesprächen mit den Inselbewohnern immer klarer: Die Minear-Familie, eine der reichsten der Scilly-Inseln vor Cornwall, hat viele Feinde, und Jade ist in ernsthafter Gefahr. Ben versucht herauszufinden, wer ihm etwas verheimlicht. Bis eine Leiche gefunden wird, und plötzlich niemand mehr sicher ist.

Aus dem Englischen
von Birgit Schmitz
432 Seiten, Klappenbroschur